新时代文学批评丛书
吴义勤 主编

新时代文学的"通三统"

杨 辉 著

山东文艺出版社

图书在版编目（CIP）数据

新时代文学的"通三统" / 杨辉著. -- 济南：山东文艺出版社, 2024.3
（新时代文学批评丛书 / 吴义勤主编）
ISBN 978-7-5329-7153-4

Ⅰ.①新… Ⅱ.①杨… Ⅲ.①中国文学－当代文学－文学评论－文集 Ⅳ.① I206.7-53

中国国家版本馆 CIP 数据核字 (2024) 第 071196 号

新时代文学的"通三统"
XINSHIDAI WENXUE DE "TONGSANTONG"
杨 辉 著

主管单位	山东出版传媒股份有限公司
出版发行	山东文艺出版社
社　　址	山东省济南市英雄山路 189 号
邮　　编	250002
网　　址	www.sdwypress.com
读者服务	0531-82098776（总编室）
	0531-82098775（市场营销部）
电子邮箱	sdwy@sdpress.com.cn
印　　刷	山东华立印务有限公司
开　　本	710 毫米 × 1000 毫米　1/16
印　　张	17.75
字　　数	232 千
版　　次	2024 年 3 月第 1 版
印　　次	2024 年 3 月第 1 次印刷
书　　号	ISBN 978-7-5329-7153-4
定　　价	72.00 元

版权专有，侵权必究。如有图书质量问题，请与出版社联系调换。

开辟文学批评的新时代
——"新时代文学批评丛书"总序

吴义勤

党的十八大以来,中国特色社会主义进入新时代,中国文学也翻开了崭新的一页。置身新时代新征程,面对丰富的史诗性伟大实践,广大作家胸怀"国之大者",牢记初心使命,深入生活,扎根人民,与时代共振,与人民共情,用心用情用功书写新时代的中国故事,展现中国人民昂扬的精神风貌,谱写了新时代文学的辉煌篇章。

文学批评与文学创作是文学发展的车之两轮、鸟之两翼,一个时代的文学发展既需要广大作家的笔耕不辍、创新创造,也需要批评家的积极呼应、理论引领。在新时代文学不断攀登高峰的历史进程中,新时代文学批评也发挥了至关重要的作用,取得了丰硕的发展成果,形成了独特的新时代文学批评景观。习近平总书记高度重视文学批评工作,近年来就繁荣新时代文学批评发表了一系列重要讲话,做出了一系列重要指示批示。我们策划这套"新时代文学批评丛书",就是要全面学习贯彻落实总书记关于文学批评的讲话与指示批示精神,一方面旨在呈现新时代文学批评的基本样貌、发展成果,另一方面也希望从中获得推动文学批评发展的经验和启示,为推动新时代文学理论批评建设和新时代文学繁荣提供有益的镜鉴。

本丛书遴选的作者都是长期持续坚守在新时代文学批评现场并卓有成就的优秀批评家。从年龄结构上，他们涵盖了"60后""70后""80后"，这也是当下文学批评的主力军；从批评对象的文学门类上，覆盖了小说、诗歌、散文等多个当下最具影响力的艺术门类，可以说是对新时代文学的全面阐释和研究。通过这套批评丛书，读者一方面可以深入了解新时代文学批评的丰富实践，同时可以通过文学批评了解新时代文学发展的基本风貌和历史特征。

在内容上，本丛书侧重于遴选研究新时代文学的评论文章，以对新时代十年来具有代表性的作家作品、有广泛影响的新文学现象、引人关注的文学热点事件以及文学发展中存在的症候性问题为主要研究对象，是对围绕新时代文学展开的文学批评成果的一次全面梳理和集中展示。我们希望以出版批评丛书的方式，深入总结文学批评发展的历史经验，同时吸引更多研究力量来增强对新时代文学研究的力度和深度。

本丛书的出版要感谢山东出版传媒股份有限公司副总经理李运才、山东文艺出版社社长徐迪南，他们提供了非常多的支持和帮助，也提出了许多富有建设性的意见和建议。新世纪之初，我曾和山东文艺出版社共同策划出版了一套"e批评丛书"，在学术界产生了良好的反响。今年，又再次在山东文艺出版社出版这套"新时代文学批评丛书"，可谓是一种极为特殊也极为难得的缘分，也体现了山东文艺出版社多年来一直积极参与、支持中国当代文学批评事业发展的出版精神。在此，我代表丛书编委会向山东文艺出版社表示衷心的感谢并致以崇高的敬意。

两套丛书虽然出版时间不同，但在内容上又有着一种延续性和整体性。"e批评丛书"着力呈现的是二十世纪九十年代文学批评的发展成果，也是当时年轻的"60后"批评家的一次集体亮相。"新时代文学批评丛书"更侧重于展现新世纪尤其是新时代以来的文学批评成果，参与作者既包括了"e 批评丛书"中的部分作者，又吸纳了"70 后""80 后"等新生批评力量。两套丛书虽然侧重点不同，但形成了一种巧妙的呼应，构成了一种互补关系，具有了批评史意义上的"整体性"，某种意义上，它们就是一种特殊形态的近三十年来中国文学批评的发展史。

当然，对于新时代文学批评成果的总结展示并不意味着我们回避当下文学批评存在的问题。新时代以来，随着时代语境和文学生态的不断变化，文学批评面临着更为复杂严峻的形势和挑战，文学批评如何更好地发挥作用，真正成为助推文学发展的"磨刀石"和"利器"？这是所有文学批评者面临的共同课题和任务。出版这套丛书，我们一方面意在梳理总结这一时段文学批评发展的成果和经验，同时也希望能够从中析出当下文学批评发展存在的一些问题，以史为镜，为未来更好地推动中国文学批评发展，更好地发挥文学批评引导创作、推出精品、提高审美、引领风尚的作用提供启示和帮助。

新征程是充满光荣与梦想的远征，新时代文学正在我们面前浩浩荡荡地展开，作为文学发展的重要一翼，中国文学批评也正在砥砺前行，积极开辟一个文学批评的新时代。

是为序。

新时代
文学的"通三统"

目 录

001　总体性与社会主义文学传统

029　"未竟"的创造：《创业史》与当代文学中的"风景政治"

064　现实主义的广阔道路
　　　　——论陈彦兼及现实主义赓续的若干问题

092　中国当代文学研究中的"古典转向"

117　"浑沌"之德：《秦岭记》的世界、观念和笔法

135　《主角》对"传统"的融通和再造

163　《应物兄》读法

180　天何言哉：《星空与半棵树》中的自然和人

194　论《雪山大地》中的史·诗·思

214 《千里江山图》中的"革命"与"有情"
　　——以《一封没有署名的信》为切入点

228 精神·生活·形式:"人间纪年"中的弋舟和他的世界

246 "创业"叙述、"新人"塑造和传统文化的显与隐
　　——《长安》阅读笔记

262 《北爱》中的理想、自我与世界

总体性与社会主义文学传统

"五四"迄今，文学与中国作为现代民族国家的历史性建构的双向互动，是理解文学与历史、思想和现实复杂关系不可或缺的重要一维。其间"20世纪中国革命"以及因之形成之"现代中国"的内在规定性，为具有总括意义的奠基性话语的核心。而在重新理解"人民"与"革命"这一20世纪中国最大的"政治"[①]的基础上，历史性地考察20世纪80年代以降文学观念及其所依托之思想和审美传统的流变，可知现今盛行之文学史叙述"成规"兴起于20世纪80年代，至90年代后期形成基本格局。坊间流行之文学史，均不脱此一时期划定之基本范围。无论具体展开路径有何细微差别，其核心要义均在于由"一体"到"多元"、"共名"到"无名"的转换。文学史秩序的重组，也在反思"前三十年"（尤其是后十年）文学"弊端"的基础上展开。"去意识形态化""去政治化"，以回归"纯文学"或文学的"审美"传统，为其殊途之同归。而自20世纪90年代迄今，诸家文学史在柳青、赵树理[②]、路遥评价上的"两难"（既难以忽视

[①] 如罗岗所论："'20世纪中国革命'以及'革命'建立的独立自主的'国家'既为'现代中国'创造了内在规定性（'人民共和国'），也规划了与这一规定性相匹配的政治形式（'宪政国家'），即使其屡遭挫败，还不完善，但作为'现代中国'的基石，无论是中国传统文明的继承，还是全球化时代的融合，都必须以此为基础而展开。"是为中国最大的"政治"。明乎此，方能"真正地发现中国，认识中国"。罗岗：《人民至上：从"人民当家作主"到"社会共同富裕"》，上海人民出版社2012年版，第29页。

[②] 对赵树理的文学史评价及其所关涉之复杂问题，贺桂梅有系统、深入的分析。参见贺桂梅：《赵树理文学与乡土中国现代性》，北岳文艺出版社2016年版。

其作品在特定时期的巨大影响力,又无法将其合理地编织入现有的文学史序列),即为此种文学史观念"症候"之重要表征。究其根本,乃文学史观念的变革以及由之延伸出的文学评价标准的变化使然。此种变化,无疑与近三十年来社会历史核心主题之转换密不可分。历史地看,仍属20世纪80年代兴起之"重写文学史"思潮的自然结果。此种思潮之基本思想范式经由20世纪90年代"再解读"的强化之后,一种以"去政治化""去意识形态化"为核心的想象文学史的方法渐成蔚然之势[①]。由此建构之文学史,几乎全盘否定50—70年代文学之"独立"价值,而罔顾其背后所依托之思想和现实逻辑之历史合理性。如此简单化地处理原本复杂的文学及历史问题,几乎无可避免地遮蔽了问题的复杂状态及其表征历史和指向当下的多重寓意,从而难以在更为恰切的思想理路中,对此一时段文学与历史的关系做确切评价[②],亦不能在更为宽广之思想和文学史视域中历史性地理解当代文学七十年核心观念的流变问题。自更为宽广之视域观之,则上述文学史观所依托之思想资源,亦不乏某种意识形态偏好(即去政治化的政治)。有论者在梳理"纯文学"的知识谱系与意识形态时,即敏锐地发现,强调文学史家个人对于文学史料之独立审查,并形成"完全是自己的对某一时期的文学的看法",从而以之作为文学史建构之核心的夏志

[①] 如对"再解读"研究理路做更为深入细致的理论辨析,则可知其与"重写文学史"非此即彼式二元对立思维不尽相同,"'再解读'思路并不希望'仅用一种叙事去取代或是补充另一种叙事'",而是希望"追问诸多文学问题的基本前提,考察文学运作的编码过程及其裂隙"。(贺桂梅:《"再解读"——文本分析和历史解构》,见唐小兵编:《再解读:大众文艺与意识形态(增订版)》,北京大学出版社2007年版,第276页)其所依凭之理论资源(结构主义—后结构主义、精神分析、后殖民理论、后现代主义等等)已与40—70年代"主导叙述"的"奠基性话语"存在着质的差别。进而言之,其对40—70年代"主导叙述"的"编码策略"以及"其中隐藏的深层文化逻辑"的"拆解"和"暴露",较之"重写文学史"审美/政治的单向度调适,更为深入地触及"主导叙述"的合法性。正是在这一意义上,本文将二者视为具有某种连续和同一性的脉络合并处理。

[②] 对此问题,李杨早在20世纪90年代初即有系统分析。参见李杨:《抗争宿命之路——"社会主义现实主义"(1942—1976)研究》,时代文艺出版社1993年版。

清的文学观念,仍"内在地被文学/政治(非文学)的二元结构所支撑",而被其视为"他者"的,"既是'重写文学史'意欲颠覆的革命文学史范式,也是社会—历史批评的文学评价标准"。亦即从思想观念和研究范式双重意义上"改写"既有的文学史。而"冷战"氛围所构造出的"文学/政治(非文学)二元结构的历史语境",以及"新批评"以"内部研究"取代"外部研究"的基本理路,成为夏志清《中国现代小说史》新史观建构之核心,此亦为"重写文学史"思潮之基本理路。"无论这些个体(文学史家)的差异有多大,却有一个大概一致的诉求,那就是企图通过'新知识'来更新'旧'的知识构成。""这种急于摆脱'革命话语/知识'的控制的趋势一方面来自对'文革'的不满,另一方面也来自对1949年以来形成的高度统一的'意识形态话语'的背离。"其所援引之"新知识"和思想资源,无疑与"革命话语"存在着背反关系。兴起于1942年,在1949—1966年间逐渐确立的思想和文学话语,因之面临严峻挑战。而如何在1942年《在延安文艺座谈会上的讲话》(以下简称《讲话》)以降之社会主义思想和文学的历史脉络中重新处理两个"六十年"①之复杂关系,关涉到若干重要问题的历史判断,至今仍属一"未思的领域"。此亦为当下文学接续社会主义文学传统的困难所在。如不能超克此种文学史观念和批评理路,则关于柳青、路遥以及与其同属一脉之作家作品的文学史意义,仍无从避免被遮蔽的历史命运。而赓续社会主义文学遗产的种种努力,亦会因文学史视域的偏狭而难以全功。

  时值百年中国历史巨变的"合题"阶段,在历史连续性的意义上重新处理"五四"开启之文化的古今中西问题,以建构更具包容性和概括力、有着内在的质的规定性的思想和文化视域已成必然之势。而超克非此即彼式的单向度思维,在更具统合意义的思想视域中以历史化的方式,重返20世纪50年代迄今之文学史现场,在悬置"重写文学史"和"再解读"研究理路的基础上,重新梳理柳青、路遥、贾平凹、陈彦与社会主义文学传统之内在关联,不惟可以重构其创作所属之思想和美学谱系,亦可适度

---

① 参见张旭东:《试谈人民共和国的根基——写在国庆六十周年前夕》,见《文化政治与中国道路》,上海人民出版社2015年版。

敞开社会主义文学传统未被充分意识到的形塑当下文学的叙事效力。沿此思路，则重申文学作为"劳动"之一种的社会实践品格，努力以现实主义精神构建基于历史总体性的宏大叙事，从而促进"新时代"和"新人"的双向互动，乃彼此深度关联的重要问题。如上种种，需在文学史观念"通三统"（1942年以降之社会主义文学传统、"五四"新文学传统和中国古典传统）的意义上重新处理。借此，方能在深度感应于时代生活世界敞开之重要问题的基础上融通多种传统，进而完成对新的时代风貌具有精神总括意义的审美表达。

一、"总体性"与现实主义精神

"总体性"之于思想和社会实践的重要意义在于，只有"把社会生活中的孤立事实作为历史发展的环节并把它们归结为一个总体的情况下，对事实的认识才能成为对现实的认识"[1]。在特定历史阶段的现实语境中，此种总体性的认识无疑内在地关联着一定的价值立场和思想方式。如卢卡奇所论，阶级意识乃是与历史密切相关之重要范畴，包含着与具体的社会实践互为表里的重要内容。"这种阶级意识是无产阶级的'伦理学'，是无产阶级的理论和实践的统一"，以及"无产阶级解放斗争的经济必然性辩证地变为自由的地方"[2]。作为无产阶级社会实践的表征，社会主义文学自然包含着与无产阶级意识形态密切相关之重要历史内容。即便在"一个民族和一个阶级的斗争史变成了生活史"的历史常态之中，文艺仍然是特定民族和阶级历史及生活经验的表达和"自我建构"，"是对一个社会共同体价值基础和精神实质的自我确认和自我实现"[3]。此亦为马克思主

---

[1] 卢卡奇：《历史与阶级意识——关于马克思主义辩证法的研究》，杜章智、任立、燕宏远译，商务印书馆1999年版，第58页。（因存在卢卡奇、卢卡契两种译名，为论述方便，正文中统一使用"卢卡奇"，脚注中则遵循原译名。）

[2] 卢卡奇：《历史与阶级意识——关于马克思主义辩证法的研究》，杜章智、任立、燕宏远译，商务印书馆1999年版，第98页。

[3] 张旭东：《"革命机器"与"普遍的启蒙"——〈在延安文艺座谈会上的讲话〉的历史语境及政治哲学内涵再思考》，《中国现代文学研究丛刊》2018年第4期。

义核心性命题之一，无论以经济基础／上层建筑，还是以社会存在／社会意识的观念来表达，写作同其他实践一样，从根本上讲都是有立场的，也"总是以各种方式隐含着或明示着某种出自特定观点、经过专门选择的经验"。以之为参照，则所谓的"客观""中立"和"忠于事实"，不过是"那些总想把自己的感觉和做法说成普遍真理的人们惯用的套路而已"。"立场"也并非"各种政治观念和词句或互不相关的道德说教的单纯拼凑"，而是具有"深刻的社会和历史的批判与剖析"的内容。其间"审美的理解同社会的和历史的（也包括政治的）理解有着根本的联系"①。如是思想理路，亦属《讲话》申论"立场"之于"革命机器"及政治和战争逻辑的意义的用心所在。"文艺是小政治，政治是大文艺，这是《讲话》对文艺所做的一个政治哲学的界定，结论是文艺彻底的政治性。"此种政治性的重点并非在"文艺应该有多少政治含量"，而是强调"哪怕纯粹审美意义上的文艺也必然已经是彻头彻尾的政治"。因是之故，"文艺必须是整个党的革命工作整体中一个不可或缺的部分"。而"只有在确立了政治本体论的总体性之后，谈论文艺范畴的特殊规律或'自律性'才有意义"②。是为"在政治内部思考文艺"③与"在文艺内部思考政治"之根本性分野所在。1942年以降"民国机制"与"延安道路"、"人的文学"与"人民文艺"，以及"重写文学史""再解读"与基于"人民文艺"的文学史观念之"分歧"之所以难以"弥合"，根本"症结"即在此处。诸种文学史观念的复杂博弈表明，"在一种'去政治化'的总体氛围中人们越来越难以凭借自身经验去把握权力机制的总体轮廓的时代"，重建一种"总体性视野"尤为必要。经由对人们"社会学的想象力"的拓展，这种总体性的视野，亦应包含再"政治化"的可能，从而使人们可以在"广阔的历史—

---

① 雷蒙德·威廉斯：《马克思主义与文学》，王尔勃、周莉译，河南大学出版社2008年版，第211—212页。

② 张旭东：《"革命机器"与"普遍的启蒙"——〈在延安文艺座谈会上的讲话〉的历史语境及政治哲学内涵再思考》，《中国现代文学研究丛刊》2018年第4期。

③ 即如李杨所论："《讲话》并不是一本单纯的'文艺学'或'美学'文献。它关注的问题，与其说是'文艺'的'政治化'，不如说是一种以'文艺'为名的文化政治实践。"《〈赵树理方向〉与〈讲话〉的历史辩证法》，《文学评论》2015年第4期。

社会视野中理解自身的存在,并将这种理解转化为创造历史的动力"①。

作为社会实践之重要一种,"通过革命文化战线的工作,完成新人的自我生产",并"在自己的历史基础上,自己把自己作为高于自己的东西创造出来"②,即属社会主义文艺题中应有之义,亦包含着内在的、关于无产阶级作为历史主体自我认同和创化之核心问题。进而言之,社会主义文学必然秉有形塑具有社会主义的质的规定性的"新世界"和"新人"的双重功能。而具有"新世界"和"新人"想象意义的文学,也必然与基于总体性的宏大叙事颇多关联。如论者所言,"主体""自由"以及"新时期"对"文革"意识形态极端化的诸种"反应",仍有其意识形态性(就该词本意而言)。是故,作为新的民族国家想象之重要一维的政治意识形态成为作家思想的依托并不特殊,亦有其历史合理性,且属文艺发挥其经世功能和实践意义的重要方式。此亦为作为社会象征行为的文学叙事题中应有之义③。本乎此,为回应论者关于《创业史》人物及评价的"批评"④,柳青如是表达《创业史》的写作"内容"和根本目的:"《创业史》这部小说要向读者回答的是:中国农村为什么会发生社会主义革命和这次革命是怎样进行的。回答要通过一个村庄的各阶级人物在合作化运动中的行动、思想和心理的变化过程表现出来。这个主题思想和这个题材范

---

① 贺桂梅:《作为方法与政治的整体观——解读汪晖的"中国问题"论》,见何吉贤、张翔编:《理解中国的视野:汪晖学术思想评论集》(二),东方出版社2014年版,第320—321页。

② 张旭东:《"革命机器"与"普遍启蒙"——〈在延安文艺座谈会上的讲话〉的历史语境及政治哲学内涵再思考》,《中国现代文学研究丛刊》2018年第4期。

③ 詹姆逊因此以《政治无意识》的写作"论证对文学文本进行政治阐释的优越性",并申明此种阐释并非其他阐释方法(精神分析,神话批评,文体的、伦理的、结构的方法)的选择性辅助,而是"作为一切阅读和一切阐释的绝对视域"。詹姆逊:《政治无意识——作为社会象征行为的叙事》,王逢振、陈永国译,中国社会科学出版社1999年版,第7页。

④ 对此问题的详细申论,可参见拙文:《再"历史化":〈创业史〉的评价问题——以洪子诚〈中国当代文学史〉为中心》,《西北大学学报》(哲学社会科学版)2016年第1期。

围的统一，构成了这部小说的具体内容。"此一主题的设定和具体展开方式，与柳青对《讲话》的悉心阅读和倾力实践密不可分。20世纪40年代至50年代初，柳青以《讲话》为指导，完成了个人立场、观念、情感等的自我"改造"，借此充分意识到"从事人们新的思想、意识、心理、感情、意志、性格……的建设工作"，从而"用新品质和新道德教育人民群众"的重要意义。因为，"社会意识的建设"将与"社会经济的建设"同时展开。随着祖国面貌迅速变化的，还有"我们人民的灵魂"[①]。是故，作为20世纪50年代政治意识形态对"新世界"和"新人"双重询唤之呼应的代表性作品，《创业史》的主题及"内容"内在于其时意识形态的基本诉求。其间虽不乏个人经验与集体经验、部分与整体之间的"对话"甚或"修正"，但并无"隐微"义，其核心仍在彼时意识形态的总体性脉络之中。也因此，"题叙"与"正文"的"对照"包含着重要的历史和现实判断——在"旧""新"世界的鼎革之际，新的正在行进中的现实具有前所未有的重要意涵：梁生宝和他的生活世界既蕴含着已被历史化的"过去"，也包含着行进中的"现实"，更为重要的是，它还"预设"了历史的希望愿景。"虚拟"的下堡村的故事被牢固地嵌入1929年至20世纪50年代初历史的总体性氛围之中，历经"新""旧"世界易代之际的"新的人民"创造与其相应之"新世界"的亘古未有的伟大实践成就了《创业史》作为人民文艺的典范的雄浑磅礴的"诗史"性质。"新世界"与"新人"互为表里、相互成就，共同表征着20世纪50年代社会主义实践的重要历史内容。柳青借此亦完成了以"文学"的方式，在与政治同一性的意义上对现实的重要问题的深层思考[②]。时至今日，对《创业史》所涉之历史实践之意义的

[①] 柳青：《和人民一道前进——纪念毛泽东同志〈在延安文艺座谈会上的讲话〉十周年（节录）》，见蒙万夫等编：《柳青写作生涯》，百花文艺出版社1985年版，第29—31页。

[②] 如贺桂梅所论，在柳青的观念中，"文学与政治的关系并不是用文学作品去解释确定的政治理念或条例"，而是文学"以元叙事的方式，与国家政策处于同一理论平台上对政治理念的具体实践"。贺桂梅：《柳青的"三所学校"》，《读书》2017年第12期。

评价路径或有不同，但此种实践作为社会主义探索之一种所包含的历史经验和阶段性"试错"的意义，却不能因对历史的后设观念的单向度而被简化处理①。历史地看，虽有"时代"及作家个人的诸种"局限"，柳青仍以其对时代总体性问题的敏锐把握和倾心书写，完成了20世纪50年代的"自我"表达，从而成就了作为彼时历史全景式写照的重要文本不容忽视的独特意义。其要非在对"一种新的文学形式"的期待，而是在"明确期待一个'新世界'"②。进而言之，"史诗可以从自身出发去塑造完整生活总体的形态，小说则试图以塑造的方式揭示并构建隐蔽的生活总体"，一种足以容纳"历史情况自身所承载的一切破裂和险境"的"生活总体"。③具有时代总括意义的史诗性作品因之蕴含着巨大的历史容量，论"精微"则关涉到日常生活世界中个体命运之兴衰际遇，而其"广大"处则关联着"本质的生活过程的史诗总体"。是为柳青基于总体性宏大叙事的时代史诗的艺术创造之核心要义。对柳青的文学遗产的此种品质，路遥有着深入、透彻的理解："作为一个深刻的思想家和不同凡响的小说艺术家"，柳青的主要才华就是能把生活世界中的诸多细流，"千方百计地疏引和汇集到他作品整体结构的宽阔的河床上"，使得这些"看起来似乎平常的生活顿时充满了一种巨大而澎湃的思想和历史的容量"。柳青"用他的全部创作活动说明，他并不仅仅满足于对周围生活的熟稔而透彻的了解；他同时还把自己的眼光投向更广阔的世界和整个人类的发展历史中去，以便将自己所获得的那些生活的细碎的切片，投放到一个广阔的社会和深远的历史大幕上去检查其真正的价值和意义"。作为一位"严肃的现实主义作家"，因兼具"精微"（皇甫村及其周围生活，具体的、个人的经验）与"广大"

---

① 即如蔡翔所论，"今天我们来讨论历史，往往是从历史已经形成的结果来讨论，比如合作化带来的问题"。但是，历史地看，"如果当时不搞合作化的话，当年在'土改'中间获得相当多的资源的这些干部中间，就有可能形成一个新的压迫阶级"。（《革命/叙述：中国社会主义文学—文化想象（1949—1966）》，北京大学出版社2010年版，第368页）也就是说，"合作化"的目的，在于从根本上超克"穷人"（底层）、"富人"（精英）的结构性的历史循环。

② 卢卡奇：《小说理论》，燕宏远、李怀涛译，商务印书馆2012年版，第11页。

③ 卢卡奇：《小说理论》，燕宏远、李怀涛译，商务印书馆2012年版，第53页。

（终南山以外的地方、世界、历史总体性）的双重视域，柳青的作品"不仅显示了生活细部的逼真精细，同时在总体上又体现出了诗史式的宏大雄伟"。其所敞开的视域，乃是由下堡乡—中国—世界构成的广阔的历史和现实眼光。借此有效完成了个人经验与集体经验、部分（地方）与整体（全局）在更高意义上的辩证统一。《创业史》也因之成为20世纪50年代极具代表性和症候意义的重要作品。

柳青的宏阔视域及其基于总体性的现实关切，在路遥文学中得到了更具历史症候意义的延续。虽身处"总体"与"个人"被叙述为"分裂"的时代，因有"延川时期"文学与个人命运高度历史性的契合所形塑之文学和世界观念做底子①，以深沉的历史感总体性地观照现实，并"居高临下"地认识、分析和研究所要表现的具体生活内容，从而探索"新人"在新的历史时期的命运遭际及其现实可能，成为路遥20世纪80年代创作的重要特征。"作为一个作家，如何认识我们这个时代，并能对这个时代作比较准确、深刻、广泛的反映和概括"，对路遥而言，是"非常重要的问题"。他作品所容纳的极为广阔的生活形态，以及各色人等于历史和现实的背景中命运的变化，由此"广大"与"精微"共筑的"史诗性"的气魄，无不与此种追求密切相关。以此宏大之历史和现实为基本视域，路遥力图总体性、全景式地展现一时代的整体风貌，书写正在行进中的、蕴含独特历史意味的"当代"生活。《平凡的世界》初步拟定三部，六卷，一百万字。作品的时间跨度从1975年初到1985年初，力求全景式反映中国近十年间城乡社会生活的巨大历史性变迁。人物可能近百人。而在最初的构想中，路遥曾设计以一两位国家中枢领导人为作品的重要人物，后虽因种种现实原因未能实现，但从陕北偏僻的双水村到黄原城，再到省城，一个可以多层面、多角度、全景式展现变革时代社会历史总体面貌的虚拟的网络已然形成。其间个人命运与时代主题的变化互为表里，共同完成着20世纪80年代"新世界"与"新人"的相互定义和互相成就。虽未能构筑地方

---

① 参见拙文：《路遥文学的"常"与"变"——从"〈山花〉时期"而来》，《中国现代文学研究丛刊》2018年第2期。

（双水村）—中央（国家）宏阔明晰的总体性世界，①田福军与孙氏兄妹两条主线的交织仍然呈现了个人命运与宏大历史之间内在关联的根本形态——即便不能如梁生宝一般可以获致自上而下的制度性的精神支撑，孙氏兄妹的命运变化仍不能摆脱时代根本性的"成就"力量。其不同于高加林的多样化的人生选择仍然是高度历史性的，属20世纪80年代新时期总体观念及其所形塑之现实境遇的自然后果，而非自外于时代的"个人""独立"选择使然。但"总体"与"个人"根本性的内在关联并不能自行"表达"，需要依赖基于总体性的文学书写。因是之故，在被文学史叙述为"'总体性'所要求的理论与实践、主体与客体的统一必然借重的社会体制形态"②发生变化之际，路遥的"总体性书写"及其对与前者密不可分之具有内在的质的规定性的现实主义传统的赓续，均内含着极具历史症候意义且须重新辨明的重要问题。

作为柳青文学遗产的"继承人"，历经"新时期"以"无名"取代"共名"（"一体化"的解体）之后，未被此一潮流挟裹而去的路遥的创作既面临"不合时宜"（其所谓之"反潮流"）的困境③，同时还要面对宏大叙事之思想资源的阙如问题——即前述"社会体制形态"和"文学叙述"的"脱节"。他和他笔下的人物都将面临根本性依托渐次式微的"被抛"的历史命运，如不愿舍弃其所遵循之文学观念，路遥就必须依靠自我的力量接续已然"断裂"的传统——以文学的方式，（与其导师柳青一般）在与国家政策同一的意义上总体和肯定性地回应复杂的现实疑难。此亦为其反复申论现实主义精神之要义所在。此种现实主义精神，包含着对人与社会关系的深刻揭示，以及对"现有的历史范畴"的连续性的深刻洞察。路遥所谓之"反潮流"，也便包含着内在的、对更为宽广的历史范畴及其意

---

① 参见路遥：《早晨从中午开始》，北京十月文艺出版社2012年版，第21页。
② 贺桂梅：《"总体性世界"的文学书写：重读〈创业史〉》，《文艺争鸣》2018年第1期。
③ 周昌义对其当年"拒绝"《平凡的世界》的原因所做的回顾性反思最具代表性。参见周昌义：《记得当年毁路遥》，《文艺理论与批评》2007年第6期。

义的再"潮流化"①。20世纪80年代初中期,路遥对"文革"文学模式以及其时现实主义作品的"限度"的思考,均以其对"历史范畴"的连续性及其意义的充分认识为基础。如同《山花》当年刊发歌颂老干部的作品,以"不合时宜""修正"主流意识形态一时的"偏颇"一般,诸种努力,均在既往的现实主义及其所依托之思想的根本脉络之中,而非改弦更张、另起炉灶。在诸多阶段性的"变动"之中,路遥努力辨析"不变"的部分,以作为其对现实及个人未来的可能性洞察的思想基础。其理路近乎别尔金的如下观点,别林斯基所谓之"有时代的观念,才有时代的形式"足以说明契诃夫的现实主义艺术的基本特征。扎根于自己的时代的宏阔复杂的社会现实,且能宏观把握时代精神的主潮和前进的方向,路遥具有总体性意义的文学书写因之别具意味:他不但要描述已经发生的事情,还要描述依照可然律和必然律可能发生的事物。因为"对于一个严肃地从事艺术劳动的人来说,创作自由和社会责任感同时都是重要的"②。严肃的现实主义作家的写作理应担荷复杂紧迫的现实问题并探索可能的解决方式。

意图总体性地观照时代及个人命运的写作,也几乎天然地与现实主义精神以及与之相应之创作方法关联甚深。即如论者所言,捍卫现实主义原则,非关马克思主义奠基者的个人喜好和美学趣味,乃是因此种原则"是同马克思和恩格斯的革命世界观的基本特征,同马克思主义理论的实践本身紧紧地联系在一起"。一定形式的意识形态,必然深度关联着与之相应的"现实",亦召唤与之具有同样品质的审美表达。而坚信"深入到人民群众的实际生活和斗争中去,深入到他们的心灵中去,永远和人民群众的心一起搏动,永远做普通劳动者中间的一员,书写他们可歌可敬的历史——这是我们艺术生命的根"的路遥,对1942年以降具有质的规定性的现实主义传统的坚守,也需要在同样的意义上得到理解。

基于历史连续性的世界(文学)观察,路遥并不赞同20世纪80年代

---

① 参见拙文:《路遥文学的"常"与"变"——从"〈山花〉时期"而来》,《中国现代文学研究丛刊》2018年第2期。

② 路遥:《关注建筑中的新生活大厦》,见《早晨从中午开始》,北京十月文艺出版社2012年版,第166页。

文学界关于"现实主义终结"、现代主义必将取而代之的潮流化观点。这既与他对托尔斯泰、巴尔扎克、司汤达、曹雪芹等现实主义大师作品更多的内在精神交感密不可分,亦与其对彼时流行之"新潮"作品水准的洞见颇多关联。经由对现实主义之外的各种流派的悉心阅读,路遥以为彼时流行之"新潮流作品",均未脱"直接借鉴甚至刻意模仿"的较低水平,既无"成熟之作",也算不上"标新立异"。其流行虽有历史合理性,但未必是中国文学发展之唯一途径。置身文学思潮风起云涌、变幻不定的20世纪80年代,路遥对此无疑有极为清醒且深入的思考:"只有在我们民族伟大历史文化的土壤上产生出真正具有我们自己特性的新文学成果,并让全世界感到耳目一新的时候,我们的现代表现形式的作品也许才会趋向成熟。"为了更为准确地说明这一问题,路遥以拉美文学为参照,表达其对民族文学发展的进一步思考。"正如拉丁美洲当代大师们所作的那样。他们当年也受欧美作家的影响(比如福克纳对马尔克斯的影响),但他们并没有一直跟踪而行,反过来重新立足于本土的历史文化,在此基础上产生了真正属于自己民族的创造性文学成果,从而才赢得了欧美文学的尊敬。"更何况"任何一种新文学流派和样式的产生,根本不可能脱离特定的人文历史和社会环境"。20世纪80年代中国最为重要的问题,仍然是作为社会主义国家的政治、经济以及与之相应之文化的建设。不同于柳青时代高度统一的思想氛围,身处20世纪80年代的路遥需要面对"总体"与"个人""分裂"的思想和现实问题。此亦为路遥20世纪80年代中后期赓续社会主义文学传统的原因和困难所在。而努力以友爱和同情的政治学提升并化解现实的苦难,从而为挣扎在底层的人们指出一条精神的"上出"之路,为路遥弥合"总体"与"个人"或"政治"与"文学"脱节的重要方式。即便身处无从超克的现实困境,路遥仍然能够如契诃夫一般,"不但能够揭示在优雅、漂亮的仪表下所隐藏的内心丑恶和庸俗,而反过来,他也善于从平凡、丑陋的外表下揭露其内在的优美和高尚"。是为契诃夫的现实主义的特征之一,亦属路遥建构的现实主义的核心要义。即便身处极端困苦的生存境况中,路遥也能使笔下的世界流露出温暖和光亮。在超越历史的阶段性主题的更为根本的总体视域(即以"反潮流"方式呈现的再"潮流化")中,他力图让理想之光照亮世界和生活在世界中的人们。他们的世界立足于当下的现实的困境,却努力指向未来的希望之域。或者,从根本上,路遥认同文学的"乌托邦功能",在超越当下的视域中,为现实的困境开出向上一路。是为诸多论者所指认的路遥文学道德理想主义的表征之一。但路遥也并非无视现实自身强大的规训力量及其常常难以抗拒的逻辑的冰冷,在《人生》中他让高加林重返乡里并再度面临命运的选择问题,而非在理想主义的感召之下轻易为其安排一个"团圆"的结局。同样,社会身份的巨大反差使得孙少平和田晓霞的结合必得面临难以克服的困难。孙少安砖厂的起起落落亦在表明路遥对现实冷峻一面的深刻体察。有极强的政治敏锐性,且对现实人生体会极深的路遥,也以此表明其笔下所敞开的看似完美的世界,仍难免诸多裂隙。但与执着于表现裂隙的作家不同,路遥仍然渴望在世界的淤泥中开出莲花。在最根本也最为深入的意义上,路遥建构的现实主义切近布洛赫对乌托邦的如下评说:乌托邦的功能可以敞开一种新的可能,"这种可能性无非是意识形态上真实的、关于人类希望内容的展望"。基于同样的原因,在"总体性"式微的 20 世纪 80 年代,《平凡的世界》的写作表明总体性的连续的可能及其超越时代局限的更为深远的历史意义。"在一个'同一性'的制度、文化开始分裂的特殊历史期",路遥坚持着一种"'同一性'的想象,并把它转化为现实的文学行为"①。此种基于"同一性"的文学想象无疑具有时代精神的症候意义:"借用威廉斯的理论来看,路遥的文学姿态与 80 年代主流文学的疏离关系,似乎业已证明作为抵抗的'残余文化'其实在拒绝'主导文化'的收编。"如越过"重写文学史"以来之文学史"成规",从"五四"新文学迄今之视域观之,则不难发掘"左翼文学"之兴起至延安文艺传统的确立,再到"十七年文学"基本格局的形成,其间"意识形态"与"美学趣味"两种文学史想象之间的博弈与路遥 20 世纪 80 年代所面临的"守正"与"创新"的"两难"境地具有同构性。历史的吊诡即在此处,当年通过极为艰难的"斗争"从而获致"主导"地位的革命现实主义传统,

---

① 杨庆祥:《路遥的自我意识和写作姿态——兼及 1985 年前后"文学场"的历史分析》,《南方文坛》2007 年第 6 期。

多年后却成为"残余文化"需要被重新"收编"入新的文学史序列①。就中历史之"反复",可谓寓意深远。而在路遥文学中"终结"的传统,也难保不会成为另一个新的可能的起点。拥有更为宏阔之历史观念的路遥,未必对此缺乏定见。然而如《创业史》所依托之总体的、制度性思想的缺席,使得平凡的世界上空总难免投下价值虚无的阴影。凡此种种最终仍将归结为"总体性"与现实的关系问题。唯有依托"社会体制形态","总体性"方能转化为一定的社会实践,从而发挥其与现实的联动功能。一旦"这种联动机制本身发生变化乃至断裂时",文学就逐渐开始显露其作用于现实的"有限性"②。当此之际,路遥的道德理想主义,他以友爱和同情的政治学重续已然"断裂"的社会主义文学的价值根基和精神传统,"恢复"隐匿的"人民文艺"的思想史意义遂逐渐显豁。其作品亦成柳青传统("十七年文学")与21世纪文学内在"连续"的重要表征。

相较于路遥在20世纪80年代弥合"总体"与"个人"之分裂时所面临的困难,身处21世纪第二个十年中贾平凹与陈彦的总体性书写包含着更具历史症候性的重要意义。延续"人民文艺"的思想理路和价值关切,贾平凹尝试以长篇小说《高兴》及《带灯》的写作重续其20世纪80年代以《腊月·正月》《鸡窝洼的人家》为代表的思想及审美路向——此种路向无疑与柳青传统有着内在的连续性,亦属贾平凹20世纪70年代写作的重要资源。同为底层的劳动者,置身新的历史和现实语境之中,刘高兴、五福等已无可能如梁生宝、高增福一般获致自上而下的思想及制度性支撑,从而完成个人精神和生活形态的历史性建构。以小说《高兴》为底本改编之同名电影似以对主人公命运的喜剧化处理"夷平"了现实矛盾的尖锐性,却从另一侧面说明现实逻辑的强大与冰冷以及身处底层的人们超克此种困境的难度。同样,作为民族和社会的脊梁,努力在总体的、肯定性意义上维持现实秩序的带灯被迫面临难以解决的种种矛盾。诸种现实

---

① 对此问题的深层寓意,何浩有较为深入之反思。参见何浩:《历史如何进入文学?——以作为〈保卫延安〉前史的〈战争日记〉为例》,《文学评论》2015年第6期。
② 贺桂梅:《"总体性世界"的文学书写:重读〈创业史〉》,《文艺争鸣》2018年第1期。

矛盾的层层累积以薛元两家的一场伤亡惨重的械斗而告终，也同时宣告带灯个人努力在应对现实问题之时根本性的无奈和无力。作为"江山社稷的脊梁"和"民族的精英"，意图在总体意义上化解现实矛盾的带灯最终被"幽灵化"的命运，无疑别有所指。《高兴》和《带灯》所敞开的世界，表征的乃是总体性的制度实践的式微。如是处理，包含着贾平凹对现实问题复杂性的洞悉。樱镇的困境因之也不能被简单地视为地方性经验，而是内蕴着作者对于总体性世界及其问题的深层关切①。

在以《西京故事》的总体性书写回应21世纪第二个十年底层青年所面临的"孙少平难题"之后，陈彦转而强化底层生命价值与尊严的"自我说明"，亦表明现实世界的问题性以及重申总体性希望愿景的重要意义。《装台》中刁顺子生命内在的价值和尊严无疑关联着更为悠远的精神传统，境界庶几近乎沈从文1934年返乡途中对底层生活意义的价值说明。《主角》中忆秦娥个人命运的起废沉浮则足以指称更具普遍性的人之命运问题。其以儒家式的精进融通佛老的思想态度亦属中国古典传统与现代传统多元融通所开启之新境界。凡此种种，均说明重建"个人"与"总体"的制度性关联的紧迫性和现实意义。基于人民伦理的底层关切，为其要义之一。而问题似乎最终仍将归结为论者的如下判断："无视'社会最低需要'这一社会主义原则"，是晚近社会大众的不安产生的根源，社会主义在不同语境之表现形式或有差别，但其"保护大多数普通劳动者的权利和利益"②这一基本理念和价值观念不容缺失。非此，则如带灯、刘高兴、罗甲成、刁顺子他们的生存困境难以获得根本性的解决。此亦为重申总体性的希望愿景以及人民伦理的思想意涵的重点所在，亦属社会主义文学及其实践价值的内在规定性使然。其意义并不止于文学资源和表达方式的个人选择，

---

① 依贾平凹之见，樱镇世界的种种困境牵涉到体制的问题、道德的问题、法治的问题、信仰的问题、政治生态问题和环境生态问题等复杂状态，而如何直面此种问题并尝试解决，为该书写作之用心所在。参见贾平凹：《带灯》，人民文学出版社2012年版，第357页。

② 甘阳：《社会主义、保守主义、自由主义：关于中国的软实力》，见《文明·国家·大学（增订本）》，生活·读书·新知三联书店2018年版，第23页。

而是关涉到世界观念、价值立场等重要问题,并最终表现为"新人"(人民)与"共和国"的相互定义和互动共生。

二、"新人"的谱系及其现实意涵

作为具有极为浓重的20世纪印记的重要概念,"人民"一词曾数度因所指难于定义而被质疑其合法性。但在社会主义思想和文学传统中,该词却获得了与广阔的生活世界、无穷的远方以及无数的人们血肉相关的"具体性"。以"人民"为国家的主体,为共和国之文化和政治根基。是为共和国所完成之"三千年未有之大变局"的紧要处。而文学写作,对应于新的意识形态对与之相应之主体的生产,亦属"人民"获得自我表达的"弱者的武器"。1942年之后,"人民"不仅作为重要书写对象进入"文学",还逐渐成为文学创作的主体,深度改变了当代文学前三十年的基本格局。在社会主义思想视域中,与"人民"生产生活密切相关之"劳动"随之被赋予神圣性价值和复杂的政治和文化含义。就其大者而言,经由"劳动"创造新的世界,乃是社会主义实践题中应有之义。此亦为《创业史》所述之"创业"之历史根基——以梁生宝为代表的社会主义新人在互助组、初级社到高级社的"新世界"的次第创造的同时不断完成作为国家主体的新人的自我创造,二者互为表里,可以相互定义。艺术的召唤性,正体现在它关联着"人的内在生活",扩展了"人的生活经验",最终塑造了"人的自己形象和人在其中生活的世界的形象"[①]。即如《红岩》《英雄儿女》等作中塑造之"新人",亦是在"通过劳动来生产、创造新中国的过程中形成的",而"没有新中国的理念就没有新人"。进而言之,"新人和新的国家以及新的生产关系"创造出了与"新中国"相应之"新文化"[②]。作为秉有"新的人民的文艺"之本质特征的文学艺术文本参与"新世界"

[①] 佛克马、易布思:《二十世纪文学理论》,林书武等译,生活·读书·新知三联书店1988年版,第141—142页。

[②] 张旭东:《两个"六十年"座谈会整理稿》,见《文化政治与中国道路》,上海人民出版社2015年版,第51页。

和"新人"的创造,即属其内在规定性使然。"因为在文化生产和思想斗争的最高意义上,文艺仍然是一个民族和一个阶级历史经验和生活经验的表达和自我建构,是集体人的再造或再生产",其根本还在于,是对"一个社会共同体价值基础和精神实质的自我确认和自我实现"①。书写"人民"在创造"人民共和国"过程中的历史性实践及其意义,因之是"人民的文艺"的根本性质的客观要求。质言之,"'新人'和国家都是现实中的政治存在,都在给定的历史条件下不断地创造自己的历史"。"新人"也并不拥有"某种固有的属性","而是在历史实践的过程中建构起来的实体和主体。这个新人在寻找属于自己的新世界的途中成了新人"②。历史和社会实践主题与时推移的自然调适,必然呼唤与之相应的"新人"的思想和审美表达重点的"迁移"。此种思想及审美表达同样具有历史具体性,并非僵化的教条式的固定概念、范畴所能简单概括。在不放弃内在的质的规定性的前提下,无论思想及审美方式,均在现实"新""旧"辩证的意义上存在着与时俱进的可能。也因此,自《创业史》到《平凡的世界》,再到《高兴》《带灯》《西京故事》及《主角》,社会主义文学之"新人"塑造无论思想及审美资源均有不同程度之更新与转换,但内在品质却一以贯之。

与人民共和国的历史性创造相呼应的基于人民伦理的现实关切,为社会主义文学"新人"塑造的要义之一。此种"新人"与时代的阶段性主题密切相关,乘有可与时代互证的重要意义。梁生宝与20世纪50年代之核心主题之间的内在关联即属此理。如对《创业史》人物细加考辨,可知"非虚构"作品《皇甫村的三年》与前者的对照包含着"历史学家的技艺"的复杂寓意。梁生宝的原型王家斌在互助组草创时期的诸种表现与《创业史》的描述之间的"差别",恰属柳青塑造此一形象的真正用心处,亦包含着其对生活、政治与文学关系富有历史意味的独特理解③。"生活是经验、

---

① 张旭东:《"革命机器"与"普遍的启蒙"——〈在延安文艺座谈会上的讲话〉的历史语境及政治哲学内涵再思考》,《中国现代文学研究丛刊》2018年第4期。

② 张旭东:《试谈人民共和国的根基——写在国庆六十周年前夕》,见《文化政治与中国道路》,上海人民出版社2015年版,第15页。

③ 参见张均:《〈创业史〉"新人"梁生宝考论》,《武汉大学学报》(哲学社会科学版)2019年第1期。

现实，政治是理论和理想，而文学则以艺术形式赋予两者更高形态的综合和具象再现。"①梁生宝对党的事业的忠诚及其在处理"集体创业"与"个人发家致富"间之矛盾冲突时的选择，无疑包含着20世纪50年代社会主义建设过程中所面临的重要现实难题。历史地看，如不能从根本上解决私有制的弊端，克服自古及今穷人（底层）与富人（精英）的单向度的"转换"的逻辑，则彼时正在进行中的新的世界的建设难保不落入既往模式的历史性循环之中。而从根本意义上超克此种循环，互助合作或为选择之一。正因对彼时宏大之现实问题的深层含义的总体性理解，梁生宝成为20世纪50年代之时代"新人"，且秉有与梁三、郭振山等人完全不同的重要品质和现实意涵。梁生宝并非"传统意义上的农民英雄"，其所具有的"现代性意义体现在他不是在非时间的传统伦理价值中获得个人的实现，而是在对'党''国家'这些'想象的共同体'的认同中实现对日常生活与个人生活的超越"②。借此，作为"真正具有社会主义品质"的"新人"，梁生宝的想象"喻示着历尽艰辛的中国农民终于找到了自己的现代本质"。此种本质亦与新的世界的创造互为表里，属20世纪50年代时代思想总体性之表征。

相较于柳青在"新人"塑造过程中所可依托之思想总体的稳定性，路遥则面临思想和文学观念转变之际更为复杂的问题。20世纪80年代初，基于对"十七年文学"的系统阅读，路遥力图打破此前形成之人物塑造的成规。难于以"好人"或"坏人"为标准简单归类的高加林的产生，即属此一思考的重要成果。以此，路遥试图突破此前文学在人物塑造上的简单化（以"好人""坏人"来区分人物），以及"大团圆"结局的惯常模式，从而写出人物及其所置身其中的生活世界的复杂和多元。与"十七年文学"人物塑造较为普遍的单向度一般，《人生》中高加林"结局"的"未定开放性"既属作家生活思考之自然结果，亦属时代精神之复杂多元使然。置身20世纪80年代初之历史氛围中的高加林已然无法如石大伯（《优胜红旗》），或更远一些的狠透铁（《狠透铁》）那般在单一的思想格局中完

---

① 贺桂梅：《柳青的"三所学校"》，《读书》2017年第12期。
② 李杨：《50—70年代中国文学经典再解读》，山东教育出版社2002年版，第157页。

成其对现实问题的索解。高加林空怀鸿鹄之志,在一个错位的时代里必然因精神的无所依托而有壮志难酬的人生慨叹。也"正是在对个人、社会与国家层面不同诉求的契合与冲突中,高加林开放的人生结局预示了一种路遥式个人主义的'新人'构想"。此种构想既意味着个人命运的"不确定性",同时也表征着人物所依托之制度性"思想"的匮乏。是为路遥把"新人的探求放置在相当艰苦的磨练之中",从而探索20世纪80年代初"社会主义新人的道路"的用心。而作为高加林命运在20世纪80年代中期的"延续",孙少平、孙少安、孙兰香兄妹分别代表着前者不同的可能。但路遥显然不再将人物未来的可能性复杂化,他们分别在几乎"预定"的人生轨道中砥砺前行并终有所得。在价值多元的时代,意图在总体的肯定性意义上书写底层人奋斗历程的路遥,不得已再度"简单化"地处理原本可以复杂化的人物的命运遭际。在他的笔下,孙少平、孙少安、田润叶、惠英嫂等人的命运似乎是在一种道德理想主义的超验氛围中展开。他们不曾面对20世纪80年代社会转型期的重要矛盾,他们的"人生"因而带有极强的理想化的特点,因疏离于彼时的时代问题而显得"概念化"。置身20世纪80年代"去政治化"为一时之盛且被认作"意识形态终结"的语境中,路遥依靠文学世界的创造,力图在社会主义文学传统的当下延续中回应时代的精神疑难。其以建构的姿态,接续隐匿的传统,并证明其仍然有着无法取代的巨大的能量,且足以应对变动时代的历史及现实问题。其对底层普通人之时代命运的深层关切,即属此种理路的自然延伸。是为路遥文学遗产的核心所在,亦是其与"重写文学史"以降之文学史叙述成规的根本分野。其在文学史评价上的沉浮,深层原因即在此处。

路遥和他的人物所面临的评价上的困难,某种意义上可视为柳青和他笔下的人物遭际的"翻版"。20世纪60年代初围绕《创业史》人物的评价问题所引发的争论,足以说明两种文学观念之间难以调和的内在"矛盾"。严家炎对梁三老汉这一"中间人物"的高度肯定与其对作为社会主义新人形象的梁生宝的"保留"意见互为表里。而柳青对此一说法的"不能容忍"同样包含着其自身写作所依托的精神逻辑的历史合理性。作为书写20世纪50年代合作化运动的重要作品,《创业史》所面临的评价问题既关涉到20世纪80年代之后新的文学规范的确立,亦与对20世纪50年代至70年代文学路线的历史评价问题密切相关。饶有意味的是，20世纪50年代的"时代英雄"和"新人"梁生宝的原型王家斌在与高加林、孙少平几乎相同的历史时段，再度面临着人生的重要选择。"集体"已成历史陈迹，可以作为"新人"在20世纪50年代的思想依托的政治想象已有另一番历史评价。时代的主题已悄然置换，代替王家斌成为新的时代英雄的，已是富农姚世杰、富裕中农郭世富等。"十七年"至"文革"关于农村的社会主义实践已有另一番历史评价，梁生宝（王家斌）和他的时代一起被抛在现实之后。而作为20世纪80年代的"社会主义新人"的高加林、孙少平们所要面对的是全新的历史情境和完全不同的命运选择，其间似乎并不存在内在的延续性。但自更长的历史观之，他们同样在"意识形态"所预设之希望愿景中象征性地处理复杂的现实难题，同样或显或隐地表征着政治意识形态对"新世界"和"新人"的双重询唤。20世纪80年代在这一点上与20世纪50年代遥相呼应：在社会主义初级阶段的不同时期，"新人"不断创生且秉有新的内涵，并代表一时代的历史想象与现实难题完成其作为"历史中间物"的重要使命。

唯其如此，贾平凹及陈彦在21世纪的第二个十年尝试重启总体性范畴，接续已然隐匿的社会主义新人的传统所面临的困难，再度说明赓续社会主义文学传统基本精神的重要意义。身处《秦腔》所述之乡土世界的颓然之境，到城里去再度成为一代人的普遍性选择。但此种选择却并未促进其所怀有的美好生活的希望愿景的现实化。如刘高兴般的人物身处城市的"边缘"，或仍为求温饱苦苦挣扎于底层，或在对冷峻现实问题的想象性解决中获致精神暂时的慰藉，舍此无他。而作为乡土现实"非虚构"书写极具症候意义的典范，相较于同时期的叙事虚构作品，梁鸿的作品似乎容纳了更多的"真实"。从《中国在梁庄》到《出梁庄记》，颓然的乡土世界已然无法容纳新一代青年人的光荣与梦想，他们纷纷去往城市，却在如刘高兴、五富一般的艰难处境中连梦想也无力编织。而秉有社会责任感和担当意识，作为"社会脊梁"的带灯在危机四伏的樱镇世界被迫"幽灵化"，她和她所坚守的原则的崩溃暗含着贾平凹对现时代核心问题更为深入的思考。自社会主义文学的内在连续性观之，带灯可被视为"社会主义革命文学一直幻想的引领历史前进的新人形象"，她"扎根于体制中"，她的

"现实行动要推进和发挥体制的优越性,向着体制的乌托邦未来挺进"。贾平凹借由这一形象的塑造力图接续五六十年代的社会主义文学的命脉,并重建"社会主义新人形象"①。但21世纪的社会主义新人带灯已无力如梁生宝般引领一时代的精神潮流,被边缘化的现实命运唯有在"萤火虫阵"这一虚拟的意象中方能得到想象性的暂时超克。颓败的樱镇世界在作品末尾处的"贞下起元"亦属现实逻辑的自然延伸,而非在带灯努力的方向上发生质的变化。樱镇的"再生"也不过是此前境况的结构性反复,并不包含深层次掘进的意义。时代"新人"由内在于时代而至于与时代"疏离",无疑包含着极为复杂的历史和现实寓意,属新中国前三十年(1949—1979)和后三十年(1979—2009,亦可涵容2009年至今之现实问题)复杂思想论争未定状态的现实例证。亦从另一侧面说明,随着时代核心主题的转换,作为时代精神潮流之代表的"社会主义新人"亦随之调整且秉有新的内涵。

作为回应"孙少平难题"的重要作品,《西京故事》中罗天福一家的命运无疑有着极强的历史症候性意义。生活遭际并非偶然的相似性使得罗天福在多重意义上可被视为孙少平的同路人,而作为他们的下一代,在变化了的历史语境中,罗甲秀、罗甲成他们仍需面对与孙少平大致相通的生之艰难。他们与孙兰香有着相同的人生道路,却无后者被"悬置"种种现实困境之后生活的美好和"单纯"。陈彦努力以与21世纪第二个十年总体性密切相关之世界想象化解罗甲秀姐弟所面临之现实难题,却更为深入地意识到此种解决方式似乎并无多少普遍性。"新人"罗甲秀、罗甲成表征的仍然是"孙少平难题"的结构性循环。20世纪80年代与21世纪第二个十年生存情境的历史性反复,再度说明重申关注"社会最低需要"这一社会主义原则,并将"社会大众的不安"化解在总体性范畴的内部的重要意义。是为"危机"的生产和克服的题中之义,亦属社会主义文学所面临的严峻挑战:"它需要从新的下层和下层新的真实中再造'人的文学'的内涵",以克服"'革命第二天'所发生的'无产阶级资产阶级化'的

---

① 陈晓明:《萤火虫、幽灵化或如佛一样——评贾平凹新作〈带灯〉》,《当代作家评论》2013年第3期。

问题"①。此种"再造"无疑属广义的"文化"思想的不断调适,以面对和化解来自社会实践中的种种矛盾。因为,"只有在文化的基础上","一种关于人和事的总体才是可能的"。这种"从所有可能的实体和关系中形成"的"新的和完善的总体","远远胜过我们已经分裂的现实"。也因此,在托尔斯泰的文学世界里,有着显而易见的"对突入一个新的世界时代的预感"。具体表现为"诸重要人物对其周围的文化世界所能提供给他们的一切东西的不满,和从他们的摒弃中产生的对自然界其他更为本质的现实的寻求和发展"②。"分裂的现实"因更为本质的"总体"与"个人"在更高意义上的辩证统一而得以朝向新的整全世界的可能。"新人"与时代的互证因之包含着社会思想现实化的重要问题,并非单纯文学典型塑造问题所能概括。也因此,继《西京故事》之后,陈彦以《装台》的写作一改对底层生存困境想象性解决的既定模式,努力如其所是地发掘普通人的生之意义及其价值和尊严所能依托之更为悠远的传统。此种近乎沈从文20世纪30年代对湘西底层人生命价值思考的理路无疑包含着更为复杂的历史寓意——在体制尚未一劳永逸地解决底层人的生存问题的"过渡阶段",如何为其生存赋予意义远比哀其不幸、怒其不争的简单的批判更为紧要。虽非出自农村,与大历史"脱节"的刁顺子分享的是与刘高兴、高加林共通的时代"艰难",也唯有在新的"人的文学"更具历史意味的再造中方能得到根本性的解决。基于更为深入的现实观察,陈彦以《主角》中的"新人"忆秦娥来表征与时代奋进精神同频共振的更具代表性的人物形象,从而肯定性地回应现实的精神疑难。跨越改革开放四十年宏大历史之沧桑巨变,与大历史密不可分之"主角"忆秦娥的个人命运因之具有指称不同时代不同群体的解释效力。即便面临内忧外患、身心俱疲之境,忆秦娥仍以正精进的姿态朝向未来的新的可能。是为民族精神赓续千年生生不息之精义。陈彦借此表达了他对时代及其所关涉之历史问题的深刻洞察。而以1942年以降具有内在连续性之历史总体性为核心,融通中国古

---

① 张均:《重估社会主义文学"遗产"》,《文学评论》2016年第5期。
② 卢卡奇:《小说理论》,燕宏远、李怀涛译,商务印书馆2012年版,第135—140页。

典传统的思想和审美路径，无疑可以赋予"新人"以全新的内涵，属新的时代总体性思想的重要表征，亦再度说明"新人"与时代相互成就之现实意义和重点所在。

三、"劳动"与文学的实践品格和伦理目的

"新世界"和"新人"具有社会主义实践意味的交互创造，"劳动"为其中不可或缺的重要一环，且被赋予全新的政治和现实含义。"对'劳动'的高度肯定"，"蕴含了一种强大的解放力量"，借此，"中国下层社会的主体性"及其"尊严"才可能被有效地确定。"劳动"既意味着"一种既是民族的，也是世界的政治—政权的想象和实践活动"①，同时亦可有效确立"劳动者"作为国家主体的重要地位。沿此思路，则作为社会象征行为的文艺创作亦属劳动之一种，可与普通劳动之品质和现实意义互通。在更高的意义上，艺术创作与社会实践有着内在的同一性："真正的进步作家，在每个时代里，都是为推动社会前进而拿起笔来的"，"他们光荣的任务是努力通过尽可能生动、尽可能美好、尽可能感人的形象，把他经过社会实践获得的知识和理想传达给人民，帮助人民和祖国达到更高的境界"②。是故，作家并非外在于"现实"的旁观者，而是本身即在现实中充分参与社会实践的"具体的人"。他们与时代和人民一同前进，并最大限度地发挥文学作为社会象征行为的重要理论价值和现实意义。以此为基础，才能从"'推进社会进步'的总体意识和全局视野来规划自己的社会实践和文学写作"③。柳青的如上认识，无疑包含着对文学与现实、创作主体与外部世界等重要理论问题极具历史意味的独特理解。"文艺"并非吟风弄月式的个人感怀的简单表达，并非"填闲"或"帮闲"，而是蕴含

---

① 蔡翔：《革命/叙述：中国社会主义文学—文化想象（1949—1966）》，北京大学出版社 2010 年版，第 224 页。

② 柳青：《关于理想人物及其他》，见蒙万夫等编：《柳青写作生涯》，百花文艺出版社 1985 年版，第 98 页。

③ 贺桂梅：《柳青的"三所学校"》，《读书》2017 年第 12 期。

着"改造世界"的实践价值和创造"新人"的伦理目的。因为"现实就是历史,是人们活动的结果"①。而"同人民生活保持活跃的联系,使群众自己的生活实践朝着进步的方向继续发展",乃"文学的伟大社会使命"②。置身 20 世纪 50 年代总体性的历史和现实氛围之中,社会主义的伟大实践及其所依托之宏阔之世界构想和伦理承担具有作用于大多数人的重要意义。而以《创业史》的创作充分参与彼时的社会实践,从而推动社会前进的步伐,乃柳青写作的要义所在。其扎根皇甫十四年,"与人民一道前进"的思想和文学选择的根本意义即在此处。

延续柳青传统的核心精神,认同"新的人民文艺"的根本性质及其重要品格,路遥几乎自然地认同如下写作伦理:文学创作就其根本而言具有无可置疑的"劳动"性质,与其他"劳动"仅存在着形式上的差别。只有"不丧失普通劳动者的感觉",作家"才有可能把握社会历史进程的主流",从而"创造出真正有价值的艺术品"。而在《不丧失普通劳动者的感觉》中,路遥更是明确表示:"写小说,这也是一种劳动,并不比农民在土地上耕作就高贵多少,它需要的仍然是劳动者的赤诚而质朴的品质和苦熬苦累的精神。"从路遥对文学创作的劳动性质的持续强调中,我们自然不难联想到西蒙诺夫谈作家的劳动本领的文章。通过援引高尔基"天才就是劳动,人的天赋就像火花,它既可能熄灭,也可能燃烧起来,而逼使它燃烧成熊熊大火的方法只有一个,就是:劳动、再劳动"的说法,西蒙诺夫申明作家创作本身所具有的劳动的性质。这种性质决定了他的写作技艺不过是劳动本领的体现。而只有持续不断地劳动,作家才能"等同于"那些在工作的第一线的"人民",并因之无愧于其所置身其中的正在建设的社会主义的伟大时代。

"劳动"本身的"无差别",使得知识人与普通劳动者在几乎同一的意义上从事着共同的工作(建设社会主义),而非如新文学"启蒙"传统

---

① 弗雷德里克·詹姆逊:《马克思主义与形式》,李自修译,百花洲文艺出版社 1995 年版,第 154 页。
② 卢卡契:《现实主义辩(1938)》,见《卢卡契文学论文集》(二),中国社会科学出版社 1981 年版,第 33 页。

所预设的那样自外于"劳动人民",此亦为《讲话》申论知识分子与人民群众"结合"的根本用意。文学创作既属劳动之一种,身处社会主义建设的具体的历史性的境况之中,其"劳动"自然不可避免地带有与普通劳动同样的社会主义实践性质。是为此种论述之核心旨趣,亦属丁玲20世纪40年代中后期处理"知识分子"与"人民大众"的"相对的、辩证的关系",从而完成自我"改造"之重点的延续[1]。其所关涉之更为复杂的问题,在法捷耶夫的相关论述中得到了更为准确的表达。以《论作家的劳动》为题,法捷耶夫同样强调艺术创作的劳动性质。"艺术创作——这是一种人的劳动,是一种特别的劳动,但仍然是劳动之一种。"依此逻辑,则作家对文学技巧的研习,一如普通劳动者对劳动能力的提升,其间并无质性的差别。此说与西蒙诺夫分享的是同一种逻辑:一种无差别的劳动,将作家与劳动人民紧密地联系在一起。文学创作既属与人民的社会主义实践具有同一性意义的"劳动",也便自然与一定的"目的"和"使命"密不可分。即如法捷耶夫所言,除需要修习现实知识外,艺术家最为重要的任务和使命,是要预见许多事物——从新的种子中能够看出这新的东西就是胜利的东西。"努力使新的东西胜利"背后的质的规定性,即是"用一个总的概念即共产主义这一概念来包括的——是苏维埃艺术家的创作所服从的目的"。是说无疑对应于苏联作家协会章程所规定的社会主义现实主义方法的理论基础和实际意义。其根本精神类同于卢卡奇对现实主义作家与"客观的社会总联系"内在关系的论述,"每一个真正的现实主义作家的文学实践,都表明了客观的社会总联系的重要性和为掌握这种联系所必须的'全面性要求'"。因是之故,"作品的深度,一个现实主义作家影响的广度和持久性,主要取决于他(在写作方面)在多大程度上明了他所描写的现象实际上表现的是什么"。亦如列宁所指出的,"非本质的、现象的、浮在表面的东西往往要消失",远非"本质"那样坚固。因此,根本问题在于"认识现象和本质之间的真正的辩证统一"[2]。一时代具有

---

[1] 参见何吉贤:《"流动"的主体和知识分子改造的"典型"——1940—1950年代转变之际的丁玲》,《中国现代文学研究丛刊》2018年第4期。

[2] 卢卡契:《现实主义辩(1938年)》,见《卢卡契文学论文集》(二),中国社会科学出版社1981年版,第6—7页。

社会实践意义的文学必然与其时代总体性观念存在着内在的关联。此种关联即便包含着若干"意识形态离心结构"所彰显的"辩难"的意味,其意义却非在"解构",而是努力在总体观念的内部化解可能存在的现实难题,从而朝向开放的总体性的未来①。而依托于时代意识形态的宏大叙事,文学艺术文本得以以先在的逻辑重构虚拟世界的总体图景,从而在理想化、先进性的意义上作用于日常现实。

暂且悬置社会主义现实主义的规定性在特定历史年代因极端化而造成的问题。仅以"意识形态"的根本意义而言,认信政治意识形态与信奉他种思想体系之间并无"原初"意义上的差别。"再解读"的代表人物唐小兵早在20世纪90年代中后期即意识到资本主义现实主义与社会主义现实主义就其话语运作逻辑而言具有形式上的相似性,差别在于根本性的价值立场。"再解读"研究理路所援引之西方现代主义、后现代主义理论,背后亦有不同于社会主义现实主义的意识形态倾向。"统治阶级意识形态将探讨使自身权力立场合法化的各种策略,而对立文化或意识形态则往往采取隐蔽和伪装的策略力图对抗和破坏主导'价值体系'。"是为曼海姆所谓的"意识形态"与"乌托邦"辩证关系之基本逻辑。柏拉图将诗人逐出理想国,根本原因即在于后者的作品所内含的虚拟的可能(诗性正义)存在着瓦解前者的力量。质言之,自"五四"以降即被定义为现代民族国家想象之重要载体的文学文本,承担生产"新世界"及"新人"的"意识形态"功能,属其内在价值的自然延续,而非越界之举。沿此思路,则柳青努力与"思想家、政治家站在同一高度的理论平台上理解世界和改造世界",从而构建文学与政治及现实具有内在同一性的新的关系也便有着值得深入反思的重要意义。经由文学世界对新的思想以及与之相应之新的世界感觉的独特创造,一种"对现实世界的总体性认识"得以转化为"个人

---

① 如黄平所论:"反思总体性,但并不否定真实与意义的存在;而且,真实与意义并不是以否定总体性的方式居于总体的外部,而是通过对于总体性的否定之否定来把握。"也就是说,"总体性"包含着内在的、与时推移的自然调适的可能,并因之具有面向未来的开放性特征。《"总体性"难题——以李敬泽〈会饮记〉为中心》,《文学评论》2019年第2期。

的行动实践"①。此种文学观念与"纯文学"之思想理路之根本分歧亦在此处。在路遥为《平凡的世界》做写作的准备时,数十年的"工农兵写作"的历史性实践已因"新时期"的开启而难以为继。在受容西方现代主义、后现代主义文学及思想之基础上兴起之先锋写作逐渐成为文学的主潮。此类写作在形式上实验的热情远甚于对生活世界"原初"经验的关切,一种后来被命名为"纯文学"的一脉逐步确立。"纯文学"的兴起自然有其阶段性的历史合理性。但沿此思路创作之作品,已难于对身处底层的普通人产生如路遥作品这般持久而深入的影响力。那些至今仍挣扎在生活的困苦中的年轻人,无论身处何地,无不可以从孙少平身上看到自身命运的投射,而从后者不断奋进的姿态中,亦可获致前进的力量。惜乎此类的"及物"的写作,在路遥人生的后期,已非文学的主潮,且几乎处于被压抑和排斥之列。《平凡的世界》在发表初期面临的困难以及此后多年遭遇文学史持续的冷落,无不与20世纪80年代以来文学史叙述语法的偏狭关联甚深。诸种观念分歧的核心,仍在马克思如下论断所包含的洞见之中,"哲学家只是用不同方式解释世界,问题在于改变世界"。如仍坚持这样一种理念:"将劳动和劳动阶级从某种异化的状态中解放出来",那么"世界应该怎样"即属不容回避之重要问题。想象之重要亦在"应该怎样"中得以凸显。"如果我们不完全满足于当下的秩序安排",便必然需要重新面对"世界应该怎样"的历史的想象主题。"而我们一旦企图重新面临这一世界秩序","我们就会重新走向政治"。也因此,"在文学性的背后,总是隐藏着政治,或者说政治性本身就构成了文学性"②。作为社会实践之一种,优秀的现实主义作品所具有的包容载重的巨大的能量足以完成一时代基于总体性的丰富表达,且在"新世界"和"新人"交互创造的意义上,实现其经世功能和实践意义。

以柳青、路遥的建构现实主义策略及其与时代的互动共生为参照,那些以"正面强攻现实"为名的写作的粗疏和简单几乎不言自明。同样在作

---

① 贺桂梅:《柳青的"三个学校"》,《读书》2017年第12期。
② 蔡翔:《革命·叙述:中国社会主义文学—文化想象(1949—1966)》,北京大学出版社2010年版,第392—393页。

为一种概念体系的意识形态的意义上,他们将现实设想为一个弊端丛生的对象物,自身则充任手持长矛的堂吉诃德,勇猛且一往无前地冲向想象的客体,并由之体会否定性的宣泄的快感。从他们的作品中,我们几乎看不到这世界的建构之物,看不到友爱和同情以及"上出"的力量。他们和他们的世界注定将一颓到底,却无法设想尚有未被充分意会的"希望"的可能性。小说也并非不可以描述表象的、碎片化的、破缺的、流动的甚或"无意义"的现实,然而其作为"赋予外部世界和人类经验以意义的尝试",却不能止步于对现实"裂隙"与"病症"的简单描述,而需要将现实的阶段性的不完美融入具有总体性意义的世界构想之中。因为"总体"意味着某种完整的东西的"完美",其完美之处在于"一切都发生在它的内部,没有什么东西被排除在外,也没有什么东西指向一种更高级的外部事物"。复杂世界所蕴含之种种无不朝向"自身的完美"而趋于"成熟"。在此过程中,"只有在美使世界的意义变得显而易见的地方""存在的总体才是可能的"①。进而言之,小说的意义在于朝向"人类生活最终的伦理目的",亦即"意义与生活再次不可分割,人与世界相一致的世界"。而在乌托邦的构建不再归于文学,而是"归于实践和政治行动自身"的时代,以叙事虚构作品总体性世界的营构完成与政治在同一性意义上的世界想象,即具有处理文学与外部世界关系的典范意义。其间总体性世界的问题性包含着一种更具现实意味的召唤结构——呼唤自上而下的整体的、制度性的改革,以克服社会内部的"危机"。一言以蔽之,置身朝向未来希望愿景的"过渡"阶段,"伟大的小说家以自己的文体和情节本身的形式组织",对"乌托邦的问题提供一种具体展示"②。此"乌托邦"近乎布洛赫所论之"希望"义,乃可指称总体性的终极愿景,包含着社会(文学)实践的伦理目的——一种更为美好的生活形态。

---

① 卢卡奇:《小说理论》,燕宏远、李怀涛译,商务印书馆2012年版,第25页。
② 詹姆逊:《马克思主义与形式》,李自修译,中国人民大学出版社2018年版,第150—151页。

"未竟"的创造:《创业史》与当代文学中的"风景政治"

引言:"社会主义风景"的开启

讨论《创业史》中的"风景政治"及其意义,柳青1955年12月12日为苏联《文学报》所作之文章《中国热火朝天》的开篇文字,是极具象征意味的"出发点":

> 十二月的阳光,好像母亲的手一样,温暖地抚摩着渭河平原上一片翠绿的麦田。秦岭的山峰已经是白雪皑皑了,山脚下的镐河边上,最耐寒的榆树叶也将要落尽了。往年,这是大地已经开始冬眠的时候,但今年,农业合作化运动的高潮使得每一个村庄和每一条小巷都活跃了起来——男人们往麦田里施追肥,成队的和成组的妇女在田间进行有史以来第一次大规模的小麦冬锄。人们从老的和新参加合作社的男女社员们劳动的劲头、走路的步伐、说话的声调和笑貌中,处处都可以看出一种发自内心的欢欣和鼓舞。
>
> 这不像冬天,好像春天打乱了季节的顺序,抢先到了中国大陆①。

---

① 柳青:《中国热火朝天——为苏联〈文学报〉作》,《柳青文集》(第四卷),人民文学出版社2005年版,第148页。

"冬季"如"春",且似乎脱离了四时流转的"季节的顺序"(自然秩序),这是1955年秦岭脚下渭河平原的真实景况。经过数年的社会主义改造之后,旧的观念秩序渐次瓦解,新的思想、情感、心理和行为开始确立。此为"新世界"超克依托"自然"的旧观念而获得自主的重要景象,蛤蟆滩如火如荼的社会主义建设所开启的三千年未有之大变局,正在彻底改变中国乡村的整体面貌。那些信奉"日出而作,日入而息"、遵从简单的自然秩序的旧人物正在面临前所未有的精神的震动,他们所持守的曾经延续千年的伦理观念和生活"秩序"开始面临难以缓解的难题。新的观念和新的人物在崛起,他们所创造的新的世界以极大的优越性证明旧观念被逐渐废弃的历史合理性[①]。

此后数十年间,因极为复杂的原因,农业合作化所设想之时代"风景"并未全然落实。当代文学中的"风景"叙述(不独自然风物的描绘,而是更为深入地关涉到"人事"与"自然"的作为"社会象征行为"的想象的复杂内容)渐次"重返"《创业史》之前的叙述模式之中。"自然"以其无从规避和逃遁的伟力在多重意义上影响甚至左右着"人事"(既包括普通人运命之变化,亦扩而大之为历史之兴废起伏)的发展。"人事"与"自然"之关系再度成为需要进一步思考的重要议题,属切近当代文学观念之变的进路之一。此种"风景叙述"大多以"重启"中国古典思想基于现实观察之"循环观念",表现人事之起落、成败、荣辱、兴废一如日出日落、月圆月缺、四时交替之简单"更替",虽有"重返"为20世纪50年代新的自然观念努力克服的旧思想之嫌,其所呈示之中国古典自然观念及其所依托之复杂的思想传统,仍内含着可作用于现实的精神力量。故此,新的更具包容性和概括力的自然观念,便是于"古""今""中""西"思想的交互影响与融通之中,抉发奠基于当下中国和世界语境,融汇经过创造性转换和创新性发展之后的中国古典自然观念的新的"天"(自然)"人"

[①]《山乡巨变》所述盛淑君等人集体劳作所体现之核心逻辑亦与此同。参见周立波:《山乡巨变》,见《周立波选集》(第三卷),湖南人民出版社1983年版,第546—547页。

（人事）关系。

更具历史和现实意味的事实是，与《创业史》"未竟"的"风景"创造相隔近七十年后，在柳青的家乡陕北，距离长安皇甫村三百余公里的延安索洛湾，一位名叫柯小海的村党支部书记带领村民致富奔小康的事迹，再度说明20世纪50年代"新人"梁生宝的"未竟之业"在新时代得以完成。柯小海所领导的村级产业在数十年间的不断探索不断转型，也充分说明生态文明和谐发展观念的历史重要性。是为20世纪50年代迄今"人事"与"自然"关系之历史性变化的重要一维，虽未有叙事虚构作品的宏阔展示，其所蕴含之复杂意涵，仍可在《创业史》以降之当代文学"风景叙述"的历史脉络中加以阐释。而由《创业史》"题叙"及正文中反复申论之顺应天命（靠天吃饭），到梁生宝等人的生产努力所依托之近乎"人定胜天"观，再到"天人和合"的生态发展观，社会主义创造实践发生了巨大的变化，进入以马克思所设想之"人事"与"自然"关系为基础，充分融通中国古典自然观之核心要义，进而超克目下盛行之西方现代以降之自然观念之限度，朝向"人"与"自然""和合"发展的全新境界，属古今中西融通之后所开显之具有新时代思想内涵的重要观念。在此一观念与时推移的自然调适的整体视野中，《创业史》细致书写"靠天吃饭"和"人定胜天"观念及其所涉及之"旧"/"新"思想的博弈，便包含着不限于文学中的风景描画的、值得进一步深入探讨的思想和文化史新旧之变的重要内容。

一、"靠天吃饭"和"人定胜天"：两种观念的"风景"意涵

经由对"一个村庄各阶级人物在合作化运动中的行动、思想和心理"变化过程的细致书写，回答"中国农村为什么会发生社会主义革命和这次革命是怎样进行的"这一20世纪50年代的重要时代问题，为《创业史》写作的目的。这个目的决定了在其所描述的合作化运动初期，于社会主义思想和农民的资本主义自发思想两条道路的斗争中，"应该强调坚持社会主义思想在农村的阵地、千方百计显示集体劳动生产的优越性，采用思想教育和典型示范的方法，吸引广大人民走上社会主义道路，孤立坚持资本

主义道路的富裕中农和站在他们背后的富农……"①故此,"梁三老汉草棚院里的矛盾和统一,与下堡乡第五村(蛤蟆滩)的矛盾和统一","构成了这部'生活故事'的内容"②。计划中的后两部虽未完成,但柳青对其中核心内容的详细叙述足以说明该作观念的整体考量:通过对梁生宝领导的互助组从初级社到高级社的具有特定时代社会象征意义的叙述,书写20世纪50年代在中国农村的社会主义改造过程中复杂、幽微的精神和心理难题及其解决过程③。由"题叙"至"正文",于"新"与"旧"、"古"与"今"的观念的复杂境况中,"新世界"和"新人"双向创造、互相成就的过程跃然纸上。就中正在展开的现实矛盾冲突不可避免地关涉到"传统"思想之历史"残余"与新崛起的观念之间的复杂博弈。蛤蟆滩梁生宝们的"创业",因此不仅关涉到20世纪50年代"国家大业"的历史性创造,亦属与新的社会主义国家相应之"新人"的自我创造。二者在新中国成立前几年的交互成就及其所面临的共同的难题的解决过程,便构成了这一部作品更为核心的"内容"。也因此,《创业史》中的"风景政治",乃是历史和现实、观念和实践融通汇聚、交往互动所开之更为复杂之"世界创造"。

20世纪50年代初,蛤蟆滩上下的土改工作结束之后,如何从根本意义上解决如高增福般因种种现实因素的限制,无法实现个人富裕,从而彻底超克传统社会阶段性之"贫""富"之"循环",便成为基层社会需要面临的核心难题。对此问题及其不容忽视之重要现实意义,该书第九章有着自不同人物、不同境遇极为充分之说明。④历经时代的鼎革之变,且对

---

① 柳青:《提出几个问题来讨论》,见蒙万夫等编:《柳青写作生涯》,百花文艺出版社1985年版,第94—95页。

② 柳青:《创业史》,中国青年出版社2009年版,第21页。

③ 参见柳青:《和人民一道前进——纪念毛泽东同志〈在延安文艺座谈会上的讲话〉十周年(节录)》,见蒙万夫等编:《柳青写作生涯》,百花文艺出版社1985年版,第29页。

④ 甘阳对关注"社会最低需要"作为社会主义的核心特征之意义的描述,或属此种道路之历史合理性的有意味的说明之一。参见甘阳:《社会主义、保守主义、自由主义:关于中国的软实力》,见《文明·国家·大学》,生活·读书·新知三联书店2018年版。

自身的生活境遇有明确之反思能力,加之参与党的教育活动所习得的一系列观念,使得能够在历史的关键点迅速把握"解放"复杂之政治意涵的梁生宝决意摒弃"自发思想",去走"互助合作"的道路的历史合理性即在此处。他也充分意识到如其父梁三老汉的观念转变,会是一个较为漫长的过程,只有带头把互助组的生产做好,让周围人"看到"互助合作的优越性,自然会从根本上解决他们的观念问题。故此,互助组以互助生产上的巨大优越性来吸引单干户,从而最终完成农村的社会主义改造,是《创业史》的核心逻辑之一。也因此,作为第一部的"核心矛盾",富裕中农郭世富和"隐"于其后的富农姚士杰与梁生宝领导的互助组之间的"博弈",便包含着极为复杂的历史内容。不仅为两种代表不同历史方向的"势力"之间的冲突,亦属两种基本观念("旧"的生产生活观和代表社会主义方向的"新"生产生活观)的冲突。而后者,还极为深入地触及"旧观念"所依托的思想传统和"新观念""新思想"之间不可调和的根本矛盾。此为 20 世纪 50 年代具有时代总体性之"症候"意义的重要命题,并非蛤蟆滩所独有①。

发展生产,以生产的成果显示互助合作和单干之间的根本差异,为第一部极为显明的逻辑。此逻辑也符合庄稼人一贯的生产和生活观念——眼前活生生的现实比任何语言的描绘对他们更具吸引力,梁生宝无疑对此洞若观火。在简单地延续往年依靠向富农、富裕中农"活跃借贷"以帮助困难群众度春荒的努力"失败"之后,梁生宝力图通过组织大家进终南山割毛竹的"自力更生"的方式解决紧迫的现实问题,不仅如此,他还只身前往百里之外的郭县购买新稻种,通过农业技术员韩培生的新技术促进生产。上述举措,皆有值得深入分析的重要意涵,乃是新的生产观念与旧生产观念的"尖锐斗争"②。虽说郭世富知晓新稻种的好处之后,也购得一批,但新稻种的"新",仍然不能改变其大半生务弄庄稼所获得之自以为

---

① 赵树理对此问题亦洞见极深,参见赵树理:《随〈下乡集〉寄给农村读者》,《赵树理文集》(第二卷),人民文学出版社 2005 年版。

② 参见李哲:《伦理世界的技术魅影——以〈创业史〉中的'农技员'形象为中心》,《上海大学学报》(社会科学版)2018 年第 4 期。

丰富的"经验",何况这些经验还有着更为源远流长的传统。不能接受新的生产技术(观念),新稻种也难以发挥其所蕴含之增产增收的"潜力"。柳青对此叙述甚详。且看郭世富与农技员韩培生围绕新式秧田的对话:

>预备和生宝互助组比赛的郭世富,不满足地问:
>"那么,同志,你说说这新式秧田,有些啥好处呢?"
>"好处很多!老人家。"韩同志在泥水里,用热心宣传的口调,对这位长者恭敬地说,"第一,排水干净,秧床上不生青苔;第二,秧床中间通风,秧苗不生瘟热症;第三,这是最重要的,我们要培育壮苗,就要施追肥,要拔除杂草,要治虫。但是,"他指着生禄的秧子地说,"像那个'满天星'秧田,简直没有人插脚的地方嘛,哪里能做这些事情呢?只好撒了种以后,让它听天由命长去。"①

"听天由命"与农技员韩培生新式秧田多方位的人为"干预"(技术创造)对照鲜明,亦从侧面说明科学技术的引入之于农业生产的重要性——不仅是生产技术的革新,更是生产观念的转变。而韩培生的新式秧田也并非全无实际经验凌空蹈虚一味求"新",而是包含着对旧式秧田弊端的充分认识。

>"那个'满天星'秧田,培育出来的叫做什么秧苗呢?"韩同志兴致勃勃,进一步讲解,"那叫做'牛毛秧'。为什么?秧苗长得倒高,只是很细,像牛毛一样,秧插浅了,风一吹就倒了,浮在水上;插深了,成半月二十天发黄,要死不活,缓不过苗来。好容易缓过苗来了,又不爱分蘖(就是分杈),插多少株,吐多少穗。稻秆又软,稻粒还没有灌好浆,头一场秋风,它就倒伏了,割到场里,秕子比稻子多。我说得对吗?"

---

① 柳青:《创业史》,中国青年出版社2009年版,第274页。

有人承认:"有时候有这情形……"①

但人们私下的议论,却包含着远较秧田的做法更为复杂、幽微也更耐人寻味的意涵。先是说"不好也没他说得那么凶险吧"?再是更为直白的心理表达:他把咱"老三辈子的庄稼活,说得不值一个麻钱!"②韩培生扁蒲秧的培育方法与"老三辈"的庄稼活经验的差别,给了郭世富、姚士杰们莫大的信心。姚士杰将扁蒲秧污为"政策秧",明确表达了对新式秧田的抵触情绪。务弄庄稼活经验不输姚士杰的郭世富虽未明言,但显然认同姚士杰的上述判断。为了进一步削弱互助组的优势,他也购买郭县的新稻种,还把稻种"无差别"地分给蛤蟆滩的庄稼人。甚至还生出了极大的战胜互助组的"自信":

"我不信比不倒你梁生宝小子!你买得一石稻种,光给互助组长分,不给单干户!你好!俺不好!俺是自发势力,顽固堡垒!我不分彼此,都给分,看你小伙子又怎样说?是蛤蟆滩的庄稼人,不分贫雇和中农,我一样待承……"

郭世富感到一种报复中的快乐。他希望他的这个行动,在不贫困的庄稼人里头,引起好感、尊敬和感激,建立起威望。他想把自己变成所有"日出而作,日入而息,帝力于我何有哉"一派庄稼人的中心。或者干脆地说:他要做他们的头领。唉唉!他原不是好大喜功、喜欢为公众事务活动的人呀!他之所以这样,完全是因为时势逼使他做这号人。他害怕梁生宝搞的互助合作大发展……他必须站在蛤蟆滩一切新老中农的前头!他当然不能像党员和团员们宣传互助合作的道理那样进行反宣传。他只要用自己的行动,给一切新老中农和争取升中农的庄稼人,做出榜样,就行了。③

---

① 柳青:《创业史》,中国青年出版社2009年版,第275页。
② 柳青:《创业史》,中国青年出版社2009年版,第275页。
③ 柳青:《创业史》,中国青年出版社2009年版,第236—237页。

郭世富的心理，恰属如梁三老汉一般大半生梦想成为"三合头瓦房的长者"，且在分得土地之后怀揣"争取升中农"的"希望愿景"而无意于互助合作的普通庄稼人的"自发"念想的真实写照。《创业史》正文开篇不久，便详述郭世富新修房屋时梁三老汉的艳羡之情，用意即在此处。不难想见，如梁三老汉一般虽然生活在了新社会、思想观念仍留在旧时代的蛤蟆滩上下原本贫苦但有较强劳动能力的普通庄稼人，以郭世富为效法对象，开始自己的发家梦想的人应不在少数。饶有意味的是，要和梁生宝的互助组比赛的郭世富的"底气"，还源于他对"自然"与"人事"关系的如下理解：

> 嘿嘿！咱两个较量较量！看你小子能，还是我老汉能！嘿嘿！咱两个较量较量！你小子能跑？你好好跑吧！我就是走得慢！走得慢，心里也想把你跑得快的小伙子赛过去哩！日头照你互助组的庄稼，可也照我单干户的庄稼哩。你互助组地里下雨，我单干户地里也下雨哩！共产党偏向你，日月星辰、雨露风霜不偏向你。天照应人！……①

由是观之，郭世富、姚士杰以及蛤蟆滩上下中农和希望成为中农的庄稼人，与梁生宝互助组此时成为几乎显而易见的两种"势力"。究竟是互助合作可以促进生产，还是延续千百年的单干更具历史合理性，1953年秋收，将是具有重大的决定性意义的"事件"。梁生宝对此心知肚明，他努力带领大家进终南山以搞副业的方式解决资金短缺问题，始终关切互助组培育的新秧苗的情况，细致筹划劳动力的分配，甚至于在此期间对他早已颇有好感的青年团员徐改霞的情感关系持一种审慎的、延宕的态度……全因此番互助组的收获，不仅关涉到高增福等人的生活问题，也关联着下堡乡蛤蟆滩两种势力之间的"消长"问题，再大而言之，还牵连着党的政

---

① 柳青：《创业史》，中国青年出版社2009年版，第358页。

策的执行问题。兹事体大,梁生宝几乎殚精竭虑不遑他顾,因为他们的行为及其结果,最终影响的是"党的威信"。

更具意味的是,郭世富的"底气"中还包含着对"自然"与"人事"关系的传统理解——遵循自然规律播种、灌溉,其他则交由"老天"判定。风调雨顺,可获丰收;若遇灾年,歉收也属自然之事。在较长的时间段内,丰年灾年交替循环,富裕的照旧富裕,贫穷的依然贫穷。梁生宝父子于"题叙"所述之二十年间的发家史,即属此种状况之典范。贫穷的庄稼人于此种观念和现实逻辑中,万难依靠辛苦劳作改变命运。唯有如郭世富、梁大般以"非常"之举"脱嵌"于此种超稳定之结构,方有经济状况根本性变化的可能。因为经济竞争的表象背后,乃是两种观念之间的深层博弈。因此,20世纪50年代初的几年间,梁生宝互助组需要面对如郭世富般的庄稼人所持守千百年的"靠天吃饭"的观念,克服此种观念以促进生产,亦属灯塔社需要面对的重要的"内部矛盾"。在第二部的后半部分,梁生宝作为互助合作代表,前往县城参加互助合作的重要会议。灯塔社的领导工作,便暂时委托给了副主任高增福。除前国民党兵痞白占魁粗暴使用合作社大黑马引发黑马原主、向来排斥合作社的梁大老汉的极度不满,成为灯塔社建社以后的重大"危机"外,关于"地"的高下、劳动与回报之间的"不平衡",也成为灯塔社的重要问题之一。其时,社员们不愿锄福蛋两口子租种的一块地,原因即在于此。如不能妥善解决福蛋这一块地所引发的观念分歧,灯塔社或将面临更为复杂的矛盾。权衡利弊之后,临时主事的高增福劝大家按照社里安排正常锄地,原因有三:一是这一块地已列入社里的生产计划,是"旱地改稻地"的一部分,"夏季的麦苗是不好,秋季的稻子就能丰收",强调的仍是"人事"创造的意义;再是从经济效益看,以旱地交租,收获的却是水地的粮食,当然划算;最后,社里劳动力多,地不够种,"有劳力没地方用"。这最终说服大家的三条意见,核心仍是实际的经济利益的考量。豁然开朗的杨大海这才转述梁生宝的观点:"福蛋两口子种这租地,是靠天吃饭哩;到咱农业社手里,人多力强,大伙出几身汗,这地就能变成好稻地。"事情虽妥善解决了,却启发高增福生出如下思虑,其间也不乏感慨:"身边的这些社员还是庄稼人的眼光。""要把庄稼人的思想都教育好,要做多少事情啊!"①教育庄稼人,当然是20世纪50年代的重大时代问题。因庄稼人"成分"多少还有些差别,故而并不能简单地一并"处理"。细致描绘不同的庄稼人在大历史氛围中所面临之有差别的观念问题,并提出具体的、行之有效的解决方式,乃是《创业史》"创业"二字要义之一,为核心题旨。其中最为重要也格外突出的问题,是郭世富所持有和依托之观念和梁生宝秉有之新观念的冲突。此种矛盾冲突意义非常,乃是新的正在展开的世界的历史合理性及其先进意义的要义所在。无此则无根本性超克"贫""富"简单循环的可能性现实,也无从发挥新的政治观念之于底层劳动者的巨大的"解放"意义。互助组对福蛋租种的两亩地的改造计划,还内含着原本分散的劳动者"组织起来"之后所释放的巨大的劳动力量。这力量是他们敢于改天换地之底气所在。唯有"组织起来",方能从根本上克服萧公权所阐发之中国乡村变革的困难。柳青颇费心思地创造一种新的艺术表达方式,以具体的人物心理的变化做整体的章法布局,用心全在此处。而不同观念及其所持存的别样"风景",也自然包含着精神"新""旧"之变的迫切也复杂的现实难题。

二、"风景的政治"及其现实意涵

"靠天吃饭"和"人定胜天",乃是两种不同的理解"人事"与"自然"关系的思想方式,其间包含着"古""今"、"传统""现代"的观念之辨的重要寓意。《创业史》以不同人物之生活遭际反复提及"命运""天命"这样的带有极为鲜明的"旧观念"印记的说法,意在表明蛤蟆滩生活冲突背后所关涉的观念(伦理)难题。关于两种风景观念的讨论,也必然进一步引申出郭世富、姚士杰等与新人梁生宝之间的根本的观念冲突,此为农村社会主义改造之要义所在。在改造"自然"(包括生活世界)的同时完成"新人"的自我成就,乃是20世纪50年代之核心命题。郭世富、姚士杰他们,甚至包括梁大老汉、王二直杠、那个为王二直杠所持有的顽

---

① 柳青:《创业史》,中国青年出版社2009年版,第688页。

固思想戕害的素芳等人物，仍在已逝的旧社会的思想残留之中或暂时游刃有余，或苦苦挣扎，尚不能从根本意义上分享"解放"的重要思想成果。对这两类人物及其在新社会如火如荼的社会主义实践中的不同表现，《创业史》皆有细致且深入的叙述，为全书着墨甚多、也颇具意义的重要部分。而补叙郭世富等人的发家史及其所依托之观念，乃有更为鲜明的新旧对照的意味。

郭世富兄弟三人，原也是贫苦庄稼人出身，那时候，他们穿着如高增福甫一出场且直到互助组取得阶段性成功之前一直"穿的那种开花烂棉袄"，从郭家河搬到蛤蟆滩，像任老四一样给人家"卖日工"。郭世富几乎"破命地干活"，连"剃头的工夫"也没有，头发老长、虎口出血，女人仍冬无棉衣，孩子们甚至连裤子都穿不上，"冻得小腿杆象红萝卜一样"。几乎是1929—1949这二十年间梁三、梁生宝父子破命劳动希图"发家"却仍陷入赤贫的另一典型。历史性的"转机"出现在某一年的冬天，北原上马家堡的地主把渠岸边四十八亩稻地一张契约卖给了国民党骑兵第二师师长韩占奎。韩无意也不善经营庄稼，便选中郭世富兄弟独家承租。此后，不几年，"郭世富就买下马，拴起车，成了大庄稼院了"。① 也就无须再如当年贫穷时一般，与同样贫穷的乡亲们持有相同的生活观念。他要学习新的，与富裕的庄稼人相应的生活观念。他从杨加喜处"学了许多朱柏庐治家格言"，此为数百年来"大庄稼院过富裕光景的经典"。若无趁下雨天和上集走路的工夫向杨加喜学习的这些"治家格言"的精神影响，郭世富"一个粗笨的庄稼人"，哪能"使一个落荒到蛤蟆滩的穷家，发达成现在的样子呢？"② 郭世富直接的老师是杨加喜，杨加喜的老师是下堡村卢秀才，卢秀才的观念来源，便是其时政教制度所依托的儒家思想的政道、治道及学统。在漫长的历史时期内，此种思想观念也曾焕发重要的推动历史进步的思想效力，然而在19世纪末至20世纪初中叶，其进步意义渐次消退而与现代性观念之内在抵牾愈发明显。晚清至"五四"观念的现

---

① 柳青：《创业史》，中国青年出版社2009年版，第54页。
② 柳青：《创业史》，中国青年出版社2009年版，第439页。

代性之变所要面对的最为重要的精神和思想难题，便是如何从根本意义上完成观念的新/旧之变。此种后来被思想史家命名为文化的"古今中西之争"的重要问题虽在20世纪80年代后渐有分歧，至21世纪的第二个十年的全新语境下更有观念的鼎革之变，但在特定之历史时间内，其重要甚或不可或缺之历史合理性仍不容忽视。

然而在20世纪50年代初，郭世富所遵循之"治家观念"及其所依托之更为复杂的思想传统已无法应对日新月异的生活现实。新的具有根本性的革命意义的观念已然形成并渐次推进，由之形塑的文化人格遂成为历史潮流。以《朱子治家格言》为中介，郭世富所接受的乃是儒家伦理道德规范。此规范在《孟子·滕文公上》有极为具体的说明："人之有道也，饱食煖衣，逸居而无教，则近于禽兽。圣人有忧之，使契为司徒，教以人伦：父子有亲，君臣有义，夫妇有别，长幼有序，朋友有信。"①此种类乎同心圆波纹状层层扩展之人际范型，即费孝通所谓之"差异格局"，构成了郭世富曾在的旧世界的基本结构。其所承续之观念，亦在持存和显发其维系此种秩序正常运行之功能。此功能早在儒家观念的早期，即奠定基本"宇宙意识"。此即"以社会为中心的架构，'顺天应人'的社会，是一个讲求人际关系及其规范的伦理社会"②。《朱子治家格言》即属儒家伦理道德观念于家庭关系（包含"修身""齐家"二义，亦可上达至"治国""平天下"的"外王"理想）之显发，其积极意义无须多言。然在20世纪50年代新的世界渐次敞开的整体语境中，此种观念所维系之生活表层秩序面临重组的新可能。是为"人事"与"自然"所开显之全新空间。时隔多年之后，思想界和生产一线联合申论之"自然观"，及其旗帜鲜明地批判"没落的阶级和政治势力"赖以持存其观念并维持其权力、地位永续发展的思想传统，虽不可避免地带有时代观念局限的浓重印记，但仍有值得思考的"洞见"："没落的阶级和政治势力"从"殷周奴隶主阶级那里继承了宗

---

① 转引自吕理政：《天、人、社会：试论中国传统的宇宙认知模型》，"中央研究院"民族学研究所1990年版，第18页。

② 吕理政：《天、人、社会：试论中国传统的宇宙认知模型》，"中央研究院"民族学研究所1990年版，第18页。

教迷信的天命论的自然观",鼓吹"天是有人格、有意志的神,万物都是由天老爷创造和安排的"。由此延伸出的"自然"与"人事"关系之理解,便带有强烈的"天命论"色彩(即郭世富、王二直杠等人所谓之由天而定之"命运"),"自然界的一切都是神秘莫测、不可知的,人们只能俯首帖耳地'畏天命'"和听天由命,也只能做"自然的奴隶,做反动统治者的奴隶"。而那些依托此种天命观以获得其统治的合法性的"政治势力",自然企图"以'天不变,道亦不变'的形而上学的观点论证反动统治的天经地义、万世长存"。①19世纪盛行于乡间且有"思想控制"意味的祭祀活动,便包含着隐在的意识形态目的。"通过对认为同人类幸福或不幸息息相关的神灵表达尊敬,统治者希望臣民相信朝廷是非常关心他们利益的;同时又以极为模糊的方式向他们暗示,无论有什么灾难落到他们身上,都是人类无力阻止的,因而必须承受下来。"为达成此一目的,"统治者反复灌输'谋事在人,成事在天'的观念,对受苦受难的劳苦大众会起一种抚慰作用。毫无疑问,清朝皇帝非常乐意地强调广为流传的说法,人们是'靠天吃饭'的"②。此种观念及其所依托之思想,在漫长的历史时间内逐渐影响甚至形塑了一代又一代乡绅和普通庄稼人的生活和生产观念。他们持有日出而作、日落而息的生活观,长期劳作过程中也从老一辈那些习得了"农时农事"的基本规则,依照"不违农时"的自然规律,他们在下堡乡蛤蟆滩或依赖盘剥他人获取生活资料而过得风生水起,如已死的杨大剥皮、吕二细鬼,仍在的姚士杰、郭世富;或起早贪黑破命劳作仍在贫困线下苦苦挣扎却仍然不能改变命运的普通劳动者,梁三老汉和梁生宝在新中国成立前二十年间的难以与他人道及的满是血泪的失败的"发家史"即属典型。其他如任老四、高增福等皆是如此。如不能从根本意义上"打破"此种"贫""富"如魔障般的交替循环,则身处底层之贫苦人便难有出头之日。而破除此种循环状态,外在的实践自然紧要,内在观念的转换亦属

---

① 上钢五厂二车间铸钢工段理论组、复旦大学哲学系自然辩证法专业编:《儒法对立的自然观》,上海人民出版社1976年版,第1页。

② 萧公权:《中国乡村:19世纪的帝国控制》,张皓、张升译,九州出版社2018年版,第262—263页。

重中之重。"新人"与"新世界"交互创造之历史性价值，要义即在此处。

不独郭世富、姚士杰，贫苦的王二直杠的命运充分显示出上述观念在形塑"顺民"之时的强大的理论和现实效力。王二直杠的"成长史"在上部第十八章有极为详细之叙述。其时如火如荼的互助工作已然展开，时代也已翻开了全新一页，甚至连庄稼似乎也感染了时代的气息而茁壮成长了。但自然界的欣欣向荣之境，却无法改变梁生宝的邻居王瞎子（瞎子的描述，或也有深意暗含其中。王二直杠虽已进入新社会，却因强大的旧观念的影响而不能知晓新社会的好处，可不是"瞎"字足以概括说明）。他的眼瞎是因八年前的一场伤寒症，心"瞎"（饶有意味的是，"瞎"在关中方言中读作"ha"，本身就有"坏"的意思，可谓一语双关）则因光绪二十六年一次叫他一生刻骨铭心的重要事件。那时，尚为年轻人的王二直杠因偷了财东的庄稼而被送到华阴知县衙门里去。"差人们在大堂前，当着多少长袍短褂的体面人，在大白天褪下他的庄稼人老粗布裤子，仪式隆重地数着数，用板子打他赤裸难看的屁股。宣布要打一百二十大板来，由于他号哭着央告'大人恩宽'，打到八十大板停住了，问他以后还敢不敢冒犯王法，拿财东家的东西。泪流满面的长工王二，用哽咽的声音保证：只要他在世上活着，他永辈子也不会白拿财东家的一根禾柴了。"此后，肉体上的痛苦渐次消退，精神上却"结成一块硬疤"，发愿要到关中道"落脚做庄稼，重新做人，当皇上的忠实愚民"。他在蛤蟆滩安家落户，成为《创业史》故事发生时期蛤蟆滩唯一一个"称得起古时人"，他的头顶上还"保存着细辫子哩"。但在辫子包裹着的头脑里，王二直杠源自古时的信念始终顽固地左右着他的行为。他要做皇上的顺民，他自己从不吝惜体力，也从未拖欠过官粮租税，尤其重要的是，他再"没有窃取过财东家的一个庄稼穗子"。民国初年，当他可怜的妹夫的两个孤儿——任老三任老四投奔到他这里，借他之手租种了吕二财东的地，他逼迫他们"拿最好的稻谷交租"（这和第二部详细描述郭世富卖粮时的精明、奸猾形成极为鲜明且极具讽刺性的对照）。当他因眼瞎之后有时间回首他的一生时，尤其"感谢皇上的代表——知县老爷那八十大板。他自认一生是'问心无愧'的，对得起一切皇上、统治者和财东"。

不识字的前清老汉，喜欢经常对民国年出生的庄稼人，讲解"天官赐福"四个字的深刻含意。这是庄稼人过年常贴的对联的门楣，但粗心的庄稼人贴只管贴，并不仔细琢磨它的精神实质。年轻时受过刺激的王二直杠，把这四个字，当做天经地义。他认为：老天和官家是无上权威，人都应当听任天官的安排，不可以违拗。家产和子女，都是老天和官家的赏赐，庄稼人只须老老实实做活儿就对了，不可强求。"小心招祸！啊！"①

1950年冬天发生在下堡乡蛤蟆滩的土地改革运动，给予王二直杠"一生修炼成的人生哲学"以严峻的考验。翻天覆地、如火如荼的革命所致的全新的生活现实，已然涨破了他人生哲学所划定的范围，他成了现实的"局外人"，但他仍无意于接受全新的生活观念，而是将新的现实纳入到他所遵循的观念系统中做价值的阐发：他毫无顾忌地"举出大量的事实证明土改是一种乱世之道"，他列举出种种不依靠个人辛苦劳作便"成了富户"却很快家财散尽甚至于沿门乞讨的例证，以说明"产业要自己受苦挣下的，才靠实，才知道爱惜。外财不扶人"。但出于实际利益的考虑，他"脸上无光地领了分给自己的一份土地"，却仍将之解作"天官赐福"的自然结果，而非人事之力。较之作为第一部矛盾冲突之重要一维的梁三老汉单纯的"自发思想"，王二直杠的观念更为复杂，也更具深度改造的必要性和迫切性。他的顽固的观念不仅一度影响到蛤蟆滩其他信奉辛苦劳作发家致富的庄稼人，也更为直接地影响到他的儿媳素芳的命运。素芳的生活、心理、情感的变化，包含着颇为复杂的思想问题，而其父辈的家道中落，即是旧社会不良的"贫富竞争"典型之一种，乃是大有深意的重要一笔，从另一侧面说明王二直杠所谓的依靠辛苦劳作发家观念的迂阔。毋庸置疑，与王二直杠一般，素芳也是生活在旧观念强大的、几乎笼罩一切的影响力之下，她的解放，只能依靠"新""旧"观念的根本性转换方能发生。

需要进一步追问的是，被王二直杠奉为圭臬，为"天命"之所系的观

---

① 柳青：《创业史》，中国青年出版社2009年版，第231页。

念世界中，穷苦庄稼人如何可能改变生活境遇、成为有尊严的富人呢？梁三老汉和梁生宝发家的"血泪史"姑且不论，下堡乡蛤蟆滩的任老三、高增福、栓栓，哪一个不是有着较强的劳动能力且心甘情愿在土地上下死力的庄稼人？缘何历经多年的辛苦努力，仍不能发家致富？对此，柳青显然有极为深入的洞见，他花费极大心力调查王曲一代的"历史"，便是为写作对全书分外紧要之《题叙》做充分的准备。而书中不惮"重复"而详细叙述郭世富、姚富成（姚士杰的父亲）、梁大等人的发家史及其与王二直杠等人所持有之"发家"逻辑的根本性抵牾，皆有发人深省之反讽意味，为大有深意之重要笔墨。破除王二直杠之发家梦想及其观念之合理性之复杂寓意，尽在其中矣！谓予不信，且看作为第二部重要内容的梁大老汉的"发家史"。豆腐客梁大很多年前起早贪黑，无论天热天冷，不管刮风下雨，都得晚上做豆腐，早起沿街叫卖，晌午回来还得下地做活，每天只能睡很短很短的觉，但生活依然极度艰难。彼时，他最大的梦想曾是有一头哪怕最小的毛驴，哪怕还是个瞎眼的毛驴，能把他和儿子生禄从拽磨子的繁重劳动中解放出来。但这对他而言只能是"梦想"，绝无通过正常劳动实现的任何可能。历史性的"转机"出现在一个秋天的早晨。常买他豆腐的地主杨大剥皮叫他帮忙去汉中"买马"，并许以极高的酬金（比他卖豆腐强十倍）。因顾虑沿途有劫路的土匪，恐生不测之变，有性命之忧，梁大一时并未应允。倒是杨大剥皮的一番"劝勉"，切中梁大"心思"的"要害"："梁大！你是个明白人，甭把好差事耽搁哩。指望你卖豆腐，你儿孙手上也甭想创业！"① 这后一句话，无疑让拼命干活谋求发家致富的梁大为之心动，在获得杨大剥皮即便马不能带回仍不影响他的酬劳的保证之后，梁大再无现实顾虑，但需要获得神灵的护佑和"加持"。他到下堡村大庙里头，插香、烧表、磕头，之后跪在神像前合手虔诚祷告：

  玉皇大帝，十分万灵神位！凡人姓梁，弟兄三个。老二少亡了。凡人和老三跟着俺爹，从西梁村逃荒，落脚到这下堡村蛤蟆

---

① 柳青：《创业史》，中国青年出版社2009年版，第622页。

滩为民。老人去世以后,弟兄分居。三兄弟跑山割柴,凡人做豆腐卖哩。光景都过得十分苦情。而今下堡村杨大财东叫凡人去汉中府给他拉马。皆因路紧,有劫路的土匪,凡人担不起凶险。玉皇大帝神灵,给凡人做主!……①

祷告完毕后,梁大占了一卦,乃是"熟悉的'上上大吉'四个字",自然再无顾虑。孰料临行前,梁大才从杨大剥皮"酒气冲冲"的口中得知,所谓"买马"不过虚言,真正的目的,是从汉中府贩卖烟土。梁大愕然,但在杨大剥皮承诺之巨大利益的诱惑之下,还是决定铤而走险……此番冒险的结果,是梁大"果然得了一百六十块钱",也"果然在当年冬天买下十亩地"。第二年冬天再去,再买下"八亩地和一头牛"。此后梁大"衣裳和模样变了"②,再也"装不了"穷人,也就安享两次冒险所得之成果,无须再起早贪黑赚卖豆腐那几个辛苦钱。

——这是前贫农梁大的发家史。详述梁大的发家史自然紧要,更为紧要的问题还在于,由梁大的"发家"牵连出的杨大剥皮的可能的"发家"途径。贫农梁大不过为贩卖烟土整个过程中并不重要的一人,尚且可得如此可观的"回报",杨大剥皮所获利润之丰厚自不难想见。如此侧面叙述杨大剥皮之"发家"途径,用意可谓明显——乃是对希图在固有的旧思想观念结构之中改变"命运"的忠厚庄稼人的有醍醐灌顶、振聋发聩之效的"点醒"。

耐人寻味的是,梁大的祷告语,多少还补叙了梁三老汉更为久远的生活"前史"。出身境遇全然相同,梁大的"暴富"也就自然地和梁三数十年辛苦劳作仍挣扎在贫困线上形成饶有意味的"对照"。如果再稍稍放宽视野,将书中详细所述之数个人物的"发家史"对照理解,则柳青对旧社会的"发家"中所蕴含之"罪恶"的处理,便包含着更具历史意味的重要命题。"姚士杰一家从他爹起,就是恶人。姚家的创业史比郭世富的创业

---

① 柳青:《创业史》,中国青年出版社2009年版,第624页。
② 柳青:《创业史》,中国青年出版社2009年版,第626页。

史还见不得人。"①——此处点明旧社会之"创业史"之基本方式,恰有和新社会之"创业史"形成鲜明对照之意,乃是理解全书之大关节,不可轻易放过——他爹叫姚富成,因为驻扎在渭原县的国民党一连哗变的官兵引路而发了大财。但他并不将发财之实情向蛤蟆滩上下的贫苦劳动者道出,而是精心"策划"了虔诚向"土神爷"祈祷而获得灵验的"神话"——此一笔亦可谓意味深长:"……土神爷是庄稼人的神,因此村村都有土神庙。家家过年敬土神。财神爷是买卖人和富户的神,因此商家和财东家都常年敬财神。他们各保佑各的民,你们看洋不洋?……"姚富成接下来还详细讲述了财神爷下凡的灵验故事,其中"庄稼人有苦命,没财命。给他,他也不要。他光爱劳动"之说更具极大的迷惑性。那些老老实实的庄稼人听富成老大反反复复讲这个故事,"每一遍都能感动","对白胡子土神爷爷"也"更虔诚了。"②富成老大也以他的虔诚所获之巨大的"灵应",教汤河流域"自耕户庄稼人敬财神","成了风气"。书写这一颇具传奇色彩的一笔,柳青或有暗讽漫长的封建社会"创制"的帝王身受"天命"、"死生有命,富贵在天"的观念的隐微义。如章学诚《文史通义》所论,"夫悬象设教,与治宪授时,天道也;礼乐诗书与刑政教令,人事也;天与人参,王者治世之大权也"③。而"天命"观念之变,也足以印证上述姚家发家故事的逻辑理由,"天子受命于天,是一古老的信仰,但在周初,天子所以受命于天,是以德为其必要条件,故有德、命符应之说。自邹衍提出五德终始说,作为真命天子出世的根据后,使天子受命于天,已不必以道德为条件,而成为命定之说"。④相较于姚富成所编撰的财命之论,天子受命之天命选择,似乎更具精神影响力。安常处顺,仰赖天命,也便成为极具现实意味的自然选择。此选择可以费孝通所论之乡土社会的"礼治秩序"总括:"乡土社会是安土重迁的,生于斯、长于斯、死于斯

---

① 柳青:《创业史》,中国青年出版社2009年版,第450页。
② 柳青:《创业史》,中国青年出版社2009年版,第455—456页。
③ 转引自杨慧杰:《天人关系论——中国文化一个基本特征的探讨》,大林出版社1981年版,第211页。
④ 杨慧杰:《天人关系论——中国文化一个基本特征的探讨》,大林出版社1981年版,第210页。

的社会。不但是人口流动很小，而且人们所取给资源的土地也很少变动。在这种不分秦汉、代代如是的环境里，个人不但可以信任自己的经验，而且同样可以信任若祖若父的经验。一个在乡土社会里种田的老农所遇着的只是四季的转换，而不是时代变更。一年一度，周而复始。"于此生活和观念世界之中，"前人所用来解决生活问题的方案，尽可抄袭来作自己生活的指南。愈是经过前代生活中证明有效的，也愈值得保守。于是'言必尧舜'，好古是生活的保障了。"① 如其所论，旧社会身在超稳定结构中的农夫，只与和自家切身相关之"四季的转换"有交往关系。其生活依赖既有秩序代代相替，而与"时代变更"（朝代更替）无涉。此即无论朝代如何更替，底层人及其身处之底层结构一仍其旧，并不能分享朝代变更的成果。1949年中国社会所敞开之"三千年未有之大变局"之核心义，即在使普通劳动者登上历史舞台成为历史的"主体"——此为深度理解《创业史》核心逻辑不可或缺之重要一维。

不宁唯是，"好古"的经验性的观念传承，更可以得到具体的生活世界诸般自然转换之义理的强大支撑。人们日出而作，日落而息，依照四时交替的逻辑完成个人的家庭责任，也在另一意义上，重复着生与死、新与旧的自然节律。而作为此种观念之革命性存在的社会主义实践，便从根本上蕴含着超克此种思想的、作为三千年未有之大变局的重要精神意义。柳青详细叙述蛤蟆滩的数个"能人"的发家史，其意或正在抉发旧观念之根本鄙陋处。郭世富从杨加喜那里学习了数百年来作为富户守业之精神指南的《朱子治家格言》所申论之生活义理，然而对此种义理稍加考辨，即可知《创业史》巨大的反讽意味——郭世富等人的发家史和生活史，皆背离朱子所教之基本原则，足见其所谓之价值坚守，不过大言欺世，掩耳盗铃，哄人而已。朱子有教："勿贪意外之财。"② 杨大剥皮、姚富成，包括梁大的发家，哪一个又不是"外财"成就？！朱子有教："与肩挑贸易，毋

---

① 费孝通：《乡土中国　生育制度　乡土重建》，商务印书馆2011年版，第54页。
② 卫绍生注译：《弟子规　弟子职　朱子治家格言》，中州古籍出版社2010年版，第83页。

占便宜；见贫苦亲邻，须多温恤。"①《创业史》第二部详细叙述之郭世富卖粮一节，真可读作朱子此说之"反面文章"，而郭世富不愿支持"活跃借贷"，又何来对贫苦亲邻"温恤"之意？！倒是朱子所教之"安分守命，顺时应天"②之说，属姚富成编造之发财神话包含了糊弄贫苦庄稼人"安守本分"的根本用意。既寄希望于朱子所教来维持富贵，却并不遵循朱子所论谋求和持守富贵之道理，也就无怪乎被正在行进中的社会主义的伟大实践"抛掷"。朱子还有教："刻薄成家，理无久享。伦常乖悖，立见消亡。"③姚士杰品性恶劣，在旧社会便与风流成性的李翠娥有染，在新社会更是诱奸了素芳，他绞尽脑汁破坏互助合作的顺利进行，甚至想要利用素芳勾引梁生宝以达到破坏的卑劣目的。如此恶人，又如何安享富贵？其消亡虽非立见，却无疑是历史发展之自然结果。是为《创业史》所述之与创国家大业密切关联之思想创造题中应有之义，且属两种"风景"之政治意涵的核心分野。唯有沿此思路，方能更为深刻地理解农业合作化在20世纪50年代初所包含之更为复杂的现实义和伦理义。此种意义并不隐微，却也非一望可知。"对柳青而言，隶属于'社会主义革命'范畴的'农村合作化运动'必须从两个维度上同时展开——它既是一场经济革命，但同时更是一场触及'意识'的社会革命、政治革命和伦理革命。"④社会革命、政治革命、伦理革命虽有重心的差别，却是互通且互相成就的过程。"成就"前两者固可以依靠强硬的权力意志，后者的达成却只能是一个漫长和艰难的精神"脱胎换骨"的过程。但即便艰难痛苦，此一转变却在在不可或缺。因为，就最为根本的意义上而言，"人民共和国的文化和政治根基"，是一种"新的人民"。而身在"传统内部的断裂和连续的历史韵律之中"，

---

① 卫绍生注译：《弟子规　弟子职　朱子治家格言》，中州古籍出版社2010年版，第83页。

② 卫绍生注译：《弟子规　弟子职　朱子治家格言》，中州古籍出版社2010年版，第95页。

③ 卫绍生注译：《弟子规　弟子职　朱子治家格言》，中州古籍出版社2010年版，第84页。

④ 李哲：《伦理世界的技术魅影——以〈创业史〉中的"农技员"形象为中心》，《上海大学学报》（社会科学版）2018年第4期。

"新人"包含着"传统中国文化的种种元素,并以自身现实中的活动为中介,把这些'文化因素'转化为一种崭新的价值和精神力量"①。是故,"新人"与"旧人"的经济冲突仅属其表,更为内在的乃是思想观念的长时间"交锋",非有更为普遍之观念的转变而不能稍歇。作为具有典范和引领作用的"新人",梁生宝既有新的与20世纪50年代初的意识形态要求相应之思想觉悟,亦秉有赓续自传统的勤劳、朴实等精神品质,乃是融通"新"与"旧"的典型②。此间本就蕴含着文化的"古今中西之争"的根本命题,亦说明观念的延续性及其变化之规律如曼海姆所谓之意识形态和乌托邦的辩证之否定状态。梁生宝观念之"新"并非全无来由,也毋庸讳言,随着历史阶段性主题的辩证转化,其一时一地之"新"观念仍须遵循否定之否定之规则而日"新"不已。20世纪50年代初迄今七十余年间"新人"之内涵的变化,根本义理即在此。时在20世纪50年代初,以新人梁生宝为标准,则蛤蟆滩上下各色人等之思想和情感"改造"和"转变"便可谓困难重重,道阻且长。破山中贼易,破心中贼难,《创业史》"创业"(思想转变)的艰难、困境和纠缠不清的矛盾,亦莫此为甚。

三、"风景"的"古""今"之辨及其观念史意义

前引《中国热火朝天》所述之"社会风景",既属《创业史》中农村社会主义实践极具历史意味的描述,亦属同时期力图处理同样问题的典范作品的"题旨"所在。被认作是极具"诗情画意","饱含着热情"描画"迷人的南方景色",展现独特的"社会主义风景"的《山乡巨变》③,便包含着与《创业史》重心略有不同但内里相通的对时代"人事"与"风

---

① 张旭东:《试谈人民共和国的根基——写在国庆六十周年前夕》,见《文化政治与中国道路》,上海人民出版社2021年版,第17页。
② 参见张均:《〈创业史〉"新人"梁生宝考论》,《武汉大学学报》(哲学社会科学版)2019年第1期。
③ 朱羽:《社会主义与"自然":1950—1960年代中国美学论争与文艺实践研究》,北京大学出版社2018年版,第61页。

景"的艺术处理。此为切近20世纪50年代中国社会核心问题的重要进路。而"风景"叙述及其意涵,亦包含着前文所述之"古""今"之辨的独特意味。蛤蟆滩的原型,柳青回陕后定居的皇甫村北距西安城不过数十里,南距终南山数个重要峪口也不过数十里,而其左数里处,更有宗教史上著名之兴教寺、香积寺等古刹,其他汉唐历史遗存亦不在少数。然而在柳青书写20世纪50年代初皇甫村全新的历史进程之际,除"终南山"反复出现,且作为多少有些"异己"也"神秘"的存在外,其他名胜古迹皆不曾述及。此正说明1949—1966年当代文学中的风景叙述,并非"一种纯粹的'自然'描写",而是潜隐着"中国作为现代民族—国家的建构"[①]的历史意味,包含新人与新中国交互创造的重要内容。柳青尝试"将作者的叙述与人物的内心独白(心理描写)""糅在一处"。"内心独白未加引号",作为"情节进展的行动部分",力图给读者"动的感觉"[②],以充分且深入地描述人物心理与外部世界具体情境之交错互动。如是于艺术手法上的探索,目的在于充分叙述(展现)因外部世界之生活变化所引发之精神、心理、情感之变。心之不同,则目之色异。身处不同心理状态中,所见自然风物之意义也并不一贯。心与物游,情因境显。"蛤蟆滩经济上和政治上的封建势力是已经搞垮了;但庄稼人精神上的封建思想,还需要一些时间才能冲洗净哩。"[③]故此,"风景政治"之重要意涵之一,乃是"内面风景"之"再造",为《创业史》以单一人物之内在视角(心理描写)展开各章节并总体推动故事进展之要义所托。

20世纪50年代初思想观念的鼎革之变,使郭世富及老一辈庄稼人所持守之稼穑习惯及其所依托之观念,面临被"破除"和"重组"的可能。但郭世富所持有之观念,也并非毫无来由。中国古典传统中,即有处理"人事"与"自然"关系之基本模式。"自然风物"所呈示之古典"宏观的宇

[①] 蔡翔:《革命/叙述:中国社会主义文学—文化想象(1949—1966)》,北京大学出版社2018年版,第27页。

[②] 柳青:《艺术论(摘录)》,见蒙万夫等编:《柳青写作生涯》,百花文艺出版社1985年版,第80页。

[③] 柳青:《创业史》,中国青年出版社2009年版,第183页。

宙框架及价值观",数千年间并不一贯,然以四时交替之自然节律所示之"天道"与"人道"之"循环往复"状态说明之,属其中极有代表性的重要一种。可以陶渊明诗文所显发之观念为例说明。如论者所言,"哀荣无定在,彼此更共之""邵生瓜田中,宁似东陵时"所论乃是"天道";"寒暑有代谢,人道每如兹""达人解其会,逝将不复疑"所述乃是"人道"。有此"天道""人道"之观照后,方生"忽与一觞酒,日夕欢相持"的"超脱"之境。而构成此情此境之核心的,乃是"强烈的四季意识",亦即陶渊明诗文中"开头展示宇宙天道的视野,揭开时代危机的序幕:'哀荣无定在,彼此更共之'。'哀荣'是兴盛与衰败,'无定在'给人不确定的无常感,'彼此'指哀荣,'更'(平声),'共'都有循环义。"进而言之,"'哀荣'来自循环(五行)背后相互冲突的力量(阴阳),错乱纠缠难以预测"。因此,《饮酒》呈现"四季结构","哀荣无定在""可以看作这种世界观的后设表述,文本与世界呈现同构的关系"。[①] 论个人运命之起落、荣辱、成败,则上述"无定在"之循环足可说明,然陶诗所蕴含之义理,远较此为多。《饮酒》二十首中,便包含若干隐微义。其间最为紧要者,乃是"从四季循环转向人事变迁:'寒暑有代谢,人道每如兹。'陶集'代谢'四见,如《读史述·箕子》:'矧伊代谢,触物皆非'",则既指"季节循环",也暗喻"改朝换代"[②]。

如此以四时交替之天地节律明人事历史之变,并洞悉其间"天意难问"之处,为司马迁历史观要义之一。因伯夷、叔齐之运命,足以说明"天道无亲,常与善人"之说之局限处。然后之来者,于天人之际思索人之命运甚或历史之变,仍难脱发端于易理之世界观察。或如司马迁所深刻意会到的,若"人事"退去,唯以"天道"说明历史之变,便暗含着人事之虚妄

[①] 杨玉成:《徘徊——陶渊明〈饮酒〉二十首的风景与记忆》,见杨玉成、刘宛如主编:《今古—相接——中国文学的记忆与竞技》,"中央研究院"中国文哲研究所2019年版,第35—36页。

[②] 杨玉成:《徘徊——陶渊明〈饮酒〉二十首的风景与记忆》,见杨玉成、刘宛如主编:《今古—相接——中国文学的记忆与竞技》,"中央研究院"中国文哲研究所2019年版,第37页。

无力而天道之微茫难识①。若将一切委于"天命",则自然为治道之经营者无所作为甚至胡作非为大开方便之门——无论"正道""邪途",皆仰赖天命之成就,非关"人力"。故此即便有天道难测之叹,司马迁仍申明"人事"中所蕴含之德性伦理之重要创造义。然而"人事"无力挣脱"天道"之感,仍在后世诸多作品中得以延续,为文学文本中历史观念之重要一种。如《三国演义》开篇所引杨慎一阕《临江仙》所示,"人事"背后之决定性内容乃"天道循环"。其他如《金瓶梅》等书,核心结构皆不出"天道之运,周环无穷"之循环观之基本范围②。细致考辨此种观念之缘起、流变并非本文要点,然不溯源于此,便难解20世纪迄今文学自然观念之变及其意义。《创业史》中风景政治之更为复杂的精神意涵,亦难以有更为深入的理解与阐发。

类如陶氏所述之"天道""人道"互参之境,至沈从文书写20世纪三四十年代的湘西世界时,仍具极强的解释学效力。《历史是一条河》中对于"人事"与"自然"的思虑,近乎"顺应天命"之四时节律;《边城》中那座圮坍而又被重修的白塔的"落""起"之喻③;《潇潇》中潇潇自身之命运与她的儿媳的"结构性循环",莫不说明底层命运之循环往复一如四时交替、阴阳转换。其间难见社会实践所引发之超克"天道"的"人事"自律的强大力量。但几乎在沈从文写作未竟之作《长河》的同时和此后的数年间,身在延安且深受毛泽东《在延安文艺座谈会上的讲话》影响和"重塑"的丁玲、赵树理等,笔下却逐渐敞开全新的乡村世界"风景"。之后数年,以成功书写"社会主义风景"名世的周立波,也在尝试新的更具历史和现实意涵的"风景叙述"。④《山乡巨变》中心思单纯的盛淑君庶几近乎那个同样让人爱怜的夭夭,却无须再面对日渐逼迫的所谓的"新生活"所致之"无边的恐怖"。盛淑君迎来了真正属于自己的时代,

---

① 参见司马迁:《史记·伯夷列传》,中华书局1982年版。
② 参见浦安迪:《明代小说四大奇书》,生活·读书·新知三联书店2015年版。
③ 参见张新颖:《死亡的诱惑,求生的挣扎——沈从文作为"绝笔"的〈一点记录——给几个熟人〉》,《东吴学术》2015年第1期。
④ 参见朱羽:《自然历史的"接生员"——周立波1950—1960年代短篇小说"风格"政治刍议》,《中国现代文学研究丛刊》2021年第4期。

她也因感应时代之变而欢喜于中且不时形于言。此种观念鼎革之变后所开显之全新的精神和情感世界亦属《创业史》着力用心之处。虽仍有具体的生活的烦忧，徐改霞、梁秀兰内心之欢喜却于字里行间清晰可感。她们在新的社会中各自谋划着自己的包括生活、情感等重要问题的"未来"，此种关于未来生活的希望愿景亦深度扎根于具体时代的历史氛围之中，因触及更为普遍的精神和人生选择的难题而秉有更为复杂也更具代表性之现实意义。优美山乡的巨变不仅意味着新观念的崛起与旧观念的衰落，亦呈现为"人事"与"自然风物"全新的关系。其间普通人超克自然法则及其所影响之生产生活观念的叙述，表明困扰沈从文笔下人物之"自然运命"不复存在。是为优美山乡之巨变最为重要也最具意义的部分，故而"风格"即"政治"之判断自有其不容忽视之历史合理性与进步意义①。然同样深具历史意味的是，此种"风景"在20世纪80年代前后再有一变。其变如汪晖所论，仿佛发生于20世纪初中叶之巨大变革未曾发生。以复返"传统"之一维及现代之价值偏好之一种为基础②，20世纪90年代初迄今"人事"与"自然"之关系呈现为斑驳陆离的复杂状态。

作为陈忠实"剥离"柳青影响的代表作品，《白鹿原》中虽较少风景（自然风物）描绘，但其所敞开之"人事"景观之意义，却可在柳青传统的视域中进行阐发。姑且不论该书所蕴含之深度"改写""革命历史叙述"之特征③，单是朱先生所述之"鏊子说"④，便已暗含着历史兴废的"循环"意味。以王大华《兴起与衰落——古代关中的历史变迁》为

---

① 参见唐弢：《风格一例——试谈〈山那面人家〉》，见李华盛、胡光凡编：《周立波研究资料》，知识产权出版社2010年版。

② 以《白鹿原》之观念世界与20世纪80年代思想界之关系为例，可知此种变化之基本特征。参见李杨：《〈白鹿原〉故事：从小说到电影》，《文学评论》2013年第2期。

③ 参见朱水涌：《〈红旗谱〉与〈白鹿原〉：两个时代的两种历史叙事》，《文艺理论研究》1998年第5期。

④ 虽对"鏊子说"的特定意涵有较为充分的自我阐释，陈忠实此说仍不能简单地视为书中人物面对具体历史情境之出自个人观念限度的喟叹，而是包含着进一步理解该书观念的重要寓意。故此，较多论者自此观念中读解出之"问题性"，或非过度阐释，而是呈示出理解《白鹿原》的重要路径之一。

借径，陈忠实获得了理解"近代关中的演变"的"心理上的自信"①。"兴起"与"衰落"于关中千年历史流变中的"总括"意义，或让陈忠实更可意会20世纪80年代"新历史叙述""重写"革命历史故事的"翻转"②之意。进入21世纪后，贾平凹书写发生于"秦岭南北"之历史故事，文本世界再度呈现出别样之"风景"。其间"人事"虽奋力欲超脱"自然"（天道）之"束缚"，最终却仍落入后者所呈示之基本法则中。就中历史之反复，在在教人叹惋，为贾平凹及晚近三十年处理此一问题之重要范式，内涵"返本""开新"之义，亦有重新将此一论题"再问题化"之观念意味。发生于古炉村如火如荼的历史事件充塞于天地之间，起落、成败、得失、荣辱甚或生死皆可纳入"春生""夏长""秋收""冬藏"之"四时"节律所敞开之基本框架之中。此为人之根本性的限度所在，其间仍有如《废都》所呈示之诸般际遇交替循环，古之人与今之人皆无从逃遁此一被自然派定的"命运"的意味。此属《金瓶梅》《红楼梦》中开显持存之人世之"大哀"，"世界的朽坏与人的命运之朽坏互为表里，笼罩于人物之上的是盛极而衰的天地节律"。③此乃中国古典自然及历史观念境界之再生④。发生于20世纪60年代中后期复杂之历史内容可纳入"四时结构"中做别样读解。作为该书中详细叙述之灵魂式人物，善人说病并非琐屑之劝善观念之汇聚，而是内蕴着更为深刻之历史和世界观念。"四时"在其观念世界中不独可以读解人之命运之起落成败，更可延伸出宏阔之历史兴废。此后《老生》之"世纪叙述"亦可做如是解。其间明确指涉不同历史时期之四个故事皆包含兴废、起落循环之意，乃《古炉》观念在放宽拉长之宏阔视域中之"印证"。此种极具风格和观念意涵之"风景"叙述，以《山本》最为典型。

---

① 陈忠实：《寻找属于自己的句子（连载三）——〈白鹿原〉写作手记》，《小说评论》2007年第6期。

② 此间更为复杂的历史意涵，可参见何浩：《历史如何进入文学？——以作为〈保卫延安〉前史的〈战争日记〉为例》，《文学评论》2015年第6期。

③ 李敬泽：《庄之蝶论》，《当代作家评论》2009年第5期。

④ 参见李敬泽：《〈红楼梦〉影响纵横谈》，《红楼梦学刊》2010年第4辑。

《山本》所涉之历史时段，为20世纪二三十年代。除细致描绘大历史中普通人事之变外，书中亦详述自然物色之变，历史人事于此无边的自然风物之中，不仅构成交互映衬之关系，亦有"物事"与"人事"暗含之神秘"感应"。身在自然万象之中，不惟个人之命运起落与外部世界足相照应，普通人事所累积而成之历史，亦最终不脱自然法则根本性的规训力量。那一个在涡镇外镇日旋转的"涡潭"如太极双鱼图，乃"乾""坤"之象，由其可延伸出天地万物运行之理，天地万物亦可总括收束于"涡潭"。无论井宗秀、周一山等人如何勉力营构独立之涡镇世界，此小世界（涡镇）之运行亦不脱大历史（秦岭之外的历史）运行之基本法则。故而一切之生发源自涡潭所呈示之象，一切之收束亦返归涡潭之中。如此，则人事无论大小，皆无从逃遁，莫之能御宏阔之自然法则所彰显之基本规律。究其根本，此种历史观念近乎《三国演义》，而其间详述之普通人身在之"天""地""人"共在之日常生活世界之运作逻辑，庶几可谓《金瓶梅》《红楼梦》所持存开显之"四时"观念境界之再生。

颇值玩味的是，《白鹿原》《老生》《山本》诸作故事发生之具体现实空间，亦在秦岭（终南山段）南北，所涉之历史阶段，与《创业史》或全然相同或为其故事之"前史"和"后续"。然多少有20世纪80年代中后期盛行之新历史主义观念余绪的历史叙述，却秉有与《创业史》并不相同的特征。此间世事沧桑巨变，人物之命运亦随之或起或落、或成或败、或生或灭，然二者皆不出《周易》思维所划定之基本范围。于此循环往复之世界结构之中，举凡人物之命运、时代之转换、历史之兴废皆有迹可循，且不出中国古典天人宇宙观念之基本思维，却也开显既感应时代亦融通传统的新的人与自然交往无碍的"和合"之境，包含着类乎"天人合一"的境界，足可补西方现代自然观念之弊[①]。于此境界中人并非自外于天地万物而独立具有其圆满自足的意义，而是作为外部世界的一部分内在于天人宇宙。"人事"并不简单为自然天道所规训，却也并不单向度地希图超克自然法则。马克思对此洞见极深："一个社会即使探索到了本身运动的

[①] 参见季羡林：《西方的没落》，《科学对社会的影响》2007年第2期。

自然规律……它还是既不能跳过也不能用法令取消自然的发展阶段。但是它能缩短和减轻分娩的痛苦。……社会经济形态的发展是一种自然历史过程。不管个人在主观上怎样超脱各种关系，他在社会意义上总是这些关系的产物。"①正因洞见于此，"革命只是一种'接生员'，只能在那个旧的肌体身上使劲，而没有另外的对象。革命本身需要尽可能地减轻'自然历史'转型过程中的诸种痛苦，乃至革命也必然是从这一肌体身上长出来的。"②此间虽有除"旧"布"新"之意，但"新"与"旧"的辩证，必然发生于同一"肌体"的内部。也因此，"新"并非自外而内的赋予，而是"旧"因应现实而生发之更具时代意义的可能。是为"新""旧"融通而非割裂思维之要义所在。本乎此，《创业史》虽申明如郭世富等"靠天吃饭"以及与之相应之天命观念之局限处，却并不简单否定天时的作用。这重要一笔，极为充分地表现在县委副书记（即书中代表正确观念的基层领导）杨国华于一场大雪后的心理和行为上。

虽不赞同老旧的靠天吃饭的生产生活观念，但能够与群众打成一片且充分了解农村实际情况（不仅包括正在行进中的具体现实，还包括这块土地的历史、风土人情等）的县委副书记杨国华亦肯定"人事"与"天时"调和的重要。这一日他要去新成立的灯塔社了解情况，不承想遇到大雪天。"鹅毛大雪片纷纷扬扬，非常慷慨地从房檐上头往庄稼院倾倒。好家伙！手电光几乎照不见庄稼院那头的柴垛和街门。"这样的暴风雪，自然造成了出行的不便。但是，庄稼人出身，了解农时农事的杨国华却为之振奋不已：

"好好地下三伏的雨，数九的雪。这一场下得带劲！"杨国华仰头鼓励正在努力下雪的天公说，"照这样实心实意认真下一夜最好。这就帮了我们的大忙！我们宣传老百姓不迷信，可我们

---

① 转引自朱羽：《自然历史的"接生员"——周立波1950—1960年代短篇小说"风格"政治刍议》，《中国现代文学研究丛刊》2021年第4期。

② 朱羽：《自然历史的"接生员"——周立波1950—1960年代短篇小说"风格"政治刍议》，《中国现代文学研究丛刊》2021年第4期。

从来也不否定天时的作用……"①

不仅不简单地否定天时的作用,还要充分利用呢!翌日早上,穿好衣裳,"第一件事是出去看看雪下了多少"的杨国华看到眼前"天地之间是笼笼统统的一片白光"。这一场雪景叫人欢喜,此时此刻,杨国华首先想到的却并非如酸腐文人般吟诵几句描绘此境的诗文,而是"赶紧!扫雪归田——这是当前的一件紧要事情"。他也相信县里所有的区这回都会"行动起来"——"群众是刚刚被总路线的宣传动员起来的……"②是日午间,见到仍在办公室辛苦批阅文件的县委陶书记,杨国华按捺不住内心的兴奋,力劝陶书记:"老陶!你应该出城去看看今天的景致!嘀呀!我们年年冬里发动扫雪归田,哪一年也不像今天这样普遍、热烈!男女老少都出动了,带着铁锹、木锨、扫帚、担笼、簸箕,全到村外的大小路上。真个是'江山如此多娇'!真个是'红装素裹,分外妖娆'!"③此乃"顺应"天时,且充分发挥人事之力的典型,为全书值得注意的重要部分。

杨国华的思想观念所包含的复杂内容及其意义,在互助组扁蒲秧的成功培育中逐渐体现出来。那时候,互助组再度因个人利益和集体利益的冲突而面临"人事"方面的"危机",但是,"梁生宝互助组的扁蒲秧,不管互助组在人事方面发生了什么事情,它只管它按照自然界的规律往高长。秧苗出息得一片翠绿、葱茂、可爱,绿茸茸的毯子一样……"然而在自然焕发出勃勃生机的同时,互助组人事的危机却让农技员韩培生忧心不已。他也意识到,新中国成立后数年间的生产生活经验足以说明,"离开互助合作的基础,甭想在单干农民里头,大规模地推广农业新技术"。然而更复杂迫切的问题在于,农业生产若不接受新技术,仍"用老办法务弄庄稼,怎会有高产呢?中国的庄稼人几千年都是一半靠苦力,一半靠天吃饭啊。他们连想象也想象不来高产,除非互助组给他们做出来榜样。可是,

---

① 柳青:《创业史》,中国青年出版社2009年版,第519页。
② 柳青:《创业史》,中国青年出版社2009年版,第520页。
③ 柳青:《创业史》,中国青年出版社2009年版,第522页。

这互助合作,就这样难搞吗?……"①

韩培生的忧虑,正切近旧社会遗留之复杂问题。如萧公权所言,清政府在"成功地将臣民变得非常消极和柔顺"时,也最终"完全损害了他们积极进取的能力,使他们渐渐不能够应付严峻的生存环境……"而"即使在正常年月,大部分农民也过着上顿不接下顿的生活,其中一些还处于赤贫的境地"。尤需注意的是,"由于缺乏资金,而习惯于依靠传统耕作方式和难以预测的运气,农业生产技术的改进实际上是不可能的。富有的地主虽然拥有足够的财富提供这笔资金,但是他们的兴趣不过是竭力收取更多的租金,交纳更少的税额。他们更可能的是把钱花在购置更多的土地以出租上,而不是用来改善耕作环境以提高粮食产量或改善佃农的生活。土地耕种者(和相当多的小土地所有者)耗尽一切精力,也只能过着艰难的生活,没有余力来从事其他事情。能够在地方灾害中免于破产或挨饿,就算是幸运了"。也因此,他们"变得顺从于所在的物质环境和社会环境"②,无力改变自身的命运。而从根本上超克此种境况,正属柳青《创业史》及其所表征之20世纪50年代初社会主义实践着力用心之处。此属"创国家大业"与个人"发家致富"根本性抵牾的原因所在。围绕梁生宝互助组初创到扩大再到最后"高级社"的"完成","国家创业"不仅意味着"经济"(即合作社充分体现出其在生产上的优越性)的胜利,同时还包含着"政治"愿景的完成(即在社会改造过程中与新社会相应之"新人"的自我改造)。此种包含思想与生活世界双向互动的社会实践的阶段性达成,便是上部略有总括之意的第二十四章所呈示之"象"。该章所述之作为历史的"新起点"的全新景象,以"秦岭"(终南山)与山下平原正在行进中的"人事"创造形成鲜明对照为基本特征,包含"新""旧"转换之义。而"终南山"作为具有丰富之文化寓意的内容渐次褪去,《创业史》如其时的同类作品一般,皆在书写"优美的自然风景"的"隐匿",代之而起的,则是神秘且"异己"的"荒原"意象(终南山)。故而"'人事'和'自然',都

---

① 柳青:《创业史》,中国青年出版社2009年版,第375页。
② 萧公权:《中国乡村:19世纪的帝国控制》,张皓、张升译,九州出版社2018年版,第609—610页。

相应构成这一类小说的风景叙述,而这一叙述正受制于社会主义改造的革命实践"①。此亦为新旧两种"自然"观念之喻,约略可与有唐一代山水(风景)观念之变相参看。如论者所言,"屈、宋以对山水神祇的缠绵诗情,具现了上古时代自然与人之间'我—你'关系和亲情",韩、孟诗中却教此种"美丽和温情"的自然"完全褪去了灵光"。可比拟山水的"神女"已逝,"山与水充斥戾气",天地间乃是"一幅幅噩梦图景,重岩叠嶂化作'狞戟''饿剑',激流大浪是'蛟虺''齿泉',山与水处处流淌着'饥涎'等待吞啖圣灵"。当此之际,"自然神的喜宴甚而是亿万生灵血肉淋漓的尸骨"②。韩、孟所述之"山水",与梁生宝等人进山割毛竹所面对之"终南山"作为人劳作之场景所呈现之基本面貌庶几近之。柳宗元所持之说,亦可归入韩、孟一路合并理解。其论天人关系有言:"务言天而不言人,是惑于道者也。……苍苍者焉能与吾事,而暇知之哉?"③韩、柳之山水观念,为中国思想史"从天地转向实际人生,从昔日神明转向人的理性自觉的大转折"④重要节点之表现。嗣后有宋一代此风渐长,"对于吟咏自然,显得既不热心,又乏善可陈",却对于"人之世界"具有浓厚兴趣。然文人对山水吟咏之热情并未消退。宋、元画家依凭传统,"以笔墨创造了山水的高潮";嘉靖和乾隆之间,造园家甚至"在江南商业城市中"以"元、柳钟爱的'水石'再造了梦中山水"。然而此类山水却常如叶燮所述,"忘其有天地之山,止知有画家之山"。此时文人开始"丧失晋宋时代触发游赏和书写山水的自然生命原发精神"⑤。此间包含着中

---

① 蔡翔:《革命/叙述:中国社会主义文学—文化想象(1949—1966)》,北京大学出版社2018年版,第37页。
② 萧驰:《诗与它的山河:中古山水美感的生长》,生活·读书·新知三联书店2018年版,第638页。
③ 转引自萧驰:《诗与它的山河:中古山水美感的生长》,生活·读书·新知三联书店2018年版,第638页。
④ 萧驰:《诗与它的山河:中古山水美感的生长》,生活·读书·新知三联书店2018年版,第638页。
⑤ 萧驰:《诗与它的山河:中古山水美感的生长》,生活·读书·新知三联书店2018年版,第639页。

国文化的两种不同的"内在主义",即"内在于天地自然"和"内在于人间世"①。二者皆有所本,亦不乏于千年文化史中之起落、流变,且各有其"洞见"与"不见",在更高的意义上的相互融通为其之于当下自然观念建构之价值所在。

就表层论,《创业史》似偏重"人定胜天"观,然如前述杨国华一节所示,蛤蟆滩的世界尚蕴含着"人事"与"自然"的融通之意。惜乎此义未得进一步之发挥,数年后盛行之《红旗歌谣》大部内容即属"制天命而用之"观念的极端化。后之来者读解《创业史》中的"风景",亦颇多将之归入《红旗歌谣》之自然观念谱系一并讨论。如是观念所见之"风景",与进入21世纪后贾平凹笔下之"秦岭"(终南山)所敞开之"人"与"自然"之复杂"风景"属两种不同之观念,且各有其思想和审美之"传统"。前者以中国古典思想和审美观念为借径,用意在"人事"与广阔之自然(天、人、宇宙)之"共在"关系,其"至境"略有"自然"(天道)之微渺难识、"人事"根本的"无力"之感;后者则彰显"人事"创造的伟力,意图在人之巨大的创造性被激发和释放的前提下,完成"人"与"自然"关系的"再造"——"人事"不再受制于"自然"(天道)而可以自主创造自身的生活世界,且与后者"和合"发展,呈现为互动共生之圆融之境。二者皆有所本,亦各有奠基于具体的现实语境的历史合理性。而深度感应当下时代的现实问题,可知二者所呈示之观念并不乏足相交通之处②。既肯定人作为"天""地"(天人宇宙)之一部分需要遵从之"自然"法则,亦充分发挥"人事"之力,以超克单纯的、限于认识之限度而认同之"自然"(命定)观念,而于"人事"和"自然"关系中达到与一时期观念和认识水平相应之"和合"状态。此种暂时的"和合"状态并不"静止",而是随着时代观念及具体的现实实践不断调适,呈现为与时推移的生生不息的"上出"之境。此为新"天人合一"观念之要义,亦属融贯

---

① 萧驰:《诗与它的山河:中古山水美感的生长》,生活·读书·新知三联书店2018年版,第622页。

② 参见王中江:《自然和人:近代中国两个观念的谱系探微》,商务印书馆2018年版,第502页。

"古""今"、会通"中""西"之生态文明观之价值所在①。20 世纪初迄今之"天"(自然)"人"(人事)关系历经不同历史时期的阶段性调适,至此达至深具广阔之时代内涵、圆融无碍且秉有"人类命运共同体"之深刻全球意义的新的境界。

余论:"天人和合",抑或正在展开的"风景"创造

虽颇为细致地描画了"人事"与"自然"新的正在展开的包含未来希望愿景的复杂面貌,《创业史》中的"风景政治"仍未最终"完成"。这既与柳青未及写完全书便与世长辞密切相关,亦是 20 世纪 80 年代前后渐次完成之以家庭联产承包责任制"取代"农业合作化道路的历史进程使然。因特定之历史原因中断的《创业史》的写作在 20 世纪 70 年代中后期数年间得以继续,但如第一部写作时正在行进中的现实不断印证该书所述之方向之历史合理性一般,身在 20 世纪 70 年代中后期具体的历史氛围中,柳青原计划中的后两部似乎还会面临更大的疑难——即两个时代之间阶段性主题转换之后的隐在的观念"冲突"。即便将家庭联产承包责任制视作为农业合作化的"延续"而非"超克"②,但在举国行进于新的社会建设的历史和现实语境中,第三部所要叙述之"合作化运动高潮"以及最后一部所要描绘之"全民整风和'大跃进',至人民公社建立"却万难"写完"③。《创业史》"风景"的"未完成",因此既包含着合作化运动未能达成预期目的的"缺憾",也包含着在此过程中"新人"的自我创造的"未完待续"。

时隔半个多世纪后,恰在新时代脱贫攻坚的重要时间节点上,柳青的

---

① 参见韩震:《习近平生态文明思想的哲学研究——兼论构建新形态的"天人合一"生态文明观》,《哲学研究》2021 年第 4 期。

② 参见高化民:《农业合作化运动始末》,中国青年出版社 1999 年版,第 424 页。

③ 但自历史之整体观之,柳青彼时的总体设想却有着不容忽视的重要意义。对此问题李杨洞见极深,可参见李杨:《50—70 年代中国文学经典再解读》第四章《〈创业史〉——'现代性'、'知识'与想象农民的方式》,山东教育出版社 2002 年版。

故乡陕北,正在发生极具历史和现实意味的"风景"的"变容"。延安索洛湾村支书柯小海带领村民历经种种努力之后,终于在"人事"与"自然"之和合发展,亦即新"天人合一"的生态文明观的指引之下获得了千年未有之大"变革"。也因此,柯小海及其领导的索洛湾村的社会主义实践,在多重意义上可视为是对20世纪50年代皇甫村王家斌"未竟"之业的深具历史和现实意义的"延续"(完成)。"共同富裕"这一提振和影响梁生宝、高增福等的希望愿景于今亦在索洛湾村成为现实。虽未有如《创业史》般的叙事虚构作品于宏阔之历史和现实视域中深度表现索洛湾经验作为新时代之典范的重要意义,但若干报告文学所展示之索洛湾的实践过程,亦是"新人"与新的社会创造双向互动的过程[①]。其社会实践意义远较简单的文学意义更为紧要,亦属新时代农村社会主义实践文学表达中极具典范意义之"风景叙述"。

故此,在20世纪50年代迄今之历史视野中重解"人事"与"自然"之关系,可知超克既有观念的局限分外紧要。在《创业史》所扎根的时代中,中国思想及其所影响之基层世界的伦理观念因不能适应新的世界创造而被归入"改造"之列。与此同时,改造为此一观念所化之人,亦属20世纪50年代社会主义实践需要解决的重要命题。与20世纪50年代社会阶段性命题密切相关之"新人"之"新",完成思想观念的"新""旧"之变属题中应有之义。其后数十年间,社会之阶段性命题与时推移,"新人"之内涵亦随之不断调适。故而形塑具有与新时代相应之新的观念、思想、情感、心理的"新人"颇为紧要。进而言之,于新时代所开创之中国社会三千年未有之大变局中,构建融贯"古""今"、会通"中""西"、与新的时代相应之新的"文本风景"即属顺理成章之事。此种"风景",并非对此前经典文本中之风景叙述的简单超克,而是奠基于新时代的新经验,进而融通多元传统,所开显之更具包容性和概括力的新面向——一种兼容政治的、文化的、审美的多样可能的"风景"。亦即"人事"与"自

[①] 参见邢小俊:《国家战略:延安脱贫的真正秘密》,陕西师范大学出版总社2021年版。

然"和合的新观念所开显之新的世界图景。是为"新时代、新形态的'天人合一'生态文明观"题中应有之义①,亦属构建"人类文明共同体"的宏阔意识之自然延伸②。因为,自然并非"自足",其意义也未能"自明",它始终极为深刻地关联着历史人事之变,关联着时代精神和阶段性主题与时推移不断调适的自然结果。对它的理解和研读,也因此同样构成中国当代文学中"风景政治"之重要一种,必然可能"回向"文学文本的"自然书写"而创造具有新的时代意涵的风景叙述,达至人与自然作为"生命共同体"的新的境界。此境以"人—自然一体的理念",解构将人凌驾于自然之上的主客二分的自然观念,呈现出新的"天人合一"之境。当代文学中"风景政治"之复杂敞开,此为不可或缺的重要一维,可开人与自然关系之全新未来,且秉有中国特色的社会主义实践义,亦内蕴着足以超克目下盛行的鄙陋的自然观念从而引领"人类文明进步"③总体性的振拔力量。

---

① 韩震:《习近平生态文明思想的哲学研究——兼论构建新形态的"天人合一"生态文明观》,《哲学研究》2021年第4期。

② 参见张自慧、闵明:《中华民族的"天下观"与"天下情怀"》,《哲学分析》2020年第5期;唐爱军:《历史唯物主义视域中的世界秩序与中国方案》,《哲学动态》2021年第8期。

③ 韩震:《习近平生态文明思想的哲学研究——兼论构建新形态的"天人合一"生态文明观》,《哲学研究》2021年第4期。

杨 挥

现实主义的广阔道路
——论陈彦兼及现实主义赓续的若干问题

  作为重要的剧作家和小说家,自20世纪90年代初迄今,陈彦以"西京三部曲"(《迟开的玫瑰》《大树西迁》《西京故事》)为代表的现代戏以及以《西京故事》《装台》《主角》为代表的长篇小说分别奠定了其在当代文学不同领域中的重要地位。而对其作品的研究史略作考察,不同论者的知识谱系和意识形态以及与之相应之思想和审美观念的"分歧"格外值得注意。此种"分歧"并非表现为对作品价值高下的论争,而是不同文学史观的内在分野及其在具体作品评判过程中关注重点的差异。而历史性地考察此种差异及其症候意义,是深入探析陈彦作品之于当代文学核心传统及当下创作意义的先决条件。
  在"新时期文学"四十年的重要时间节点,回顾20世纪80年代迄今之文学史叙述的主流形态及其所关涉之复杂多元的问题论域,一个悬而未决的重要问题必将再度引发持久而广泛的关注——即如何以历史化的方式,重新激活肇始于1942年,且在当代文学前三十年中以强有力的姿态形塑当代文学的基本面向的革命现实主义文学传统,从而在当下语境中有效完成对这一"未完成"的传统的接续。此问题无疑关涉到赵树理、柳青,以及在20世纪80年代迄今之历史氛围中有心接续社会主义文学传统的路遥及其他作家作品的文学史评价问题。也因此,在贾平凹长篇小说《带灯》中的主人公带灯的评价问题上,陈晓明表达了他的犹疑,"带灯这个人物在我们现当代文学的人物谱系中意味着什么","这个很难的问题其实困扰我很长时间,包括我写《中国当代文学主潮》那个书的时候,我觉得也是面对一个非常难解决的问题，就是我们怎么去评价我们曾经有过的一段叫作社会主义文学"。即便意识到该问题的重要性，但具体如何阐释，却似乎面临重重困难①。此种困难在多重意义上关涉到20世纪80年代以降文学史叙述成规及其所表征之观念的内在分歧，亦与意识形态叙述重心的转移密切相关。以"断裂论"结构之中国现当代文学史在重新确立"'五四文学'（启蒙文学）主体地位"的同时，将左翼文学、延安文学"边缘化"，"表现在'当代文学'中，则是'新时期文学'的主体地位的确立以及'50—70年代文学'的边缘化"。更有甚者，在更为激烈的"断裂论"中，"'50—70年代文学'被逐步排除在'现代文学'之外"，且被置入"文学/非文学（政治）、启蒙/救亡乃至现代/传统等类型化的二元对立中加以确认"②。自晚清开启，至"五四"强化的文化的"古今中西之争"及其所形塑之二元对立的思维模式，仍在多重意义上影响着文学史观念的基本面向。缘此，则无论"一体"到"多元"、"庙堂"（广场）与"民间"，还是"共名"与"无名"，均分享着同一种非此即彼式二元对立的思维方式，在表层的"解放"的能量之外，不可避免地存在着对另一种思想及审美资源的"遮蔽"和"压抑"。因是之故，作为"重写文学史"实践中重要文学史构想的"20世纪中国文学"或许并不能涵盖"20世纪中国"所有的"文学现象"。其以"未曾自觉的'现代性'"和"不加反思的'文学性'"读解"20世纪中国"，既存在着"漠视了'革命'这一20世纪中国最重要的现象"的问题，亦无法理解"'农村/农民'这一20世纪中国最大的群体"③。

---

① 丁帆、陈思和、陆建德等：《贾平凹长篇小说〈带灯〉学术研讨会纪要》，《当代作家评论》2013年第6期。

② 李杨、洪子诚：《当代文学史写作及相关问题的通信》，《文学评论》2002年第3期。

③ 罗岗、张高领：《在新的历史条件下重返"人民文艺"——罗岗教授访谈》，《当代文坛》2018年第3期。依罗岗之见，返归"人民文艺"的先决条件，是"在文学史研究上……超越'五四文学'与'延安文艺'、'当代文学'与'现代文学'、'中国新文学'与'二十世纪中国文学'、文学史的'革命叙事'与文学史的'现代化叙事'"等一系列二元对立，"重新回到'20世纪中国文学'鲜活具体的历史现场和历史经验，再次寻找新的、更具有解释力和想象力的文学史研究范式"。

而"人民的文艺"的兴起作为20世纪中国社会文化"三千年未有之大变局"的深层历史寓意亦"被迫"消隐。"底层"突围的困难,"新伤痕文学"所表征之历史和现实难题,以及更为宽泛的"80后"面临的现实和精神困境,均或隐或显与此有关。而重建直面现实的"宏大叙事",或接续柳青和路遥传统,尝试在"总体性"意义上书写大时代及其间个人和群体命运的历史性变化,必然面临褊狭的文学史观念所致之评价的困难。

此外,超克"五四"以降之现代性理路,在古今贯通的大文学史视域中考察陈彦作品与古典传统的承续关系,并将其视为现实主义拓展的可能性之一种,亦颇为重要。如论者所言,在古今分裂的意义上"五四"现代性传统虽有其历史合理性,但在"五四"诸公所面临之历史与文化语境已发生变化的新的历史语境下[①],以返本开新的姿态重续古典传统正当其时。要言之,超克"新时期"以降诸种文学史观念之局限,在更具包容性的视域中重新梳理文学与历史和现实双向互动的思想及审美路径及其意义,无疑属有效阐释具有多重资源汇聚意义的陈彦的创作的前提。而如何处理"五四"新文学传统、1942年《在延安文艺座谈会上的讲话》以降之社会主义文学传统,以及中国古典传统之间的复杂关系,仍属无法绕开的重要论题,亦为本文展开的基本视域和重点所在。

一、"总体性"与建构的现实主义

自20世纪90年代迄今,无论现代戏还是小说创作,关注不同时期普通人在具体的历史和现实氛围中所面临之迫切问题,且在宏阔的视域中肯定性地回应时代的精神疑难,属陈彦作品一以贯之的重要特征。如马克思所论,密切关注"从事实际活动的人,而且从他们的现实生活过程中""揭示出这一生活过程在意识形态上的反射和回声的发展"[②]尤为重要。因为,"生活、实践是反映的基本出发点,而从这个基本出发点去反映现实的生

---

① 参见宇文所安:《过去的终结:民国初年对文学史的重写》,见《他山的石头记——宇文所安自选集》,田晓菲译,江苏人民出版社2006年版,第279页。

② 转引自汉斯·科赫:《马克思主义和美学》,漓江出版社1985年版,第585页。

活关系"①，属反映方法的基本特点之一。也因此，历史视域、现实关怀，甚至对未来的可能的希望愿景的总体性的体察程度，一定意义上影响到作品对现实发掘的广度、深度与高度。而能否超越单一的观念限制，在更为宽广的历史、现实和思想视域中整体性地思考现实问题，并在此基础上洞悉现实发展的内在规律，则直接决定作品时代价值和现实意义的高下。对此种视域有极为深入的写作经验的路遥因之格外强调柳青遗产的如下特征：柳青"并不满足于对周围生活的稔熟而透彻的了解；他同时还把自己的眼光投向更广阔的世界和整个人类的发展历史中去，以便将自己所获得的那些生活的细碎的切片，投放到一个广阔的社会和深远的历史上去检查其真正的价值和意义"。也因此，"他的作品不仅显示了生活细部的逼真精细，同时在总体上又体现出了史诗式的宏大雄伟"②。亦是其以《创业史》虚拟空间的营构表征 20 世纪 50 年代的总体性问题，从而成为"十七年文学"具有里程碑意义的重要作品的根本原因所在。在写作《平凡的世界》时，路遥努力在更为宏阔的视域中以"某种程度的编年史方式"全景式展现 1975—1985 年十年间"中国城乡广泛的社会生活"。既力图"用历史和艺术的眼光观察这种社会大背景（或者说条件）下人们的生存和状态"，也就不能回避对生活"做出哲学判断"，并"充满激情地、真诚地向读者表明自己的人生观和个性"③。其旗帜鲜明的"倾向性"，自然因是而起。

在柳青、路遥传统延续性的意义上，不回避对生活做出个人判断，努力在社会的大背景下以现实主义精神回应时代的精神疑难，为陈彦创作的要义之一。而 20 世纪 90 年代迄今之历史和现实氛围与 50 年代及 80 年代之间的差异，使得陈彦对"恒常价值"④的坚守以及对身处底层的"小人物"

---

① 汉斯·科赫：《马克思主义和美学》，漓江出版社 1985 年版，第 585 页。
② 路遥：《早晨从中午开始》，北京十月文艺出版社 2012 年版，第 137 页。
③ 路遥：《早晨从中午开始》，北京十月文艺出版社 2012 年版，第 20—21 页。
④ 陈彦反复申论之"恒常价值、伦理、道德观"，是指"经过人类历史检验，并继续适用于今天社会秩序建构、人的全面发展"的重要内容。不拘古今中西，一切有价值的精神成果均可纳入其中。参见陈彦：《边走边看》，上海文化出版社 2012 年版，第 373 页。

命运遭际的关切分外具有值得反思的症候意义：其所持守之现实主义创作方法及所依托之思想传统作为"反潮流"的"潮流"意义，庶几近乎路遥20世纪80年代对柳青传统核心面向的延续之于彼时文学主潮的意义。基于此，其作品也时常与潮流化的观念存在着内在的抵牾，而自更为宏阔之视域观之，其所坚守之价值观念自有其无法替代的重要意义。此种价值观念与一时期潮流化观念间的"错位"，恰正说明陈彦对思想观念的"变"中之"常"的深刻洞察。眉户现代戏《九岩凤》的创作，起因于陈彦对20世纪90年代初时代问题的深切思考。在"万元户"成为"时代英雄"之时，陈彦却注意到在发展经济过程中的"反面形象"，从而"着力塑造了靠巧取豪夺发家，而最终又沦为赤贫的孔仁贵的形象"[①]。该形象及其所昭示之时代问题在20世纪90年代初无疑具有"反潮流"的意义，却可被视为"新伤痕文学"的"前史"，在此一思想理路的延长线上得到更为深刻的阐释[②]。孔仁贵的命运遭际，后来在《主角》中刘四团这一形象中得到了更为深入的发挥，表明陈彦对现实人生观察之全面和深刻。延续同样的思想理路，《迟开的玫瑰》（1998）不同于彼时潮流化写作对于"成功"人事的普遍性观照，而将目光投向那些身处"底层"，且无法被纳入新的历史想象的"小人物"。"1998年，当时大家都在写女强人、住别墅的女人，但我不解，只有那些人的生活是有价值的吗？更多的普通老百姓就是这样生活的，他们的生活难道就没有价值了吗？"[③]围绕乔雪梅"人生价值"的探讨在多重意义上乃是1954年《中国青年》所刊发之署名王一山的读者来信所涉之问题的再现，也从另一侧面说明关于"幸福"（人生价值）评价的新标准和新价值"往后不断强化的逻辑以及遭遇的危机"[④]。置身20世纪50年代总体性的历史和文化语境之中，王一山所面临的难题

---

① 陈彦：《直面现实 拥抱生活》，《当代戏剧》1999年第2期。
② 参见杨庆祥：《重建一种新的文学——对我国文学当下情况的几点思考》，《文艺争鸣》2018年第5期。
③ 陈彦：《边走边看》，上海文化出版社2012年版，第371页。
④ 罗岗：《人民至上：从"人民当作主"到"社会共同富裕"》，上海人民出版社2012年版，第122页。

可以借由"劳动"与"德性政治"的意识形态关联而得到根本意义上的解决[①]。而对于乔雪梅"牺牲"个人价值以肩负家庭重担的奉献精神的意义的理解,却必须依赖温欣等思想觉悟的提高。其间暗含的复杂的历史意味,庶几近乎文学史关于梁生宝形象真实性的分歧及其所涉之内在问题。而在特定历史阶段随交大西迁至西安的一代知识分子同样必须面对两种人生价值观念之分歧所造成的精神的阵痛。作为第一代西迁人,苏毅秉承乃父遗风,以极强的精神定力,克服现实的重重困境而义无反顾地投身大西北建设,其间虽面临诸多历史性困境却初心不改。其为乃父所作墓志铭无疑属此种精神的凝聚:"天地做广厦,日月做灯塔,哪里有事业,哪里有爱,哪里就是家。"[②] 其所谓"事业",也非普通意义上的个人成就,乃是与宏大的历史性实践密切相关,具有崇高的美学内涵。但此种牺牲"小我"而成就"大我"的精神并不能自然发生,孟冰茜返归上海的夙愿及其对后代返乡的设定无疑与彼时现实问题密切相关。因是之故,其子苏小眠立志扎根新疆以及其孙苏哲意图完成祖父未了之愿的选择无疑包含着复杂寓意。"从一个'西迁'家庭入手,用五十年的跨度,把他们三代人的感情、事业、人生与国家的命运紧密相连起来,从中折射出中国知识分子""不计个人得失、牺牲小我、成就大我的拳拳的报国之心"[③]。此种家国意识和淑世情怀,如剧中人周长安所论,乃是一种"使命"感,无论社会如何变化,此种价值坚守乃社会之脊梁所在。

从木秀林(《九岩风》)、乔雪梅(《迟开的玫瑰》)到苏毅、孟冰茜(《大树西迁》),不同人物所处之环境及面临之问题虽有差别,但其核心却有内在的延续性。即在"个人"与"时代"、"自我"与"他人"之间,做个人人生的重要选择。此种选择无疑切中不同时期之重要社会问

[①] 对此问题及其历史变迁之深层寓意的详细申论,可参见蔡翔:《革命/叙述:中国社会主义文学—文化想象(1949—1966)》第五章《劳动或者劳动乌托邦的叙述》,北京大学出版社2010年版。

[②] 此段作为《大树西迁》点题之笔在剧中反复出现。陈彦:《陈彦精品剧作选:西京三部曲》,太白文艺出版社2018年版,第134页。

[③] 陈彦:《边走边看》,上海文化出版社2012年版,第202页。

题，而主人公无一例外地完成了对"小我"的克服，从而"重建"其价值观念。因是之故，以对作为社会象征行为的叙事虚构作品的精心营构，"总体性"地回应时代的精神疑难，为陈彦建构的现实主义的要义之一。其观照现实的宏阔视域，以及努力在总体的意义上肯定性地解决现实问题的种种尝试，使其与"新时期"以降之"正面强攻现实"的写作方式存在着根本性的精神分野。此种分野既与文学观念关联甚深，亦与作品所属之思想及审美谱系颇多关联。

基于对"新时期"以降之文学思潮和流派及其文学文本现实意义的整体性反思，有论者对"先锋文学"及其所依托之思想和审美资源之"局限"有过如下反思：因悬置文学之社会功能，仅在个人情绪之表达上着力用心，当代文学已然逐渐失去作用于现实的功能。"情感信服力的不足"和"社会反思能力"[①]的欠缺使得文学已无力回应迫切的现实问题。此种功能曾在"五四"以降之文学史中发挥极大之作用，甚或影响到中国作为现代民族国家的建构问题。无须援引詹姆逊关于文学之"政治无意识"的相关论断，仅就20世纪中国文学的总体状态而言，悬置文学的社会功能，的确属对文学意义的"窄化"。20世纪90年代得到广泛讨论的"纯文学"，其核心问题即在此处。如论者所言，"由于对'纯文学'的坚持，作家和批评家们没有及时调整自己的写作"，"使得文学很难适应今天社会环境的巨大变化"，也无法建立和"社会的新的关系"，自然无从"以文学独有的方式对正在进行的巨大社会变革进行干预"[②]。不同于"纯文学"的思想理路，经由现代戏的实践，陈彦极为重视文学的社会功能及价值，且努力从肯定性意义上解决现实的复杂疑难。此种解决并不局限于狭窄的范围，而是向极为广阔的生活世界敞开。"作家、艺术家生命气象的强弱，

[①] 艾伟：《对当前长篇小说的反思》，《当代作家评论》2006年第2期。

[②] 转引自张均：《当代文学研究中的"纯文学"问题》，《首都师范大学学报》（社会科学版）2017年第2期。在分析"纯文学"的局限之后，张均以为"告别'纯文学'的方法，将视野从文本和个体灵魂延伸至'历史深处'的'力的关系'或历史的动态变迁之中，则实在是学术走向开阔之境的必经之途"。如是思路，用作超克"纯文学"局限的方法亦无不可。

生命格局的大小，使命担当意识的自觉程度，决定了他作品的宽度、厚度与高度。"进而言之，"大的作家和艺术家其实都在思考大问题，路遥正是这样一位作家，他从生活过的陕北小村庄看起，一直把眼光放大到县、地区、省乃至全国，全面思考着一个民族的精神和发展走向，大至贫困问题，中国的物质和精神在那个年代的平衡问题，细到对毛茸茸的底部生活的重视，无不折射出他宽阔的生命精神与情怀，贴着大地行走，站在云端俯瞰，最终成就了路遥《平凡的世界》的宏大与广阔"①。基于同样的考虑，在完成秦腔现代戏《西京故事》之后，陈彦觉得"当下城乡二元结构中的许多事情"因篇幅所限，未能有更为清楚深入的表达，因此有近五十万字的长篇小说《西京故事》的创作。在舞台剧因自身艺术特征的限制的未尽之处，长篇小说有更为丰富宏阔的表达。"我在写城市农民工，随之与他们产生对应关系的各色人等，也就不免要出来与他们搭腔、交流，共同编制一种叫生活的密网。"②罗天福一家的"西京故事"，因之并不局限于文庙村，也并不仅与房东西门锁、郑阳娇及其他农民工发生关联。"'西京故事'就是中国故事，作家笔下的'文庙村'就是当下中国社会的象征与缩影。"③罗甲成的现实和精神的双重困境亦不能在与孟续子等的关系中得到解释。凡此种种，无不与21世纪的第二个十年的社会文化的总体性氛围密切相关。因是之故，就空间而言，由塔云山到西京城的文庙村，牵涉到极为开阔的现实；而以所涉之人物论，无论身在学院的童教授、基层领导贺冬梅、房东郑阳娇，还是塔云山外出打工的蔫驴、与罗甲成同寝室的朱豆豆、孟续子等，无不代表时代复杂总体的不同面向，并分属不同之阶层，却从不同层面影响到罗天福一家的命运。由此，陈彦既在生活的细部展现罗天福一家所面临之现实难题，亦尝试在更为宏阔之现实视域中，总体性地观照其困境并努力探讨超越困境的可能。

同样宏阔之现实视域，亦属《主角》的特征之一。"《主角》当时

---

① 陈彦：《艺术家要有大气象大格局》，《中国艺术报》2015年4月1日。
② 陈彦：《西京故事》，太白文艺出版社2013年版，第432页。
③ 吴义勤：《如何在今天的时代确立尊严？——评陈彦的〈西京故事〉》，《当代作家评论》2015年第2期。

的写作,是有一点野心的:就是力图把演戏与围绕着演戏而生长出来的世俗生活,以及所牵动的社会神经,来一个混沌的裹挟与牵引。我无法企及它的海阔天空,只是想尽量不遗漏方方面面。"①《主角》的核心人物虽为忆秦娥,但其所着力描绘的"主角"的更具普遍性的复杂寓意,却不局限于忆秦娥一人。在"诗与戏、虚与实、事与情、喧扰与寂寞、欢乐与痛苦、尖锐与幽默、世俗与崇高的参差错落中",陈彦力图"发掘生命和文化的创造力与化育力",小说因是成为"照亮吾土吾民的文化精神和生命境界的'大说'"②。其书写之精微处,即便在厨房,廖耀辉与宋光祖之间围绕何人当为"掌做"之明争暗斗此起彼伏。而胡三元与郝大锤纠纷之缘起,亦与个人地位之高下密切相关。其他如米兰和胡彩香之纠葛、薛桂生与丁至柔之矛盾,无不与此有关。而如是矛盾的"同义反复",乃忆秦娥生活之常态。在宁州有楚嘉禾等人的明枪暗箭,在省秦仍有龚丽丽、楚嘉禾等人从未消停的恶意攻击甚或暗中构陷。由此,《主角》从多个角度、多种层面,切近20世纪70年代中期迄今中国社会复杂状态的诸多面向。忆秦娥个人命运之"贞下起元"与大历史之革故鼎新密切关联。"旧戏解放"亦与彼时时代主题之宏大变革密不可分。大历史主题的转移自然引发个人命运的"天翻地覆"。也因此,忆秦娥及胡三元、胡彩香、米兰、刘四团等人物甚或"秦腔"的命运,均是高度历史性的,几乎与改革开放四十年之社会变化处于"同步"状态。

即便意识到刁顺子等彻底改变命运的希望的微茫,且以"蚂蚁"的意象表征其对此类生活之基本状况的冷峻观察,陈彦却无意在"正面强攻"的意义上完成对现实的书写。强调文学的总体性及其与政治现实的复杂关联与在非总体性、去意识形态化之思想理路中建构之文学观念的根本性区别,在于对"文学"——其价值、功能及意义——理解的差异。其间暗含的思想纷争在多重意义上乃是关于"无边的现实主义"及其限度的争论的历史性循环。因注意到"颓废派"作品潜在的"意识形态"性质,苏契科

---

① 陈彦:《主角》,作家出版社2018年版,第894页。
② 吴义勤:《生命灌注的人间大音——评陈彦〈主角〉》,《陕西日报》2018年2月1日。

夫并不赞同加洛蒂无限制拓展现实主义边界的理论构想。在他看来，"围绕现实主义而进行的争论极其鲜明地揭示出争论双方立场和审美观的分歧，揭示出在理解艺术的社会使命以及现实主义和现代主义关系方面的差异"。不同立场和审美观的根本性分野，并不在艺术表现技巧，而在于此种技巧所彰显之世界观念。"资产阶级美学家和作家们强调艺术对意识形态其他领域的虚假的自主性，为的是否定艺术的社会意义，把艺术禁锢在'纯粹的''没有利害关系的'审美感受的领域中"，进而使"艺术发展的图景极度简单化"，其在"人类生活和社会中的作用遭到削弱"[1]。关于表层的技巧的分歧并不能掩盖其内在的意识形态（就该词的原初意义而言）纷争及其历史和现实寓意。在被文学史认定为现实主义退潮的20世纪90年代，秦兆阳与何启治关于《九月寓言》评价的分歧之根本原因即在此处[2]。是为两种意识形态间之复杂博弈，并非单纯的文学观念的分歧。

如路遥在"一个'同一性'的制度、文化开始分裂的特殊历史时期"坚持一种"'同一性'的想象，并把它转化为现实的文学行为"时所面临的历史性难题——此种"同一性"已然缺乏如柳青时代的宏大叙事的制度性支撑，陈彦或亦难于通过特殊的"认证原则、传播方式把这种'同一性'撒播到读者群中"，并"试图构建一个'坚不可摧'的文化的'共同体'"[3]。秦腔现代戏《西京故事》演出近千场并获得极为广泛的积极回应的现实亦不能表明罗天福一家的现实与精神难题的解决方式可以推广到更为普遍的领域，并从根本上解决这一阶层所面对的核心问题。有论者尝试在新的历史条件下重返"人民文艺"的根本用心亦在此处。"'人民文艺'一直在讨论的是作为'被动员的阶级'的'人民大众'，强调的是作为一种'想象'的政治共同体。"此一想象的共同体包含着脱离了"'五四'启蒙文

---

[1] B. 苏契科夫：《关于现实主义的争论》，见罗杰·加洛蒂：《论无边的现实主义》，吴岳添译，上海文艺出版社1986年版，第234、236页。

[2] 参见李云雷：《秦兆阳：现实主义的"边界"》，《文学评论》2009年第1期。

[3] 杨庆祥：《路遥的自我意识和写作姿态——兼及1985年前后"文学场"的历史分析》，见《重读路遥》，北京大学出版社2013年，第54页。

化的民族—国家构想的政治方案和文学方案"①。此亦为柳青赋予梁生宝一种"新的农民的本质"的根本用心处,"'解放'的意义对于绝大多数农民来说,只意味着自己的解放或者是建立在血缘和地缘基础上的'家族'的解放",但梁生宝对此的理解则迥然不同,他"一下子就抓住了'解放'的抽象意义,并从中找到了自己的真正的本质"。此种本质的根本性意义在于,"对'咱们'这一'想象的共同体'的认同意味着他不但从封建的地主政治压迫下解放出来,而且还能迈出更重要的一步——从统治中国农民几千年的封建思想中解放出来"并深刻领会到"解放"所开启之新的"现代性事业"的根本意喻②,此后的"创业"自然蕴含着创造"新世界"并于其中自我创造的内在价值。而随着时代核心主题由"革命"转向"现代",此种现代性事业的重心亦发生转移。那些曾经赋予"底层"以极大的"尊严"的"劳动"的深刻的政治意涵亦渐次退却,罗天福一家依靠诚实劳动安身立命的价值坚守虽能获致一定意义上的"尊严感",却无法一劳永逸地解决其阶层本身的内在困境。《创业史》的"未完成"昭示着同样的问题,"社会主义现实主义"所追求的"'总体性世界'文学书写"及其所要求的"理论与实践、主体与客体的统一"必然需要借重"社会体制形态",当其所依赖的文学与政治的"联动机制本身发生变化乃至断裂时,文学就逐渐开始显露其有限性,被迫从政治化实践机制中'脱落'出来"③。而置身仍在延续的社会转型期,为身处底层的普通人之生活意义赋予一种想象性的解释,远较无视现实的复杂性简单开出解决方案更为重要。因为,"试图以塑造的方式揭示并构建隐蔽的生活总体",并包括"历史情况自身所承载的一切破裂和险境"④,从而将境况之种种纳入虚拟的总体性空间中且赋予其以系统的意义,乃小说创作的目的之一。一如论者曾将社会

---

① 罗岗、张高领:《在新的历史条件下重返"人民文艺"——罗岗教授访谈》,《当代文坛》2018年第3期。

② 李杨:《50—70年代中国文学经典再解读》,山东教育出版社2002年版,第153页。

③ 贺桂梅:《"总体性世界"的文学书写:重读〈创业史〉》,《文艺争鸣》2018年第1期。

④ 卢卡奇:《小说理论》,燕宏远、李怀涛译,商务印书馆2012年版,第53页。

主义现实主义的使命定义为"不仅仅是在现在批判地描绘过去的东西",其要义还在于"肯定革命在现在所获得的一切,阐明社会主义未来的崇高的目的"①。而相较于批判地描绘过去和现在,阐明未来崇高目的的肯定性书写似乎更为紧要。沿此思路,则陈彦在《西京故事》之后写作《装台》与《主角》,或许亦属一种"无法回避的选择",为从肯定性意义上回应时代的精神疑难之基本理路的自然延续。

质言之,尝试在更为宏阔的社会历史及现实视域中深度观照时代的精神疑难,并努力接续已然"退隐"的极具历史症候意义的总体性范畴,且于其间探讨时代及人之可能性,为陈彦建构的现实主义的特征之一。此种总体性无疑包含丰富复杂的历史和现实意蕴。如柳青以《创业史》的写作应和20世纪50年代意识形态对"新世界"和"新人"的双重询唤,努力以叙事虚构作品虚拟空间及其间人事的营构肯定性回应时代的核心问题,陈彦的诸多作品亦从不同侧面涉及当下社会的核心问题的不同面向,并尝试提供可能的解决方式。自20世纪90年代《九岩凤》迄今,社会核心问题于不同语境中之流变,自然召唤与之相应的总体性思考与时推移的观念调适。就此而言,陈彦一以贯之的思想理路及审美偏好并不能在"新时期文学"所彰显之启蒙及个人的基本理路中得到恰切的阐释,而是需要返归至"十七年文学"甚至延安文艺的基本传统。是为陈彦写作不同于当下现实主义的重要特征。其之于"未完成"的社会主义文学传统的内在的接续的价值,无疑更具现实的症候意义。

二、"新世界"与"新人"的双重可能

既在具有复杂历史与现实意涵的总体性意义上回应时代的精神疑难,塑造与"新世界"相应之"新人"形象,自然属其题中应有之义。而"新人"也并非"某种固有的属性,而是在历史实践的过程中建构起来的实体和主体"。他与"人民共和国"相互定义,均属"现实中的政治性存在",且"都

---

① 奥泽洛夫:《社会主义现实主义的若干问题》,新文艺出版社1957年版,第31页。

在给定的历史条件下不断创造自己的历史"。"新人"的谱系，因之与时代的核心问题互为表里。书写"新人""在一个现实的政治和伦理空间中"如何"寻找新的自我"①，也便成为陈彦作品的重要特征。但其对"新人"及其历史性实践的理解，并不等同于"新时期"以降文学主潮之核心取向，而是与路遥 20 世纪 80 年代的写作一般，包含着赓续革命现实主义传统及其内在的质的规定性的重要内容。

虽未使用"人民文艺"这一极具历史症候意义的重要概念，陈彦对身处底层的小人物的历史与现实命运的深度关切仍然表明其思想的重心，在新的"人民文艺"的谱系之中。他并不赞同历史题材仅关注帝王将相与才子佳人，现实题材只关心成功人士，以为此种关切并不"接地气"，且存在着"严重脱离人民大众"的问题。创作者应"多接触老百姓的心理"，写出"他们的痛痒"，尤为重要的是，从骨子里"流淌为弱势生命呐喊的血液"。是为戏曲的"创造本质和生命本质"②，亦是陈彦小说创作关注之重点所在。"有人说，我总在为小人物立传，我是觉得，一切强势的东西，还需要你去锦上添花？……因此，我的写作，就尽量去为那些无助的人，舔一舔伤口，找一点温暖与亮色，尤其是寻找一点奢侈的爱。"③ 即便在以秦腔名伶为主人公的《主角》中，陈彦借各种阶层各色人等的命运遭际对人之普遍性命运的思考，仍不脱其一以贯之基于"人民"立场的价值关切④。乔雪梅（《迟开的玫瑰》）在个人命运与家庭（社会）责任之间的艰难选择和价值坚守，无疑贴近底层人物之基本现实，且由之生发出对个人生命价值的另一种具有崇高意义的思考。此种思考亦并不借重将"个人"置于"社会"（他人）之上的思想资源，而是着力强调扎根于社会的个人"牺牲"和奉献的内在价值。历史地看，作为中国社会"三千年未有

---

① 张旭东：《文化政治与中国道路》，上海人民出版社 2015 年版，第 15 页。
② 陈彦：《边走边看》，上海文化出版社 2012 年版，第 373 页。
③ 陈彦：《装台》，作家出版社 2015 年版，第 433 页。
④ 值得注意的是，在《主角》后记中，陈彦特别提及其因一个新闻事件而一度停笔。而支撑其继续写作的，恰恰是对普通人命运的关切。参见陈彦：《主角》，作家出版社 2018 年版，第 899 页。

之大变局"的要义之一,身处底层的普通人以前所未有的历史主体的身份登上历史舞台。是为《创业史》所敞开之"新世界"与"新人"交互生长之核心要义,亦关涉到文学与历史、现实互动之问题的核心。基于对毛泽东《在延安文艺座谈会上的讲话》的理解,以从事"新人物"的"新的思想、意识、心理、感情、意志、性格……的建设工作"[①]为柳青创作《创业史》的根本目的。此种目的自然有基于宏阔的现实的总体性考量的历史意味,并非人物塑造那么简单[②]。20世纪80年代初中期,身处已然不同于"十七年文学"的"新时期"的历史语境之中,路遥经多方考量仍坚守柳青传统,其根本性的考虑即在此处。其间暗含之个人命运与大历史变化的内在关联之深层寓意,非有切身之生命实感经验而不能道[③]。此种思想理路在20世纪80年代之"反潮流"意义及其所遭遇的文学史的冷遇,表明两种关于"人"的想象间之复杂博弈。是为"十七年文学"两种研究理路的内在分歧。此种分歧意味着"关注'穷苦人'的社会主义文化与今日精英本位的主导文化之间存在根本差异"[④]。也因此,柳青与路遥的写作乃是关于"人"的另一种想象性实践的结果,具有不容忽视的历史和现实意义。

几乎在同样的意义上,《西京故事》可以被视为路遥传统在21世纪的回响。困扰路遥的主人公的"城""乡"之辨仍属21世纪第二个十年诸多底层人物所必须面对的现实难题。柳青多年前关于文学作品经典化以六十年为一个单元的说法得到了确凿无疑的印证——后世的历史性评判终究压倒同时代人的观念而更为切近文本生产的历史性背景,也更符合历史语境的客观要求。对文学作品的价值评判如是,对作品所涉之历史事件之评判亦复如是。然而时隔多年后,总体性观念与时推移的自然调适已使时代主题发生变化。此种变化自然影响到置身大历史之中的个人命运。相

---

① 柳青:《和人民一道前进——纪念毛泽东同志〈在延安文艺座谈会上的讲话〉十周年(节录)》,见蒙万夫等编:《柳青写作生涯》,百花文艺出版社1985年版,第29页。
② 参见拙文:《再"历史化":〈创业史〉的评价问题——以洪子诚〈中国当代文学史〉为中心》,《西北大学学报》(哲学社会科学版)2016年第1期。
③ 参见拙文:《路遥文学的"常"与"变"——从"〈山花〉时期"而来》,《中国现代文学研究丛刊》2018年第2期。
④ 张均:《"十七年文学"研究的分歧、陷阱与重建》,《文艺争鸣》2015年第2期。

较于20世纪50年代的"新人"梁生宝和80年代的"新人"孙少平、孙少安,《西京故事》中可视为21世纪第二个十年的"新人"的罗甲秀、罗甲成必须面对更为复杂的现实和精神境遇。可以作为"新人"梁生宝极为强大的精神后援的总体性观念在20世纪80年代已非孙氏兄弟所能分享,具有丰富之历史寓意的"劳动"及其所持存之价值和尊严在《平凡的世界》中几乎成为人物一厢情愿的精神姿态。在塔云山这一远离城乡冲突的封闭世界,罗天福及其所坚守之价值观念已然面临日渐逼近的来自外部世界的挑战,而一当置身文庙村这一交叉地带(城中村),诸多潜在的矛盾被一一激发且一再强化。即便起早贪黑累断筋骨,罗天福一家仍然无法从根本上改变命运。郑阳娇的蛮横和逼迫以及偶入工地推销千层饼被打,均不过是此种冲突的不同面向,其根本仍在经济地位所造成之阶层分野。一如孙少平半生奋斗的结果可能不过是他人人生的起点,无论罗甲成如何努力奋斗,也似乎并无与沈宁宁等人共享同等资源的可能[①]。尤需注意的是,《西京故事》的世界已无如《平凡的世界》中贯穿始终的道德理想主义。看似善解人意让人心动的童薇薇也无法成为田晓霞的再现,也自然不能为罗甲成承诺一段美好的恋情。即便进入名校却仍身处底层的罗甲成最终因无法承受种种压力而愤然出走。虽在罗天福精神的感召之下重返校园,但并不意味着其拥有了超越个人境遇的可能。在作品的结尾处,沈宁宁等人相继有了足以让罗甲成艳羡不已的去处。罗甲成、罗甲秀克服"毕业即失业"的方式是"创业"这一具有21世纪历史和现实独特寓意的方式。他们依靠数年所学将千层饼做成连锁店,在即将从容展开的未来可能获得更具象征意义的"成功"。无论"失败"还是"成功",罗天福一家的命运均是高度历史性的。而个人命运的根本性变革,仍以社会的变革为基本前提。是为陈彦"重启""孙少平难题"的要义之一。

在总体的制度性资源(如梁生宝的种种行为均有来自时代强有力的思想及制度的支持)匮乏的境况下,罗甲成、罗甲秀以个人"创业"(与梁生宝"创业"的集体性质形成极具历史意味的"反差"。此亦为"80后"

[①] 参见拙文:《"一代人"的"表述"之难——杨庆祥〈80后,怎么办?〉读札》,《中国现代文学研究丛刊》2018年第3期。

参与性危机产生之根源）克服现实困境的方式未必具有一定意义上的普遍性。此种对现实疑难的缓解也或许不过仅在象征的意义上发生效用，陈彦对此无疑有更为深入的洞察。如贾平凹几乎在同一时段尝试以重启"社会主义新人"的思想及美学谱系的方式表达其现实忧虑，却只能以"新人"的"幽灵化"作结所昭示的问题一般①，总体性和制度性资源的匮乏，使得陈彦在"路遥传统"的基本框架之中象征性解决现实疑难的种种努力难以成功。与时代主题与时推移的自然调适一般，《大树西迁》《迟开的玫瑰》及《西京故事》之后，陈彦借对中国古典文学与文化传统沉潜往复、从容含玩而悟得之思想及审美观念尝试赋予如罗天福般难于从根本意义上改变命运的人物以生之意义和尊严。此种思考无疑属古典思想及其所持存之人世观察境界之再生。长篇小说《装台》《主角》及其中"新人"之不同于路遥传统的新的思想、心理和情感，均需在这一思想及审美谱系中加以阐释，而不能简单地被视为"传统"或"守成"而归入另册。

相较于"新人"罗甲成们虽屡遭挫折却总能化险为夷从而以勇猛精进的姿态朝向未来的"上出"之境，刁顺子和他的兄弟们却被迫只能面对周而复始循环往复的"轮回"般的命运。就根本而言，已无纯然美好的希望愿景等待他们阔步踏入，陈彦也无意于将他们的生活纳入某种理想的幻象之中。基于对现实人生的敏锐洞察，陈彦充分意识到此类人物及其根本性的"局限"所在。"问题是很多东西他们都无法改变，即使苦苦奋斗，他们的能力、他们的境遇，也不可能使他们突然抖起来、阔起来、炫起来。"他们极为艰难的现实处境也使得童话般缓解困境的无能和无力。"他们永远都不可能在森林里遇见连王子都不跟了、而专爱他们这些人的美丽公主，抑或是撞上天天偷着送米送面、洗衣做饭、夜半飘然而至、月下勾颈拥眠的动人狐仙。"也因此，陈彦无法简单地延续路遥传统中极为重要的道德理想主义以化解极为尖锐的现实问题，而必须重新切近更为复杂且坚硬的现实。但根本的问题仍在马克思的经典论断所昭示的思想现实之中，"哲学家们只是用不同的方式解释世界，而问题在于改变世界"。在如《创

---

① 参见陈晓明：《他能穿过"废都"，如佛一样——贾平凹创作历程论略》，见李伯钧主编：《贾平凹研究》，陕西师范大学出版总社 2014 年版，第 56—57 页。

业史》般来自外部自上而下的思想及制度性资源匮乏的境况下，以现实的方式化解矛盾变得分外艰难。如是阶层既定命运的根本性变革尚需时日。因是之故，"在农民事实上不可能快速转移进入城市，农民收入不可能得到迅速提高的情况下，站在农民主体立场的新农村建设的核心，是重建农民的生活方式，从而为农民的生活意义提供说法"①。此处所谓之"农民"，换作"底层"亦无不可。《西京故事》之后，陈彦在《装台》《主角》中对底层甚或可以扩而大之的"所有人"的生之意义的探讨，即属在更为广阔的思想资源中，为"人"的生活意义提供说法的尝试。

如是努力，也并非没有文学的先例。沈从文1934年返乡途中对"真的历史是一条河"的体悟，即包含着另一种读解普通人命运的思想路径。不同于"五四"以降"人"的发现的启蒙立场，沈从文意识到普通生命内在的正大庄严。"他们那么庄严忠实的生，却在自然上各担负自己那份命运，为自己，为儿女而活下去。不管怎样活，却从不逃避为了活而应有的一切努力。他们在他们那份习惯生活里、命运里，也依然是哭、笑、吃、喝，对于寒暑的来临，更感觉到这四时交递的严重。"②也因此，"沈从文作品里的人，与启蒙的新文学里的人不同"，前者无疑"大于"后者③。作为他们生活世界的基本背景的，既有精神意义上的千年传统渐次累积形成之文化人格之基本依凭，亦有个体生命与天地自然齐同之内在节律。如此，人自有由内而外生发之勃勃生气，并非概念化、图式化的"现代观念"所能简单概括。是为其生之意义本身自有，不假外求的原因所在。延续沈从文对普通人生活意义的如是理解，余华以"生活"与"幸存"区分两种理解福贵命运的视域。后者的评判乃出自"外部"，如"启蒙"观念自上而下的特征；而前者则源自"内部"，属一种对对象如其所是的理解。此种"内""外"之辨，恰属两种思想路径之基本分野。以淡化宏大之历史背景，

---

① 贺雪峰：《新农村建设与中国道路》，见薛毅编：《乡土中国与文化研究》，上海书店2008年版，第67页。
② 沈从文：《历史是一条河》，见《沈从文全集》（卷十一），北岳文艺出版社2009年版，第188页。
③ 参见张新颖：《沈从文九讲》第二讲第三节，中华书局2015年版。

表明类同于许三观们的普通人命运之非进步的循环特征,为余华对现实冷峻观察之一种①。而经由对身处极端境况且无由解脱的福贵的命运的悉心书写,余华则表明源自古典思想之人世体察仍有不容忽视的当代价值。以"人是为了活着本身而活着,而不是为了活着之外的任何事物而活着"为核心意旨的文本的"高尚"之处在于,"活着"本身内在价值的正大庄严。如是理路,在陈彦的笔下得到了可谓淋漓尽致的发挥。一如福贵、许三观等既定命运类似存在主义的悲怆性质,刁顺子们"只能一五一十地活着,并且是反反复复,甚至带着一种轮回样态地活着"。但即便身处生命之艰难境况,他们却"不因自己生命渺小,而放弃对其他生命的温暖、托举与责任,尤其是放弃自身生命演进的真诚、韧性与耐力。他们永远不可能上台",成为时代的焦点所在,但他们在台下的行进姿态,却是"有着某种不容忽视的庄严感"②。此种关于刁顺子生之意义和尊严的书写,无疑接通了另一更为悠远的精神传统。而忆秦娥历经个人命运之兴衰际遇、起废沉浮之后,仍以儒家式的精进姿态化解来自生活世界的重重压力。个人对社会的责任感和担当意识,是忆秦娥即便面临"死生"之际,却仍不至于颓然的根本原因所在。她从"人民"中来,最终又"返归"人民之中。陈彦在作品结尾处对忆秦娥命运的如是处理,无疑包含着更为复杂的时代寓意。忆秦娥个人命运的转换与"新时期"社会之革故鼎新同时展开,亦表征着大历史的变革之于个体命运的重要意义。作为"新时期"的贯穿性人物,忆秦娥的命运遭际无疑具有更为深入的历史意涵。她如罗天福一般,属江山社稷的脊梁。其所坚守之勇猛精进之价值信念亦属民族精神生生不息之要义所在。在新的历史和现实情境中,忆秦娥可被视为与"新时代"互证的"新人"。是为陈彦反复申论"主角"之复杂寓意的根本用心。

历史地看,从梁生宝到孙少平、孙少安,再到罗甲成、罗甲秀以及刁

---

① 如李今所论,《许三观卖血记》"所隐示的重复不变的社会结构使它能够超越左翼文学传统的个别历史与个别意识形态,而彰显出没有历史轮回的底层命运"。李今:《论余华〈许三观卖血记〉的"重复"结构与隐喻意义》,《中国现代文学研究丛刊》2013年第8期。

② 陈彦:《装台》,作家出版社2015年版,第432页。

顺子、忆秦娥，"新人"所面临的历史性难题随着时代主题的变化而有着并不相同甚至截然二分的意义。此种变化无疑属延续革命现实主义及其所依托之宏大叙事而对不同时代社会问题的不同回应。此亦为"典型人物"无法脱离"典型环境"说的题中应有之义。而其内在的问题亦有根本的连续性。在当代文学"越来越自我，越来越中产阶级化"的基本语境中，对现实主义的重要性的重申必然与对"一个更加广阔的世界的关注"，以及对"更多的群体性的'人'的关注"密不可分。然而其间最为重要也更为迫切的问题仍然是如何"捍卫""中国革命的理念"以及如何使"中国革命的正当性"①持续彰显。是为接续"未完成"的社会主义文学传统的要义之一。如论者所言，"捍卫现实主义这个成就斐然的主要文艺流派的原则"，非关马克思主义奠基者的个人偏好，而是因为"这些原则渗透着公开地和真诚地为劳动人民的解放服务的愿望"。亦属马克思和恩格斯革命世界观内在规定的自然要求，"同马克思主义理论的实质本身紧紧地联系在一起"②。进而言之，一种社会主义的总体性，必然包含着独特的历史进步意义以及与之相应的无产阶级的阶级意识。"群众运动"与"革命"也并非简单的组织问题，而是有着无产阶级自我生成和发展的内在意义。而如"阶级意识"作为"'主体'的过程的真理本身"亦随着实践的变化而辩证发展一般，"新世界"不断创生过程中对新的"问题"的生产和克服的辩证自然要求"新人"作为意识形态主体的内涵的不断迁移③。是为从梁生宝、孙少平到罗甲秀、罗甲成思想及困境差异的根本原因。对如上

---

① 周展安、蔡翔：《探索中国当代文学中的"难题"与"意义"——蔡翔教授访谈录》，《长江文艺评论》2018 年第 2 期。

② 乔·米·弗里德连杰尔：《马克思恩格斯和文学问题》，郭值京等译，上海译文出版社1984年版，192 页。

③ 如卢卡奇所论，"无产阶级的阶级意识，作为'主体'的过程的真理本身，远不是稳定不变的，也不是按机械'规律'向前运动的。它是辩证过程本身的意识；它也同样是一个辩证的概念。因为只有当历史的过程迫切需要无产阶级的阶级意识发生作用，严重的经济危机使这种阶级意识上升为行动时，这种阶级意识的实践的、积极的方面，它的真正本质才能显示出它的真实形态"。卢卡奇：《历史和阶级意识：关于马克思主义辩证法的研究》，杜章志、任立、燕宏远译，商务印书馆1999年版，第 96—97 页。

问题所属之思想和审美谱系的反思和重建，属赓续社会主义文学传统的内在要求，具有更为深入的思想和现实意义。

三、思想和审美资源的多样化

就其要者而言，在当下语境中拓展现实主义之思想及审美资源的方式有二：其一，在新的历史和时代条件下"重启"具有深刻历史意涵的社会主义文学传统，接续柳青、路遥所开辟之革命现实主义的核心精神，以总体性地书写纷繁复杂的当下现实，充分发挥文学作为社会象征行为的独特的经世功能和实践意义；其二，在古今贯通的视域中接续中国古典文脉，且以超克西方文论作为"前理解"的新的理论视野中激活古典思想阐释当下问题的理论效力，以开出文本的新的思想视域和审美境界。以秦腔现代戏为"中介"，陈彦得以统合柳青以降之革命现实主义传统及中国古典传统。秦腔现代戏起源于延安，与1942年《在延安文艺座谈会上的讲话》发表前后的历史氛围及现实问题密切相关。早期代表作《中国魂》《一条路》《血泪仇》等均有极为鲜明的时代特征。而民众剧团的创作实践，也为毛泽东《在延安文艺座谈会上的讲话》提供了"重要素材"。毛泽东的诸多思想，也影响到秦腔现代戏诞生阶段的重要面向[1]。时隔七十余年后，历史性地回顾民众剧团的"生命历程"，陈彦意识到"毛泽东倡导的'新秦腔'运动，以及由此开拓出的民族戏曲现代戏的艺术实践"，充分体现出"'人民性''大众化''民族化'以及生活是文学艺术'唯一的源泉'"等理论的深刻性和现实性。而"真正深入人民大众中去，深刻探讨社会问题，关注大众精神生态"，仍属现代戏的重要价值所在[2]。"戏曲唯有始终站在民众立场上，坚持独立思考，持守美学品格，守望恒常价值、恒常伦理……敢于担当，勇于创新，与国家、民族同呼吸、共命运，才可能赢

---

[1] 陈彦：《毛泽东与秦腔》，见《说秦腔》，上海文艺出版社2017年版，第39页。亦可参见陈彦：《中国戏曲现代戏从延安出发》，《光明日报》2012年5月21日。

[2] 陈彦：《中国戏曲现代戏从延安出发》，《光明日报》2012年5月21日。

得与时代艺术同步发展的空间。"①沿此思路,则无论早期作品《九岩凤》《留下真情》,还是现代戏代表作"西京三部曲",长篇小说《西京故事》《装台》《主角》,无不有极为浓重的现实关怀,并切近不同时期不同层面较为迫切之现实问题。此为陈彦承续秦腔现代戏之基本精神的面向之一。而作为"现代戏"的源头,秦腔经典剧目及其所持存之思想和审美精神,亦在多个层面影响到现代戏的品质。"在中华文化的躯体中,戏曲曾经是主动脉血管之一。许多公理、道义、人伦、价值,都是经过这根血管,输送进千百万生命之神经末梢的。""无论儒家、道家、释家,都或隐或显、或多或少地融入了戏曲的精神血脉,既形塑着戏曲人物的人格,也安妥着他们以及观众因现实的逼仄苦焦而躁动不安、无所依傍的灵魂。"②也因此,经由对古典戏曲的沉潜往复、从容含玩,陈彦得以接通中国古典文脉,而有新的境界的开显。此种开显,无疑以《装台》《主角》最具代表性。

以思想境界论,《装台》《主角》已不局限于"五四"以降文学的现实观察及其所开启之思想面向,而有更为宏阔之精神视域。此种视域属古典传统思想境界之再生,有着不同于"西京三部曲"时期之新的"总体性"意涵——一种融汇古今的思想为其核心特征。基于对"中国故事"的"中国式"讲法的思考,陈彦以为,"《红楼梦》的创作技巧永远值得中国作家研究借鉴"。而"松松软软、汤汤水水、黏黏糊糊,丁头拐脑",为其所理解的小说风貌③。此种小说诗学,无疑与《金瓶梅》《红楼梦》所代表之中国古典小说传统密切相关。相较于现代小说的"空旷","《装台》所承接的传统中,小说里人头攒动、拥挤热闹",有一种"盛大的'人间'趣味"。其间人物众多,且"各有眉目声口"④,各色人等,亦无不穷形尽相、跃然纸上。而古典小说所开显之人世观察,亦属《装台》之后陈彦作品的特征之一。陈彦充分意识到刁顺子们的现实境遇已然无法在罗

---

① 陈彦:《边走边看》,上海文化出版社2012年版,第161页。
② 陈彦:《主角》,作家出版社2018年版,第897—898页。
③ 陈彦:《主角》,作家出版社2018年版,第898页。
④ 李敬泽:《修行在人间——陈彦〈装台〉》,《西部大开发》2016年第8期。

天福、罗甲秀们所依托之总体性框架中得到解决,因是之故,一种源于中国古典思想的人世观察及其意义得以显豁,并成为刁顺子们的尊严所系且发挥其重要之现实效用。是故,"《装台》或许是在广博和深入的当下经验中回应着那个中国古典小说传统中的至高主题:色与空——戏与人生、幻觉与实相、心与物、欲望与良知、美貌和白骨、强与弱、爱与为爱所役、成功和失败、责任和义务、万千牵绊与一意孤行……"①凡此种种,构成了刁顺子、蔡素芬、刁菊花、韩梅以及与他们密切相关之各色人等生活世界的复杂面向。刁顺子"命运"的结构性循环因之包含着陈彦借古典传统之人世观察的冷峻处及深刻处。而作品临近结尾处,置身生活的无可如何之际,刁顺子似乎瞬间领悟到其命运的根本形态:"花树荣枯鬼难挡,命运好赖天裁量。只道人世太吊诡,说无常时偏有常。"②"无常"为命运之难以把捉,"有常"则为其同一结构的循环往复。如金圣叹七十回本《水浒传》"以'忠义堂石碣受天文、梁山泊英雄惊恶梦'使故事戛然而止",就此亦"提供了足以和第一回对称抗衡的起承转合",从而"给人以强烈的天道循环的结构感受"。此种布局之真意在于"延绵不断的回转,所以我们可以进而把这类似无了局的结构视为一种无休止的周旋现象"③。《装台》以蔡素芬嫁入刁家,引发其与刁菊花之"冲突"起笔,而以周桂荣携女进入刁家,引发新一轮"冲突"作结。其间蔡素芬与刁菊花,刁菊花与韩梅及刁顺子之矛盾冲突构成《装台》家庭矛盾的核心,而蔡素芬在刁菊花重重逼迫之下选择离开,则为新的结构性冲突提供可能。虽未对周桂荣进入刁家之后的生活有进一步的展开,但前述细节以及刁菊花丈夫被抓、整容失败的"现实"却极有可能使其心理更为扭曲,从而有变本加厉的"恶行",作品也因之向可以预知的未来敞开。类似的处理,在秦腔现代戏《西京故事》中已有呈现。罗天福一家的西京梦"圆满"之际,另一无论家庭构成还是基本处境酷似罗家的家庭进入西京,不难预料,他们也将面临如罗天福、罗甲秀、罗甲成一般的困境,但是否将如前者一样得以圆满,则

---

① 李敬泽:《修行在人间——陈彦〈装台〉》,《西部大开发》2016年第8期。
② 陈彦:《装台》,作家出版社2015年版,第427页。
③ 浦安迪:《中国叙事学》,北京大学出版社1995年版,第80页。

属未知之数。以此处理，陈彦无疑表达了其对城乡二元结构下底层人命运的普遍性的思考。就其根本而言，此种命运之循环往复，并非现代性以降之线性思维所能解释。其根本用心处，与中国古典思想之人世观察密切相关。就其要者而言，以"推天道以明人事"为基本特征的古典思想之重要一脉，源自先哲对外部世界变化之道之仰观俯察而得之智慧。从"春生、夏长、秋收、冬藏"的四时流转中，明了"天地之大纪"，而"循环往复"为其核心特征。无论朝代更迭、人事代谢，无不遵循此理。此种思想，凝聚于《周易》之中。"《周易》经传的卦序，却是《既济》置于《未济》之前，亦即先终后始。然而，先终后始，并不是说终在始之前，而是强调'终而又始'的概念，是故，"终"并非"真正结束"，"而是结束之后又再次开始"。"此种'再次开始'的观念，正是《既济》卦置于《未济》之前，而以《未济》卦为终的用意"。一言以蔽之，"《周易》经传强调的是天道循环不已的概念，也是'终而又始，始而复终'的概念"①。如是生生不息、循环不已，乃自然及人事之常道。无论《红楼梦》之"四时气象"，还是"奇书文体"之时空布局及章法，无不与此种思维密切相关。而章法布局仅为其末，其核心仍在于对自然、历史及人事之规律的观察。柄谷行人对"历史"之"反复"的洞见，虽未必得自对《周易》思维的体悟，但根本性之运思理路并无不同。以此思维观察"历史"，便有"合久必分，分久必合"之说；观照人事，则可知如刁顺子般命运遭际的结构性反复，或属人事根本性的吊诡之处——说无常时偏有常。历史及人事与时推移，变动不居，然而其间之"不变"处，或许包含着对世运及人事更为深刻的洞察。

因无外在的精神依托，刁顺子命运的反复，也便无根本性的"超克"的可能。刁顺子的命运遭际，在忆秦娥身上得到结构性的"重复"。换言之，如是"命运"之循环往复，乃"人"之命运之基本特征。无论身在宁州，还是省秦，"主角"忆秦娥一时一地的生活世界具有同样的"结构"——

---

① 赖世炯、陈咸瑢、林保全：《从〈易经〉谈人类发展学》，文史哲出版社2013年版，第181—182页。

围绕她形成的关系模式具有惊人的相似性——赞成与反对总是同时出现，在"毁掉"其"生活"的同时却"成就"其"事业"。然其根本处境，如作品临近结尾处对"主角"忆秦娥之生命历程"总括"之"背景"所示："人聚了，戏开了，几多把式唱来了。人去了，戏散了，悲欢离合都齐了。上场了，下场了，大幕开了又关了……"① 端的是你方唱罢我登场。无论何人身处何地，所面临之问题并无本质区别，不外是些怨憎会、爱别离、求不得及其所引发之种种事项。而其间人物的成败、生死、荣辱、起落、出入进退、离合往还则循环不已。"成了，败了；好了，瞎了；红了，黑了；也是眼见起高台，眼见他台塌了"，忆秦娥前有胡彩香与米兰之明争暗斗，后则有甫一登台即广受赞誉的宋雨可能面临的同样的境况。如是种种，无不说明"一个主角，就意味着非常态，无消停，难苟活，不安生"。"要当主角，你就须得学会隐忍、受难、牺牲、奉献。"忆秦娥也就"这样光光鲜鲜、苦苦巴巴、香气四溢也臭气熏天地活了半个世纪。"从宁州到省秦，楚嘉禾及其同类之结构性功能一如既往，忆秦娥之现实遭际也因之不断反复。"主角看似美好、光鲜、耀眼。在幕后，常常也是体味着与台上的《牡丹亭》《西厢记》《红楼梦》一样荣辱无常、好了瞎了、生死未卜的百味人生。台上台下，红火塌火，兴旺寂灭，既要有当主角的神闲气定，也要有沦为配角"的"处变不惊"。② 如是境况，庶几近乎《红楼梦》繁花着锦、烈火烹油之盛与"大荒""大虚"之境的辩证所彰显之人世观察，亦近乎《水浒传》及《三国演义》共通之"咏史"主题："历史与虚构化约而得的生命教训，读者汇合而成自己的认知：世间的荣耀原来转眼都倏忽。"③ 然"贾宝玉几经人世浮沉，遍尝酸甜苦辣"之后，终至于"大梦醒来，彻悟生命倏忽，一切虚若浮云"却并非《主角》之核心意旨。在身处极大困境而无可如何之际，忆秦娥也曾有出尘之思。其在寺院的短暂经历却并未将其导引至"空门"，从而一劳永逸地解决其生之困境并求得身心之安妥。

---

① 陈彦：《主角》，作家出版社 2018 年版，第 882 页。

② 陈彦：《主角》，作家出版社 2018 年版，第 894 页。

③ 余国藩：《〈红楼梦〉、〈西游记〉与其他：余国藩论学文选》，生活·读书·新知三联书店 2006 年版，第 52 页。

却在"内忧外患"交相逼迫之际,短暂的迷茫转向对"唱戏"作为"布道"及自我修持之意义的体悟,从而更坚定其积极用世之正精进的信念。"宝玉必须遵行道家游宴自如、忘其肝胆的大自在精神,并彻底拔除其缪辀根源,才能翕然逍遥,超脱乎迷惘之上。"①忆秦娥却经由对"责任"与"信念"的儒家式坚守克服现实与精神的双重困境。是为"天行健,君子以自强不息"之进取精神之重要表征,亦是其思想境界虽相通于《红楼梦》等古典文本,却超克其"局限"的要义所在。

质言之,《装台》及《主角》所开启之境界,与中国古典文脉之核心要义密切相关。而古典思想之人世观察在此两部作品中的效用,已充分说明超克现代性视域,在古今贯通的文学史观念中完成中国古典思想及审美的现代性转换的重要意义②。如沈从文超克"五四"以降启蒙传统关于"人"的价值想象的思想框架,而有对身处天地之间的人之根本性处境如其所是的观察一般,陈彦亦充分意识到在制度性思想匮乏的状态下肯定性缓解罗天福、罗甲秀等的现实困境的无奈和无力,因之有《装台》《主角》借古典思想开出其人世观察的重要尝试。此亦为"总体性"在延续内在的质的规定性的基础上与时推移的自然调适的重要表征。相较于偏重古典思想"柔"性一路所惯常导向的颓然之境,陈彦则坚守勇猛精进的文化的刚性特征。因是之故,《西京故事》《装台》及《主角》虽有对人之兴衰际遇、悲欢离合之无奈及无力处的深刻洞察,其间人物及其所寄身的世界可依托之思想路径亦维度多端,却并不颓然,而是始终朝向精神的"上出"一路。进而言之,如忆秦娥般以儒家思想为核心,统摄佛、道二家的思想路径,其要义有二:首先,"中华的意思就是中华文明,而中华文明的主干是儒家为主来包容道家、佛教和其他文化因素的"。此说无疑内含着超克"古今之争"的"古今贯通"的思想理路;其次,"'人民共和国'的意思表明这共和国不是资本的共和国,而是工人、农民和其他劳动者为主体的全

---

① 余国藩:《〈红楼梦〉、〈西游记〉与其他:余国藩论学文选》,生活·读书·新知三联书店2006年版,第84页。

② 对此问题的进一步探讨,可参见拙文:《"大文学史观"与贾平凹的评价问题》,《小说评论》2015年第6期。

体人民的共和国",即"社会主义的共和国"。其意亦在于以《在延安文艺座谈会上的讲话》以降之社会主义文学传统及其内在规定性为核心,统摄他种传统。而发掘其根本内涵,必然涉及"通三统"的问题①。此种贯通亦并不仅止于文化思想及文学资源的选择,而是"中国道路"内在的规定性使然。

结　语

"小说作为赋予外部世界和人类经验以意义的尝试",必然包含着"人类生活最终的伦理目的"②。是故,"伟大的现实主义作家,是那些以某种方式充分参与他们时代生活的人,那些不仅是观察者又是行动者的人"③。沿此思路,于总体性的宏阔视域中展现丰富复杂的生活世界,并塑造与"新世界"相应之"新人"形象,且以丰富多样的思想资源尝试肯定性地回应现实的精神疑难,可视为陈彦作品现实主义的基本特征,也充分说明"生活是创作的唯一源泉"的说法的真理性和当下意义。此种"生活"并非走马观花、浮光掠影式的外部"观察",而是扎根于丰富而鲜活的生命的实感经验之中,并突破既定的文学观念的限制,向无限的可能性敞开。也因此,写作者得以处于对"新生活"和"新人"的发现之中,发现那些被既定观念遮蔽的人与物、历史和现实、观念和方法,以及表现新的世界的多样的可能性。无论《西京故事》《装台》,还是《主角》,陈彦熟悉他笔下的人物。那些人物和他们的生活或许原本就是作者生活的一部分,他在他们中间,和他们一同体会个人命运的兴衰际遇、喜怒哀乐、悲欢离

---

① 甘阳:《中国道路:三十年与六十年》,见贺桂梅编:《"50—70年代文学"研究读本》,上海书店出版社2018年版,第336—337页。此处所说的"通三统",与甘阳所论并不相同,是指中国古典传统、"五四"传统与社会主义文学传统的贯通。

② 弗雷德里克·詹姆逊:《马克思主义与形式——20世纪文学辩证理论》,李自修译,百花洲文艺出版社1995年版,第146—147页。

③ 弗雷德里克·詹姆逊:《马克思主义与形式——20世纪文学辩证理论》,李自修译,百花洲文艺出版社1995年版,第170页。

合,以及其与大历史间之复杂关联。陈彦充分意识到,在仍在持续的社会的转型期,如刁顺子们的命运或将继续,但他们的生活仍有不容忽视的庄严和自内而外散发出的勃勃生气。忆秦娥虽历经内外交困之境却仍以儒家式的精进姿态化解重重矛盾,从而担负个人之于社会的责任的行为无疑属"天行健,君子以自强不息"的民族精神刚健之气的重要表征。他们或许是社会不可撼动的脊梁,承载着与时俱进的时代精魂。而书写他们和时代相互定义的复杂关系,也便有着更为复杂的历史和现实意涵。"人民共和国的立国根基不仅是一般意义上的破旧立新的前进运动,它也是不断突破主观的幻觉,包括理想主义的幻觉,一步步走向具体、实在的自我的真理性(反过来说也是局限性)的过程"①。换言之,"社会主义不仅不是革命的结束,反而孕育着新的革命"。此种"革命"的"内在构成因素"虽极其复杂②,但其要义,或在于"新"与"旧",或"危机"与"对危机的克服"间之辩证过程。曼海姆申论之"意识形态"与"乌托邦"的辩证及其之于现实革故鼎新的重要意义,核心义理亦与此同。在此过程中,伴随着"新世界"意义的不断丰富,"新人"亦随之被赋予新的内涵。是为社会主义文学不断创化的要义之一,亦属现实主义的开放性的必要前提。

至此,有必要重温秦兆阳六十余年前对于现实主义文学及其可能的如下判断:"现实主义文学既是以整个现实生活以及整个文学艺术的特征为其耕耘的园地,那么,现实生活有多么广阔,它所提供的源泉有多么丰富,人们认识现实的能力和艺术描写的能力能够达到什么样的程度,现实主义文学的视野、道路、内容、风格,就可能达到多么广阔、多么丰富……如果说现实主义文学有什么局限性的话,如果说它对于作家们有什么限制的话,那就是现实本身、艺术本身和作家们的才能所允许达到的程度。"③就"现实本身"而言,改革开放四十多年中国社会文化的巨变所包含之复

---

① 张旭东:《文化政治与中国道路》,上海人民出版社2015年版,第18页。
② 蔡翔:《革命/叙述:中国社会主义文学—文化想象(1949—1966)》,北京大学出版社2010年版,第365页。
③ 秦兆阳:《现实主义——广阔的道路——对于现实主义的再认识》,见《文学探路集》,人民文学出版社1984年版,第137页。

杂的历史和现实,足以为作家提供极为广阔丰富的"素材"。再稍稍放宽视域,自"五四"以降中国社会与文化"三千年未有之大变局"之视域观之,则百年中国历史之沧桑巨变无疑包含着更为丰富的历史和现实内容。而以贯通古今的思想理路效法史家"究天人之际、通古今之变"之宏阔视域书写更具历史和现实意味的"中国故事",仍属文学创作"未思"的领域,有着极大的可供敞开的思想和文化空间。时至今日,在不放弃自身内在的质的规定性的基础上,现实主义已然呈现为极具开放性和包容性的状态,向人类一切优秀的精神成果敞开,并在融汇中西、贯通古今的宏阔视域下吸纳一切有益的经验,从而以更具象征性和表现力的方式完成对丰富复杂的现实的审美表达。无论中国古典文学传统、"五四"以降之新文学传统以及西方文学传统,均属可资借鉴之思想及审美资源。如是种种,最终与创作者个人之世界观念、思想视域、审美表达能力密切相关。"在中国,历史没有完结,无论文学还是作家这个身份本身都是历史实践的一部分,一个作家在谈论'现实'时,他的分量、他的眼光某种程度上取决于他的世界观、中国观,他的总体性视野是否足够宽阔、复杂和灵敏,以至于'超克'他自身的限制。"[①]对正在进行中的现实的"介入"程度、文学观念和创作视域的宽广度以及思想和审美资源的丰富度,或为创作者自我"超克"的要义所在。就此而言,陈彦及其创作经验,无疑可为当下文学提供重要参照。

[①] 李敬泽、李蔚超:《历史之维中的文学,及现实的历史内涵——对话李敬泽》,《小说评论》2018年第3期。

杨 挥

中国当代文学研究中的"古典转向"

  中国当代文学研究中的"古典转向",是指以经过创造性转换和创新性发展的中国古典思想和审美传统为评价视域,阐发当代文本的价值和意义,进而促进其"经典化"的研究路向。其初阶为发掘当代文本与古典传统之内在关联,包括思想、章法、意象、语言等等,也包括以年谱、学案等中国古典学术研究的基本方法做当代文学现象和作家作品研究的方式。进阶为超克"五四"以降文学观念之局限,自古今贯通的大文学史视域重解当代文学与古典传统间之赓续关系。即不再使用将"五四"以来新文学视为是在古典传统之外别开一路的古今"分裂"的文学史观念,而是将之视为古典传统在20世纪流变之一种,其意义与诗之唐宋之变等思想和文学观念内部与时俱化的状态并无质性分别。故此,"古典转向"所关涉之问题论域颇为复杂,既须以历史化的方式返归文化的"古今中西之争"的草创阶段,在更具历史和现实感的宏阔视域中重新处理古今中西问题,亦须重启20世纪90年代初兴起之中国古代文论的现代转换问题,以在融通古今中西的视域中建构文论的中国话语,最终完成对当代文本复杂意义的深入解读。而历史性地考察文学观念的古今之变,中国港台学界及海外汉学多年间之探索亦须纳入其间做总体处理。由陈世骧发现之中国文学的抒情传统论述,其缘起阶段即与在西方传统影响弥天漫地几至全然遮蔽中国文学传统的历史和文化语境之中抉发中国思想和文化之独立意义密切相关。中国文学的抒情传统乃是在西方传统之外独具思想和审美意义的重要传统自无须多论。不惟"中国文学的抒情传统论述"在中国港台及海外学界的重要研究者如高友工、蔡英俊、柯庆明、郑毓瑜、萧驰、王德威等会心于此且多所发明,海外汉学家于连、浦安迪、宇文所安等人的研究路向亦从另一侧面说明以中国的方式研究中国文学之学术路向（其所持有的观点在指称中国古典传统之际的准确性和适用性还可进一步讨论[1]，但此思路本身值得重视）之价值所在。凡此种种无不说明建构更具统合性和概括力的新的文学史视域，以古今中西之融通开启文学的新面向，是当代文学及研究的重要进境，其意义有待进一步阐发。

以古典思想和审美传统重解当代文本之所以可被视为一种具有范式转换意义的研究路向——即"古典转向"，与20世纪中国历史文化语境之特殊性密切相关。发端于晚清，至"五四"进一步强化的文化的"古今中西之争"在多重意义上形塑了20世纪初迄今中国文学和文化观念之"前理解"。今胜于古、西优于中，且以前者所持存开显之视域理解文学观念的古今问题，为其核心特征。据此立论之文学史，即便路径具体差别甚大，其核心却未脱此一观念划定之基本范围。故此种种当代文学史著作在与古典传统密切相关之当代作家作品的评价问题上均面临"两难"之境——既无从简单"否定"其价值，但对其文学史意义却始终难有准确评价[2]。其流风所及，20世纪80年代迄今文学观念虽变化频仍，亦不乏代际更替，但认同"五四"新文学至20世纪80年代"文化热"时期"文化：中国与世界"丛书之核心理路及其背后的西方传统（就20世纪80年代以降文学和理论资源论，以现代主义和后现代主义文学观念和理论传统最为典型），成为作家写作和文学研究的"自然"选择。中国古典思想和审美传统在当代虽不乏赓续的努力，却仍面临核心意旨和基本品质被遮蔽和压抑的"困局"，非有文学和理论观念的鼎革之变而难有进境。时在中国百年历史巨变的合题阶段，以更具历史和现实感，包容性和概括力的视域重构当代文学图景，可谓恰逢其时，亦是文学史观念变革的重要路径之一。中国当代文学的经典化，此亦为不可回避的路径之一种，包含着有待进一步思考和实践的重要内容。不仅此也，"古典转向"及其所包含的文化观念的范式

---

[1] 如龚鹏程并不认同"抒情传统"说，以为此说"前提""运思"等等皆有商榷的余地。参见龚鹏程：《不存在的传统：论陈世骧的抒情传统》（《美育学刊》2013年第3期）《成体系的戏论：论高友工的抒情传统》（《美育学刊》2013年第4期）二文。

[2] 对此问题的详细申论，可参见拙文：《贾平凹与"大文学史"》，《文艺争鸣》2017年第6期。

转换，也必将促进中国古典传统的创造性转换和创新性发展，以及在多元会通的基础上文化的新传统的全面展开。毋庸讳言，随着更具包容性和概括力的新的文学史观念的进一步确立，且成为中国文学史（包括古典文学与现当代文学）的基本范式之际，"古典转向"作为"过渡阶段"的意义即自然终结①。

一

如自文学史的整体视域看，可知20世纪初文学观念的"新""旧"之争及其历史"遗存"并非如现有的文学史叙述那般单一。孙郁的学思经历即属典型。其在20世纪70年代初因偶然机缘读到《胡适文存》，始知此前其对五四文化人的印象并不全面，就中尤以"新文化"与"古典传统"之关系最为突出。虽有"前见"的限制，但细读"五四"诸公论著之后，方知"新文化运动的先驱，乃深味国学的一族"。此后其为鲁迅、陈独秀、周作人的作品所吸引，"不都是白话文的篇什，还有古诗文里的奇气，及他们深染在周秦汉唐间的古风。足迹一半在过去，一半在现代，遂有了历史的一道奇观。"②后之来者却多为他们作品中"反传统"的论调所吸引，也不再用心于发掘其文章因赓续古典传统而开出的新的面向，甚至一概将古典传统视作需要摒弃的对象而不加理会，更有甚者将其作为批判的对象草率处理。如是文学观念和评价标准发端于20世纪初，在20世纪80年代渐成蔚然之势。其影响力无远弗届，成为20世纪中国最具代表性和具有"元话语"意义的文学史"故事类型"。以此为基础，作为学科的中国古典文学和中国现当代文学（尤其是当代文学）可谓壁垒森然，绝少互动③。极少数有意贯通二者的学者在此大语境中也多被视为另类。但

---

① 丁帆先生对此问题及其意义无疑有极为明确的认识。参见丁帆、杨辉：《文学史的视界——丁帆教授访谈》，《美文（上半月）》2014年第4期。

② 孙郁：《新旧之间》，见《写作的叛徒》，海豚出版社2013年版，第187页。

③ 如甘阳所论，"中文系的现当代文学和古典文学老死不相往来，这个我是很早就知道的，而且我觉得不是很正当"。在新的历史语境下，较多学者已经意识到问题的复杂性在于："对中国古典传统重新恢复敬意与'五四'以反传统为标杆之间的紧张。"甘阳、王钦：《用中国的方式研究中国　用西方的方式研究西方》，《现代中文学刊》2009年第2期。

如甘阳所论，用"中国的方式研究中国"与"用西方的方式研究西方"同样紧要。而切近中国文学问题，自然不可避免地需要重启中国思想和审美评判方式。直面此一问题，亦是思想界和文学研究中无法回避的重要一维。20世纪90年代初，汪曾祺亦曾建议治当代文学的学者不妨了解一些中国古典传统[1]，他还从古典传统角度读解贾平凹《浮躁》等作，并充分肯定贾平凹赓续中国古典佛道传统所开出之新境界之意义[2]。惜乎此说彼时仅属空谷足音，并未得到文学史研究界的重视。即便深爱汪曾祺作品中独有的"趣味"，也深知此种趣味与中国古典传统密切相关，论者仍照例将之视为"歧路"而无心深究其所包含的古今贯通的文学史意义。

但即便唯"新"（"洋"）是举乃20世纪80年代文学观念之"主潮"（其核心为西方现代主义和后现代主义文学和理论传统），仍有较多作家作品不同程度地关联到中国古典传统，开出古典传统当代赓续的不同面向。亦有不简单认同彼时盛行之文学观念的研究者注意到汪曾祺、孙犁、贾平凹、林斤澜、阿城甚或其时被归入广义的"先锋（新潮）文学"的莫言、余华、马原、格非等人与中国古典传统间之内在关系。先锋文学之兴起与20世纪80年代西方现代主义、后现代主义作品的大量译介密切相关，其所依凭之思想和审美传统，在"西方"现代一路，已属不争的事实。论者从此类作品中读解出中国古典传统的影响，更可见虽有持续多年的"断裂"之论，古典传统仍以其生生不息的力量汇入20世纪中国文学，并成为后者所能依凭之重要资源，其意义大有可发挥之处。20世纪80年代后期至90年代初，明确以古典传统为视域读解当代文本且多所发明的，首推胡河清。胡河清早年即在《庄子》《黄帝内经》《金刚经》《妙法莲华经》《周易》等古代典籍沉潜往复、从容含玩上颇多用心，且能以个人生命之实感经验与经典义理交相互参，故其一旦将视野投向20世纪80年代中后期呈欣欣向荣的"上出"之境的当代文学，即有不同于时流的卓越洞见。他发现阿城、马原、张炜等作家作品与道家文化智慧不同层级之义理的内在关系，体会到格非、苏童、余华等彼时被归为先锋一路的作家作品虽极大地受惠

---

[1] 参见汪曾祺：《捡石子儿——〈汪曾祺选集〉》（代序），《中国文化》1992年第1期。
[2] 参见汪曾祺：《贾平凹其人》，《瞭望周刊》1988年第50期。

于西方现代主义、后现代主义思想和审美传统,却仍然难脱中国古典传统无远弗届的影响力。其作品与术数文化的关系,亦充分说明古典思想之当下效力虽偶或隐而不彰却文脉始终不绝。不同于彼时仅以发掘当代作家与古典传统之关系却难于对此关系的深层意义持有洞见的论者,胡河清对中国古典传统及其在古今中西之辨中返本开新的可能有较为系统的理解。依其所论,20世纪80年代"现实主义"的复归已有会通西方现代主义传统的迹象,但必将显现为对中国古典传统核心思想的多元融通,最终达至"中国全息现实主义"的境界。此境界乃属21世纪中国的文艺复兴的必由之路。古典传统也并非仅止于审美表达方式意义上的"趣味"所能简单概括,而是包含着复杂的思想和世界观念。据此,胡河清以为贾平凹其时作品虽对中国古典传统颇多会心,且有根源于古典思想和审美的世界展开,却仍局限于"人""地"之道,尚需抵达言"天"之境,方可论深入古典文化精深幽微之深山大泽①。《废都》(1993)迄今,贾平凹在中国古典思想之赓续上的深入用心,以及由之展开的更为丰富复杂的人世观察的古典特征,已充分说明胡河清其时的远见所在。仅以《浮躁》前后的作品为依托,胡河清便已发现"贾平凹的创作美学,表现了一种把西方现代主义文学的精神深度模式和东方神秘主义传统参炼成一体的尝试"②。是为贾平凹的

---

① 胡河清曾述及其某一日雪夜访贤。此贤者乃为"高人",其"吞吐古今,胸中经纶,若浩浩烟波之无垠"。贤者论及中国当代先锋文学时,有大义存焉:"有些年轻作家对中国传统文化太缺少研究了。或者临时凑合些阴阳八卦类的神道故事糊弄一下读者,但'根'却远远通不到传统文化的深山大泽中去。""大凡伟大作家的生命历程,都是一个自我克服与自我消失的过程。当他的'我执'彻底消解之时,民族文化的精蕴便会神灵附体。他们也就'采补'到了最深厚的文化传统的底气。所以真正的作家越老灵气越足。在自我消解的过程中,他们的'天目'洞开了。看见的就不再是一些少年时代的梦中幻影,而是超越现象界的民族文化的'龙虎真景'。"贤者所论,看似玄奥,其义理即在于思想及审美传统的多元融通,乃是写作不断"上出"的要妙所在。胡河清:《中国当代文学与文化传统》,见王晓明、王海渭、张寅彭编:《胡河清文集》(上),安徽教育出版社2014年版,第233—234页。

② 贾平凹在《山本》后记中对于其融通中国古典、现代及西方传统的特征,有较为细致之说明。参见贾平凹:《山本》,人民文学出版社2018年版,第542页。

当代文化意义所在。而贾平凹所尝试之古今中西会通之境的终极指向，即是"中国全息现实主义"之创生。此"全息现实主义"，为"一种融通古、今、中、外文化，同时又通于人的生命精神乃至天外星系神秘系统的'全通'的化境"①。即佛家所谓的"扫相"之后所开显之复杂多元状态。古典小说所敞开之全息图景，以《红楼梦》最具代表性。该书深得"道"之妙要，勘破"盛极必衰、一治一乱、沧海桑田"之"道"的运行规则。"一半写人和，一半写天道"，二者的合一，即为"《周易》体系全息主义传统的真谛所在"②。就此而论，相较于张炜《古船》以"古船""地底的芦青河""洼狸镇"及隋、赵、李家族等所营构之深具寓意却彼此关联的文化符号所形成之足以象征历史、人事之理的隐秘系统的"全息"境界，《浮躁》有意于此，却未尽"善"。但如是思路，却可以说明贾平凹《古炉》迄今之多部重要作品。《古炉》将历史人事纳入"四时"叙述之中，深层体现的，乃是中国古典的循环史观。亦即外部世界之种种即便与时推移、变动不居、任意上下，却并非全无规则。历史之兴衰浮沉、治乱相替与人事之代际更迭、出入进退并无二致，其共同扎根于《周易》思维之世界观察之中。易一名而含三义：简易、变易、不易。"不易"即"终而又始始而又终的'往复循环不已'"。《易经》下卦终于《既济》《未济》两卦，"《既济》象征事物皆已完成，《未济》象征事物皆未完成，《易经》排序先《既济》后《未济》，则有先终后始的概念，先言终而后言始，代表事物终而复始从头循环，如此而往复不已"③。《三国演义》《水浒传》等"奇书文体"之结构秘法，莫不与此有关。其"高潮"位

---

① 张寅彭：《编序：二十年后纪念胡河清的意义》，见王晓明、王海渭、张寅彭编：《胡河清文集》（上），安徽教育出版社2014年版，第2页。

② 胡河清：《中国全息现实主义的诞生》，见王晓明、王海渭、张寅彭编：《胡河清文集》（上），安徽教育出版社2014年版，第157页。

③ 赖世炯、陈威璔、林保全：《从〈易经〉谈人类发展学》，文史哲出版社2013年版，第61页。

置及前后"照应"之处,即暗示天道循环往复不已①。《古炉》亦复如是。夜霸槽之行为可谓多年前朱大柜的再现,而朱大柜之起落与夜霸槽恰成对照。作品结尾处随着夜霸槽被惩处,朱大柜再次掌握古炉村大权,亦属起落进退之一大循环。沿此思路,则《老生》中四个故事与20世纪历史的四个重要时段之对应,及其间"老"(死亡)"生"(新生)循环往复之处,亦表明贾平凹的历史观念与《周易》宇宙观相通之处。《山本》更以"涡镇"这一核心意象所蕴含之复杂义理完成《浮躁》的"未竟"之处。"涡镇"得名于镇外的"涡潭"。那涡潭颇为神奇,平日里看去平平静静、水波不兴,"一半的黑河水黑着,一半的白河水白着"②,一俟遭遇外物触发,便旋转如太极双鱼图,可将一切物事翻腾搅拌吸纳而去。"涡镇"在初稿中写作"乾坤镇",乃有近乎直白的寓意。乾坤也者,《周易》卦象核心之谓也。由阴阳双鱼合和互参而吸纳推演历史人事之变。嗣后核心人物井宗秀梦境所示自然万象及人物皆为涡潭吸纳而去,转为碎屑泡沫,一律化烟化灰,其境庶几近乎胡河清所论之"全息主义的境界"。"全息现实主义"奠基于《周易》思维及其世界展开,可指称自然万象和历史人事兴废起落之普遍意义。此亦为《易》之要妙所在:"《易传》解释《易经》的一个终极目标,就是要将自然秩序与人世间的道德秩序相连接(推天道以明人事),将前者视为后者的基础。""《易》学的宇宙论是后续的道德价值论述的基础所在",而非仅具"机械性地描述自然规律的意义"③。故此,司马迁虽窥破"天地不仁"之理,却以类如"孔子修春秋,乱臣贼子惧"的精神申明"天""人"虽有分界,"人事"仍属"历史"之变核心要素的思想。《山本》虽敞开历史的浑然之境,用意却不在消解历史之意义,而是据此申明历史由浑然而至于大一统的重要性。本乎此,吴义勤以为贾平凹《山本》乃是一种回归古典混沌美学的尝试,贾平凹"取消"种种奠基于"现

---

① 浦安迪对此有极为详尽之分析。参见浦安迪:《中国叙事学》,北京大学出版社1995年版,第80页。
② 贾平凹:《山本》,人民文学出版社2018年版,第3页。
③ 赖世炯、陈威瑨、林保全:《从〈易经〉谈人类发展学》,文史哲出版社2013年版,第48页。

代"思想的世界观察,从既有的"历史哲学"中"脱离",力图回归"四季轮换""生老病死"等等"自然"之常,同时以回归"生活的原初性和生命本体的内在体验"——此即"身体—宇宙"连类之意。缘此,"历史时间被原初时间覆盖、湮没"而被纳入"一个更大的空间结构——以'秦岭'现身的生命宇宙"①。亦即虽洞悉人事之局限处皆可归乎天命,却仍努力制天命而用之,用心与司马迁究天人之际庶几相通。

如胡河清将《红楼梦》视作中国全息现实主义的开山之作,以为此后有心于全息境界之开显者,皆不能绕开《红楼梦》所持存之思想和审美经验。取径虽有不同,李敬泽同样意识到贾平凹写作的一大参照,即是曹雪芹和《红楼梦》。《老生》一书,或可解作既向《红楼梦》致敬,亦与《红楼梦》竞争的作品。其间《山海经》若干段落的引入,乃是昭示一种"大荒"意象。此一"大荒"为"中国传统小说的精髓所在"。其所关联的,并非西方意义上的"灵魂",而是"心","中国之心"。于中国人而言,"心是空间,是个场所",是"儒道释并在,是复杂的境遇和选择"。此心贯通于"他人之心",可以推己及人,"在理想状态下它容纳万物而又澄明如空"②。此"心"或还包蕴着联通(引譬连类)自我与世界(物—我)的重要功能,"不但人与人之间,声息相通;即自然之物色,亦莫不与人相感相应。而当这种浑然一体之情从时间上延展,就产生了合纵的历史意识。……中国传统中所体会的悠悠宇宙,原是个有情天地,生生不已的根源,因此才有'情之一字,所以维持世界'之说。"③此足以说明《老生》之历史寓意及《山本》铺陈自然物色之深层用心。《老生》源出于个人记忆,却并未局限于此,贾平凹希望借由"个人记忆"之幽微通向历史之精深之处。个人身处历史及自然流变之中,体味四时交替、人事代谢,而最终意会到更为宏阔的历史之变。即如《古炉》之起点,为其时尚未成年的

---

① 吴义勤:《回归混沌的历史叙事美学》,《探索与争鸣》2018年第6期。
② 李敬泽:《知中国人之"心"——〈尴尬风流〉》,见《为文学申辩》,作家出版社2009年版,第83页。
③ 转引自陈国球:《抒情中国论》,三联书店(香港)有限公司2013年版,第157—158页。

狗尿苔的个人记忆，此记忆也几乎局限于狗尿苔目力所及之处，然而作为宏大历史的边缘人，狗尿苔之观察却切入历史之变的紧要处。人事之起落兴废看似无序，却在四时交替之间彼此义理交关。《山本》则以人事起笔，广涉自然万象历史兴废，而于时移世易之间大历史之起废沉浮灿烂或将归于萧瑟，躁动转为沉寂。当此之际，"秦岭什么也没改变，依然山高水长，苍苍莽莽"①，没改变的还有情感，人事虽有代谢，往来已成古今，但人之爱却一如既往，如何不教人感慨万千？！而借引譬连类而承载此历史兴废世态人情自然万象的，乃是"非线性的"，呈现为一个"巨大空间"的，具有延展的、卷曲的、循环的、挥洒的特征的"心"②。此"心"有别于"灵魂"，它可以包容万象、吞吐万物。所谓吟咏之间吐纳珠玉之声，眉睫之前舒卷风云之色是也。正是对此种"中国之心"核心要义的洞见，"中国传统的小说精神、中国人对自我和世界的传统想象方式"是"空间的"而非"时间的"③。"空间"虽与"时间"密切相关，却可以脱离后者而隔空"臆造"。故此，贾平凹在《废都》之中"做了一件惊人之事"，他"创造一种语境"，此语境让"《红楼梦》式的眼光"有了"着落"。庄之蝶如是《红楼梦》中人，其在20世纪80年代沉沦情天欲海难以自拔，终至于身处生命无可如何之境且无由解脱，庶几近乎数百年前贪恋尘世欲了未了，唯自色悟空足以平复时间给予人的巨大的伤痛的贾宝玉。庄之蝶如庄周梦蝶，不知周之梦蝶抑或蝶之梦周，他似真似幻既实又虚。贾平凹"复活了中国传统中一系列基本的人生情景、基本的情感模式，复活了传统中人感受世界与人生的眼光与修辞"。它再度说明在实在界之外或之上，还有巨大的无可把捉的"虚无"。一如《红楼梦》《金瓶梅》之中，"世界的朽坏与人的命运之朽坏互为表里，笼罩于人物之上的是盛极而衰的天地节律，凋零的秋天和白茫茫的冬天终会到来，万丈高楼会塌，不散的宴

---

① 贾平凹：《山本》，人民文学出版社2018年版，第541页。
② 李敬泽：《知中国人之"心"——〈尴尬风流〉》，见《为文学申辩》，作家出版社2009年版，第84页。
③ 李敬泽：《知中国人之"心"——〈尴尬风流〉》，见《为文学申辩》，作家出版社2009年版，第84页。

席终须散,这是红火的俗世生活自然的和命定的边界,这就是人生之哀,我们知道限度何在,知道好的必了。"① 一切历史变化、人事代谢无不相通于天地自然运行之根本节律,四时转换、阴阳交替、好了、成败、荣辱、进退、兴废、起落等等之交相循环为其基本特征。也因此,发生于20世纪二三十年代秦岭中的历史人事一度红火热闹,却终将归于"沉寂",与此人事兴废起落冷热交替形成鲜明对照的,是苍苍莽莽的秦岭及其所表征之天地节律。人事化烟化灰,四时之转换一如既往,秦岭什么也没改变,端的是人面不知何处去,桃花依旧笑春风,人生之哀,无过于此。正因窥破人之在世经验无从逃遁的"大哀",中国古典小说如《金瓶梅》《红楼梦》专注于铺陈人世的欢宴,着力于书写尘世的热闹,借寄身于声色犬马诗酒唱和以抵御时间和虚无。与《红楼梦》一般,《废都》中亦有历史,却是具体可感的人物背后遥远的背景,一切宏阔的、广大的叙述终还要落实为具体的、可感的人间事。但人事触手可及,宏阔之历史却难于把捉。无论庄之蝶"求缺"之念何等紧迫,现实却并不就导向向上一路。他渴望有所为却终究不能为,他和他所爱的女人遂一同陷落……假作真时真亦假,无为有时有还无。庄之蝶悲从中来、情难自抑,为之动心忍性,却无可奈何,也只有一声长长的浩叹了。

以大致相通的运思理路,芳菲从《无愁河的浪荡汉子》中发现来自"纯正生命"的"信息"。此信息(或如《周易》所说的"消息")包含着黄永玉所记忆之山川、人物、事件种种丰富图景,黄永玉"怀着稚子一般的爱慢慢写他们",写出他们的"形""神""趣"和"魂"。皆因于此种"爱","'无愁河'中潜藏着一股成就人的力量"。② 此力量从"无愁河"浩渺无边的世界生发、扩展且不断生长,最终汇聚于足以自我敞开且与此世界交相感通的"身体"。"身体"与"宇宙"相互成就共同生长,彼此均处于"上出"之境。其所开显之世界,因之需要的并非"研究"或"评论",而是同样具有"生生"之意的"写作"———一种足以和无愁河的世界交相感应,

---

① 李敬泽:《庄之蝶论》,《当代作家评论》2009年第5期。
② 芳菲:《沿着无愁河到凤凰》,中信出版社2015年版,第223页。

进而自"感应"中"得到",终止于在它的激发之下,研究者"逼促自己,也去成就为一个'人'"的写作。①而借这一种写作,写作者成为"自我"与"世界"(天地宇宙、自然万象)互动共生的"人"。所谓的"养生"的写作,核心意义亦无过于此。

然而,"宇宙"(文本世界亦与此同)虽自然自在,其意义却并不自行敞开,也从未向所有"人"显现其浩瀚无比、无限广大之境。欲抵达此境,或许先要"准备"一个"物我无碍"的"自我",须有些"逍"与"遥"的功夫。非此则所见仍然褊狭,所知必然有限。《无愁河的浪荡汉子》以及这一类作品与读者的"隔",多半即源出于此。也因此,破"我执"(自我观念的限度)尤为紧要。若无"时代"既定观念之种种阻隔,或可知《无愁河的浪荡汉子》是"写于'当代'的'现代文学',是生活于二十世纪末的人讲述的'自辛亥革命以来的生活'"。仅仅这些,已经需要作者"不凡的笔力"去打通这"时代之隔",打通种种观念加于我们的限制,"况且,它又简直泯灭现代、当代,是焕然跃出的'古典文学'"②。身处"当代",思想与笔法却不为"当代视域"所限,李敬泽亦属典型。其《青鸟故事集》《咏而归》《会饮记》诸作有极为明确的融汇古今中西、打通诸种文体区隔的自觉。其写作出自"庄子式的知识兴趣和写作态度",文本所开显之世界是"博杂的、滑翔的、想象的、思辨的"③。如刘熙载论《庄子》所言,"庄子文看似胡说乱说,骨子里却尽有分数"。如是博杂、繁复、不拘和无限,乃是中国古典"文"之特征。而会此"文"之当下意义的前提,乃是"我"之敞开——举凡古今、中西、"物""我"等等人为的分野悉数破除。此即庄子所论"逍遥"之义。"逍"即消除人之"有限性"(此有限性既源出于生命之内在限制,如生死等等,亦为诸种观念人为造作之区隔),"遥"则是在消除有限性之后所开出的"无限的精神空间"④。其运思之核心,在一"通"字。

---

① 芳菲:《沿着无愁河到凤凰》,中信出版社 2015 年版,第 223 页。
② 芳菲:《沿着无愁河到凤凰》,中信出版社 2015 年版,第 144 页。
③ 舒晋瑜、李敬泽:《回到传统中寻找力量》,《长江文艺评论》2019 年第 1 期。
④ 王邦雄:《庄子七讲》,远流出版事业股份有限公司 2018 年版,第 16 页。

不拘于既定文学观念之限制，张新颖发掘王安忆《天香》之中的种种"通"——通于"上下"（"艺术"与"实用"）、通于"内外"（"人"与"物"）、通于"时势"（历史之"气数"或"大逻辑"）。如是种种，构成了作品的不同层次。此层次亦如《周易》系统之运行，彼此之间并不相隔，而是呈现为"呼应的、循环的、融通的"有机"整体"，作品所具之"生生"之气象，盖出于此。不仅此也，《天香》之内外、上下、大小之贯通并不仅在"人事"意义上展开，亦即不限于时间的流逝中历史之变与人事之兴废交替。一如《无愁河的浪荡汉子》"上出"于普通的"百科全书式"的叙述而具有的天地广大之思，《天香》亦写"人在天地间"，写类如古典小说的"天地气象"。其境如《淮南子·要略》所论，"故言道而不言事，则无以与世浮沉；言事而不言道，则无以与化游息"。也便是"致广大而尽精微"之意。即由"一物之兴起流转"，映衬"历史的大逻辑"，亦进一步"感应天地'生生'之大德"[①]。

前述种种不脱一"情"字。情之所钟，正在我辈。虽未如《红楼梦》开宗明义"大旨谈情"，《废都》仍以抒情主体贯穿始终。庄之蝶所际遇之冷热炎凉爱恨悲喜皆源出于此。然而如《儒林外史》之经验所示，"当抒情自我欲重定时空坐标以求安身立命，最直接的威胁莫过于时间的不断流逝"。对时间的执着因是"笼罩了《儒林》全书"，"尤其是就其与'史'的关联言之。与在往事的不断被提起，甚或往事的淹没忘怀中，暗藏着以'名'与自我完成抵抗时间消逝的努力"[②]。此一"名"字，乃是立德、立功、立言三不朽之谓。如庄之蝶般身处20世纪80年代与90年代之交的知识人，已然与宏大之历史"脱嵌"，也不能借写作而立言。是为沈从文20世纪50年代借《史记》若干篇章的阅读而领悟之"事功"与"有情"的辩证的再现："东方思想的唯心倾向和有情也分割不开！这种'有情'和'事功'有时合而为一，居多却相对存在，形成一种矛盾的对峙。对人

[①] 张新颖：《一物之通，生机处处——王安忆〈天香〉的几个层次》，见《斜行线：王安忆的"大故事"》，商务印书馆2017年版，第40—57页。

[②] 高友工：《中国叙述传统中的抒情境界——〈红楼梦〉与〈儒林外史〉读法》，见《中国美典与文学研究论集》，台湾大学出版中心2016年版，第348页。

生'有情',就常和在社会中'事功'相背斥。"①其时沈从文之洞见自然别有所指,其在此前后关于"自然"与"人事"关系的思虑,就其小者而言,不过表现时代观念鼎革之际个人一己之抒情选择;其大者则在于无论抒情主体如何自外于外部世界,其价值意义之终极依托,仍难脱外部世界巨大的成就的力量。非此,则个人注定将陷于时间壁立千仞的森然之中,难脱生之根本的虚无之境。唯有勘破此处,方可知何以中国传统叙事文学"一般倾向于从广大天下的形势,而不是从具体的物事的角度来假定人类存在的意义"。其间观念与古典思想会通之处,既呈现为文本世界的大结构,亦落实于具体的人事的转换。人物之间多"形成循环交替、彼此取代与交迭周旋的逻辑关系"②。其所开显之"小天地",最终映衬的乃是广大整体的"大天地。""小""大"、"我""物"、"远"(大历史)"近"(阶段性的小历史)、"常""变"等等,最终标示出广大天地之中有情众生无从逃遁的人间世的畛域与可能。他们的兴衰际遇、悲欢离合、喜怒哀乐等等,亦借此得以"永在"。

二

无论自觉与否,前述研究者之所以能自当代文本中抉发其与古典传统之内在赓续关系,超克"五四"以降之现代性文论视域,属先决条件。现代性文论观念其来有自,与"五四"前后中国社会观念之主潮密切相关。由此形成之文学观念影响到此后百余年文学和理论话语之核心。其情形如南帆所论,主体、意识形态、阶级等等理论话语在20世纪语境中之解释效力显然远甚于境界、虚实、气韵、笔法等等古典文论的概念、范畴和术语。如仅就20世纪文学之"主潮"(所谓的主潮,亦是话语的制造物,并无规范外部世界的先验正确性)论,则此说极富洞见。但文学现象之复杂多元,并非此说所能全然概括。当代文学史在汪曾祺、孙犁、贾平凹等

---

① 转引自张新颖:《沈从文九讲》,中华书局2015年版,第259页。
② 浦安迪:《浦安迪自选集》,刘倩等译,生活·读书·新知三联书店2011年版,第191页。

有心接续中国古典传统的作家作品评价上的犹疑,亦充分说明现代性文论观念话语的限度所在。而自根本意义上敞开更具包容性和概括力的文学评价视域,"通三统"乃是无法回避的重要选择①。有古今贯通的文学史观做底子,即可进一步深入讨论中国古代文论的现代转换问题。如前所述,20世纪90年代初此一研究路径的尝试性转向之所以难以全功,根本原因在于文学史观念的局限。"境界""虚实""气韵""章法"等中国古典文论的核心概念、范畴、术语在创造性转换的基础上重新启用,是"古典转向"不可或缺的重要一环。但即便有此意识,也深入领会到古典文论术语的内在价值,如何将之用于当代文本的研读,却需克服种种困难。十余年前,台湾学界黄景进、龚鹏程诸公深感重新梳理中国古典文学批评术语的重要性,故有学生书局"中国文学批评术语丛刊"的设想。自2004年至2007年,先后出版黄景进《意境论的形成——唐代意境论研究》、龚鹏程《才》、赖欣阳《"作者"观念之探索与建构——以〈文心雕龙〉为中心的研究》、张晖《诗史》数部,此后十余年却再无后续。而据颜昆阳所记,1985年,其即曾与龚鹏程、李正治、蔡英俊诸公受《文讯》杂志邀约,疏解中国古典文学批评术语,以期完成《中国古典文学批评术语辞典》。颜昆阳因此撰有"境界""自然""气韵""气格""气象""体势""体格""意在笔先""文质""通变"十条,系统梳理阐发其义理,但对如上术语如何用之于当下作品的读解,却并未涉及。《中国古典文学批评术语辞典》最终亦未全部完成。辞典的编纂和批评术语丛刊的构想,均发源于20世纪70年代中期由颜元叔引进的"新批评"在台湾学界流行之后关于"中国究竟有无文学批评""中国传统文评只是印象式批评"的讨论。此讨论促使学界动念重新疏解中国古典批评术语。亲自参与此事的龚鹏程虽也认同中国古典文学批评术语如韵、趣、味、气、品、情、风、神、灵、意、境等并无"确切"意涵,其涵义、指涉、起源、演变等等亦微妙难知。但他同时意识到,文学批评术语,并非仅为"描述语",而是

---

① 所谓的"通三统",是指融通中国古典传统、"五四"以降之新文学传统以及《在延安文艺座谈会上的讲话》以来的社会主义文学传统。参见拙文:《总体性与社会主义文学传统》,《中国现代文学研究丛刊》2019年第10期。

内在关涉到"一个观念系统"。"谈意境、重才情、说韵味的评论体系，正显示着论文艺者是秉持着什么观念在进行审美判断。"是故，术语，乃是"一个个观念的丛聚之处"[①]。术语的疏解固然紧要，如不能自根本意义上"返归"术语所表征的中国古典的文学观念，则所谓的疏解不惟难以显发古典批评术语之微言大义，反倒有可能遮蔽和压抑其（不同于西方文学批评观念的）复杂意蕴。陈平原对此亦有论说，虽说20世纪中国小说研究成就甚巨的，皆非金圣叹等评点路径，但"以西例律我国小说"弊端也十分明显[②]。换言之，浦安迪《明代小说四大奇书》之研究路径已充分说明中国古典批评重要概念、范畴、术语并非全无解释效力。而能否激活甚或重启古典文论及其所依托之思想和审美观念，端赖论者的文学观念、识见和才情之深广度。

可在学术思想和研究路径上作为重要参照的，是并无"五四"迄今仍然盛行之理论前见的西方学者的中国研究。以思想方式论，于连意图以作为"他者"的中国思想为"迂回"的路径，以重返西方的观念即颇为紧要。此种"迂回"与"进入"之法，首在悬置以西律中的既定路线，而是充分发掘中国式的思想方式的自身特征，进而以之为参照，重新理解西方思想。沿此思路，于连即从中国古典思想中抉发"圣人无意"之思想品质。所谓的"无意"，即无所偏好，充分尊重并发挥自不同理论开显之世界的不同面向。此种不局限于重其一点不及其余的研究路径，近乎庄子所论之思想"未封"的境界。亦即诸种观念浑然杂处，各有其指涉持存开显之世界面向，此种面向亦未有高下、先后、优劣之分。如此，则世界之可能丰富博杂，精神之路径亦维度多端，是为中国古典多元通观之要义所在。基于大致相通的思想理路，浦安迪并不在"五四"以降的文学观念中思考和处理古典

[①] 龚鹏程：《中国文学批评术语丛刊》（总序），见黄景进：《意境论的形成——唐代意境论研究》，学生书局2004年版。

[②] 陈平原：《中国古代小说文体文法术语考释》（序），见谭帆等著：《中国古代小说文体文法术语考释》，上海古籍出版社2013年版。谭帆也在同样意义上认识到西方小说观念并不能全然涵盖中国小说。参见谭帆：《术语的解读：中国小说史研究的特殊理路》，《文艺研究》2011年第11期。

小说，而是充分意识到既有的西方小说观念和理论范式并不能全然涵盖中国古典小说，甚至，中国古典小说背后所敞开之思想和经验世界，亦非西方思想和文学理论所能阐释。因是之故，浦安迪将中国古典小说定义为"前现代"的"中国"小说，以区别于奠基于现代观念的小说观。而对"前现代"的中国小说的研究理路，自然也不能简单因循西方现代理路。故此，浦安迪延续的，乃是类似政治哲人施特劳斯解释古代经典的思路，即以古人的方式理解古人。由是发掘传统中国叙事文学"倾向于从广大天下的形势"而非"具体物事"来"假定人类存在的意义"的独特方式，此方式源出于"中国式封闭循环的人生观"，其根源在《周易》，具体于小说文本中则往往呈现为两两互补、彼此融通的结构形态。即以《西游记》和《红楼梦》论，"他们穿织于人生万象流变的寓意"，颇多借由"'阴阳五行'的宇宙观"加以表现。此即其所发明之"二元互补""多项周旋"的实际所指："中国人倾向于两两相关的思维方式，人生经验借此可以理解为成双成对的概念，从纯粹的感受（冷热，明暗，干湿），到抽象的认知，如真假、生死，甚至有无"等等，皆可通会于此。如太极双鱼图之运行规则所示，上述两两互补之概念乃是呈现为"连续的统一体，各种人生经验的特性时时刻刻地相互交替"，显现为此消彼长的二元图式。无论释家之"色空"、道家之"性命"、新儒家之"理气"，皆可统一于"阴阳"这一范型。《西游记》中频繁提及"既济""未济"两卦，且以"水""火"喻人事之此消彼长、循环往复，即属此理。西方汉学家中，有类同于浦安迪的研究理路者，还有黄锦明、林顺夫等人。他们以中国古典思想及审美方式为视域，发现中国小说的独特品质，亦颇多创见。其超克"以西例律我国小说"的研究理路，无疑可为"古代文论的现代转换"提供思想和方法的重要参照。其启示意义在于，"重建中国文论话语系统，不能限于从理论到理论、用现代话语阐释古代文论的转换方式，更需要发现中国古代文论独特的文化蕴涵、共通的'文心'，更与文学史和文学批评更紧密地相结合"[1]。如此，

---

[1] 张惠：《发现中国古典文论的现代价值——西方汉学家重论中国古代小说独特结构的启示》，《中山大学学报》（社会科学版）2012年第3期。

古代文论即非固定、僵化的教条，而是有着作用于具体的文学实践的生生不息的力量。

再以作品精神指向论，贾平凹尝试开显之"虚""实"之辩，既与中国古典审美传统气韵、意境等观念相通，亦有在新的语境下的新发挥。《山本》以青山、青史对举，如是渔樵观史，但亦有现代观念杂糅其间。可"重启"经过现代转换的中国古典"境界"说，以说明该作之意义指向。此处所言之"境界"，兼具"人生修养之境界"（德）及"文艺造诣之境界"[①]（才）。如柯庆明《论王国维人间词话中的境界》一文释"境界"为："存在于人们的认识之中，为某种洞察感悟所统一了的完整自足的生活世界；这种洞察感悟，则是因为有了某阶段某方面生活的体验而发生。而作品能否隽永感人，是否有价值，则在于曾否完整地表现了这样一个生活世界出来。"[②]需得参照冯友兰之四境界说，以进一步标明"境界"一词如何开显文学批评之视域。依冯友兰所论，人之境界有四：一本天然的自然境界；谋取实际利益的功利境界；正其义不谋其利的道德境界；超越世俗，自同于大全的天地境界。此四种境界依次而进，"是一种自我超越的过程"，"每一更高境界都包含前一境界于自身"[③]。其至境为"天地境界"，"天地境界是就人和宇宙的关系说的"，是"人的最高的'安身立命之地'"，有一种"超社会的意义"。一言以蔽之，即从"一个比社会更高的观点看人身"[④]。这个更高的观点，便是"大全"。"大全"至大无外，至小无内，永恒不变，无有始终，类如"道体"。此即《红楼梦》彰显之文学通观，举凡历史人事、自然万象，一一纳入其间，而显现无比开阔丰富的精神视域。《红楼梦》当然有扎实细密之"实境"——荣宁二府、大观园及其周边琐碎人事、万千纠葛均有细致描画；亦有四时流转、阴阳交替、人事兴废推演而出之历史之大节律。与实境相互映衬的，乃是"大观园"及"太虚幻境"所示之世界，此为"虚境"。然而"虚"与"实"并不截然二分，

[①] 叶程义：《王国维词论研究》，文史哲出版社1991年版，第270页。
[②] 转引自叶程义：《王国维词论研究》，文史哲出版社1991年版，第278页。
[③] 转引自蒙培元：《心灵超越与境界》，人民出版社1998年版，第388页。
[④] 蒙培元：《心灵超越与境界》，人民出版社1998年版，第392—393页。

亦非有层级的隔绝，而是彼此交融、会通为一。如自然、功利、道德、天地四种境界彼此融通。是为古典美学重要特征之一种。《红楼梦》之后，会心于此者为数极少。而如何以相通之视域表达当下世界，乃是贾平凹《废都》之后写作着力用心之重点所在。《废都》中那一头奶牛所做的种种"哲思"即有以非"人"的思维拓展人世观察之疆界的用意。此后《白夜》《土门》《高老庄》等作品亦有细密之现实叙述之外无法被人之理性全然囊括的神秘部分。在《老生》之中此境为《山海经》所持存开启之华夏民族之始源形象充满，且成卑琐、无序之现代人形象之参照。如是"虚""实"互参，在《山本》中得到了可谓淋漓尽致的发挥。《山本》以"自然"为镜像，阐发"历史"之浑然和微茫难知之处，境界近乎杜牧咏史诗之感慨，属诸种观念之会通。这些"通"在古典思想运行的世界并不特出，或者任何一位有心的文人皆能于此心领神会且以之观照世间万象，但今人却需要费一番功夫，才能理解其间的微妙精深之处。

再就文体观念论。论者早已发觉发源于"五四"的文体划分之弊，在于无法囊括中国古典颇为复杂之文类，故建议重启古典"文章学"观念。20 世纪 90 年代初，贾平凹倡导之"大散文"观尝试破除"五四"以降仅将散文定义为"抒情"一路的褊狭，而努力扩展散文的边界，使其可以囊括更为丰富复杂的内容。其时贾平凹《笑口常开》诸作，即有观念和文体突破的意味。这一种文体观念在近年最具代表性的实践，即是李敬泽《青鸟故事集》《咏而归》《会饮记》等作品。《青鸟故事集》《咏而归》皆有"前史"。《青鸟故事集》大部内容曾以《看来看去或秘密交流》为题出版，《咏而归》则属此前《小春秋》的增订再版。这两部作品，较之此前之文学观念，侧重虽有不同，但皆有突破。《青鸟故事集》是对"知识"之边界的突破。其中所汇集之多种知识，构成对既定的"知识范型"的突破。举凡古今、中西、边缘与中心等等疆界悉数被破除，文本所开启的世界因之更为复杂广阔。以之为参照，拘泥于抒情一路的散文写作即暴露出其观念局限所在。《咏而归》则是对观念的古今融通，其中所论人、事、物，均出自古代典籍，但所涉问题全在当下。《会饮记》则上下四方、往古来今，纵横捭阖、收放自如，既定之文体观念亦无从说明其文类特征。唯中国古典"文章学"（约略近于李敬泽所论之杂文学）足以名之。"先秦那种汪洋恣肆、无所不包、看不出界限的气概，那种未经规训、未经分门别类的磅礴之势，那种充沛自然的生命状态"，是千百年来文章家返归"传统"以开新局的原因所在。"新文学已经百年，我们要意识到现在的文学体裁和门类，实际上是一个现代建构。我们也有可能重新从原初的'文'的精神那里，获得新的力量和新的可能性。"①这一种返本开新的姿态以及古今融通的思维，乃中国古典多元统观的基本特征。由此，则可知苏东坡融通诸家化而为一无所窒碍之根本所在。要言之，若无文体意义上之古今贯通，则即便熟读古典诗学文本会其义理，亦难于将其转换为具有生产意义的批评的实践。

对中国文学和理论在20世纪世界文学中的"失语症"及其后所关涉之复杂的古今中西问题有极深的洞见，且尝试开启新的研究范式的，近百年来，以陈世骧所发见之"中国文学抒情传统"论述最具代表性。以"抒情传统"指称中国文学，显然有中西比较的学术视野，意在世界文学大范畴内重新确立中国文学之意义序列。"抒情传统议题乃承陈世骧、高友工的学术思路，自中国思想文化的大历史脉络"在"史诗"之外别开"抒情"一路，自然并非无视中国古典极为发达的"史传"（"五四"以后乃成史诗传统）传统，而是将"抒情"作为物我感通之重要方式，并将之延伸至心、物（外部世界）关系的古典视域加以省察。"抒情传统"说在台湾学界影响甚巨，高友工、吕正惠、蔡英俊、张淑香、郑毓瑜诸公皆有不同程度的发挥。与台湾学界"抒情传统"论述多限于古典文学不同，王德威尝试标举"抒情"之说，以与"启蒙""革命"共同指称20世纪初中国文学。以涵容复杂寓意的"抒情"论述重新梳理现代文学史序列，则可使文学史敞开新的面向。王德威相关论著在大陆学界影响甚巨，延续其研究理路做现当代文学现象和作家作品研究者为数极多，且多"顺着讲"，较少对此理路之于此前文学成规之突破意义及其局限有明确意识。故而视野受限，难于切近文学史更为复杂多元的面向。扎根于具体的历史和现实情境，融通多种观念，形成关于文学史更具包容性的论述，仍然有俟来者。

---

① 舒晋瑜、李敬泽：《回到传统中寻找力量》，《长江文艺评论》2019年第1期。

刘勰所论之"望今制奇，参古定法"的文体"通变观"，仍可参照。其要在于既须因应"传统"，亦需深度感应时代，思路同时向未来的可能性敞开。唯此，方能成就研究者置于自身的历史、现实和生命情境，完成个人之于文化赓续的责任，其有别于前人、后辈的独有的"历史主体性"，也根源于此。20世纪90年代迄今中国古代文论的现代转换之所以难以全功，除文学观念的限制外，问题还在于学术研究已限于从理论到理论的封闭式的自我循环，难于回应当下迫切的现实问题。"20世纪90年代后期，美学、文学理论与文化研究领域发起中国学术话语'失语症'的辩论，论者批评西方学术理论及其概念术语在中国的权威统治地位，倡导发掘与复兴中国传统学术史。"然而，"学术史范围内的'中西'之争并非根本，根本症结是封闭于学术史的学术已脱离研究对象而失去学术指导现实并发展自身的生命力"①。时值百年文化思想的合题阶段，以对时代紧迫问题的敏感激活学术研究之生命正当其时。若无此种向时代问题敞开的学术视域，则仍难脱既定观念的单向度循环，难有扎根于现实问题的思想突破。所谓的学术"新变"，也自然无从谈起。

三

中国当代文学研究的"古典转向"所面临的最大的问题，是如何超克奠基于"五四"所开启的文化的古今中西之争所形塑之文学史观念的基本模式。"古""今"断裂为其基本特征。在此模式中，文学的发展被设想为一种线性的、单向度的进化的过程。处于上游的中国古典文学传统被归入"过时"之列，其所包蕴之文化思想观念甚至审美趣味，均无从形塑当下人之文化人格，而仅具文献史料意义。事实显然并非如此。如孙郁所言，即便在"全盘性反传统"为一时之盛的"五四"时期，仍有较多文化人极大地受惠于中国古典传统。以20世纪中国文学与中国古典传统之关系为

---

① 尤西林：《学术的源与流——当代中国学术现时代定位的根本意义》，《中国高校社会科学》2019年第6期。

主线，亦可重构中国文学地图。"五四"迄今百年来古典传统仍以其生生不息的力量加入文学与世推移的创化生成①。毋庸讳言，赓续中国古典传统之所以百年来未成为文学共识，与文学史及批评话语之"现代性"理论前设密不可分。而在根本意义上限制古典传统的当下赓续的，乃是"五四"以降之现代性文学观念。如不能从根本意义上超克此种观念，任何在既定思想视域中突破的尝试均无从转化为具有生产性的理论实践。抉发中国当代文学与古典传统间之承传关系及其思想和文学史意义，20世纪80年代迄今代不乏人，亦有较多重要研究成果行世。然而此种研究理路作为文学史"故事类型"之一种所蕴含的观念鼎革和研究范式根本转换的意义，却显发于晚近数年。其所涉及之问题论域，须在晚清以降中国社会文化三千年未有之大变局中做贯通理解，且旁涉思想史、社会史、文学史等多重问题。非有思想观念更具历史和现实感的结构性转变而难以有实质性推进，20世纪90年代以来与此密切相关之古代文论的现代转换之所以未能充分激活古典传统之当下效力，根本原因即在此处。其所涉问题固然庞杂，但要义有三。

思想观念的鼎革之变，为文学史视域转换之前提。以当下社会和文化语境为基础，如何历史性地理解文化观念的古今中西问题，仍然十分紧要。唯有在对今胜于古、西优于中的单向度思维进行反思性批判的基础上，方能敞开新的视域，从而释放被现代性观念遮蔽和压抑的中国古典传统指涉当下问题的理论效力。极具观念敏锐感的思想界对此体会尤深，"在如此长达一百七十年的'救亡—启蒙'过程中，中国人尤其是有发言权的中国知识分子，遭遇的问题必然是：救亡需要'科学'（社会革命·生产力），启蒙需要'民主'（国家革命·政治体制），因而归根结底'救亡—启蒙'就是把中国从传统中拔出来转向西方道路指示的'现代性'"。故此根本问题在于，"不转向，中国亡；转向，中国同样亡，即同化尾随于西方——

---

① 参见郭冰茹《赵树理的话本实践与"民族形式"探索》（《文艺研究》2016年第3期）、《回归古典与先锋派的转向——论格非回归古典的理论建构与文本实践》（《文艺争鸣》2016年第2期）、《〈废都〉与中国古典小说的叙事传统》（《文艺争鸣》2014年第6期）等阐发当代文学与古典传统的系列文章。

名存实亡。因为西方'真理'告诉我们：'中国等于传统、特殊、民族性；西方等于现代、普遍、世界性'"。是为"中西之争"思想窠臼之基本特征。亦缘此，"中国所发生的一切事情都要在西方的强光下受到折射、扭曲，而且，中国人已经习惯了西方尺度并视之为'真理'"，以至于长期陷入离开西方观念即"'不能思乃至无思'的无能境地"①。由此开启之文化和文学观念的"新""旧"之争亦受制于此种话语的基本规范："新"从一简单概念终止于发展成为"近代中国一个有强大影响力的论述"，且"成为具时代精神意义的"普遍心态，所包蕴之问题可谓维度多端，但均被纳入二元对立式的单向度模式中加以理解。"以传统为敌"，即成彼时激进文化精英的基本文化态度。他们在"对国家社会里关于'恶之源'问题的思索时，几乎是在全面性的意义下，高度化约地将中国文化传统视为现代性的主要敌人"。即便其内部对"新"的具体内涵理解各有不同，但在"'以传统为敌'，尤其是儒家传统，则有高度的共识"。"中国的文化传统与凸显东亚文明特质的德性伦理（例如纲常名教思想等中国传统文化的核心价值），多半被这些激进型知识精英当成'恶之源'的文本来批判"②。如此，"新""旧"之争的意义，已远非思想和文学观念所能简单涵盖，而成为时代选择的重要部分。唯新是举、唯洋是举作为思想和文化观念的核心，影响力不限于思想和文学理论界。作家创作所能依凭之资源，也因之有了高下的区分。20世纪80年代以降当代文学所能依凭之资源遂分次第如下：西方现代主义后现代主义高居其首，西方19世纪之前的传统地位次之，"五四"新文学传统又次。中国古典传统仅居末端，甚至长期被视为"陈旧"和"落后"而大加攻伐。一时代有一时代之文学固然有理，却并不就此可以判定文学之发展呈现为简单的线性状态。"因革损益"，或为理解传统的妥当理路，然而受制于上述单向度思维，这一种在从容辨析、取舍合宜的基础上的观念处理，并未得以贯彻。反倒是仓促的文化选

---

① 张志扬：《中国人问题与犹太人问题（代前言）》，见萌萌学术工作室主编：《"中国人问题"与"犹太人问题"》，生活·读书·新知三联书店2011年版，第3—4页。

② 丘为君：《启蒙、理性与现代性：近代中国启蒙运动，1895—1925》，台湾大学出版中心2018年版，第118—120页。

择为一时之盛,即便在其所产生之语境已然不存的状态下,思想观念之弊仍未得到根本性的扭转。

出于应和"新""旧"之辩的功利目的,郑振铎、胡适等人在民国初年对中国文学史的"重述"意在建构一种新的"传统"。此"传统"以压抑和重构的方式重新确定了中国文学史的经典序列。经典作家和经典作品地位的变化端赖其与论者文学史观念的契合度。以选本编纂的方式,新一代的研究者重新确立了文学史秩序,并牢牢控制着文学史的编纂和解释权。而借助文学教育,这一种文学观念得以落地生根并茁壮成长,终成文学研究者自然习得的文学史的先验认知图式,具有牢不可破的合法性。"五四"前后所展开之整理国故,亦不脱上述思想之基本范围。在"新""旧"之辩以"知识型"的方式主宰文学研究范式之际,论者对中国古典传统之梳理与研究,即成印证古今之辩(背后乃是中西之辩)的重要方式,并无意于系统阐发古典传统之微言大义。如是理路之流风所及,以西方文论(核心为现代文论)作为"前理解"观照中国古典传统,即属代代相传之学术研究基本模式,可谓影响深远。然而如宇文所安所言,历史化地理解上述观念及其意义无法回避的最大问题是,"五四"一代人阐发其反传统的新观念之时,强大的古典传统仍在,且成为新观念创生过程中必须面对的"敌人"。时隔百年之后,"'五四'一代人对过去的重新阐释已经把传统连根拔除了。但是,因为'五四'知识分子们的价值观和他们的斗争叙事如此紧密地联系在一起,我们不免要想知道:当最大的敌人死掉了之后,还剩下什么?"① "五四"新文化运动之于20世纪中国历史之重要意义无须多论,但其中所隐含的有待重思的议题,却不能不引发进一步的反思。当代文学赓续中国古典文脉以回应新时代的新要求,此亦为无法回避的重要问题,影响甚至"左右"着一代人的文学和文学史观念。如仍在既定的文学史观念模式中原地打转,则中国文脉的当代赓续,仍无法成为具有强大的生产性的路向而获得生生不息的力量。

---

① 宇文所安:《过去的终结:民国初年对文学史的重写》,见《他山的石头记——宇文所安自选集》,田晓菲译,江苏人民出版社2006年版,第280页。

超克"五四"以降文学史观念的"知识型",古今融通的"大文学史观"或为选择之一。所谓的"大文学史观",是指摒弃此前习用多年的"古"(中国古典文学)"今"("五四"以降新文学)断裂的文学史思路,将后者视为前者在20世纪自然流变之一种,而非别开一路。也就是说,"五四"新文学之于"晚清"文学之新变,并非质性的转型,而与诗分唐宋等等文学观念和体式与世推移的自然调适同等理解。"五四"一代人取径西方传统以革除时代和文学之弊可在中国文学(先秦迄今之总体文学)整体视域中做内部变革之价值阐释。即重建中国文学之连续性,且以其主体性为核心,重新处理文学的古今中西问题。其根本取径如佛教传入中国,在与儒道思想之融合会通而产生中国化的禅宗一般,重新理解20世纪中国文学与西方传统之关系,从根本视域上系统矫正此前文学观念之弊。如此,则"古""今"、"中""西"、"新""旧"之成规可悉数破除,文学和理论观念可在赓续传统、感应于时代和现实问题的基础上完成奠基于时代的新的典范的确立。

就此而言,王德威标举意涵丰富之"抒情",尝试在"革命"与"启蒙"之外,重述现代文学史的努力即有文学史观念革新的意义。以陈世骧发现之"抒情传统"为切入点,既往文学史秩序随之调整。不惟沈从文等作家作品之地位随之变化,抒情传统论述甚至还可包含书法和音乐艺术的实践,台静农、江文也等人在此叙述框架中亦有其不可磨灭之价值所在。这一种多种艺术融通的观念正可拓展当代文学研究的视域。如汪曾祺、贾平凹等于文学创作之外兼善书画,书画之笔法、趣味亦影响到文学创作的作家作品,在此多个艺术门类打通的视域中遂有更为贴切之评价。"抒情传统"论述作为文学史叙述之一种,相较于此前文学史,自然有观念开拓的意义。但一味标举"抒情",且将其视为文学史之核心,却仍然陷入其所驳难的文学史观念窠臼之中,弊端亦较为明显。由是观之,建构更具包容性和概括力的新的文学史观,仍属当下及未来较长时间段内文学研究的重要论题。台湾学界对中国古典文学研究方法的结构性反思可作参照。就漫长的学术史而论,后辈学者无论"顺着讲""移开讲",还是"逆着讲"均无不可,但"都必须是'因'于对前行既成之论所做深切的理解,以及理性的反思、批判,而不是盲目的复制与暴动;反思、批判而深入根源处,就是对前一历史时期既成的'知识型',从本质论、方法论进行'破立兼施'的改造工程"。中国古典学术研究,亦困于"五四"所建构之"知识型","反儒家传统,挪借西学,将'文学'从古代知识分子的社会文化存在情境中切离出来,排除政教与社会互动功能,而视为孤立的、静态的自我抒情、纯粹审美的语言形构物"。如是观念,既不能洞见古典文学与时俱化的复杂意蕴,亦将文学窄化为简单的一己之情感的自我表达。当代写作遂难与古典文学之宏阔视域和复杂的世界关切对应。李敬泽申论"杂文学"作为当下文类简单划分的革新意义,并尝试重启古典传统思想以应对时代文学之变的种种努力,亦有文学观念的拓展之功。而超越"消费西方理论的'外造建构'",回归"中国古典文化传统情境,经由现代学者所自觉之'历史性主体'的感知、理解、诠释,而获致'视域融合的诠释'",进而"转换现代性的话语,做出系统化的'内造建构',以生产自家的理论"[1]。这一种融通古今、返本以开新的研究路径,意义并不止于古典文学研究的范式转换。中国当代文学研究的"古典转向",亦需由思想观念、审美表现方式至文学史观和研究范式的系统革新。时值中国文化百年未有之巨变的合题阶段,深度感应于现时代紧迫之现实论题,开出因应传统、指向未来之新视域可谓恰逢其时。中国文化之归根复命,此亦为无从回避之重要路径[2]。

---

[1] 颜昆阳:《反思批判与转向——中国古典文学研究之路》,允晨文化实业股份有限公司2016年版,第17—25页。

[2] 参见张志扬:《中国学术:"以用代体",还是"以体制用"?——试谈"中国学术的研究范式"的背景与前提》,《海南大学学报》(人文社会科学版)2016年第1期及《归根复命——古典学的民族文化种性》,《海南大学学报》(人文社会科学版)2013年第1期。

"浑沌"之德：
《秦岭记》的世界、观念和笔法

中国多山，昆仑为山祖，寄居着天上之神。玉皇、王母、太上、祝融、风姨、雷伯以及百兽精怪，万花仙子，诸神充满了，每到春夏秋冬的初日，都要到海里去沐浴。时海动七天。经过的路为大地之脊，那就是秦岭。

——《秦岭记·一》

待到也能"仰观象于玄表，俯察式于群形"，他越来越强烈地感觉到他头顶上时不时飕飕有凉气，如同烟囱冒烟，又如同门缝里钻风。他似乎理解了这个世界永远在变化着，人与万物沉浮于生长之门。似乎理解了流动中必有定的东西，大河流过，逝者如斯，而孔子在岸。……似乎理解了与神的沟通联系方式就是自己的风格。……似乎理解了秦岭的庞大、雍容，过去是秦岭，现在是秦岭，将来还是秦岭……

——《秦岭记·五十七》

《秦岭记》（主体内容）先述秦岭的神话源起，次以老僧进入秦岭腹地，动念修建庙宇起笔，最后以仓颉造字旧地后生立水之奇思异想结尾，或非随便，乃有大义存焉。未有神话传说之前，秦岭自在，却浑沌着，如大雾弥漫，可称"封山"，远近没了差别，万物似乎瞬间遁去，茫然不可得见。此或为"浑沌"未凿前"世界"之基本面目，一如尚在原初状态的人之精神接纳天地消息所开之时天地人神鬼畜物象杂然并陈的浑然之境①。"文字"的创制，便如凿云破雾，谓之"开山"。一切形体轮廓渐次清晰，也便有了天地上下古今的分野。首篇老僧与黑顺入山，即开深入秦岭故事路径之一种：佛与道与人事与天地与自然与鸟兽与山石与树木等等，皆浑沌和神秘着，似乎触手可及，进入其中了，却仍觉瞻之在前，忽焉在后，其义理章法全无规矩，教自家所习之观念悉皆失效，浑不知如何读解如何言说。神矣怪矣，恍兮惚兮，阴阳交替自然运化天地规矩周行万物无处不在，要去理解了，却如捕风，如捉影，如抽刀断水，用力甚勤却一无所获，遂生类乎不知伊于胡底之叹。此或为贾平凹用心之一，为意趣、笔法之紧要处："《山本》是长篇小说，《秦岭记》篇幅短，十多万字，不可说成小说，散文还觉不宜……写时浑然不觉，只意识到这如水一样，水分离不了，水终究是水，把水写出来，别人用斗去盛可以是方的，用盆去盛也可以是圆的。"②而在另一处，贾平凹以"识"作为所见文本"方""圆"分际的根源。"小说写什么都是自传，评论何尝不也这样？自己有多大的容器就盛多大的水，自己的容器是方是圆，盛的水也就是方是圆。容器可不可以就是识呢？"③此处所谓之作为"容器"之"识"，约略近乎西哲所论之"前理解"或"先验认知图式"。认知图式既已确定，则所见自然为其可见与能见，自然，其间还包含着"盲见"与"不见"④。个人格局、

---

① 对此境及其意义之详细描述，可参见陈少明：《梦觉之间：〈庄子〉思辨录》，生活·读书·新知三联书店 2021 年版，第 119 页。

② 贾平凹：《秦岭记》，人民文学出版社 2022 年版，第 261 页。

③ 贾平凹：《说杨辉》，《南方文坛》2022 年第 2 期。对贾平凹所论之"识"的意义的进一步说明，可参见季进《刹那的众生相——贾平凹〈暂坐〉读札》，《中国当代文学研究》2021 年第 4 期。

④ 破除先验认知图式以开启新的理解路径，例证几乎随处可见。当然，以"彼"破"此"，极易坠入二元对立之思维窠臼，故构建更具包容性和概括力的多元融通的视野，分外紧要。如可参见李军《沈从文四张画的阐释问题——兼论王德威的"见"与"不见"》，《文艺研究》2013 年第 1 期。此文刊出后未见王德威有回应文章，但对此文细加辨析，可知"见"可以是"不见"，"不见"亦可能是"见"。

气象、境界之提升，就此即可解作"识见"之扩展和自我调适。文化观念之返本开新，文本境界的独特开显，要义皆与此同。自我开拓之路径无他，乃须在观念和表达方式上多做功夫。

功夫如何去做？且看最后一个故事中立水的经验。"立水的脑子里像煮沸的滚水，咕咕嘟嘟，那些时宜或不时宜的全都冒泡和蒸发热气，有了各种色彩、各种声音、无数的翅膀。一切都在似乎着似乎着"。而他后来写起了文章，遂"自信而又刻苦地要在仓颉创造的文字中写出最好的句子，但一次又一次地于大钟响过的寂静里，他似乎理解了自己的理解只是似乎。他于是坐在秦岭的启山上，望着远远近近如海涛一样的秦岭，成了一棵若木、一块石头，直到大钟再来一次轰鸣。"[1] 将这个立水解作贾平凹关于自家写作者形象的自我刻画，应不属过度阐释。立水所在之山名曰"启山"，如《古炉》中"中山"一般，定然也有些来历。启者，启蒙也，开启。如《淮南子·本经训》所载："昔者仓颉作书，而天雨粟，鬼夜哭。"可不就有开启精神和世界之可能的寓意[2]。而立水为现代人，所读哲学、文学、艺术文本皆承载现代观念，思想意识自然不难为其所化（拘）。然而他终究有些慧根，不曾教"意识"全然压抑和遮蔽"无意识"所见之象。他的精神向横无际涯之外部世界敞开，能见天地、人神、鬼畜，知晓与"神"的交流以及自我"风格"创生之意义[3]。此"我"与"物"

---

[1] 贾平凹：《秦岭记》，人民文学出版社 2022 年版，第 180 页。

[2] 对此问题的详细申论，可参见张隆溪：《从中西文学艺术看人与自然之关系》，《文艺研究》2020 年第 8 期。

[3] 论及陈彦的写作，贾平凹有如下说法，可作参照："发现了别人没有发现的东西，看到了别人没有看到的东西，也就是说找到了'神'。他又是如何与'神'联系、沟通和交流的？这就是他的风格，这就是他的叙述方式。"此处所论或嫌"玄奥"，却是理解贾平凹文学观念的重要进路（《他用别具一格的叙事把生命写得饱满——在"陈彦文学创作全国学术研讨会"高端论坛上的讲话》，《商洛学院学报》2021 年第 5 期）。若再参之以贾平凹对自家观念层级的自我阐释，则其用心约略可见。此观念较为系统地呈现在《关于"山水三层次说"的认识》一文中。对其意义的进一步分析，可参见拙文：《文章气类古犹今——当代文学的"古典境界"发微》，《南方文坛》2022 年第 2 期。

的感通思维所开之境,类乎诗性的创造性直觉:"诗性认识是精神和意向性的","它本身并不带有严格意义上的巫术的影响","诗性认识指的是这样一种入侵:事物通过情感和情感方面的连接进入靠近灵魂中心的精神前意识之夜;诗性直觉就是借这种入侵产生的。"尤其重要的是,"在诗性认识的最同一、最纯粹和最基本的要求上考虑,它是通过意象——或不是通过朝向理性思想状态的概念,而是通过仍浸泡在意象中的概念——表达自身。"① 或因译笔的原因,马利坦此说略显繁复,但其所论述之关键词却与前述立水之精神体验足相交通。可拈出巫术、前意识(非理性)、意象三种做进一步阐发。此三者虽有次第与进阶之分,却共同指向民族精神诸象并存、多元共在、圆融无碍之阔大境界。

《秦岭记》分主体故事、外编一、外编二三部分。外编一为贾平凹发表于《浮躁》后、《废都》前的一组类似古人笔记的短篇作品;外编二则收入贾平凹十余年前书写秦岭之若干散文(其中亦不乏小说笔法,将之解作小说也无不可)。三部分间之互文和意义共生,姑且按下不表,单看作为主体内容的五十五个故事。这五十五个故事,仍如《太白山记》,均为短章,却不似前者每一篇皆有个类似一般"故事"的内核,做作品根本的发动。《太白山记》意在以"实"写"虚"——"固执地把意念的心理的东西用很实的情节写出来"。② 故而其中意象纷呈,如天女散花,初读或觉虚然茫然,难觅津逮,细思则其观念其用心约略可见。每一则故事,即便表象荒诞不经,故事离奇古怪,内核或落脚处,几乎全在实在界之物事人事,将之"反解",读作写实作品,自然也无不可。太白山亦属秦岭,《太白山记》所记,自属秦岭万千面向之一。但此番《秦岭记》中的故事,五十五篇大多互不相涉,几无前后照应或足以简单相互发明处。似乎还如《老生》甚或《山海经》笔法一般,一山一水一人一事从容写去,这山水人事自然汇成秦岭山川地貌风土人情概略图。然而即便依故事所述次第形貌将图形绘出,所见所得也不过书中所开启之世界内容之一二,其间极多

---

① 雅克·马利坦:《艺术与诗中的创造性直觉》,刘有元、罗选民等译,生活·读书·新知三联书店1991年版,第180页。

② 贾平凹:《秦岭记》,人民文学出版社2022年版,第262页。

内容或如那被称作冥界之花的水晶兰一般，甫一见人，便幽然遁去，不复得见，似有得而实无得，其形其神皆渺然忽然。何以言之？

以首章为例，先看书中"实相"：一曰山势，如昆仑、秦岭、白乌山、竺岳；二曰流水，如倒流河；三曰人事，如老僧、黑顺去竺岳石窟修行（守护）、圆寂（死亡）；四曰鸟兽虫鱼，如净水雉、花斑豹；五曰物象，如野菜、蘑菇、毛栗子、稻皮子、瓷瓶……如以老僧与黑顺行状为中心，去理解故事义理，似乎可得一二，却不足以统贯全文。其间尚有较多未尽之意，如老僧坐化得以不朽，或因多年修行功德圆满所致。黑顺既有守护和尚之功，亦有悬壶济世之德，缘何肉身不能长久？听和尚说净水雉之德行，黑顺发愿梦中做净水雉。其时和尚去看脚旁藤杖，那藤杖化作蛇形，不是和尚眼花，便是物的变异之"象"，或在隐喻心动之念与现实的错落。还有那山祖昆仑之上所居之玉皇，王母，太上，祝融，风姨雷伯，百兽精怪，万花仙子，则又该当何解？和尚、黑顺是又不是故事的中心，在其下有山石草木虫鱼鸟兽，其上则有风云雷电神祇浩渺无涯之天①。不知天地人神鬼畜等等交互参照、互动共生所开之复杂境况，便不能知这一则故事的言外之意韵外之致。人在天地之间，所见所得并不单一。以山形地貌物色论，可知书中第五十二个故事中所述之民国时期县长麻天池所著之《秦岭草木记》，为理解世界（秦岭）层级之一种。以人事为核心，亦可得切近"秦岭"之法门。贾平凹的《古炉》《老生》《山本》，甚或其四十余年所作之千余万字的小说，居多可归入此类——此又为一层。如不在现代以降之观念中感应天地消息，不拘泥于实境或实在界，则可知梦境繁复多变，内容复杂离奇，且不能一概视为荒谬而轻易放过。第七个故事中的那个乡里干部白又文，于山间村落梦中所见奇矣怪矣，仿佛侵入他人梦中，见常人

---

① 人在天地之间及其所见所开之象，可以古典思维明之。"当人们在认知天地万物、世界宇宙时，总是将人体自身纳入其中，参与践履，正如《易·系辞》所说：'近取诸身'，人体自身在宇宙天地间是'仰以观于天文，俯以察于地理'。这样，'天'即在人体自身的上前方，'地'即在人体自身的下后方；同样，人体自身在天地宇宙自然间生活，习惯面对南面太阳，引申开来：'吾以南面而君天下'。"刘康德：《"浑沌"三性——庄子"浑沌"说》，《清华大学学报》（哲学社会科学版）2014年第2期。

之所未见，得常人不得之趣，遂知晓了梦境亦属生活之一种，生命因之丰富而充实。姑且不论弗洛伊德将"梦"所呈示之义理与艺术创造精神对照理解所开启之方法论洞见，仅以惯常阅读之实感经验解之，亦不难知晓读他人书，亦是"复返"或"重启"他人之"梦"。《秦岭记》五十七篇，解作贾平凹记"梦"（感通之象）之作，似乎也无不可。

然不独梦境呈示之"象"教人惊叹，那些或被认作"痴傻"的神奇人物，亦能洞悉他人未知之象。钟鸣所住之草花山顶虽曰闭塞，但他出过山，见识过人所创制之科技及其在改变生活形态时的伟力，但他仍有若干奇思妙想，比如乘云气上天，比如无需辛苦劳作，便可得享便利。还有经公母山五十里，进二郎峡，再走出青牛湾所见之老城中复姓呼延的孩子。他稍稍读过一些书，却似乎并未习得理解世界的一般法则，而有着太多的奇思异想。"一会儿怀疑天上真有天狗，把月亮吃残了一半，一会见门洞旁的杨树一直在晃着树叶，又担心那树叶会晕。"[1]后来老城中有了前来寻找历史遗存的文化人，他们好奇于傻子的诸多奇思，以为其思颇具"诗性"，乃是可以与"神"沟通的人物。还有那些在"阴""阳"两界自如来去的人物所见所思，更如《聊斋志异》所开之世界一般神奇。这一类意象之创生，还如马利坦所论，乃是与更为久远的思想传统内里相通。"诗人的思想（至少其潜意识思想）多少有点与原始人的思想活动相似"，也多少与"广泛意义上的巫术相似"[2]。秦岭山深如海，万物蕴藏其间，亦有万千消息。有村庄人物皆会巫术，可以治病，可以通神，人在这观念所持存开显之世界中，也活得安稳悠然。他们为天地万物封神，天有天神，雨有雨神，风有风神，雷有雷神，其他如山是神，水是神，树木花草虫鱼亦无不有神。天生万物，物各有主，阴阳易变，四时交替，乾坤定位，上下四方，往古来今。人之所知远逊于未知，人之所能远少于未能。"天布五行，以运万物，阴阳会通，玄冥幽微，自有才高识妙者能探其理致。"[3]

---

[1] 贾平凹：《秦岭记》，人民文学出版社2022年版，第87页。
[2] 雅克·马利坦：《艺术与诗中的创造性直觉》，刘有元、罗选民等译，生活·读书·新知三联书店1991年版，第181页。
[3] 贾平凹：《我们的小说还有多少中国或东方的意韵》，《当代》2020年第5期。

照此目光看去，则秦岭浩瀚，横无际涯，论时间可以古今同一，那些个人物和他们的生活故事，非古非今，亦古亦今，身在现代，精神气象却堪称高古，所思所见所行所想，也远非"现代观念"所可简单涵盖；论空间则渺无端崖，看他于虚拟秦岭的宏阔背景上一山一水从容写去，但此"背景"犹如如来掌心，人物故事无论如何生长如何漫溢，皆不出其所划定之基本范围。或亦可曰此秦岭并非自然地理意义上之"秦岭"，而是充满精神与文化韵致的重要意象，为华夏文明象征之一种。一如秦岭山势形胜可见可绘，然山间清风山顶流云神秘消息却了无规矩。故此一一是非，彼一一是非，此亦彼也，彼亦此也。虚则实之，实则虚之，真者假之，假者真之，如是，如是而已。

无那诸般规矩、法则限制，其所敞开之世界，也便"古""今"、"阴""阳"、"理性"与"非理性"、"意识"与"潜意识"、"梦境"与"现实"诸种障蔽悉皆除去，朗现活泼无碍之自然天机。其中五十七个故事，皆以秦岭为背景书写人事物事，虽偶然言及秦岭之神话起源，却不是在做秦岭神话记，就中人物故事居多集中于20世纪初中期迄今，约略也有些"原型"本事可循。如他写康世铭1999年前往高坝乡采风，偶见民国时县长麻天池所作《秦岭草木记》一册。那《秦岭草木记》意趣、笔法颇类晋人嵇含所撰之《南方草木状》，叙述秦岭草木若干，笔法疏淡，颇有韵致，将之单独列出作笔记读，也无不可。麻天池不独记述草木状貌，还用心体会地理风脉，于人情、风土等等，亦别有所见。如他说"山中可以封树封石封泉为××侯、××公、××君，凡封号后，祷无不应"。这是在说秦岭中类乎巫术的神秘。"读懂了树，就理解某个地方的生命气理。"此为对事物与地域风情关系之独特理解。"菟丝子会依附，有人亦是。"这又是以"物"喻人，或以人比"物"，显然别有所指，也未必不是出自现实利害的感慨。麻天池所生活的时段，与康世铭相去未远，但康世铭读完其书，虽感慨系之，也有心凭吊其遗踪，却觉得其所记所感最佳的去处，是县里的档案馆。二者观念之分野，亦可解作《秦岭记》一书所敞开之世界与目下流行之文化观念可能的参差处。还有那个刘广美，生在石门关左近的二马山，人有才干，四十岁便成巨富，也是个孝子，谋划着在老家前马山造一所宅子安顿妻儿老小。那宅子修建时真真是劳心费力，物料、做工皆称精细，也不惜物力人力。修成的宅院雕梁画栋，好不壮观，为了气脉长久，还在地基四角埋上十补药丸。县长为其送匾，上书"积厚流光"，悬于正堂上，一时风光无两。然天意难问，命运不测，刘广美后来死于非命，其妻也未得善终。倒是那宅院至今仍在，说明"谁非过客，花是主人"的意思。数十年时移世易，物非人亦非，如《应物兄》借若干人物古今思虑，遂感慨如今的中国人，不是汉代人，也与唐代、宋元甚至明清人相去甚远，"孔夫子站在你面前，你也不认识"，但由先秦、两汉、唐宋以迄晚清，民族文化经验及其所呈示之"象"却未必全然消隐。它们在亦不在——在，是指其尚存于文化的"集体无意识"中；不在，则是说此种无意识包蕴之象并非人人能知。如柏拉图所论，须得有些"神赐的迷狂"的工夫（机缘），才能得窥"灵魂的马车"上之所见——此为"秘索思"及其所开显之精神可能。在中国古典精神世界中，类乎"神赐的迷狂"之境的，差不多可认作是"巫术"的"天""人"感应。

古典思想史中所论之"巫史传统"及其所敞开之世界，要义即在此处。当是时也，"人与神、人世与神界、人的事功与神的业绩常直接相连、休戚相关和浑然一体"①。此即"事死如事生"之谓。这一种传统虽在20世纪初观念之现代性之变中渐次消隐，却并非全然失却现实效力。在秦岭腹地，那些至今仍生活于天地、风云、雷电，万物消长、自然运化中的普通人物，居多仍可体会类乎"巫史传统"时的世界感觉。比如第三十八个故事中阳关洼村人，因不知要为临终之际的老人开"天窗"，老人虽已油尽灯枯，却迟迟不能"咽气"。有此经验，做木工的年佰"知道了大门之上檩条之下的长窗叫天窗，天窗是神鬼通道，更是人的灵魂出口。再为他人盖房，无论是歇山式的、硬山式的、悬山式的，一定一定都要有天窗。"②有了这番了悟，在写20世纪二三十年代秦岭历史人事之变的《山本》中，现实龙蛇起陆、天翻地覆，普通人如浪花如树叶，被历史之滔滔洪流挟裹着向一时未知的方向奔涌而去。个人的生死纠葛、爱恨情仇皆不能自主，

---

① 李泽厚：《说巫史传统》，上海译文出版社2012年版，第8页。
② 贾平凹：《秦岭记》，人民文学出版社2022年版，第114页。

历史当然有向前的逻辑在，但为历史挟裹的人物于生离死别之际巨大的哀痛却并未消退。因之一部《山本》，写"山之本来"，作者却时刻不忘为笔下世界中的人物打开"天窗"，教灵魂有个安顿处①。他让深具民间智慧的陈先生絮絮叨叨说人之在世需要依从的道理，也是在安妥生逢乱世的人躁动不安的灵魂。死者长已矣，生者且珍惜。如何珍惜眼前所有，明了"向死而生"的道理，或是第三十四个故事的旨趣。那是发生在源出于太白湫的亮马河的故事。那亮马河颇有些来历，乃是传说中上古魑魅魍魉魃魈魖曾居之地，他们兴风作浪，弄得天怒人怨。遂有太上老君以七块石头镇压的说法。此七块石头化为七座山：为双耳山，为焦山，为东隆山，为茅山，为凉山，为苦泉山和两塌子山。魑魅魍魉等则骨骸破碎，血液漫浸，土地为之变色，骨骸化为料浆石。这方圆百十里高寒贫瘠，生存极度困难，但人自有纾解之道。他们"差不多还会巫术"，"巫术驱动着他们对天对地对命运认同和遵循了"，也便"活得安静"。而对生死，他们也有自家的理解，因之也有很多阴歌师，既能抚慰亡魂，亦可安顿生者，不拘三皇五帝，管他夏商春秋，阴歌师皆能信手拈来，且合辙押韵。但他们唱得最多，也流传最广的是如下一段：

> 人活一世有什么好，说一声死了不死了，亲戚朋友都不知道。亲戚朋友知道了，亡人正过奈何桥。奈何桥三尺宽来万丈高，中间有着泡泡，两边抹了椒油膏，小风吹来摇摇摆，大风来了摆摆摇。有福的亡人过得去，无福的亡人掉下桥。②

那唱声凄苦悲凉，教闻者无不动容。其虽借神奇想象从容叙述，却不能被简单视为荒诞，观者如于其中做些参证的功夫，便不难意会其间义理之于俗世人生的启发义。如《红楼梦》写宝玉先天自具的慧根灵性，乃是于尘世醒觉的基本条件。"慧根灵性是人超悟的先天条件，然而人必须有

---

① 此境可与阿来《云中记》相参看。参见岳雯：《安魂——读阿来长篇小说〈云中记〉》，《中国当代文学研究》2019 年第 2 期。

② 贾平凹：《秦岭记》，人民文学出版社 2022 年版，第 104 页。

一番意识活动，所谓悟才可以在生命中实践。"因之曹雪芹造设"太虚幻境"，教宝玉借梦境游历其间，有此番识见做根底，方能于"虚""实"照应中醒觉和彻悟。故此，"这一种人类自我嘲弄、自我挤击，便是太虚幻境神话所设定的大义微言"①，也深具自觉觉他的意义。观者身在其外，却同样身在其中，于崖岸之上，看大水走泥，有如发逝者如斯之叹的孔子；在超然的"天眼"中，看秦岭山深如海，云舒云卷，莫有规矩，殊乏章法，义理却自在其中，一如沈从文于"事功"和"有情"的分际之中的自我安顿②。历史固然宏伟，自然也堪称博大，但其间生活着的，居多却是"有情"众生，他们日日劳作，也各有其艰难和不得已处，当然也自具生命自身的尊严和意义，各自领受如沈从文所言之上天派定的"命运"，也分外需要源发于生活世界具体性的身心安顿。那些散居在秦岭各处，或耕作，或经商，或凭借一时世事的勃兴而谋得生计，却也因自然或人事的突变而无所适从的普通人触目皆是。真可谓其兴也倏忽，其败也无形。一处煤窑，甚至山中偶见的名医，便可以教一方经济瞬间兴起，但其败落，几乎也是一夜之间。不仅人事不足依凭，连那河流也了无定规。因河而兴起旅游，上游常有船只下行，带来种种山货，也让沿河上下生活皆有着落，孰料河水突然断流，浪花渴死成沙。那些为河水磋磨的山石皆滚圆呈蛋形。沿河的热闹转瞬不复得见，繁华转成陈迹，徒留一些无心也无力走出的老人，于暖阳中端坐河中圆石上回忆已然逝去的景象。还有那不甘心安于既定的生活状态，要以人力改造环境的特殊人物，他们的强力意志广矣大矣，立志要让河流改道，让土地再生，自然似乎在人力的创造中形成新的秩序，但一场突如其来的暴雨山洪，将人事努力的成果全然抹去，一切返归原始，秩序再度还原。日月千年不易，山河百代如常，唯人事代谢，往来古今，逝去的已然逝去，居多仿佛从未存在过，教人如何不感慨系之③。

---

① 乐蘅军：《从荒谬到超越：论古典小说中神话情节的基本意涵》，见《古典小说散论》，台湾大学出版中心2021年版，第274页。

② 参见张新颖：《沈从文与二十世纪中国》，《当代作家评论》2012年第6期。

③ 面对亘古不易的自然法则及其与人事的对照，贾平凹曾感慨良多。参见贾平凹：《山本·后记》，人民文学出版社2018年版。

于此"古"与"今"、"传统"与"现代"交织互动中，普通人的身心安妥似乎分外紧要。因秦岭超迈之气所结，山中也就有了世事洞明的特别人物，人将之呼为——神仙。神仙所居之地为戴帽山。戴帽山临近椅子坪，自丹泉寨往东二十里亦可至。那神仙一百一十九岁，眼光亮堂，满口白牙，更奇的是既智且慧。山上山下人有事没事，爱与神仙说话。神仙所说也并不玄奥，皆是人世应对的智慧。比如有人问如何养生，神仙教他在被给定的环境中摄取物资以养生尽命，不去向外求索。有人抱怨子女不孝，神仙教他明白人皆如此，所谓"眼往高处瞅，爱是向下移"。神仙还教人破"传宗接代"的执念，将之解作虚妄。他还教做村长的不要有私心，教有嫉妒心的人心态平和，并为人解说种种欲念缘何而生，又如何发动甚至左右着人的行为，还有怎样窥破世情人情，明白人之本来面目……最后他还谈到死亡，死生皆是大事，人皆不能自决，但需学会从容应对。以树为譬喻，"树叶子几时落那是树决定的。叶子正绿着，硬拽扯着下来，叶子痛苦，而叶子不论是夏天或是冬天，它发黄变红就自然落，也是快乐地落。"①神仙所说，并不过阔，全是人之在世所需面对的庸常现实与困厄，明白了世事人情之"常"与"变"，也就知晓了自家应对的法门，心态自然平和。将神仙所说与其前后故事照应着看，或能明了这一部《秦岭记》运思用笔的落脚处——人生于天地间，仰观象于天，俯察式于地，观鸟兽之形与地之宜，向外明了自然规矩、人事运行之道，向内则调适自家应时应世的智慧。天道之运，周环无穷，古有之事，今亦再有；古今人情物理，相通远甚于相异；甚或"阳世"与"阴间""仙境"，义理也极多相通之处。写古事、仙事、阴阳两界、鸟兽虫鱼，奇矣怪矣，用心却全在当下，发人深省也启迪人思。如六朝志怪盛行，不独"使古代以至于当代的许多神话故事得到首次有系统的收集与整理"，亦是人类意识所能呈示之"象"不至于湮没，而借文字得以留存。虽是"张皇鬼神，称道灵异"，却实在展现"人类心灵的运作"，足以"映照出每个时代的心态与精神，甚至人性深处某些原始的意念与欲望"②。何况在具体的历史情境中，神话所述

---

① 贾平凹：《秦岭记》，人民文学出版社2022年版，第157页
② 郭玉雯：《聊斋志异的梦幻世界》，学生书局1985年版，第6页

并不虚妄,"传统的知识分子可以安心立命在较高的哲学思考上,但对于更多的社会群众而言,神话是他们存在的支持力量,由孩童的依赖到青年的惊悸、中年的忧患,以至最后的灵床,他们的生命往往是扎根在这种平衡上而得以活续绵延"①。也因此,即便在"绝地天通"之后,在观念的现代性之变后,如是理解生活世界已被视为鄙陋,然而在广阔的民间世界,总有若干特出人物能感通天地消息,明了玄机。由他们讲说的世事,也便自然包含着古今、阴阳、死生等等人为疆界悉皆破除的阔大境界。他们或如那个在世的"神仙",或如奇思妙想不绝的"痴傻"人,或也如《古炉》《山本》中所述的,有"渔樵"意象之喻的善人和陈先生②。世事解衣磅礴,他独燕处超然,且以其感通的独异之象,为现实中人开启另一番精神的可能。

如《聊斋志异》四百余个故事可呈示蒲松龄颇为整一之世界观念一般,《秦岭记》中五十七个故事亦能绘出作者精神的星图。其间有总论,有分论;有实写,有虚写;有正言,有反说;有寓言、重言、卮言;有反言若正,正言若反;有声东击西,左右互搏。有故事其义不能自《秦岭记》中见出,须得与《古炉》《老生》《山本》,甚或《秦腔》《浮躁》对照着看。还如再扩而大之,将贾平凹20世纪70年代初迄今之作品不分题材,不论文体,全作一部看,则《秦岭记》与其他作品之意义参照或如"太虚幻境"呈示之象与大观园和大观园之外的世界及观者身在其中的世界之映衬关系。如《浮躁》《秦腔》《带灯》中虚言之事,《秦岭记》皆实言之;如《太白山记》较为明确之世道人心,人情人性之观念指涉,《秦岭记》皆作癞头和尚及空空道人貌似漫漶不经之言道之;如外编二所述"我"之实感实见,《秦岭记》皆大实大虚,大无大有,如云如雾如水泻地言之⋯⋯故而其章法、格局、气象、境界皆与他作不同,若干短制,汇成江河湖海;意象纷呈,遂成万千气象。以其所师法之传统论,或近乎《山海经》《搜神记》《穆天子传》及《南方草木记》所持存开显之路向,就中尤以《聊

---

① 郭玉雯:《聊斋志异的梦幻世界》,学生书局1985年版,第4页。
② 参见杨辉:《自然山水与"渔樵"诗学——贾平凹秦岭书写的文化视阈及其意义》,《文学评论》2023年第6期。

斋志异》最具参照意义。

"披萝带荔,三闾氏感而为骚;牛鬼蛇神,长爪郎吟而成癖。"身世坎坷、命运多舛却负不世之才的蒲松龄以《聊斋志异》的写作,意图既将自家书写归入屈原、韩非、李贺等等历史人物及其所开显之传统中,又以"异史氏曰"认同司马迁"以纂记史事来寄托怀抱"①。一部《聊斋志异》,凡四百九十四篇,遂浑成"历代神话故事",其间"他界"(冥界、仙界、妖界)传奇,足以使后之来者"掌握到中国神话传统中某些基本精神观念",并借此深入中华民族的"内心世界,观察其心灵活动"②。"文学作品以文字追随真实,将人类所有的活动转化为某种约定俗成的代码,这种转化也可以说是一种创造,文学作品创造另一象征世界以指陈真实的世界。"而就其表现而言,"既是文字的有意义连接,在字与字、词与词、句与句、段与段之间,就会显出千万种的选择性,包含情感、思想、价值等取向的选择性,千万种的选择性即无意于一种创造力,经过无数的选择后,同样的砖瓦即可堆砌出千万种不同姿态的建筑来",因为文学作品的"每一姿态即一种创造力的表现,纵使是写实或报道的文字,其结构或修辞也必然得通过某种心灵的运作"③。这一番道理看似简略,欲落实证验于个人具体的写作行为,却可谓难矣哉。须得有些层层破除的功夫,先破"古"与"今"、"理性"与"非理性"、"仙境"与"人间世"种种人为造设之区隔,故有多元浑成之境的敞开——此为《秦岭记》读法之一种。仅此仍然不足,还得于语言上做些功夫,破除既定言语及其所持存彰显之观念模式④。其理如汪曾祺所论,"语言不只是一种形式,一种手段,应该提到内容的高度来认识","世界上没有没有语言的思想,也没有没有思想的语言",甚或进而言之,"语言是小说的本体,不是附加的,可有

---

① 郭玉雯:《聊斋志异的梦幻世界》,学生书局1985年版,第11页。
② 郭玉雯:《聊斋志异的梦幻世界》,学生书局1985年版,第1页。
③ 郭玉雯:《聊斋志异的梦幻世界》,学生书局1985年版,第173页。
④ 此间义理,亦可参照海德格尔"追问"语言之诗性的思路。参见海德格尔:《语言》,见《在通向语言的途中》,孙周兴译,商务印书馆2004年版。

可无的","写小说就是写语言"①。贾平凹无疑对此心领神会。尤其富有意味的是,汪曾祺晚年曾动念写一部《聊斋新义》,以当代人之观念和笔法,"重述"蒲松龄的故事。此一部作品虽因各种原因未克完成,但自其写下的数篇作品中,约略可窥其用心所在②。依此,亦可得读解贾平凹《秦岭记》之又一法门。

末篇所述仓颉造字一事,故而十分紧要。无须细论既有之"语言"如何既敞开也限制了世界的面相,观念的古今分野,更属文本世界敞开之前提。如今看来,中国小说古今之变最为鲜明的特征之一,即是作为神秘体验之表征的超验之物的消隐。目下作品虽不乏神奇事件与人物的叙述,然而在惯常的观念中,若不被视为"迷信"而归入另册,便是视而不见。天地宇宙为人所敞开之"象","绝地天通"尤其是《周易》创生之后曾有一变;至"五四"中国文化的"现代转型"后,则又有一变。后者所宗法之西方现代主义文学和文化观念,既非西方文化之全部面貌,亦远不能洞悉中国古典传统思想精深幽微之处。故而现代以降之叙事虚构作品,所开之世界远较《红楼梦》前之世界狭窄。《老生》而后,贾平凹一再论及接续《山海经》所呈示的"传统",用心或在此处。"《山海经》是揭开中华民族集体无意识的一个关键","想要知道本真的中国人其实是什么样的,那么就得阅读《山海经》。《山海经》好比一个民族之梦,蕴藏着这个民族的秘密,蕴藏着这个民族的灵魂"。然千载以下,因观念层级之不同,欲明了《山海经》所蕴含之民族精神,还需下些"返本开新"的功夫。"若说一个人的生命修炼在于如何回到婴儿状态,那么一个民族在文化上精神上的进化,则在于如何回到神话里所描述的本真形象。文明总是以直线上升的方式发展的,文化的生长却是以回归的方式展开的。"进而言之,"一

---

① 转引自郜元宝:《汉语的被忽略与汪曾祺的抗议》,见《汉语别史》,复旦大学出版社2018年版,第313页。

② 参见翟业军:《孤愤,还是有所思?——论汪曾祺从〈聊斋志异〉中翻出的"新义"》,《文艺研究》2020年第9期。

个民族是否能够保持健康，在于能否经常回到原初的神话形象里"①。

　　神话所持存开显之世界要义无他，那是天、地、人、神、鬼、畜等等既灵且异之诸象浑然杂处之境②。如前所述，欲开此境，还得在语言文字上下些功夫。"《秦岭记》分五十七章，每一章都没有题目，不是不起，而是不愿起。但所写的秦岭山山水水，人人事事，未敢懈怠、敷衍、轻佻和油滑顺溜，努力写好中国文字的每一个句子。"此为贾平凹《秦岭记》后记所言。"努力写好中国文字的每一个句子"还被作为题记置于卷首。它在昭示和强化一种观念——"返归"精神整全的"浑沌"之象，既需观念的自我突破，亦需话语的自然调适，其间最为紧要者，乃是语言文字的返归。返归至鸿蒙未开之时，返归至绝地天通之前，返归至未有诸般分别心的万象融通之境。此境即如"秦岭"，近看物象事象清晰可见，远观则一切虚然茫然，无不浑沌着，不能知也不可解。大无大有，大实大虚，万物自然运化，万有包罗其间。自更为阔大之视野观之，秦岭作为中华文化之重要"意象"，还蕴含着更为复杂的精神意蕴。它是"一条龙脉，横亘在那里，提携了黄河长江，统领着北方南方"。它是"中国最伟大的一座山"。然而《秦岭记》主体内容为五十七篇，外编一、二近三十篇，甚至包括贾平凹20世纪70年代初迄今之全部作品所呈之"象"，也不过是茫茫"秦岭"之一种。如一棵树一朵云一缕风而已。未有人事之前，秦岭便自在着。它就在那里，历经千万亿年寒暑，也看惯人事起落成败，但秦岭无言。它是"神的存在？是中国的象征？是星位才能分野？是海的

---

　　① 李劼：《中国文化冷风景》，允晨文化实业股份有限公司2013年版，第159页。此书对文化返归之核心路径的论述虽未必全然允当，但此种"返本"以"开新"的思路却自有其重要的参考价值。

　　② 如是多元浑成之精神世界，现代人或觉陈旧、迂阔甚至于视其为"迷信"而大加攻伐，殊不知此境之于现代世界之精神意义，亦属西方现代哲人思考并勉力"重构"的世界之一种。海德格尔后期思想中，对此即有深入思考。参见关子尹：《徘徊于天人之际：海德格尔的哲学思路》，联经出版事业股份有限公司2021年版。杨儒宾在其为此书所作序言中，亦述及海德格尔对"语言、天地人神的四重性"的说法，近乎中国古典思想"三才共构的太初之人的基源存在论的主张"，可一并参看。

另一种形态？""它太顶天立地，势立四方，浑沌，磅礴，伟大丰富了，不可理解，没人能够把握。秦岭最好的形容词就是秦岭"。故而这一部《秦岭记》，作者便任性自在，从容写去，不拘章法，文体的归属也不去管他——"小说"未必适用，"散文"还觉不宜。"写时浑然不觉，只意识到这如水一样，水分离不了，水终究是水，把水写出来，别人用斗去盛可以是方的，用盆去盛也可以是圆的"。但其所敞开之境，却是不拘方圆，一片浑沌。其章法亦如泰山出云，莫有规矩，得风行水上、自然成文之趣。也正因不拘格套，随物赋形，《秦岭记》五十七篇，各有其貌，各显其形，浑然茫然，共同呈现着秦岭博大浩渺之境。

为杂乱无章之"事物"赋形，教其秩序井然，为古今中西思想努力之重要方向。"所有幻想与神话，在文学中所触及的，只有人与自然两大主题。人如何在浑沌茫昧中识知到宇宙间秩序的运作，并依此建立起人类的文明，似乎是原始神话所注意的中心。"故而神话之意义，皆可以"浑沌中秩序的建构"[1]说明之。在西方为由"秘索思"到"逻各斯"的观念的结构性转换[2]；在中国思想史中，则以"巫术"的理性化，或曰"绝地天通"后之世界开显为鹄[3]。二者虽无精神交通，运思与用心，却可以互鉴。然如研治西学者重启"秘索思"及其所开显之世界，以补"逻各斯"思维之弊[4]，重启"绝地天通"前之世界想象，亦属文化返本开新之重要路径。因是之故，《秦岭记》不拘古今，无论中西，"阴""阳"交汇，"天""人"相应，"物"（动、植物）"我"共在之圆融会通之境，乃文化观念总体性面向之一种，为由简单之"有序"（后世人为造

---

[1] 龚鹏程：《中国小说史论》，学生书局2003年版，第117页。

[2] 参见陈中梅：《"投竿也未迟"——论秘索思》，《外国文学评论》1998年第2期。

[3] 参见李泽厚：《说巫史传统》，上海译文出版社2012年版。

[4] 对此问题，论证最为详尽深入者，首推陈中梅。陈中梅系列文章，对"秘索思"之思想史意涵，有极为透辟的说明。参见陈中梅：《论秘索思——关于提出研究西方文学与文化的"M—L模式"的几点说明》，见《柏拉图诗学和艺术思想研究》（修订版），商务印书馆2016年版。

设之各层级秩序）到"浑沌"（诸种观念、意象多元浑成之境）的表征，包含文化精神返归之阔大境界。

多元浑成之境，在中国古典思想中，以庄子所论最启人思。此种境界，庄书名之曰——浑沌。且看《庄子·应帝王》中所述：

> 南海之帝为倏，北海之帝为忽，中央之帝为浑沌。倏与忽时相与遇于浑沌之地，浑沌待之甚善。倏与忽谋报浑沌之德，曰："人皆有七窍以视听食息。此（浑沌）独无有，尝试凿之。"日凿一窍，七日而浑沌死[1]。

此为寓言，有意在言外之处，亦涵文思转换之意[2]。而作为思想史中之重要命题，更含"我"与"世界"理解与阐释之根本问题。即如论者所言，庄子"浑沌"三义之一，为去"我"，不为"我"见"我"闻"我"思所拘。倏与忽凿破浑沌，貌似"主体"开显，实则为"弱化人的自我主体"，或曰"去主体性"。"因为当人们认识到'浑沌即吾''天地即吾'时，我（吾）又有何必要'人定胜天'？'胜负'本来是彼此、你我之间的事"，而现在彼此不分、你我（主客）融合，你又胜在何处，我又负在何时？"[3]《秦岭记》中人物，凡不知自然运化之常理常道，而妄作者，似乎皆不能长久。五十七篇故事，所蕴含之观念路径也并不单一，如何一层一级不断破除"我执"与"拘泥"，开出向上之境，或为贾平凹写作此书之用心处。照此，亦可解《秦岭记》之境界、志趣、笔意与章法，其在文字上的用心，亦隐然可见。然须格外说明的是，文中所论之"有序""浑沌"之辩，用意非在无视甚或摒弃文字创制后所开显之理解世界之观念种种，而是以近

---

[1] 转引自刘康德：《"浑沌"三性——庄子"浑沌"说》，《清华大学学报》（哲学社会科学版）2014年第2期。

[2] 参见张柠：《庄子"浑沌"寓言故事解析——兼及文与思之关系》，《小说评论》2021年第2期。

[3] 刘康德：《"浑沌"三性——庄子"浑沌"说》，《清华大学学报》（哲学社会科学版）2014年第2期。

乎胡塞尔所论之现象学还原的功夫，复返未为诸种观念彰蔽之世界的原初状态。此原初之境或曰浑沌，或曰天地鸿蒙未开，为古镜未磨时可照破天地，已磨后便黑漆漆的一无所见之寓意所托。目下学术界多谈文化之"返本""开新"，如何复返？"本"又在何处？乃是无从规避之核心命题。复返明清是一种；回归唐宋是一种；师法秦汉是一种；思入先秦亦是一种。《秦岭记》由"有序"到"浑沌"，不独蕴含文化精神返归古典路径之重要一种，亦有对民族语言文字及其表现力和可能性之多样探索，在在说明"思"与"言"不可截然二分。合之则双美，分之则两伤。于固有"容器"（识、章法、语言）切近未可限量之世界，真如以"有涯"随"无涯"，岌岌殆乎哉！故而"秦岭"所呈示之象可以映衬"世界"可以无限言说之基本状态，"常言，凡成大事以识为主，以才为辅。秦岭实在是难以识的，面对秦岭而有所谓识得者，最后都沦为笑柄。有好多朋友总要疑惑我怎么还在写，还能写，是有才华和勤奋，其实道家认为'神满不思睡，气满不思食，精满不思淫'，我的写作欲亢盛，正是自己对于秦岭仍在云里雾里，把可说的东西还没弄清楚，把不可说的东西也没表达出来。"[①] 如此，则《秦岭记》不过属言说秦岭之一种，后之来者仍有可进一步发挥之处。而其所呈示之多元浑同之境，及其之于中国文化重要一脉创造性转换的复杂意涵，亦可在更为阔大的视野中进行更具时代和现实意义的阐发。其意义朗现处，亦是观念脱胎换骨时。文化观念返本开新之意义，以此最为紧要。

[①] 贾平凹：《秦岭记》，人民文学出版社2022年版，第263页。

《主角》对"传统"的融通和再造

《主角》之前陈彦的写作，以文类论，计有小说、散文、戏剧（现代戏）、诗歌（歌词）、评论（此类亦可归入文章学意义上的散文一类）数种，尤以现代戏成就最为突出；以思想和审美资源论，则其既与延安文艺以降具有质的规定性的现实主义所依托之总体性思想和审美观念密切关联，亦谙熟中国古典传统。其在秦腔经典源流及艺术品格诸方面用力甚深，有多部重要作品行世。如其所论，举凡古典思想及其所开显之人世观察，无不显现于经典剧作的意义世界之中。"在中华文化的躯体中，戏曲曾经是主动脉血管之一。许多公理、道义、人伦、价值，都是经由这根血管，输送进千百万生命之神经末梢的。无论儒家、道家、释家，都或隐或显、或多或少地融入了戏曲的精神血脉，既形塑着戏曲人物的人格，也安妥着他们以及观众因现实的逼仄苦焦而躁动不安、无所依傍的灵魂。"[1]《主角》以一代秦腔名伶忆秦娥[2]四十余年命运之成败、毁誉、起落为主线，旁及百余与戏曲相关的人物的命运变化，进而彰显秦腔与大时代主题转换间的内在关系。其中所涉之世态人情、众生万象，以忆秦娥的生命际遇最具代表性。忆秦娥技艺修习的要诀及其与个人生命实感经验之间的互证会通，合乎庄子所论的艺术家的修养。此种修养以"解衣磅礴"开端，中经"心斋""坐忘"等等，至"得之于心，应之于手"方始圆成。然而技艺的根本进境，非在技巧之娴熟，而在"主体"之修成。《主角》全书凡八十万

---

[1] 陈彦：《主角》，作家出版社2018年版，第895—896页。
[2] 忆秦娥原名易招弟，入宁州剧团前由舅舅胡三元改为易青娥，其才华初绽之后，则由剧作家秦八娃改名为忆秦娥。为行文方便，文中统称忆秦娥。

言，于此着墨甚多，可谓用心极深。作者既无种种写作观念所常有的自我限制，故无论思想和审美资源，均向更为广阔的"传统"敞开。此"传统"亦不局限于文学，而指向思想、艺术、社会种种的复杂意涵。《主角》因之成为陈彦此前种种写作经验的融通和汇聚之作。以其多元融通的经验为参照，当代文学所能依凭之"传统"，亦可有进一步丰富和拓展的可能。置身百年中国历史巨变的合题阶段，创造深度感应于时代的更具包容性和概括力的新文化，此亦为路径之重要一种。

一、思想传统的"古""今"融通

自20世纪80年代（亦可追溯至"五四"或"晚清"）迄今，小说观念的"古""今"、"中""西"之辨，为文学和理论界探讨既久却莫衷一是的重要问题。受制于"五四"以降文学观念"成规"（即"以西例律我国小说"）的"局限"[①]，部分研究者对中国古典小说"成见"甚多。尤以对古典小说所依托之思想传统及其世界展开之"非议"最为突出。即以《红楼梦》的评价论，有论者并不赞同太平闲人（张新之）以《周易》思维读解《红楼梦》之理路，以为其观念偏颇[②]。殊不知汉学家浦安迪精研中国古典小说数十年，最大的"发现"，即是以欧洲小说传统为参照，发觉"许多界定小说文类的核心要素，乃传统中国叙事文学所独有"。就中尤以独特的世界观念最为典型。"中国文学自有一种解决二元问题的观念"，此即"宇宙无始无终，无所谓末日审判，也无所谓目的的终极，一切感觉与理智经验的对立物，无不蕴含其间，又两两互补共济、相依共存。尤为重要的是，尘世与超世、完美与不完美之间的辩证差别，也因此变得

[①] 参见谭帆：《术语的解读：中国小说史研究的特殊理路》，《文艺研究》2011年第11期。

[②] 张新之将《红楼梦》解作此前重要经典的会通之作，"《石头记》乃演性理之书，祖《大学》而宗《中庸》"，亦为"阐发《易》道之书"。张庆善却以为，此种观点"无疑是错误的"。参见张庆善：《妙复轩评本·绣像石头记红楼梦》（序），北京图书馆出版社2002年版，第8页。

毫无意义，或者不过是互为补充的统一体。"①缘此，《西游记》与《红楼梦》"穿织于人生万象流变的寓意"，乃借自"'阴阳五行'的宇宙观加以表现"。此宇宙观无疑凝聚于《周易》之中，成为古人观照人之在世经验及世界基本运行原则的核心理路。"奇书文体"的寓意笔法，亦奠基于此。"传统中国叙事文学有一个惯例，一般倾向于从广大天下的形势，而不是从具体的物事的角度来假定人类存在的意义。"即便在日常生活经验世界之细密描绘上着墨甚多，却仍以宏大的人世观察为基础。即以作者造作的"小天地"影托"存在整体的大天地"②。其间"精微"与"广大"之辨，乃古典"奇书文体"寓意之基本特征。如《西游记》以《周易》"元亨利贞"表明小说的"起点发端、取法于一个经验世界'新'的循环"。其中世运推移、人事代谢，以"二元补衬"和"多项周旋"③为基本特征。此特征《三国演义》《红楼梦》等作均有呈现。其前后照应，以及人事基本模式的循环，无不表明其所依凭之世界观念，源出于《周易》。虽以不同禀赋各有发挥，但基本结构不出《周易》循环思维之核心模式。以此观念观照世界及人之在世经验，可知兴废、起落、荣辱、成败、得失、生死等际遇，端的是"你方唱罢我登场"。一如春生、夏长、秋收、冬藏之"天道之大经"。四时转换、阴阳交替、盈虚消长，理在其中矣。狂风不终日，骤雨不终朝，天地尚如此，何况人事哉？也因此，大者如历史之兴废（《三国演义》"合久必分，久分必合"之喻），小者如普通人事之成败、得失（《金瓶梅》《红楼梦》"炎""凉"交替），无不循此理而动。对古典小说此种特征颇多会通之意的《主角》，其中世界关切、人事兴废等等，就其大要而言，亦可作如是解。

以总体章法论，《主角》的"大结构"，乃是四十年间时代及人物代际更替的大"循环"——忆秦娥因技艺超群、声名远播而"取代"胡彩香

---

① 浦安迪：《〈西游记〉与〈红楼梦〉中的寓意》，见《浦安迪自选集》，生活·读书·新知三联书店 2011 年版，第 189 页。

② 浦安迪：《〈西游记〉与〈红楼梦〉中的寓意》，见《浦安迪自选集》，生活·读书·新知三联书店 2011 年版，第 192 页。

③ 浦安迪：《中国叙事学》，北京大学出版社 1995 年版，第 95 页。

成为剧团台柱子，宁州剧团正式进入"忆秦娥时代"，为剧团人物代际更替的一大循环［对忆秦娥而言乃是事业之"起"（进），在胡彩香则为"落"（退）］；至忆秦娥养女宋雨出场，即引发广泛关注，大有取代忆秦娥之势，省秦嗣后进入"后忆秦娥时代"，为另一循环［对宋雨而言为"起"（进），在忆秦娥则为"落"（退）］。其间胡彩香与米兰，楚嘉禾、龚丽丽与忆秦娥等等围绕"主角"而展开的此消彼长的纷争为诸多小循环。作者在书写戏曲人物之外，尚有更大的野心，即"力图想把演戏与围绕着演戏而生长出来的世俗生活，以及所牵动的社会神经，来一个混沌的裹挟与牵引"①。也因此，该书以忆秦娥为核心，"拉拉杂杂写了她四十年"。又围绕着忆秦娥的四十年，"起了无数个炉灶"，作品因之"吃喝拉撒着上百号人物"。其职业、禀赋、性情虽各个不同，但总体生活境况与忆秦娥之命运遭际内里相通。不外求名谋利，熙来攘往，"他们成了，败了；好了，瞎了；红了，黑了"，"也是眼见他起高台，又眼看他台塌了"②。《主角》铺陈宋光祖与廖耀辉围绕"掌做"而展开的此起彼伏的明争暗斗，并非闲笔，乃是以之映衬忆秦娥命运遭际之普遍性。其他行业，各色人等之生活境况亦不外如是。"大结构"之中，因之包含诸多"小结构"。"小结构"所包含之兴废、沉浮、进退之义理，与"大结构"并无不同。由是展示世态人情物理之自然原则。其间兴废、起灭，虽令人叹惋，却无可逃遁不能规避。诚可谓古今同慨、中西皆然。有诗为证："争名夺利几时休？早起迟睡不自由。骑着驴骡思骏马，官居宰相望王侯。只愁衣食耽劳碌，何怕阎君就取勾。继子荫孙图富贵，更无一个肯回头。"③ 此"好了歌"为世态人情反复其道之恰切说明，适足以总括《主角》人事兴废之义理。"天道循环不已"，人事"终而又始，始而复终"④。

不惟忆秦娥及其他人物之命运遭际如是，忆秦娥所依托之"秦腔"，

---

① 陈彦：《主角》，作家出版社2018年版，第893—894页。
② 陈彦：《主角》，作家出版社2018年版，第897页。
③ 转引自张文江：《〈西游记〉讲记》，见《古典学术讲要》（修订本），上海古籍出版社2018年版，第307页。
④ 赖世炯、陈威瑨、林保全：《从〈易经〉谈人类发展学》，文史哲出版社2013年版，第182页。

境况亦复如是。忆秦娥个人命运之"起""落",与秦腔境遇相应,乃是时代历史性主题与时推移使然。其"起"于20世纪70年代中后期,至20世纪80年代渐至第一个辉煌时期;再至20世纪90年代渐次边缘化,其被迫前往秦腔茶社"走穴",即与秦腔影响力逐渐衰微密不可分。其时剧团萧条,人才流失,处境艰难,几乎人人灰心,唯有对世事之"常"与"变"洞见极深的剧作家秦八娃劝告忆秦娥坚持练功,且坚信秦腔终有"贞下起元"之日。此后不久,果然如秦八娃所料,时移世易,秦腔再度兴起,忆秦娥也迎来个人事业的第二个辉煌时期。此间秦腔之兴衰,义理与忆秦娥之命运起落并无不同,却是表征于日月经天、江河行地之中,历史变化之基本状态,亦即浦安迪所论之以"小天地"影托"整体的大天地"之意。

就其本质而论,忆秦娥及《主角》中各色人等之生存境况,约略与《红楼梦》之内在义理相通。不外是怨憎会、爱别离、求不得所生之诸般际遇,也未脱《红楼梦》世界观察之表象,将其视作《红楼梦》抒情境界之再生,似乎也无不可。如《装台》"或许是在广博的和深入的当下经验中回应着古典小说传统中的至高主题:色与空——心与物、欲望与良知、强与弱、爱与为爱所役、成功和失败、责任与义务、万千牵绊与一意孤行……"①《主角》详细铺陈人世的欢宴,却也难脱间或描绘盛筵必散之理。依然是鲜花着锦、烈火烹油,背后却有时间壁立千仞的森然及世界繁华热闹之后千秋万岁的大静②。忆秦娥所演绎之《白蛇传》《游西湖》等等剧作,也依然是男欢女爱、生离死别、悲欣交集。而在戏外,其个人遭际亦与此同。"主角看似美好、光鲜、耀眼。在幕后,常常也是上演着与台上的《牡丹亭》《西厢记》《红楼梦》一样荣辱无常、好了瞎了、生死未卜的百味人生。"也因此,"台上台下,红火塌火,兴旺寂灭"③,是为常态。其虽无意于做"主角",也无功名利禄心驱使,但"时势"将她推成"主角",也让

---

① 李敬泽:《修行在人间》,见《会议室与山丘》,中信出版社2018年版,第178页。
② 参见李敬泽:《为小说申辩——一次讲演》,见《为文学申辩》,作家出版社2009年版,第3—4页。
③ 陈彦:《主角》,作家出版社2018年版,第894页。

她历遍"主角"之起落、兴废、沉浮等等诸般际遇。其生活世界未曾一日安生,也真是一日遇佛、一日遇魔。生死存亡之际,利衰毁誉之场,却无从达观应对,教人如何不生出悲凉之感?其间部分人物,亦难脱盛衰交替、起伏无定之命运,落得个颓然凄然之境:封潇潇少年得志,堪称宁州剧团一代人物之翘楚,却很快潦倒颓唐,终日醉酒,再无当年风姿;刘红兵一度风光无限,却下场凄惨;胡彩香亦属宁州剧团一时之选,未料晚年却以摆摊卖凉皮为生,其在夜市之上的一段唱,更是教米兰等人感慨万千;其他如廖耀辉晚年半身不遂,生活难以自理;刘四团命运之起伏无定……目睹如是种种,教忆秦娥如何不生出无限感慨:"人啊人,无论你当初怎么鲜亮、风光、荣耀,难道最终都是要这样可可怜怜地退场吗?"①此间悲凉,非历经死生之际而不能道。忆秦娥"吃了别人吃不下的苦头,也享了别人享不到的名分;她获得了唱戏的顶尖赞誉,也受到了唱戏的无尽毁谤"。其"进不得,退不能,守不住,罢不成"。"非常态,无消停,难苟活,不安生。"②其或也难脱一般"主角"必然被新的"主角"取代的历史命运,此为人之在世经验的根本局限处,亦是忆秦娥终须面对的"大悲凉"所在,约略近乎《红楼梦》"好""了"之意。

然而虽如《红楼梦》般极力铺陈人事兴衰起落之常道,也不乏作为底色的虚无之悲,《主角》却仍有"上出"于此者。故而弥漫于《红楼梦》中的"浩大的虚无之悲",仅仅构成《主角》意蕴的一个层面。而如欲超克精神的颓然之境,则需要穿越《红楼梦》中作为基本视域的出尘之思。此为忆秦娥个人命运之大关节,亦属《主角》之大用心处。忆秦娥在舞台坍塌、刘红兵出轨、孩子痴傻等等外在困境风霜刀剑严相逼之际一度寄身佛门,希图于梵音禅语中觅得精神的平静与安稳。她读《大悲咒》《地藏菩萨本愿经》等佛家典籍,也约略有些了悟。此后其对廖耀辉、刘红兵等人所生之无缘大慈、同体大悲之心,即与此间经验密切相关。然而也正是在主持的开示之下,忆秦娥顿悟:唱戏,亦是一种"布道",是"度己度人"的"大修行"。戏曲所蕴含之义理,自有其经世致用、感化人心的重要作

---

① 陈彦:《主角》,作家出版社2018年版,第825页。
② 陈彦:《主角》,作家出版社2018年版,第894页。

用。是为戏曲作为"高台教化"之历史和现实意义所在①。而对个体生命而言,忆秦娥既禀有"盖世天分",如"锥处囊中",锋利无比,其锐自出,属秦腔百年难得一见之"奇才","色"与"艺"皆为一时之翘楚,无人能及,便应当主动承担更多之责任,须得学会"隐忍、受难、牺牲、奉献","能享受多大的赞美,就要能经受多大的诋毁","要风里能来得,雨里能去得,眼里能揉沙子,心上能插刀子"②,唯其如此,方能把事干大、干成器。当此之际,忆秦娥已然明了个人生命之局限处,知晓唯有依托儒家式的责任伦理,充分发挥个人作为"历史中间物"的使命和担当,超克被迫"悄然退场"的历史命运。此即物我感通以显发个人生命价值之意,"人的生命不应该孤离疏隔",而应该是"交相感通的","不但人己物我相通","上下古今相贯",而"己身与家国天下,亦是密切相关而一气相连的"。以"一己"为出发点,可通向家庭、社会、世界、艺术,甚而宇宙等等。如能"顺其位而明其分","便是人生意义之显发",亦最终"谋求人类福祉之增进"③,是为儒家人之位分之确定及其意义。依此逻辑,则忆秦娥既可从作为个人艺术生命之延续的养女宋雨身上获致此种精神的安妥,亦可如舅舅胡三元一般,重返乡里,完成个人的又一次艺术生命的绽放——如此,则其命运之"起""落",再成一大循环。其在作品结尾处重返省秦,以充分发挥技艺代际传承的责任,又与忠、孝、仁、义四位老艺人当年的行为相照应。个人作为"历史中间物"之责任担当,意义即在于此。

  《主角》思想观念之多元融通,既表现在对秦腔及大历史之"常"与"变"的洞察,亦集中体现于忆秦娥个人生活及技艺修习之中。忆秦娥精神之根本依托,扎根于时代精神之中。此种精神资源也并不单一,而是有着统摄古典与现代传统的多样可能。其个人命运之精进,约略相通于儒家之经世观念——个人抵御生命浩大虚无之悲的最为典型的方式,近乎儒家所论之三不朽。忆秦娥经由个人对秦腔艺术精神赓续发展的卓越贡献,使

---

① 陈彦对此有极为透辟的理解,参见《说秦腔》,上海文艺出版社2017年版。
② 陈彦:《主角》,作家出版社2018年版,第841页。
③ 蔡仁厚:《儒家思想的现代意义》,文津出版社1988年版,第167—169页。

其"声名"不至于湮没。何况其艺术生命借由养女宋雨而得以延续。此即人事代际更替之常道。而其于个人生命内外交困几处于死生之境时，希图于佛门之中觅得内心之安宁，无疑属佛家精神之现实效力所在。但忆秦娥终究不曾全然抛却尘缘，只求一己之生命安顿，故而佛家思想于其生命历程之中，不过从另一侧面强化了个人现实担当的复杂性。而其最为重要的技艺修习，则受益于道家（尤其是庄子），可谓"内""外"兼修，"儒""道"会通。但这样一个人物，在当下语境之中，仍有另一个需要深入辨析的精神来路。

以20世纪40年代迄今之"新人"谱系论，则忆秦娥生命行状之价值根基，或在陆萍、梁生宝、孙少平、带灯等的延长线上，有着古典传统所不能简单涵盖的更为复杂的内容。即便铺陈以"儒"统摄"佛""道"之思想理路，此一理路亦与"儒家社会主义共和国"[①]之内在精神相通，《主角》仍然是一部立足于当下思想和文化情境，以"返本"的姿态开出符合时代精神客观要求的"新"路的重要作品。故此，忆秦娥四十年间思想和人生境遇转变的另一重要特征，乃是如何深度处理"个人"与"集体"（他者）之关系。忆秦娥可以极为方便地从普通民众的追捧之中获致个人与时代的极为明确且坚固的联系，其短暂的居士生活以对更多人的责任担当而宣告终结，即与其个人生命价值与意义的自我确认的群体（集体）特征密切相关。此种关联，是在"个体和历史—结构之间，有效建立起既具体、感性，又思考、反省、辩证的感受、理解"[②]的连接通道，个人生命之价值，于此获得与时代和社会的超稳定关系。所谓的一代人的"参与性危机"，借此亦可获得根本性的解决。是故，忆秦娥之命运遭际及其观念之变，表征的乃是秉有社会责任感和担当意识，有力地完成个人作为"历史中间物"之时代责任的典型形象，其与社会历史内在关系之要义，根基在于"个体

[①] 甘阳：《社会主义、保守主义、自由主义：关于中国的软实力》，见《文明·国家·大学》，生活·读书·新知三联书店2018年版。

[②] 贺照田：《当社会主义遭遇危机……——"潘晓讨论"与当代中国大陆虚无主义的历史与观念构造》，见贺照田、余旸等：《人文知识思想再出发》，台湾社会研究杂志2018年版，第69页。

的思想探索和审美创造最终处在同集体性普遍历史运动的关系之中"①。其价值未脱宏大历史总体性根本的成就力量。梁生宝、孙少平之于阶段性历史的重要意义亦在于此②。一如贾平凹《带灯》中"带灯"形象的寓意——在新的历史语境下,时代的阶段性问题成为带灯必须面对的基本生活情境。其特殊之处在于,作为"江山社稷的脊梁",她扎根于体制之中,代表"这个制度的正面的、前进性的,具有开启未来面向的人物"。她身上承载着时代的精神和现实困境并体现着解决困境的种种努力及其可能。其既表征着制度性观念的现实化,亦表征此种观念之限度所在。当一个人无从解决日益尖锐的现实矛盾而被迫"幽灵化"之时,文本即呈现为"政治与道德、佛教的结合,也是善的伦理的结合"③。"佛"的意象在带灯幽灵化之际的出现,表明贾平凹统合现代与古典传统的努力,亦说明思想观念之"古""今"融通,乃是超克"五四"以降文化的"古今中西之争"所开启之视域的局限,重建新的文化观念的必由之路。其意义并不仅止于文化观念的多元选择,而是与时代核心精神有着内在的关联。沿此思路,可知忆秦娥不仅是秦腔四十年间赓续与发展的关键人物,亦是可以指称更多行业、不同人群之历史和现实担当,表征坚韧卓越地维护"民族文化流衍赓续"④的重要形象。其意义乃扎根于现时代,又融通历史的多元思想,体现"天行健,君子以自强不息"的民族精神生生不息的力量。

二、审美表现方式的多元统合

思想传统的"古""今"融通,终须落实于审美表现方式的多元统合。

---

① 张旭东:《"革命机器"与"普遍的启蒙"——〈在延安文艺座谈会上的讲话〉的历史语境及政治哲学内涵再思考》,《中国现代文学研究丛刊》2018年第4期。
② 参见拙文:《现实主义的广阔道路——论陈彦兼及现实主义赓续的若干问题》,《中国现代文学研究丛刊》2018年第10期。
③ 陈晓明:《穿过"废都",带灯夜行——试论贾平凹的创作历程》,见林建法、李桂玲主编:《说贾平凹》,辽宁人民出版社2014年版,第149—150页。
④ 吴义勤:《生命灌注的人间大音——评陈彦〈主角〉》,《小说评论》2019年第3期。

《主角》于此用心亦深。即便融通中国古典小说所依托之思想传统，详细铺陈围绕"主角"忆秦娥的个人命运遭际所展开的广阔的社会生活中人事之兴废、命运之起落，且不乏苍凉与悲苦之音，《主角》仍然渴望于此间生出民族精神的振拔气象。即其虽有吸纳明清世情小说传统笔法及意趣的种种表现，却不同于该传统常有的"柔婉"品质及底色之颓境，而是朝向"刚健"一路，包含"生生"之意，因之境界并不颓然。忆秦娥四十年间个人命运的起落与秦腔之兴衰互为表里，表征的乃是宏大历史的变化，遂开基于历史总体性的世界观察的宏阔之境。《主角》起笔于20世纪70年代中期，其时正值历史"贞下起元"之际。与大历史核心主题的转换相应的，是秦腔（旧戏）的再度兴起。忆秦娥因之有个人命运的第一次历史性转机。虽未直接描述大历史之革故鼎新，秦腔及以忆秦娥为代表的各色人等的命运乃可读作大历史之形象化表征。自20世纪70年代中后期至21世纪第二个十年，凡四十年间，历史的阶段性主题或有转换，但其核心始终如一。而如何在宏大的历史视域中总体性地处理四十年间的生活经验，乃作者的大用心处。以忆秦娥为代表的远景近景中的近百个人物，亦可表征不同品性、各样类别之典型，其所构成之"合力"，推动着历史的精进之境。即便如始终作为忆秦娥"反面"的楚嘉禾，其种种作为之于忆秦娥命运的意义，近乎否定之典型靡菲斯特之于浮士德的作用。"总想作恶，却总是为善"此一总结虽未必适用于楚嘉禾等负面形象，但自更为宽广之生命视域看去，其促进意义似乎并无不同。历史的细部的破裂并不能否定其总体的意义的超稳定性。即便身处秦腔衰微之际，秦八娃对戏曲复兴之信念，即属对历史"变"中之"常"的深刻洞察。如是种种，为《主角》之"实境"。其"虚境"在忆秦娥精神转型之际的数番梦境，以及作为其命运之总括的一折"戏"。"戏"与"梦"同，"梦"又何尝不是现实人生之映衬？是为《主角》中"实"与"虚"交织对照的要义所在，亦是其统合多种审美表现方式之重要表征。

虽有诸多意象所营构之"虚境"拓展出更为复杂的意义空间，《主角》仍以扎实细密的现实书写为基础。如长篇小说《西京故事》重心虽在罗天福一家之"西京梦"及其在现实化过程中所面临之多重难题，但仍广泛涉及与罗天福一家存在"对应关系的各色人等"，他们之间互动共生，遂成丰富复杂的"生活密网"①，表征21世纪第二个十年中城乡二元结构中复杂的现实问题②。此问题在社会实践意义上的解决，进而为身处其中的底层人物觅得生命的"上出"之境，乃《西京故事》的重点所在。故此，在21世纪第二个十年极具现实症候意义的总体视域中探讨如罗天福一家的命运遭际及其可能，为《西京故事》之要义。延续柳青、路遥以降基于时代总体性观念的现实关切，陈彦笔下的罗甲成个人的精神与现实的双重困境乃是20世纪80年代"孙少平难题"在21世纪第二个十年的延续，其所面临之生存境遇，表明城乡之辩及其所蕴含的现实难题迄今并未得到妥善的解决。是故，为其生活赋予价值似乎比单纯的现实反思更为紧要，罗甲成姐弟终在时代总体性观念的既定范围之内觅得个人命运转换的可能。此种可能多少包含着理想化的特征。当同样身处底层的刁顺子面临大致相通的生存境况且无从缓解之时，一种源自古典思想的生命意义的观察遂得显豁，进而表明"五四"以降"人"之意义的设想的局限处。《装台》世界的重心，虽在广阔的底层，但仍然以装台人刁顺子的个人遭际为核心，串联起极为广阔复杂的生活世界。刁顺子们的命运遭际同样是时代总体面向的重要部分，其无奈、无力和根本局限处，表征着重申"人民文艺"所依托之思想观念的重要性和迫切性③。

《主角》同样以时代的总体性视域为核心，力图深度观照各色人等之命运遭际，其中上百个人物各有所本，有其表象不同却内里相通的意义，尤以忆秦娥最为典型。作为四十年时代变化的贯穿性人物，忆秦娥个人命运乃是高度历史性的，其起落、沉浮，均不脱时代或成就或限制的巨大力量之基本范围。其身在"体制"之中，仰赖体制而得以生命自由舒展。即便数番面临精神的死生之境，却仍以精进为核心，不入颓唐、绝望一路。是为自肯定性意义上书写时代人物之要义所在，亦属民族精神生生不息的

---

① 陈彦：《西京故事》，太白文艺出版社2013年版，第432页。
② 参见吴义勤：《如何在今天的时代确立尊严？——评陈彦的〈西京故事〉》，《当代作家评论》2015年第2期。
③ 对此问题的详细申论，可参见罗岗：《"人民文艺"的历史构成和现实境遇》，《文学评论》2018年第4期。

"变"中之"常"。而"一旦在体制的正面意义上来塑造人物,就与现代主义思潮习惯表现的边缘人、局外人、陌生人显著不同"。也必然不可回避"现实主义的传统,甚至中国社会主义文学的传统"[①]的若干重要范畴。其要义有三:一为自基于历史连续性的总体视域中观照世界,肯定性地处理其间人物的命运变化,以充分发挥文学作为社会实践之一种的经世功能和现实意义;二为塑造体现时代精神的典型环境中的典型形象,以之表征更具普遍意义的生命情境;三为以具有内在的质的规定性的现实主义传统为基础,书写丰富复杂的现实生活。三者皆有所本,远非文学观念所能简单概括。作为社会象征行为之重要一种,文学自然包含着想象并作用于现实的实践价值和伦理目的。故而在时代总体性观念之中处理人物和生活经验,乃是关于现实世界深度观察最具历史高度和现实深广度,也最能融括更为复杂的社会生活面向的重要方式。《主角》中各色人等命运似各有不同,但"起""落"、"沉""浮"、"兴""衰"、"死""生"、"否""泰"交织之理并无二致。端的是"眼见他起高楼,眼见他楼塌了",兴衰有时,但起伏无定。但此间却无如《红楼梦》般因洞见人之根本处境之后而生之"浩大虚无之悲"。即便生之境遇堪称艰难,忆秦娥生命之中仍隐然有超拔气象。其根本性的精神依托,乃是总体性思想所持存开启之生命价值和尊严[②]。忆秦娥因之成为改革开放四十年具有典范意义的重要形象,包含着如带灯一般足以"引领历史前进"[③]的复杂意义。而吸纳古典传统,以拓展现实主义的表现力,亦属《主角》多元统合的重要艺术特征[④]。

《主角》复杂之世界敞开,既扎根于当下的生活情境,亦融括丰富复

[①] 陈晓明:《穿过"废都",带灯夜行——试论贾平凹的创作历程》,见林建法、李桂玲主编:《说贾平凹》,辽宁人民出版社2014年版,第154页。

[②] 参见拙文:《现实主义的广阔道路——论陈彦兼及现实主义赓续的若干问题》,《中国现代文学研究丛刊》2018年第10期。

[③] 陈晓明:《穿过"废都",带灯夜行——试论贾平凹的创作历程》,见林建法、李桂玲主编:《说贾平凹》,辽宁人民出版社2014年版,第153页。

[④] 对此问题的详细申论,可参见吴义勤:《作为民族精神与美学的现实主义——论陈彦长篇小说〈主角〉》,《扬子江评论》2019年第1期。

杂的"传统"意象。其"虚""实"交织的艺术处理，相通于《红楼梦》等"奇书文体"的寓意笔法。尘世的日常欢宴对应着背后的大荒之境。古典戏曲虚实相生之寓意笔法，其境亦是如此。即便扎根于现实的基本情境，陈彦现代戏典范作品中仍不乏可与古典剧作对应之"寓意结构"——《西京故事》中东方雨与紫薇树，《迟开的玫瑰》中反复出现且屡屡堵塞的"下水道"等等，均有与核心故事对应之复杂寓意。此种笔法，尤以话剧新作《长安第二碗》最为丰富。就大结构论，《逼上梁山》《铡美案》《祭灵》《刮骨疗毒》《杨门女将》等秦腔经典唱段与秦存根一家所面临之现实际遇恰成对照：《逼上梁山》对应1978年秦存根为解决温饱问题重操旧业（开葫芦头泡馍馆，只是将原"长安第一碗"改为"长安第二碗"）；《铡美案》对应秦存根费心引导诸子返归正途以免为祸乡里；《祭灵》对应二宝为救民困不幸牺牲；《刮骨疗毒》对应在长安第二碗被"污"，面临生死存亡的紧要关头秦存根力挽狂澜之举；《杨门女将》则映衬秦家兄妹七人，即便四十年间面临种种困境诸般纠葛，最终仍统一于持守正道、以诚实劳动安身立命的乃父秦存根周围，表明"正（路）"终胜"邪（路）"的"大团圆"结局。贯穿全剧的无名氏及其子女反复出场，亦印证秦存根所持守之"常"道的价值和影响力。其间自然包含着极为复杂的现实寓意，四十年间大历史中世道人心之"常"与"变"，乃是该剧之大用心处，可与《主角》之核心旨趣相参看。不独现代戏创作有此笔法，长篇小说《西京故事》《装台》于此亦着墨极多，其较之单纯的实境书写升腾而出的更为复杂的意义空间，即源出于此。小说《西京故事》同样延续同名现代戏的重要意象，罗天福及其母对老紫薇树的艰难守护（常道）与其后代罗甲成急功近利的价值观念亦有质性差别。东方雨老人则如东方智者，在罗甲成人生选择的重要关口启发其回归"正"途。《装台》中一出《人面桃花》，其核心情境与刁顺子和蔡素芬等人的家庭关系模式如出一辙。刁顺子在个人生活内忧外患之际的几番梦境，亦有映衬个人处境的复杂寓意。"蚂蚁"意象及其在梦境之中的处境，包含着作者极为浓重的底层关切。如是种种处理，貌似闲笔，却包含着极为复杂的寓意。此寓意所指，乃在作者身处其中的生活世界之诸般境况。延续《装台》之寓意笔法，《主角》亦在忆秦娥精神转型之际以数番梦境"反向"阐发生命之义理。其一在舞台坍塌事件之后，单团及三个孩子惨死，使得忆秦娥悔恨不已，以为悲剧的发生，乃是个人追名逐利之恶果。此一番梦境即围绕"虚名"展开。为争"主角"，即便牛头、马面亦互不相让。而围绕孰为"主角"展开之明争暗斗，又上演了多少人间的悲剧。故此梦境以教其顿悟"虚名莫求"为鹄的，近于《神曲》中地狱种种惩罚之现实训诫意味。第二番梦境出现于忆秦娥个人事业之巅峰期，同时亦可谓名满天下、谤亦随之之际。梦境内容仍不脱"名""利"二字。其中"'大师'矫治术""挂名矫治术"及"虚名矫治术""刮脸科研所"无疑皆可对应于若干具体的现实情境，此情景虽未发生于忆秦娥生活之中，但却并非无的放矢[①]。数番梦境与现实"实境"之对照意义，即如"梦"在《红楼梦》中所具之枢纽地位，"传统说部讲'梦'，纵非全属悲观，至少满纸低调"。如《枕中记》《南柯太守传》等唐人小说以梦境设喻，以为警世之用。教人借此明了"梦境过客未必亲历诸般浮沉，梦中却可闻悉'宠辱之道，穷达之运，得丧之理'及'死生之情'"，故"'梦'之为用大矣，适可表现小说的教化功能"[②]。忆秦娥的两番梦境，切实指向生活世界的具体情境，有则改之，无则加勉，近乎君子终日乾乾，夕惕若厉，无咎之意。

《主角》"虚境"之典范，当属忆秦娥精神转变重要关口的"一折戏"。此一折戏乃全书点睛之笔，为忆秦娥生命历程的"总括"，亦属该作复杂意蕴之重要一维，道尽忆秦娥四十余年艺术和生命体验之曲折幽微。其间否泰交织、人事代谢，已有指称更为广阔的世界节律和复杂人生经验的意味。"唱戏让我从羊肠小道走出山坳、走进堂庙，北方称奇、南方夸妙，漂洋过海、妖娆花俏、万人倾倒、一路笑傲"。此其"顺境"。"唱戏也让我失去心爱的羊羔、苦水浸泡、泪水洗淘、血肉自残、备受煎熬、成也撕咬、败也掷矛、功也刮削、过也吐槽、身心疲惫似枯蒿。"此其"逆境"之写照。然"顺""逆"、"得""失"之间，忆秦娥乃有对"主角"之意

---

① 对相关问题的详细申论，可参见拙文：《陈彦与古典传统——以〈装台〉〈主角〉为中心》，《小说评论》2019年第3期。

② 余国藩：《虚构的石头与石头的虚构》，见《〈红楼梦〉〈西游记〉与其他：余国藩论学文选》，生活·读书·新知三联书店2006年版，第93页。

蕴的透彻了悟："主角是聚光灯下一奇妙；/主角是满台平庸一阶高；/主角是一语定下乾坤貌；/主角是手起刀落万鬼销；/主角是生命长河一孤岛；/主角是舞台生涯一浮漂；/主角是一路斜坡走陡峭；/主角是一生甘苦难嚎啕"，有道是"占尽了风头听尽了好，/捧够了鲜花也触尽礁"。① 也不外"起""落"、"兴""废"、"得""失"、"荣""辱"、"成""败"，不脱两番梦境寓意的基本范围。而此一出戏同时具有双重意味，其既属"戏文"，亦属"梦境"。而"梦"与"戏"意义原本相通。"戏与梦同，离合悲欢，非真情也；富贵贫贱，非真境也。人事转眼，亦犹是也。""倏而贫贱，倏而福贵，俄而为主，俄而为臣，荣辱万状，悲欢千状"。"梦"之"吉""凶"、"荣""枯"，"不脱处世见解矣"②。而"乾坤一戏场"，"一部廿四史衍成古今传奇、英雄事业、儿女情怀，都付与红牙檀板"。如"大千世界之形色景象，全体人类之欢欣苦楚，均于此中舒展显现，幻作一场淋漓痛快之戏情"。观者于此种场合"了悟生命情蕴之神奇，契会宇宙法象之奥妙"③。如是种种，不一而足。忆秦娥生命"巅峰"时期的此一出戏，终以"人聚了，戏开了，/几多把式唱来了。人去了，戏散了，/悲欢离合都齐了。/上场了，下场了，/大幕开了又关了"④作结，类如《装台》刁顺子所阐发之生命体悟："花树荣枯鬼难当，命运好赖天裁量。只道人事太吊诡，说无常时偏有常"之意。梦境可谓颓然，但梦醒之际，忆秦娥仍从秦八娃等人的劝告之中悟得个人作为"历史中间物"之价值所在，欣然重返人事更替代际传承的滔滔长河之中，去完成个人最后的社会责任，再无"眼前的一切是镜花水月，如电如露如梦幻泡影"⑤的根本性的"悲凉"之感。

如仅以"个体"之际遇论，忆秦娥此际确曾生出"面对自然节律，此

---

① 陈彦：《主角》，作家出版社2018年版，第881页。

② 谢肇淛：《五杂组》，上海古籍出版社2012年版，第282—283页。

③ 方东美：《生命情调与美感》，见陈国球、王德威编：《抒情之现代性："抒情传统"论述与中国文学研究》，生活·读书·新知三联书店2014年版，第262页。

④ 陈彦：《主角》，作家出版社2018年版，第882页。

⑤ 李敬泽：《〈红楼梦〉影响纵横谈》，《红楼梦学刊》2010年第4期。

生之有涯，宇宙之无尽"的"虚妄无力之感"①。此一感觉在《红楼梦》等古典作品中得到了可谓淋漓尽致的发挥，数百年后，亦在《废都》之中"大放异彩"，成为这一部堪称包蕴世纪末情绪的"颓废"之书的根本视域。《废都》中亦有人事虚无、诸境转空的寓意笔法，如周敏的埙乐，庄之蝶欣赏之哀乐，以及各色人等类如"永劫沉沦"之境，均蕴含人世之大喜大悲大苦大乐弥天漫地莫之能御无从逃遁的"浩大虚无之悲"②。有心接续《红楼梦》笔法，以用中国人的思维写"适合中国人阅读欣赏的文学"③的陈彦对此无疑了然于胸。但《主角》超克此一颓然境界之要义在于，重建"个体"与"群体"之根本性关联。历经个人命运之起废沉浮，甚或死生之际后，忆秦娥方深刻意会到生命的"悲感"。其无从逃遁无法超越不能无视的要点在于，"我们对人生与世界的关切并非是一个人与社会的、超验的命运的对抗，而是一个人面对自然节律，此生之有涯，宇宙之无尽，所生的虚妄无力之感"④。刘红兵出轨、刘忆惨死、石怀玉自尽等极端境况尚未使忆秦娥精神全然崩溃，全因其尚可寄身于"演戏"，借由戏曲所营构之虚拟的生活幻象抵御来自外部世界的种种压力。但养女宋雨所表征的人事的代谢却足以教忆秦娥再度面临个人精神的死生之境。宋雨几乎"重演"了忆秦娥多年前"取代"胡彩香等老一辈艺术家的重要一幕。当忆秦娥目睹宋雨的巨大成功，她"傻眼了"，并且"第一次感到了生存危机"。此一危机前所未有，乃是不可超越的自然节律使然。当此之际，忆秦娥必然悲从中来，情难自抑。若无"个体"与"集体"命运之内在关联，则忆秦娥终究无法纾解此种透彻身心的"悲感"。此一点题之笔，乃借书中灵魂人物秦八娃之口道出。其如是劝告忆秦娥："你把主角唱到这个份上，应该有一种胸怀、气度了。让年轻人尽快上来，恰恰是在延续你的生命。"为有醍醐灌顶、振聋发聩之效，秦八娃再有"诛心"之论："你希望自己是秦腔的绝唱吗？"若非如是，则宋雨成为"小忆秦娥"，

---

① 李敬泽：《〈红楼梦〉影响纵横谈》，《红楼梦学刊》2010年第4期。
② 李敬泽：《庄之蝶论》，《当代作家评论》2009年第5期。
③ 陈彦：《主角》，作家出版社2018年版，第898页。
④ 李敬泽：《〈红楼梦〉影响纵横谈》，《红楼梦学刊》2010年第4期。

乃是让忆秦娥"更加久远、深广地活在"① 舞台之上的重要方式之一。有此劝告做底子，忆秦娥反观自身戏曲生涯之起伏，终于领会到忠、孝、仁、义四位师父教其技艺的根本用心处，亦再度了悟乃师苟存忠临终之际关于"吹火"绝技之要妙及技艺修习要诀谆谆教诲的微言大义和良苦用心，进而不再痛苦纠结于一己之出入进退。《主角》"虚境"与"实境"于此交织，其要旨庶几近乎"抒情"与"史诗"的辩证。后者之意义推而广之，即可"看作世纪中期有关文学与社会、个人感兴与历史寄托的交锋"②。"卢卡奇看出小说世界里自传化的倾向变本加厉；'追寻'神话的分崩离析；还有对时间患得患失的切身之痛。"而"如何超越抒情"，重返"史诗那样宏大有机的世界"，实为"现代人（包括卢卡奇自己）最大的乡愁"③。卢卡奇以《小说理论》申明"总体性"思想之意义，再以《历史与阶级意识》一书将此说具体转化为一种行动的现实，根本用心，皆在此处。而对此问题的根本解决，或许仍需回到如下传统之中，"把个人的人生意义和集体意义、大历史意义联结"，而"能和集体意义、大历史意义正相关联结的人生意义才是正当的，真正的意义"④。非此，则忆秦娥面对逝者如斯、不舍昼夜的类如四时交替般的人事代谢，终究难以超克生命终极之"悲感"与"虚无"。

"实"与"虚"，抑或"史诗"与"抒情"的辩证，以风格论，乃有融通两种品质的意义。此种融通，殊为不易。如姚鼐所论，文章之品性，不过"刚""柔"两端。普通人为文或刚或柔，唯通才能兼而有之⑤。《主角》既有扎实细密之现实书写，其细腻处类如新写实笔法，人事境界之开

---

① 陈彦：《主角》，作家出版社2018年版，第872—873页。
② 王德威：《现代"抒情传统"四论》，台湾大学出版中心2011年版，第29页。
③ 王德威：《现代"抒情传统"四论》，台湾大学出版中心2011年版，第25页。
④ 贺照田：《当社会主义遭遇危机……——"潘晓讨论"与当代中国大陆虚无主义的历史与观念构造》，见贺照田、余旸等：《人文知识思想再出发》，台湾社会研究杂志2018年版，第47页。
⑤ 参见姚鼐：《复鲁絜非书》，见贾文昭编著：《桐城派文论选》，中华书局2008年版，第114页。

显，约略亦有世情小说之旨趣。但其意义并不局限于此。因秉有民族精神生生之境，《主角》内在隐然有超拔气象。此种气象乃属"刚健"一路；而作品细部之描述，亦不乏"柔婉"之趣。此即《主角》融通多种表现方式，从而开出多元统合之新的艺术境界之要义所在。其他如数阕《忆秦娥》与忆秦娥生命体验之对照，数出"戏"与核心人物境遇之交相互参，均可归入"虚""实"之辨中做贯通解。

三、"文学"与"艺术"的会通

就全书之核心意旨论，《主角》中之"主角"，所指有二：一为忆秦娥（其他如胡三元、胡彩香、秦八娃等均可归入此类）；二为秦腔（推而广之即可包括广阔的社会生活、历史之流变、时代阶段性主题之与时推移等）。忆秦娥四十年间个人经历之成败、得失、荣辱、进退亦与秦腔的历史命运交相互参、互动共生，几无分彼此。其之所以技艺一味"上出"、精进不已，终成一代秦腔名伶，使秦腔诸般品质在新的时代语境下大放异彩，端赖四十年间于技艺、戏理、戏广泛所涉之世态人情物理、戏之百年流变传承不绝之精神和艺术流脉的仰观俯察、慧心妙悟上做足功夫，故终得之于心而应之于手，因演出臻于化境而堪称为秦腔而生之奇才。其诸多行状虽属虚构，但由其所演绎之戏理，技艺修习之次第及要诀，均非虚言，且皆有所本。一册《说秦腔》，囊括陈彦对秦腔之源流、品质，及经典剧作，著名艺术家技艺修习之道等内在义理的细致梳理且多所发明。其间微妙精深处，既呈现于其数部现代戏作品之中，亦融通再造于《主角》之中，成为忆秦娥四十年技艺精进的根本依托，且有指涉更为广阔的艺术精神和艺术创作之修炼历程的重要意义。

忆秦娥四十余年技艺的修习历程，要妙首在能达"由技入道"，甚而"道"与"技"的浑同之境。"由技入道"乃是自"普通技艺"进入"艺术殿堂"的关键，其间成败，须经"一段艰苦而漫长的修炼历程"。次第如下：首先需确立"解衣磅礴"（"解衣"意表无拘无束的自由境界，"磅礴"意表旁若无人的自信表情）的"高尚感情与思想"，嗣后则需"摒弃'我执'"，方能"聚精会神于美的意象"，进而"能臻物化而达于物我为一的境界",当此之际,为由"技"入"道",终可臻于"艺术的高峰"。此间"技艺"修习的功夫乃属不可或缺的基础,其进境有赖于"精神修炼的提升并加以引导",个人之才能方能得到淋漓尽致的发挥。"技艺"与"精神"(主体)融为一体("心""手"合一),而能"'手'随心转",即属由"技"入"道"之境①。以下分而论之,忆秦娥"技艺"的"发蒙",在一折武戏《打焦赞》。依乃师苟存忠的说法,之所以以《打焦赞》"破蒙",全因"演员'破蒙戏',最好都是武戏,能用上功。不管将来唱文、唱武的,拿武功打底子,都没坏处"②。《打焦赞》所涉之功夫有二:一为"耍棍花";二为"一对灯(眼睛)"。"耍棍花"之要,在练得"刀枪不入""水泼不进""莲花朵朵""风车呼呼"③。"一对灯"则要练得"手到哪儿,'灯'到哪儿。脚到哪儿,'灯'照哪儿","棍头指向哪儿,'灯'也射向哪儿"。④练功之"窍道"无他,但手熟尔!至于"熟能生巧,一通百通",则更赖于刻苦修习、慧心妙悟。忆秦娥依法苦练三月有余,终将一套上场、下场的棍花练得"水泼不进"、收放自如、奇巧百出,而"一对灯"也练得"放了光芒"。但此仅为其技艺的初阶,虽合于"技近乎道"之要旨,却尚未臻于化境。嗣后乃师苟存忠教她明了"你越能稳定得跟一个打大仗的将军一样,你就越能把大唱腔唱好"⑤。此即"解衣磅礴"之意。此一时期,除"吹火"之要诀外,苟存忠还启发她分析角色,明了戏理,领悟"技巧"与"戏理"之深层关系,不可做简单的技巧解。"吹火,看着是技巧,其实是《游西湖》的核心,"目的在于表现鬼的怨恨、情仇。如将此理做贯通解,则可知"耍水袖"并非"为耍水袖而耍水袖","耍宝剑"亦非"为耍宝剑而耍宝剑"。其要在于,"最高的技巧,都要藏在人物的感情里边。只要感情没到,或者感

---

① 郑峰明:《庄子思想及其艺术精神之研究》,文史哲出版社1987年版,第114—123页。

② 陈彦:《主角》,作家出版社2018年版,第147页。

③ 陈彦:《主角》,作家出版社2018年版,第149页。

④ 陈彦:《主角》,作家出版社2018年版,第163页。

⑤ 陈彦:《主角》,作家出版社2018年版,第271页。

情不对，你要得再好，都是杂技，不是戏"。进而言之，舞台上一切"技艺"，"都必须在戏中，是戏才行"①。苟存忠最终以生命为代价演绎《游西湖》"技艺"与"戏理"浑然一体之境，乃有点石成金之效，使得忆秦娥完成了"一次演戏的启蒙"，由此所获之了悟近乎庖丁"未尝见全牛也"之境。当此之际，可谓"技进一层，道进一层"抑或"道进一层，技进一层"②，几近"道"与"技"的浑同之境。其此时已练就较为"成熟的心力、心性"，有"内心的自信与淡定"，以及张弛有度、稳扎稳打的控制力，终止于演出《游西湖》之时，"面对一次次高难度动作的挑战"，忆秦娥"都真正体现出了艺高人胆大的镇定、从容"。其中数个唱段难度极大，忆秦娥均处理得"气韵贯通，收放自如"③，也切身体会到"拿捏住"戏的游刃有余的妙处。此后《狐仙劫》更是教忆秦娥的个人才能得到了淋漓尽致的发挥——"功夫惊世骇俗""唱腔醇厚优雅""表演质朴大气""扮相峭拔惊艳"④等等赞誉，不一而足。忆秦娥作为"主角"技艺之修成，至此为第一阶段。

此阶段技艺修习之要，在"主体"与"物"（技艺）关系的处理。即如苟存忠所言，学戏，需下"笨功夫"，功夫"一旦练下，就长在身上了"。此即功夫"上身（身体化）"之义。如庄子借"庖丁解牛"申明"由技进道"之过程。其间"主体的转化""熟能生巧"仅为初阶，其进境在"巧之出神入化，因而达到主体的超越"⑤。仍以《打焦赞》论，其技艺之要，首在有"活儿"（棍技）。"当练到手上看似有棍，眼中、心中已经没棍的时候"，棍才算被"彻底拿住。戏也才能演得有点戏味儿了"。其义理扩而大之，即是"角儿就是能把戏完全拿捏住的人"。要拿捏住戏，既需分析角色，明了戏中之理，亦需相关"技艺"炉火纯青。如练"灯"（眼

---

① 陈彦：《主角》，作家出版社2018年版，第271页。
② 张文江：《道近乎技——〈庄子〉中的几个匠人》，《上海文化》2016年第9期。
③ 陈彦：《主角》，作家出版社2018年版，第283页。
④ 陈彦：《主角》，作家出版社2018年版，第149页。
⑤ 杨儒宾：《游之主体》，见何乏笔编：《跨文化漩涡中的庄子》，台湾大学人文社会高等研究院东亚儒学研究中心2017年版，第106页。

睛），"只有把'灯'、棍、身子糅为一体了，戏的劲道才是浑的"①。此一"浑"字意为浑然一体，即"主""客"、"物""我"的浑同之境（互为主体）。其修习次第为：客观了解"物"之理，"物"走入"主体"之中，"主体"亦走入"物"之中。"主体"熟知"物"之"天理"，且能与此"天理"交相融合。其要在"'物化'之物与主体之'神'"达至"超自觉的契合作用"。此即庄子所论之"天"。"凡非自觉所及的功能即谓之'天'"。而"主""客"皆融入"非主体意识所及的层次时，即可谓'以天合天'"②。于忆秦娥之技艺修习而言，即"技艺"与身体相容相合而抵达一种无意识状态。此亦即"道"与"技"的浑同之境，类如庖丁的"由熟入忘"，即原本的"身心分离、物我间隔"，至此几乎全然"契合为一"。此种"合一"乃是在"身体的技艺实践中自然而然流露出"，无须"心之意识的指导"。是为"以身化心"所成之身体记忆，其"自发运动便是'忘'境"③。所以真正能将游泳技艺发挥到最高境地者，最后必得通过'忘'这一关口：'善游者数能，忘水也'。"④此一"忘"字，即无意识之"以天合天"。忆秦娥于此可谓领会极深。其修习《狐仙劫》中"断崖飞狐"绝技之时，秦八娃即启发她体悟庄子所述"佝偻承蜩"中"用志不分，乃凝于神"之寓意，亦即"制心一处，无事不办"⑤。而充分发挥戏曲艺术"一棵菜"⑥的特征，庄子"运斤成风"亦可作参照。其他如种种绝技之修习，

---

① 陈彦：《主角》，作家出版社2018年版，第163页。

② 杨儒宾：《游之主体》，见何乏笔编：《跨文化漩涡中的庄子》，台湾大学人文社会高等研究院东亚儒学研究中心2017年版，第106页。

③ 赖锡三：《〈庄子〉的跨文化编织：自然·气化·身体》，台湾大学出版中心2019年版，第309页。

④ 赖锡三：《〈庄子〉的跨文化编织：自然·气化·身体》，台湾大学出版中心2019年版，第312页。

⑤ 转引自张文江：《道近乎技——〈庄子〉中的几个匠人》，《上海文化》2016年第9期。

⑥ 对此，《主角》后记中有较为详尽之说明。此亦为"主角"要义之一，"主角就是一本戏，一个围绕着这本戏生活、服务、工作的团队，都要共同体认、维护、托举、迁就、仰仗、照亮的那个人。"陈彦：《主角》，作家出版社2018年版，第554页。

进境均为"手随心动，物随意转"，"我"与"戏"无分彼此、交互成就的大"自如"。此即动静合宜，出入无碍，游刃有余，触类旁通。是故，"进一境而必须忘其所以迹，使有、无双遣，法、我俱忘"，方能真正入"自由无限（大通）之境"①。而欲达此境，需由"技艺"的修习进阶为"主体"之圆成，即"主体"不再局限于"技艺"，而是向更为复杂的外部世界敞开，借此完成"主""客"、"我""物"在更高意义上的交互转化，终达"彻上彻下，道通于艺"②之境。

循此思路，则"有形的技巧"固然紧要，"无形的精神涵养"③更不可或缺。亦即技艺的修习，最终以"主体"④的圆成为鹄的，而圆成的"主体"亦可落实于"道近乎技"——此为双向互成之过程。忆秦娥作为"主角"之"主体"圆成的大关节，在五十岁左右，其要有二：一为熟悉老戏，效法秦腔老艺术家，身背百十部本子（剧本），以得"质""量"互变之妙；二为个人生命之实感经验与戏曲技艺互动共生。前者指向戏曲技艺之历史积淀，属融通传统；后者则指向个人之生活世界，属会通现实。二者可以交相互参，互相成就。若无传统之流注，所谓的技艺，不过为无源之水、无本之木；若无个人生命实感经验与老戏所蕴含之义理的交相互通，则"戏"也难有指涉当下生活之现实效力。其意近乎艾略特所谓赓续传统时所需之"历史意识"，即"既感觉到过去的过去性"，也"感觉到它的

---

① 颜昆阳：《庄子艺术精神析论》，华正书局1985年版，第242页。
② 张文江：《道近乎技——〈庄子〉中的几个匠人》，《上海文化》2016年第9期。
③ 郑峰明：《庄子思想及其艺术精神之研究》，文史哲出版社1987年版，第123页。
④ 在庄子的思想中，"主体"乃是"呈现为一种在虚空与万物之间来回往复的过程。而在二者之间，是前者——虚空或是混沌——居于根本的位置。我们是凭借这一虚空才具备了变化和自我更新的能力，使得我们能够在必要的时候重新定义我们与自我、他人及事物的关系"。此处即在同样意义上使用"主体"一词。毕来德：《庄子四讲》，宋刚译，中华书局2009年版，第131—132页。吴应文的如下说法，可与毕来德观点相参看："庄子人生哲学的理想在于排除一己内在与外在之蔽障，忘己忘物，冥同天道，使真我得以体现于万物合一，而且入于是非与事变之中逍遥无待。"《庄子的人生哲学》，台湾大学哲学研究所1975年硕士论文。

现在性",进而"意识到他自己的历史地位"和"当代价值"[①]。非此,则不能充分发挥个人作为技艺的"历史中间物"的价值。此理并不限于演戏之技艺修习一途。有论者申明"通学"养成之要诀时,其义理可与此交相发明。如其所论,"通学"并不易作,其"眼界要大,眼力要深,要养成不断开放、不断创造的学术人格与能力"。非此,则即便博涉群书,跨越学门,亦难免"止于浮泛而拼凑"之弊。"通学"之要,首在"娴熟各门学问","接受严格的思想方法训练",但远非停留于此。"一切外在的知识必须经过内化",而成为"主体感受力与会悟力自身"时,"学术智慧"方始发生。而"内化"的动因,在"学者自身存在的体验",亦即"切实、认真的生活"[②]。主体直接面对当下的宇宙、人生,生发独特之体悟与思考。此与"学问"自可互动共生。故而"学问"与生命、人格并不能截然二分,唯有相融相通、互相成就,方能一味"上出",精进不已。自《打焦赞》《破蒙》,至娴熟演绎《游西湖》《白蛇传》《狐仙劫》等颇有难度的全本大戏,为忆秦娥熟悉各种技艺,经受极为严格之训练期。在此过程中,技艺逐渐上身,与身体感渐相融合,乃是"知识"(技艺)"内化"(身体化)的完成。其间艰难,无须多论。然而虽有与封潇潇日久生情,且在演绎《白蛇传》之际"戏"与"生活"偶然一现的浑同(即戏内之情"成就"戏外之情),忆秦娥此一阶段"演戏"与个人生活并无根本意义上的融汇与互通。于戏曲技艺的修习上忆秦娥肯下苦功,亦可谓领悟力过人,但其对日常生活诸般事项,却如鸿蒙未开,始终不悟。对此,知其甚深的封导之论堪称透辟:"这娃可能是我们这些年来,调进来的唯一一个奇才!看着瓜瓜的,傻傻的,可就是一个戏虫,天生为戏而来的怪虫虫。"[③]其对外部世界之种种规则始终不悟,

---

[①] 艾略特:《传统与个人才能》,见《艾略特文学论文集》,百花洲文艺出版社1994年版,第2—3页。

[②] 颜昆阳:《六朝文学观念丛论》(自序),正中书局1994年版。

[③] 陈彦:《主角》,作家出版社2018年版,第271页。

也便自然无"凡外重者内拙"①之弊。此前忆秦娥唱戏的技艺亦可谓出神入化，但美则美矣，还未尽善。秦八娃劝告她，要将"唱戏"与"做人"融合，要"把戏真正唱好"，就得"改变自己"②。他劝勉她读《诗经》《唐诗三百首》《古文观止》等等，也启发她领悟圣贤典籍之于个人生命之启示价值。然而不曾经历内忧外患交相逼迫的死生之际，忆秦娥即便在先贤典籍义理体察上下功夫，但所获十分有限，且不能以身证之。及至《同心结》个人生命之实感经验与戏文之交相融合，忆秦娥方始真正完成了生命经验与戏曲艺术的融汇与互通。此后其赓续传统的种种努力，用力即在"主体"之修成。因为"技艺"如不能"润泽生命"，即无"游"可言。恰正在"我与物皆返入本真的状态时，两者才得同时完成自家的目的"，亦即"技艺的完成同时意味着生命净化的完成"③。质言之，技艺修习之终极目的，并不在学成"惊天艺"，去做"人上人"，而是最终落实于个人生命的安顿。个人面临外部生活世界之种种境遇，如何洒脱应对，役物而不役于物，无疑更为紧要。随着演戏技艺的不断精进，生活世界种种牵绊的持续淬炼，忆秦娥对个人生命及人的在世经验亦渐次有所体会。其技艺修习亦与个人之德性修炼相辅相成，故而能"蛹化蝶""鱼化龙"，不断自我转化，成为"真正把人、把人性、把人心读懂、参透"，由演技派成长为"通人心、懂人性的大表演艺术家"④。此即《主角》详细阐发"主角"修成之义理，进而融通"艺术"与"文学"的最终落脚处。其根本归于论者对庄子艺术精神的如下总括："庄子艺术精神之本义，乃是主体心灵之自由无限之开展，故未必落实于客体的追求；此一艺术精神乃至于成

---

① "若过分重视外物，则成败、得失、毁誉之心生，必然怵惧昏乱，其巧难一，其作品必劣"。故庄子告诫"凡外重者内拙"。郑峰明：《庄子思想及其艺术精神之研究》，文史哲出版社1988年版，第117页。
② 陈彦：《主角》，作家出版社2018年版，第463页。
③ 杨儒宾：《游之主体》，见何乏笔编：《跨文化漩涡中的庄子》，台湾大学人文社会高等研究院东亚儒学研究中心2017年版，第107页。
④ 陈彦：《主角》，作家出版社2018年版，第651页。

就一艺术性之人生。"①将忆秦娥四十年艺术经验读作"体道"与自我修成的功夫,亦足以显发《主角》铺陈此境的要旨——其应世之道偏"儒",技艺修习之理则近"道",二者于此亦可互证共生、通而为一。不仅此也,在叙述戏与人生关系的重要节点,《主角》亦悉心阐发秦腔(戏曲艺术)传承与创新关系的若干义理。其洞见最终汇聚于薛桂生第三次重排《狐仙劫》之际的如下了悟:"哪怕一招一式、一个眼神,都要在传统的框范中,找到现实感情的合理依据"。但切忌"为传统而传统,为技巧而技巧,为表演而表演",要从"内心外化出程式",而非用"程式遮蔽内心","既要让观众欣赏到传统的绝妙",更要使其看到传统"活在当下的生命精神律动"②。是说看似简单,却蕴含着戏曲艺术处理"守正"与"创新"、"传统"与"现实"、"内在"与"外在"等辩证关系的重要问题,无疑可与当下戏曲发展之种种"困境"相参看。一言以蔽之,陈彦自20世纪80年代迄今关于现代戏创作的个人了悟,以及精研秦腔的《说秦腔》一书中阐发之戏曲流变、技艺修成之复杂义理,均融通汇聚于《主角》之中。故此,将《主角》读作关于戏曲艺术(包括技艺修习等等相关问题)的一部"悟"书,或更能显发是书复杂意蕴之重要一维。

结 语

妙复轩论《红楼梦》要旨曰:"是书大意阐发《学》《庸》,以《周易》演消长,以《国风》正贞淫,以《春秋》示予夺。《礼记》《乐记》融会其中。"③依其所论,则《红楼梦》属其之前经典的会通之作无疑④。循此贯通之理路,不局限于"五四"以降文学的现代性观念,自古今融通的"大

---

① 颜昆阳:《庄子艺术精神析论》,华正书局1985年版,第347页。
② 陈彦:《主角》,作家出版社2018年版,第813页。
③ 转引自张庆善:《妙复轩评本·绣像石头记红楼梦》(序),北京图书馆出版社2002年版,第8页。
④ 李劼所论与太平闲人进路虽有不同,但亦赞同《红楼梦》乃此前历史、经典等的会通之作。参见《历史文化的全息图像:论红楼梦》,广西师范大学出版社2016年版。

文学史"观之,可知《主角》所蕴含之义理,非止一端。其所承续之"传统",亦不限于文学一路,诗歌(词)、散文、戏曲等均被作者巧妙融入其中。当下思想与古典观念亦成人物身处不同际遇之时所可依凭之资源,由之开拓人物观念的多样视域。此种融通多种资源之特征,近乎《红楼梦》与其文学渊源之关系。举凡神话、小说、赋、传记、书信、诗歌、议论、戏曲等,均被曹雪芹传承并"融化在种种人生视景与事件描述之中"①。《红楼梦》作为新的传统为后世研习效法,此为原因之一。

  《主角》起笔于2015年10月,至2017年8月写作完成,用时近两年,其间五易其稿,不全是文字的修饰。如何深度感应于时代,且有融通多种可能进而使个人艺术经验得到最大限度的发挥②,亦属作者的重要考虑之一。如是思考,近乎中国古典的圆融统观,其要在于,既"讲求个人的安身立命,精神妥帖与洒脱性灵之修养",亦强调"发挥人性,实践德性,尽人之性,成己成物","不但使个人之入世出世相统一,使个人与社会相协调,更使人之精神可上下于天地之间,表现生命最终极的理想"③。此种生命终极理想的达成,需要庄子所申明之修养工夫,即"乘物以游心",唯"经由与物相对,进而浑化的阶段,心之天游才可能达成"。而"主体"所应之"物",不拘上下四方,亦可往古来今。于此"乘物"之际,"物"之"本来面目被超越地保留","主体的本来面目也因工夫的转化"而"进入一种神化而非认知的运作模式"。此理既可阐发忆秦娥作为"主角"技艺之修成,亦可说明写作者所面对之"传统"的丰富复杂。个人与传统之关系,一如"主体"与"物"之关系。如何明物之理而达"以天合天"之境,亦是考校写作者观念与识力的重要一维。而就在《主角》酝酿

---

  ① 郭玉雯:《〈红楼梦〉渊源论:从神话到明清思想》(自序),台湾大学出版中心2006年版。

  ② 如该书后记所言,对《装台》极为熟悉且赞赏有加的王蒙在得知作者正在酝酿《主角》时,劝勉作者"要抢圆了写。抢得越圆越好!"此处所说的"抢圆了",即包含着个人诸多经验淋漓尽致地发挥的意味。参见陈彦:《主角》,作家出版社2018年版,第893页。

  ③ 谈远平:《论阳明哲学之圆融统观》,文史哲出版社1994年版,第232页。

和写作的同时，从更高层面重新处理中国古典传统与现代传统关系的思想论断一改"五四"以降处理此问题的单一模式，使得古今贯通的文学观念得以获致更具现实意义的制度性支撑，而有观念鼎革的可能。当此之际，"古""今"分裂的文学史观念和评价标准已然暴露出其内在的根本的局限性。但如何重建更具包容性和概括力的文学视域，仍是当下文学创作与研究必须面对的重要难题。即如李敬泽所论，"在当下语境中回到'文章'的传统，回到先秦、两汉、魏晋"，并非"复古"，而是"维新"，"是在一种更有包容性、更具活力的视野里建立这个时代的文章观"[①]。此"文章"亦不局限于个人抒情一路，而是扎根于时代广阔的社会生活，且向更为丰富复杂的"传统"敞开，从而建立属于这个时代的文学观、世界观和足以垂范后世的"新传统"。

更为宏阔的文学观念的建立，仍需返归"五四"文学观念"古""今"、"中""西"之辨的历史语境。即如宇文所安所论，"'五四'一代人对古典文学史进行重新诠释的程度，已经成为一个不再受到任何疑问的标准，它告诉我们说，'过去'真的已经结束了。几个传统型的学者还在，但他们的著作远远不如那些追随'五四'传统的评论家们那样具有广大的权威性。"[②] 然而就当下语境论，"五四"一代人所面临的"问题"已不复存在，其所形塑之文学史观念及与之相应之研究范式无疑需要深度反省。此一反省之展开，超克既定文学和理论观念之局限，建构扎根于当下语境的更具包容性和概括力的文学史观，为先决条件。其理如孔子所论："殷因于夏礼，所损益可知也；周因于殷礼，所损益可知也。""因、损、益，再加上易经革卦的革字"，即成"因革损益"。借"因革损益这一个'变应'之道，儒家就具备了'守常'以'达变'的思想和智慧"，而可以"日新又新"，以得"时中"[③]。进而言之，"传统"并非僵化的教条，并不

[①] 李敬泽：《很多个可能的"我"》，《当代作家评论》2019年第1期。亦可参见李敬泽：《飞于空阔》，《扬子江评论》2019年第2期。

[②] 宇文所安：《过去的终结：民国初年对文学史的重写》，见《他山的石头记——宇文所安自选集》，田晓菲译，江苏人民出版社2006年版，第279页。

[③] 蔡仁厚：《儒家思想的现代意义》，文津出版社1988年版，第219—220页。

自明，其意义亦不自然敞开①。"重启"抑或"激活"传统，须得有些吴文英《读庄针度》所论的功夫："读《庄子》须把眼界放活，则抑扬进退，虚实反正，俱无定极。惟跟着神气之轻重伸缩寻觅将去，才能大扣大鸣，小叩小鸣。"②其意义"大""小"彰显之要妙无他，端赖个人之识见和慧心。故仍需援引李敬泽的如下判断，以说明融通与再造"传统"之迫切性和当下意义，"在中国，历史没有完结，无论文学还是作家这个身份本身都是历史实践的一部分，一个作家在谈论'现实'时，他的分量、他的眼光某种程度上取决于他的世界观、中国观，他的总体性视野是否足够宽阔、复杂和灵敏，以至于'超克'他自身的限制"③。此种"超克"，既朝向广阔丰富的"现实"，亦指向复杂多元的"传统"。如能深度感通于时代，且能于"传统"之中沉潜往复、从容含玩，继而慧心妙悟且有新的境界的展开，其进境即如论者所言，"今日中国，却正处在两千年中华文明未曾有的历史巨变的合题阶段，如果深度感应这一时代，何尝不能诞生学术经典巨章？"④学术研究代际更替之义理如是。文学创作若无"新变"，亦不能"代雄"，其间义理，又何尝不是如此？

---

① 艾略特对此亦有大致相同的说法，"传统是一个具有广阔意义的东西"，并不能"继承"，"假若你需要它，你必须通过艰苦劳动来获得它"。《传统与个人才能》，见《艾略特文学论文集》，百花洲文艺出版社1994年版，第2页。

② 吴文英：《庄子独见》，华东师范大学出版社2011年版，第9页。

③ 李敬泽、李蔚超：《历史之维中的文学，及现实的历史内涵——对话李敬泽》，《小说评论》2018年第3期。

④ 尤西林：《学术生命根基于时代感应》，《人文杂志》2017年第11期。

《应物兄》读法

少时读《红楼梦》，目力仅在人事，于宝、黛、钗情感纠葛上颇多会心。及年齿渐长，始爱读诸家评点，于太平闲人文字多所会心，还曾购得北京图书馆出版社（现国家图书馆出版社）出版之《妙复轩评石头记》，此系影印本，纸质脆弱，已然泛黄，颇有些古意，精装四大卷放置案头，沉潜往复、从容含玩既久，约略也有些心得。去年年初，因偶然机缘，要写一篇谈《应物兄》的小文。在细读《应物兄》数遍，并读李洱长、中、短篇小说及散文、访谈等文字后，抚今追昔，深感如论者所言，《应物兄》乃是一部"有情的现代中国百科全书"[1]，是一所"大园子"，有其"庞大和丰盛之处"[2]，非单向度的整体性论述所能尽言，故尝试以"注""解"的方式切入。于是便有了《"注"解〈应物兄〉》这一篇小文。其中收录关键词及其所涉之论题五种，分别为："应物""主客""德行""未完成"[3]"喧哗与骚动"，皆是切近《应物兄》之尝试性路径。一篇写罢，仍觉意犹未尽，于是再写《〈应物兄〉与晚近三十年的文学、思想和文化问题》。这一篇篇幅较长，但也未能囊括关于此书的全部想法。某一日再读吴文英《读庄针度》八则，突然醒悟，何不效法前人，做《应物兄》的"评

---

[1] 丛治辰：《一部有情的现代中国百科全书——评李洱〈应物兄〉》，《文艺报》2019年4月15日。

[2] 李敬泽语，见《〈应物兄〉：建构新的小说美学》，《湖南日报》2019年1月11日。

[3] 关于文本之"未完成"，可参见徐勇：《无限的敞开与缺席——李洱〈应物兄〉论》，《中国当代文学研究》2019年第3期。

点"。前人评点文字,有总有分,有明有暗,有深有浅,既可以详细申论,亦可约略言之,甚至言在此而意在彼,几乎穷极变化之妙。一部书中大处小处,皆可照顾。以此法读《应物兄》,似可以囊括个人若干细碎读书心得。近些年来,文论界常谈中国古典文论的现代转换,评论界也呼唤借鉴中国古典文学批评的方法,做当代文本的阐释。窃以为,古典文论的现代转换,之所以数十年来收效甚微,不注重"文体"的实践,或属弊端之一。故此,这一篇《〈应物兄〉读法》,便是古典批评文体现代转换尝试之一种。效果究竟如何,自己并无定见,还乞诸位方家不吝赐教。

一、《应物兄》全书凡八十四万言,所涉古今中西典籍及诗文数百种,人物百余个,由此延伸之事项亦堪称浩繁。但要在"应物"二字。何为"应物","与时迁移,应物变化"是也;"虚己应物,恕而后行"是也;"无常以应物为功,有常以执道为本"是也;"人禀七情,应物斯感"亦是也。

二、"人禀七情,应物斯感。感物吟志,莫非自然。"① 然《应物兄》极少述及自然物色,并非其中人物不知物色之变,是"情"已不因"物(自然万象)"牵,目力仅在人事也。但不知物色,欲明人事也难。此或为《应物兄》一大用心处。②

三、如何因应"自然",学究"天""人",成己成物?儒家是一种;道家是一种;双林院士之子双渐所论,亦是一种。③

四、一部《应物兄》,人物众多、事件繁复,做评点最为合宜。其间或明或暗、或显白或隐微之话头所在多有,难以纳入单向度之整体视野一并言之。如效前人评点法,随意点染,自由挥洒,可长可短,可深可浅,借此可入堂奥。

五、一部《花腔》,可读作《应物兄》前传。一部《应物兄》,可解作《花腔》前传。

---

① 尹贤选:《古人论诗创作》(增订本),中国古籍出版社2013年版,第123页。
② 前两条所涉内容,拙文《〈应物兄〉与晚近三十年的文学、思想和文化问题》(《中国现代文学研究丛刊》2020年第10期)有较为细致的阐发,此不赘述。
③ 李洱:《应物兄》,人民文学出版社2018年版,第834—835页。

六、《导师死了》《花腔》《石榴树上结樱桃》《午后的诗学》《应物兄》可作一部看。

七、莎翁《麦克白》有言:"人生恰如行走的影子,映在帷幕上的笨拙的伶人。登场片刻,就在无声无臭中退下。它又如同痴人说梦,充满了喧哗与骚动。"①此亦可说明《应物兄》旨趣。葛任为其自传定名为《行走的影子》,即典出于此。二者寓意,可相参看。

八、《红楼梦》庚辰本第四十八回脂批有言:"一部大书起是梦,宝玉情是梦,贾瑞淫是梦,秦氏家计长策又是梦,今作诗也是梦,一柄风月鉴亦从梦中所有,故曰《红楼梦》也。"②一部《应物兄》,以应物"自语"起笔,再以应物精神隐遁生出幻象作结。其间各色人等爱憎、得失、荣辱、进退,居多化为泡影,又何尝不是大梦一场?!

九、如《儒林外史》一般,《应物兄》乃是与"当下"并行之作。其间若干人物虽为虚拟,却虚虚实实,实实虚虚,似乎皆有来历。于此虚实交织处用些功夫,可得读入是书法门。

十、《应物兄》可作世情书读,其间有人事兴废,运命起落,端的是你方唱罢我登场,反认他乡是故乡,也是眼看他起高楼,眼看他宴宾客,眼看他楼塌了。梁招尘、栾庭玉、葛道宏、应物兄皆是如此。所谓雨打风吹,炎凉无端,否泰交织,尽在其中矣!

十一、是书八十四万言,不去读它,它便是物,是语言的编织物。一旦去读了,它便一时活起来,明白起来。但有多少目光,便有多少明白。甚至作者之"明白",亦不过是万千"明白"之一种。看人事、物事、热闹事是一种;去思其间明喻、暗喻、实写、虚写、抒情、反讽是一种;将之与历史、现实,与虚实人物,与观念、心体混作一处作贯通解,亦是一种。

十二、《应物兄》援引古今中西典籍诗文数百种,有实,亦有虚。若一一照实看去,则失之矣。③

---

① 转引自李洱:《花腔》,人民文学出版社2002年版,第135页。
② 转引自沈治钧:《从〈风月宝鉴〉到〈红楼梦〉》,《红楼梦学刊》2001年第1期。
③ 参见杨辉:《"注"解〈应物兄〉》,《名作欣赏》2020年第25期。

十三、同写儒林，《应物兄》与《儒林外史》足相交通之处不止一二。读者得一二路径，按图索骥，必有所得。

十四、程济世有言："如何将先贤的经义贯通于此时的经世,通而变之,变而化之，既是晚清的命题，也是二十世纪的命题，更是二十一世纪的命题。"①周虽旧邦，其命维新，程先生显然有得于此。他能打通中西，学贯古今，游走于政商学三界，皆游刃有余，左右逢源，所得应世的智慧甚多。然其弊在不能"知""行"合一，也无前贤之天下意识和济世情怀。虽学得些古圣先贤典籍所载诸种知识，却无意于借此做"内圣"的工夫，既无"内圣"，遑论"外王"？！看他时时引经据典，说些个无意义之事，便知程济世即便以当世夫子自况，境界操守也难望夫子项背，实不足论也。

十五、将先贤的经义贯通于此时的经世，即是文化的"返本开新"，要义在儒家"因""革""损""益"四字中。②

十六、程济世在北大演讲，有人问自我文化身份之认同问题。程济世有言：

> 我们今天所说的中国人，不是春秋战国时期的中国人，也不是儒家意义上传统的中国人。孔子此时站在你面前，你也认不出他。传统一直在变化，每个变化都是一次断裂，都是一次暂时的终结。传统的变化、断裂，如同诗歌的换韵。任何一首长诗，都需要不断换韵，两句一换，四句一换，六句一换。换韵就是暂时的断裂，然后重新开始。换韵之后，它还会再次转成原韵，回到它的连续性，然后再次换韵，并最终形成历史的韵律。正因为不停地换韵、换韵、换韵，诗歌才有了错落有致的风韵。每个中国人，都处于这种断裂和连续的历史韵律之中。③

---

① 李洱：《应物兄》，人民文学出版社2018年版，第121页。
② 参见蔡仁厚：《儒家思想的现代意义》，文津出版社1987年版，第18—19页。
③ 李洱：《应物兄》，人民文学出版社2018年版，第331页。

若将"原韵"与"换韵"解作文化的"常"与"变"、继承与创新，则程济世此言，可谓透辟。儒家所论之文化的因革损益，要义亦在此处。然而仍有若干问题需要稍加辨析，如何知"常"以应"变"？何为"常"，如何返归？晚清可返，宋元明可返，汉唐可返，先秦亦可返。渊源不同，则所取所见也异。如同为借径"晚明"，鲁迅与周作人所见相去甚远，所得亦颇多抵牾。[①] 此间意义，需详辨细察，可做大文章。

十七、读《应物兄》，需把眼界放活，需正看，需反看。反看如梁招尘、栾庭玉、铁梳子、葛道宏、雷山巴、吴镇，甚至华学明，煞有介事做些个谋取私利的琐事；正看如双林院士，如姚鼐、何为先生，如芸娘，如文德斯，如陆空谷，所行虽非是书"核心"，却最为紧要。[②] 其间"反讽"与"抒情"之张力，亦缘此而生。

十八、《应物兄》中多为知识人，却不能简单作知识分子小说解。栾廷玉、铁梳子、黄兴、雷山巴等翻云覆雨的人物，及僧俗两界各色人等，皆可谓穷形尽相，跃然纸上，也影响甚至左右着如应物兄般知识人之命运。此间复杂种种，岂是知识分子小说所能简单概括。

十九、"风格"乃"自我"成熟之标志，可依此理解《应物兄》之题旨、文体与章法。其巨细靡遗之现实书写，近乎新写实小说；诸人考辨仁德路及程家大院所在，修改史料以为程济世合法拥有出土文物瓠，改《程贼会贤批判书》为《程会贤先生传》等，则近乎新历史主义小说；是书核心笔法，亦具经典现实主义面向。其他种种现代主义笔法亦所在多有。故言其有融通与再造晚近三十年文学观念的意思，当不为过。

---

① 参见郝庆军：《两个"晚明"在现代中国的复活——鲁迅与周作人在文学史观上的分野和冲突》，《中国现代文学研究丛刊》2007年第6期。亦可参见刘春勇：《周氏兄弟对晚明资源的取舍及其分途》，《鲁迅研究月刊》2019年第8期。

② 应物兄如下心得，可作总结："这些天来，他留意了一下双林院士的相关资料。他了解得越多，越觉得双林院士和他的同伴们，都是这个民族的功臣。他们在荒漠中，在无边的旷野中，在凛冽的天宇下，为了那蘑菇云升腾于天地之间而奋不顾身。他觉得，他们是意志的完美无缺的化身。"李洱：《应物兄》，人民文学出版社2018年版，第947页。

二十、《应物兄》写情与色,有皮肤滥淫,如应物兄与朗月两番云雨,虽曰吝惜笔墨,仍嫌粗鄙。有引而不发,如这一日乔姗姗回家,乔木先生劝应物兄敦伦理,屏嗜欲。应物兄因之精心准备,甚至得药物相助,最终却虚然茫然。其间最教人感慨处,乃是意淫。这一日去见陆空谷,窗外大雪,应物兄心旌摇荡,忽然如丧魂魄,作想与陆空谷巫山云雨,实不过是偶然出神,连春梦也算不得。照此看去,其情色书写,取法不在《金瓶梅》,而近乎《红楼梦》也。①

二十一、《应物兄》乃文德能渴望写出之"沙之书"。②

二十二、《应物兄》人物数百,事件繁复,然"杂"而不乱,有独特规矩,自家章法。③以古今中西融通之眼光看去,则其"杂"处,亦是其融汇与再造处,读者需细思明辨。

二十三、《应物兄》中有虚拟人物,亦多"真实"人物。虚拟人物如应物兄、程济世、黄兴、陆空谷、姚鼐、乔木,甚或郑树森、曹伯庸、费鸣等。"真实"人物如孔夫子、闻一多、李泽厚等。然无论纪实抑或虚构,皆属小说家言,不可照实看去,作胶柱鼓瑟解。妙在似与不似之间。虚中有实,实中有虚。虚者实之,实者虚之,假作真时真亦假,无为有时有还无,如是而已。

二十四、《应物兄》所述,以儒家人物为核心,举凡儒家典籍及重要历史人物,皆有个来处说明。或偶然提及,如乔木先生以颜回为例,说明君子"讷于言而敏于行"之要义,也借此"敲打"应物兄。④应物兄此后习得之多人称"自语",亦与此有关。此为一类。泰半则与主体故事关联

---

① 明斋主人总评《红楼梦》有言:"书本脱胎于《金瓶梅》,而褻嫚之词,淘汰至尽。中间写情写景,无些齗牙后慧。非特青出于蓝,直是蝉蜕于秽。"〔清〕曹雪芹、〔清〕高鹗著:《红楼梦:三家评本》(上册),上海古籍出版社1988年版,第18页。

② 参见邵部:《当下生活的"沙之书"——评李洱长篇小说〈应物兄〉》,《中国当代文学研究》2019年第3期。

③ 对此丛治辰有极为细致、精准的说明,几乎题无剩义。参见丛治辰:《偶然、反讽与"团结"——论李洱〈应物兄〉》,《中国现代文学研究丛刊》2019年第11期。

④ 李洱:《应物兄》,人民文学出版社2018年版,第6页。

极深，如程济世、应物兄诸人论孔夫子，若干段落意蕴丰富，需沉潜往复、从容含玩，以会其用心，不可轻易放过。

二十五、《应物兄》中人物数百，有优劣，有高下，有境界、层级之分，可以冯友兰先生阐发之"四境界"说明之。有一本天然的自然境界，如程刚笃，貌似混沌未开，一派天真，实则役于物欲，与动物何异。书中着墨甚多的易艺艺亦属此列。有谋取实际利害之功利境界，梁招尘、栾庭玉、铁梳子、雷山巴、子贡等皆是如此。此间亦有正其义不谋其利之道德境界，以双林院士、张子房最为典型，乃有作者之大寄托也。超越世俗，自同于大全之天地境界之阙如，正是《应物兄》与《红楼梦》分野处。

二十六、是书上卷前十分之一，于木瓜出处等事上着墨甚多，且时时述及应物兄所著《孔子是条"丧家狗"》。以"丧家狗"说孔夫子，单是费鸣便有不满，原因无他，夫子原话为："惶惶如丧家之犬。""犬"并不全然同于"狗"。这一段公案，书中所述甚详，此不赘述。单说木瓜。乔木先生得木瓜后，颇为喜爱，后见其本性未脱，常有些不雅之举，便要为其"去势"。果然，"去势"之后的木瓜，性情大改，即便与乔木先生同散步于镜湖边，看到母狗，亦目不斜视，再不张狂，至多挠一下项圈，弄出些声响，算是招呼打过。乔木先生赞其曰："什么叫君子之交淡如水？这就是了。"这话似非闲笔，如自全书整体看去，或有隐微之意暗含其中也未可知。

二十七、由麦荞先生编文集一事，牵扯出乔木先生与程济世"交恶"的一段公案。乔木批孔，有缘由，有理据；程济世批乔，亦有缘由，有理据。此一时也，彼一时也。此为一是非，彼亦一是非。若能会心于此，则可得读解《应物兄》又一法门。

二十八、以物喻人，以物事明人事，乃古典观物取象，又立象以尽意之思维使然，《应物兄》于此亦有心得。"套五宝""济哥""仁德路""仁德丸子"，甚至程济世心心念念不能忘却的那只瓠，皆非闲笔，乃有深意也。何以言之？是书特意述及孔夫子以"瓠"自况，应物兄以为此间有大寄托，乃夫子性情显露。此物事，自然也与人之品貌、特性相关联。孔夫子以为子贡乃"瑚琏之器"，可堪大用。《论语》亦载夫子言曰："君子不器。"是为君子并不拘于一种（器）才能，当可遇刚则刚，遇柔便柔，或虎变或豹变,其要在能应时应世。①以物喻人,以人言物,均有来处,可推衍解去,自有所得。

二十九、物有本末,事有终始,知所先后,则近道矣。《应物兄》一书,起因在原籍济州的儒学家程济世年事已高,有心返归乡里,便引发济州大学为其筹办儒学研究院,也便引发副省长栾庭玉借此发展市政,也便引发子贡、铁梳子、陈董等前来投资,所谓分一杯羹是也。由是牵连出世情人情等,繁复异常,让人眼花缭乱、目不暇接,但旁枝斜出之事件虽繁,主干却颇为明晰。正因旁枝斜叶渐实渐繁,牵连得主干难以长成。应物兄寄托甚深的儒学研究院,终究成镜花水月,甚至不如镜花水月,与初衷相去已远。如是情境,可与卡夫卡《城堡》相参看。境况庶几近之,用心却有不同。沿此思路,亦可得读解《应物兄》又一路径。

三十、《应物兄》颇费了些笔墨写驴。黄兴的宠物是驴,程刚笃女友珍妮以儒家观念解驴,曾作《儒驴》一文,凡一万五千余字,堪称大块文章。还有什么魏文帝曹丕凭吊王粲,于其坟头大作驴鸣,以及其这一行为意义之新解等,不一而足,也颇有些意味。如细加琢磨,可知其复杂用心处。

三十一、是书上卷第33节,应物兄与芸娘论及《红楼梦》缘何"未完"。依芸娘之见,《红楼梦》所以"未完",全因曹雪芹不知贾宝玉长大后该当如何。与之相类,《城堡》未有"了局",亦是卡夫卡不知土地测量员K进入城堡之后将会怎样。将此推演,芸娘以为文德斯颇类似于贾宝玉。"宝玉这个人,置诸千万人中,其聪俊灵秀之气,则在千万人之上;其乖僻邪谬不近人情之态,又在千万人之下。"②文德斯庶几近之,聪俊灵秀,却也乖僻邪谬。未曾习得"自我言说"之前,应物兄或也聪俊灵秀,与文德斯一般不近人情,好说话,易动情,缺少些成熟与稳重。乔

---

① "正像程先生所言,在历史上的任何一个时代,儒学研究从来都跟日常化的中国密切联系在一起,跟中国发生的变革密切联系在一起。儒学从来不是象牙塔里的学问。儒学研究者有如庄子所说的'卮言',就像杯子里的水,从来都是随物赋形。"此为陆空谷转引程济世语,可做参照。李洱:《应物兄》,人民文学出版社2018年版,第414页。

② 李洱:《应物兄》,人民文学出版社2018年版,第256页。

木先生因觉得他无"王佐之才",不能胜任社科院的工作,便将他留在了济大,后来还将爱女乔姗姗许配给他,也少不了明里暗里提携他。但乔木先生谨言慎行之告诫,多少类似木瓜之"去势",此后应物兄乖僻邪谬褪去,聪俊灵秀也换作人情练达——当然与乔木先生、程济世、葛道宏等人不能相比,却已脱彼时如文德斯之"白心"。去为文德能笔记作注,做些个遗世独立开拓思想的工夫,应物兄便不及文德斯、陆空谷,因其"天真"已被"凿破"。天真凿破,类如本根剥丧,焉能不神气彷徨?!此应物兄不可期之缘由也。

三十二、张子房、姚鼐皆为虚拟人物,与桐城姚鼐、汉人张良实无瓜葛。但姚鼐、张子房之名于读者皆耳熟能详,此处以古人之名名当世人物,反收陌生化之效,可谓意味深长也。谓予不信,读此二人行状,不牵想妙得者鲜矣。此亦属《应物兄》义法之一。

三十三、葛任乃《花腔》中人物,据说也有些来历,却在《应物兄》中频繁"出现"。①一处在述及葛道宏观念"来处"——乔引娣以为,葛道宏之"思想",承续自其外公葛任。一处在应物兄为黄兴谋划"头香"时与艾伦对话中,一处在董松龄与应物兄论日本月印精舍时。另有一处,则为补叙邓林与邬学勤教授之关系而设。前一处大有深意,乃反讽之笔——葛任彼时计划之自传并未完成,葛道宏却有自传出版。葛氏自传,在书中唯一"作用",便是应物兄和朗月颠鸾倒凤后用它去擦拭"秽物"。葛任者,个人也。生逢时代鼎革之变,葛任尚有个人文化及种种身份自我确认之动念,斗转星移、时移世易后,其外孙葛道宏也自认为读书人,境界与操守则等而下之。此间亦为一大反讽之笔。

三十四、谭淳在是否随父前往香港之事上举棋不定,芸娘便带她前往姚鼐先生的客厅,听姚先生说学问之道。姚鼐先生追忆闻一多先生,也模仿梁任公先生讲乐府诗《公无渡河》,颇得二位先生风神,其境其情,教谭淳心向往之。但谭淳却不赞同姚先生"乱流不渡,危邦不入。屈平沉湘

---

① 参见黄平:《先锋文学的终结与最后的人——重读〈花腔〉》,《南方文坛》2015年第6期。

不足慕，复生引颈诚为输"①之说。八年后，谭淳也不赞同程济世对谭嗣同的评价，以为此乃"腐儒"之见："潜身缩首，苟图衣食，本是人之常情，倒也无可指责；舍生求义，剑胆琴心，却唯有英雄所为。"②此两处情境虽有不同，却可以作参照解。程济世等人虽有些个见识，知识也堪称宏富，却终究作为有限。③其弊即在此处。

三十五、Illeism，是指以第三人称谈论自己。既可照书中所述解，亦可解作自我之分裂，为神经症之一种。④

三十六、是书上卷第50节，应物兄自季宗慈处读到何为先生"精选集"之介绍语，其中有如下一句："何为教授的著述是理解中国当代知识分子、中国当代精神状况的重要文献。"⑤亦可依此读解《应物兄》。

三十七、《又论水浒传文字》有云："《水浒传》虽小说家也，实泛滥百家，贯串三教。鲁智深临化数语，已揭内典之精微；罗真人，清道人、戴院长又极道家之变幻；独其有心抑贬抑儒家，只以一王伦当之，局量褊浅，智识卑陋，强盗也做不成，可发一笑。至于战法阵图，人情土俗，百工技艺，无所不有，真搜罗殆尽，一无遗漏者也。"⑥此亦可论《应物兄》。程济世、应物兄、费鸣等人是儒家，双林院士之用世之心，更得儒家精神之要妙；雷山巴相好之一所习画作，约略有些道家的意思，此为小道。乔木先生萧然自远，最近道家精神。其他如梁招尘、栾庭玉、葛道宏、董松龄等，非儒非道非墨非法；还有那个释延安，荤素不忌，悠然游走于僧俗两界，是佛家用世的人物。何为先生做柏拉图研究，芸娘曾用心于现象学，那个转瞬即逝却至关重要的海陆曾为济州西学东渐的典范人物。再加

---

① 李洱：《应物兄》，人民文学出版社2018年版，第858页。
② 李洱：《应物兄》，人民文学出版社2018年版，第865页。
③ 何为先生以为程济世未能充分发挥其作用，即是此理。
④ 参见R.D.莱恩：《分裂的自我——对健全与疯狂的生存论研究》，贵州人民出版社1994年版。对此问题的另一番阐释，可参见黄平：《"自我"的多重辩证：思想史视野中的〈应物兄〉》，《文学评论》2020年第2期。
⑤ 李洱：《应物兄》，人民文学出版社2018年版，第432页。
⑥ 李卓吾：《水浒传：李卓吾评本》（下），上海古籍出版社2012年版，第1487页。

上做套五宝的老陈，堪舆有道的唐风，研习古代建筑的章学栋等，足见《应物兄》亦有心于搜罗人与物，做一时代之《清明上河图》。延此亦可得读如是书之法门。

三十八、"哦，我倒是被这段话吸引了，被它感动了。在很多个夜晚，我似乎也有这样的感受，但我的感觉远远没有这么精微。文德斯借用纸和笔，说的是词与物的关系，哦不，说的是词、物、人三者之间的关系。所有对文字有责任感的人，都会纠缠于这个关系，一生一世，永不停息。"①至下卷，则有一节，题为"声与意不相谐也"，所论亦在词与物。词可指称物事心事人事，万千世界物象虽如恒河沙数，泰半可以词明之。然词可指称物，亦可脱离物而自指。何以言之，一部《应物兄》，便是词语之汇聚，其能指称外部世界之诸般物象欤？！说其能，便是能。说其不能，亦是不能。会此，亦可得读解《应物兄》一大路径。

三十九、是书上卷第56节，应物兄为栾庭玉说"知行本体"，"我用的是王阳明的观点。大意是说，'知'的心，与'行'的心，是同一个心。不能'知'是一个心，'行'是一个心。这就是二心了，就是私欲作祟了"②。然为何要说"知"，要说"行"，何不统一说明，岂不两便。阳明先生对此真有评说，"某常说知是行的主意，行是知的功夫；知是行之始，行是知之成。若会得时，只说一个知，已自有行在；只说一个行，已自有知在。古人所以既说一个知又说一个行者，只为世间有一种人，懵懵懂懂的任意去做，全不解思惟省察，也只是个冥行妄作，所以必说个知，方才行得是；又有一种人，茫茫荡荡悬空去思索，全不肯着实躬行，也只是个揣摩影响，所以必说一个行，才知得真。"③下卷数节多次述及芸娘所言胡塞尔现象学所述返归生活世界之精神路径，用心即在此处。更有意味的，乃是文德能所留笔记提及大导寺信辅的前半生。此人关于世界的一切皆自书本里学来，"不依赖书本的事"，"一件也不曾做过"。④书本构成了"介体"，

---

① 李洱：《应物兄》，人民文学出版社2018年版，第434页。
② 李洱：《应物兄》，人民文学出版社2018年版，第485页。
③ 王守仁撰，王晓昕译注：《传习录译注》，中华书局2018年版，第20页。
④ 李洱：《应物兄》，人民文学出版社2018年版，第884页。

唯有个介体存在,他才可能"看到"世界和世界的"美"。这一个夜晚,文德能"再次蓦然从朋友的背影中读出了信辅"。他们在他们的世界,似乎从来没有熔铸一个稳定的"自我",他们携带着若干书本所述之"先入之见",走向虚拟的"街垒"———一种预设的,未必确实的"障碍",如同那个单纯却也顽固的信辅。此为1980年代思想之优长处,亦是其蔽也。①

四十、书中真正窥破20世纪80年代观念之弊的,仅文德能数人而已。文德能自造词曰:Thirdxelf(第三自我)。此词乃"第三"(Third)和"自我"(Self)之"组合"。文德能临终前说完Thirdxelf后,又说两字:逗号。意为此第三自我之"未完成"。亦即其时思者并未能自"中西之辨"中衍生出以"中"统"西"之新的文化观念。②"五四"抑或晚清以降文化的"古今之争"所蕴含之问题,亦与此同。③

四十一、窥破20世纪80年代观念之弊者,不独文德能一人。海陆学思观念之转变及其路径,亦大有深意存焉。海陆本姓陆,为文德能具有精神团契意义之沙龙中重要人物。先研究胡塞尔,被称为陆塞尔,或塞尔·陆,后研究海德格尔,被叫作陆海德,或海德格尔·陆,后来则固定为海陆。这个海陆,于彼时盛行之"西学"似乎有些根基,但依芸娘之见,也不过是鹦鹉学舌,无"自我"之"问题"可言。后海陆去国,来到了胡塞尔、海德格尔的祖国,却转向了儒学,着意于研究王阳明,且有了新绰号:格竹。如作者注释所述,格竹二字源自王阳明,所言乃是阳明先生切己体察后之"应物"工夫,其要在于"格物之功,只在身心上做"。④也唯有在事上磨炼,于身心上下功夫,方有可能熔铸一个"自我"。有"自我"方可论"应

---

① 关于《应物兄》与20世纪80年代之关系,可参见黄平:《李洱长篇小说〈应物兄〉:像是怀旧,又像是召唤》,《文艺报》2019年2月15日。

② 对此问题的详细申论,可参见杨辉:《总体性与社会主义文学传统》,《中国现代文学研究丛刊》2019年第10期。

③ 参见杨辉:《〈应物兄〉与晚近三十年的文学、思想和文化问题》,《中国现代文学研究丛刊》2020年第10期。

④ 李洱:《应物兄》,人民文学出版社2018年版,第891—910页。

物",否则不过将自己的头脑让与他人跑马,断然难以有自己的"问题",遑论新思想之创生。此为《应物兄》一大用心处。

四十二、《应物兄》绝少"抒情",然应物为陆空谷"动心"一节极为醒目,不可轻易放过。沿此,可得读懂应物兄心理之法门。

四十三、《应物兄》阐发"芸娘"二字来历,有言:"芸者,云云也,芸芸众生也;芸娘,众生之母也。"芸娘一人,"似乎凝聚着一代人的情怀"①。老子《道德经》亦有言:"夫物芸芸,各归其根。归根曰静,静曰复命。复命曰常,知常曰明。不知常,妄作凶,知常容,容乃公,公乃全,全乃天,天乃道,道乃久,没身不殆。"又曰:"谷神不死,是谓玄牝。玄牝之门,是谓天地根。"芸娘如凝聚一代人之情怀,其所思、所想、所言、所行,当蕴含复杂义理,当可推衍延伸出《应物兄》之"根底"。

四十四、《应物兄》所述重心在人事,然亦写自然风物,典范如下:

> 在突然的静寂中,映入他们眼帘的,是远处通红的山岗,夕阳的余晖把它染得更红了。因为院子在低处,在阴影之中,所以那院子此时实际上笼罩在一片青色之中,接近于灰色。此时,夕阳的余晖正快速地收敛,所以那青色也在迅速地放大,向山岗蔓延,形成一个漫无边际的空间,一个超级的阴影,一个巨大的无。②

此为栾庭玉等人所见。

> 缓慢,浑浊,寥廓,你看不见它的波涛,却能听见它的涛声。这是黄河,这是九曲黄河中下游的分界点。黄河自此汤汤东去,渐成地上悬河……它的南面就是嵩岳,那是地球上最早从海水中露出的陆地,后来成了儒释道三教荟萃之处,香客麇集之所。这是黄河,它的涛声如此深沉,如大提琴在天地之间缓缓奏响,如

---

① 李洱:《应物兄》,人民文学出版社2018年版,第844页。
② 李洱:《应物兄》,人民文学出版社2018年版,第781页。

巨石在梦境的最深处滚动。这是黄河，它从莽莽昆仑走来，从斑斓的《山海经》神话中走来，它穿过《诗经》的十五国风，向大海奔去。因为他穿越了乐府、汉赋、唐诗、宋词和散曲，所以如果侧耳细听，你就能在波浪翻腾的声音中，听到宫商角徵羽的韵律。这是黄河，它比所有的时间都悠久，比所有的空间都寥廓。但那涌动着的浑厚和磅礴中，仿佛又有着无以言说的孤独和寂寞。①

这天晚上，到了后半夜，他似乎听见外面有匆匆的脚步声。那声音是从浑厚的涛声中浮现的，若有若无。有那么一会儿，他失神地望着窗外的月亮。那是黄河上的月亮。它不是升起于浩渺人世，而是在时间的长河中升起，在亘古的原野上升起。它在空中，在所有的屋顶、树木、山巅之上，在被黄莺的泪水打湿的"最高花"之上。它的颜色和黄河一样，也是黄的。它在浩瀚的天宇飘动，飞行，旋转，呈金黄色。他注视着月亮，月亮也注视着他。在他和月亮之间，浮动着如云似雾一般的幻觉。他同时想到，月光下的河面一定也是一片金黄。但随后，他否定了自己的这种感觉。他知道，月光下的大河只能是黑沉沉的，如铁流一般。②

此为应物所见。

应物与栾庭玉等人，"道"不同，原可不相为谋，强谋之也未必种善因得善果。试看二者所见"物色"，境界高下立判，其所"谋"之事，"运命"亦在其中。

四十五、程济世为其子取名"刚笃"，无奈此子既不刚亦不笃，某一日程先生发现刚笃在吸食大麻，不禁老泪纵横。此后，他整日与程刚笃待在一起。"外则延医以药石去其瘾，内则教诲以圣德感其心，终使程刚笃

---

① 李洱：《应物兄》，人民文学出版社2018年版，第818—819页。
② 李洱：《应物兄》，人民文学出版社2018年版，第840页。

病去身健。"此句寓意丰富，却非偶然为之，乃有出处也。其他如写天津桂顺斋的萨其马用的是真狗奶子加蜂蜜，乔引娣等，皆是此类。

四十六、"默哀"一节后，《应物兄》声调转沉。此前嘈嘈切切错杂弹，叽叽喳喳乱成团，至此则颓然黯然。先是双林院士逝世，再是何为先生仙去，物伤其类，乔木先生也便生出"退场"的意思。不独此也，嗣后梁招尘、栾庭玉、葛道宏等上层人物也渐次退去，华学明疯癫，雷山巴远游，那个时常上蹿下跳的卡尔文也时日无多……真个忽喇喇似大厦倾，昏惨惨似灯将尽，也端的是家富人宁，终有个家亡人散各奔腾。且看得知芸娘病势转沉，应物兄停车吸烟时所见之外部世界：

> 窗外，雪花飞舞、陨落、消融。路边的麦地里，最后的绿色正被白色覆盖。鸦群散落在麦秸垛上，背是白的，翅膀是黑的。他想，此时此刻，那雪花也应该飘落在程家大院，飘落在那片黑色的屋脊之上。那屋脊，先变成灰色，再变成白色。雪花当然也在镜湖上空飘落，就像从湖面升起的浓雾。它飘落在凤凰岭、茫山、桃都山，以及整个太行山地区。那雪花当然也飘落在桃花峪，飘向九曲黄河。雪落黄河细无声，风掀雪浪向天际。①

这雪花或也将飘向异国他乡，飘向程济世所居之桴楼，寂然无声，却漫无边际。

如此，"忽喇喇似大厦倾"终"落了片白茫茫大地真干净"。

四十七、如是读，美则美矣，却未尽善。《应物兄》仍有"上出"之象，可作"贞下起元"解。芸娘离世前，文德能与陆空谷已拟定婚期，此事或为芸娘促成。陆空谷的父亲，便是那个由"西学"转向"中学"的海陆，或说格竹；文德能乃何为先生弟子，又是文德斯的弟弟，也是天赋异禀。这二人的结合，是赓续文德斯或 20 世纪 80 年代一代人之经验，也是超越其局限的不二之选。一如共济山上济哥的欢唱所呈示之象："万物初始，

---

① 李洱：《应物兄》，人民文学出版社 2018 年版，第 978 页。

所有的生命都回到了童年。"① 这话换作人事有代谢，往来成古今，也无不可。

四十八、一曲终了，大幕将落，诸人散去，或死或伤或进或退。"问学"之道，自然也有个落脚处。落脚处何在？在曾被目为疯癫实则"隐"于"野"的子房先生所著《国富论》上。如书中所述，子房先生曾翻译亚当·斯密之《国富论》，并为该书作题为《看不见的"手"》的序言。此序言影响之大，一时无两。然此《国富论》非彼《国富论》，乃是子房先生居身仁德路程家大院多年所得。如其所言，"只有住在这里，我才能够写出中国版的《国富论》。只有在这里，你才能够体会到原汁原味的经济、哲学、政治和社会实践。只有在这里，你才能够看见那些'看不见的手'"②。此为前文批评学者游谈无根后之正说。

四十九、程伊川《遗书》有言："学莫大于致知，养心莫大于礼义。古人所养处多，若声音以养其耳，舞蹈以养其血脉。今人都无，只有个义理之养，人又不知求。"又云："古人为学易。自八岁入小学，十五入大学，舞勺舞象，有弦歌以养其耳，舞干羽以养其气血，有礼义以养其心，又且急则佩韦，缓则佩弦，出入闾巷，耳目视听，及政事之施。如是则非僻之心，无自而入。今之学者，只有义理以养其心。"《应物兄》中诸生，如程济世，如应物兄，无意养心，不能格物，所学仅止于义理。义理却也与心体不通。圣贤所论之修养工夫，今已不存，其弊甚大。如不赓续此一传统，则是书所述之心体问题，断然难有个了局。此亦为《应物兄》之大用心所在。

五十、如何"养心"，怎样"应物"，庄书所论甚明。毕莱德所撰《庄子四讲》可做参照。如其论"运作""天人""浑沌"，要义皆在"主体"。主体何为？应物是也？应物并非接物，亦非物我互证，乃更有进境。昔夫子教颜回一则忘仁义，再忘礼乐，至坐忘方为至境。③"主体"于物我交互中之修成，此间有重要法门。

---

① 李洱：《应物兄》，人民文学出版社2018年版，第970页。
② 李洱：《应物兄》，人民文学出版社2018年版，第1038页。
③ 参见毕来德：《庄子四讲》，宋刚译，中华书局2009年版。

五十一、曾昭旭《孟子义理疏解》论"修养"章有言:"修养之要",在"使这昏昧自旷的心重新发用,此所以说'学问之道无他,求其放心而已矣。'而如何去求此放心?则实仍只能是此心主动自发地自求而已,此之谓'反求诸己'。这时,人要自省:我向日之过错因何而生?什么才是我内心中真正想要的?而领悟到往日之错,都无非来自错把不重要的当成是最重要的,因而违背了自己真正的意愿而不自知。孟子由此引出'仁''义'的概念;原来'仁义'非他,即自己良心本性本愿而已。"会此,则便"合于仁义而为道德之行","此之谓发心、此之谓'自得'"①。能自得如此,《应物兄》中便无诸多"妄作",亦不至于劳而无功也。

五十二、钱穆《孔子与论语·再劝读论语并论读法》援引程子语三条。一曰"今人不会读书。如读论语,未读时是此等人,读了后又只是此等人,便是不曾读";一曰"读论语,有读了全然无事者,有读了后直有不知手之舞之、足之蹈之者";一曰"颐自十七八读论语,当时已晓文意,读之愈久,但觉意味深长"。②知此读法要义,可以与之论《应物兄》。

---

① 王邦雄、曾昭旭、杨祖汉:《孟子义理疏解》,鹅湖月刊社2010年版,第107—108页。
② 钱穆:《再劝读论语并论读法》,商务印书馆2014年版,第18页。

天何言哉：《星空与半棵树》中的自然和人

一

是书名为"星空与半棵树"，乃两种意象的并置，前者至高至大至远，后者至小至弱至微，虽同在天地之间，为人所能目见的物象之一种，却似乎相去甚远，可谓风马牛不相及。然通观全书，可知二者交相浑融，互相参照，几乎无分轩轾，遂开上下四方，纵横开阖的阔大空间。主要人物及核心线索虽颇为清晰，但旁支斜出之笔墨亦复不少。读来深觉如入秦岭，眼前奇峰壁立千仞，足底山路清晰可辨，仰观俯察，不执一端。则沿途所见所感即刻消息繁多，花草树木形态各异，流云山风变态万千，有实有虚，有可见而不可感，可感却不可见，有需以目观之，有需以心会之，然心之不同，则目之色异，岂独实见、实感、实境所能简单描画？亦非人事、物事、心事所能全然统摄，其间"他界"声音不绝于耳，就中天地大美不言，故而读法不妨多样，路径也不必单一。然无论"游踪"如何调适，均不能脱"天"（自然）"人"（人事）两端。

以"人事"论，则安北斗、温如风、南归雁、何首魁、孙铁锤、草泽明、孙仕廉、牛栏山及周边人物繁复如网，矛盾起伏无定，所涉问题亦颇为庞杂，细究可知纬度多端，耐人寻味也引人深思，不独故事而已，单论"故事"亦言之不尽。次以"他界"视野观之。那一只特立独行的金色猫头鹰，于作品开篇即呈示与俗世人间大为不同之世界观察。其既可"入世"，为人警示死生之境；亦能"出世"，居身高山之巅，俯瞰人间种种。天地人我，得失荣辱，动静进退，皆有评说，足补"人事"之不足，亦开"他界"之幽微。由此延伸，即可得读入该书另一重要法门。如此仍然不够，还可从安北斗、温如风这一对类如堂吉诃德和桑丘·潘沙的互衬互照的人物，及其呈示之不同观念，各样肚肠中生发出一番思虑：安北斗热爱仰望星空，其目光远矣大矣，乃宏阔之象；温如风纠结具体得失，其思既近且小，为精微之喻。于此"广大"和"精微"之间，天宽地阔、万物生生，人事亦堪称繁复，有多少话头可供言说。"人事"言之不尽，以"他界"言之；"他界"言之不尽，则打开"天眼"。[①] 让"人事""他界"皆复返浩渺无边之"自然"之中，以"上下四方"（宇）为参照，"往古来今"（宙）为视域，思量处理天地、物我、荣辱、进退，如此，则何所见、何所思、何所得？书中皆有话头可供参详。若能"照顾话头"，便知意味深长。

如书中人物所言，目光若能放开，便知"天地有大美而不言，四时有明法而不议，万物有成理而不说"。阴阳和合，四时交替，万物生生，"人事"亦随之进退、成毁，当事人尚未觉察，观者已知斗转星移、物是人非。此为就其变者而言。"人事"倏忽，变化无定，然变中亦有常：四时流转为一种；"人事"代谢为一种；"人事"源出于"自然"，却意在脱嵌于"自然"，最终仍需返归"自然"，亦是一种。是书于后一种，最为着力。

二

如作通观，可知书中亦有类乎"诗眼"的独特安排，本乎"诗眼"，便可前后贯穿，纲举目张。各色人物、种种观念、不同视域汇于一处，彼此照应、交互成就所开之复杂境况，在全书第九十八章。该章上承温如风、孙铁锤"半棵树"事件所引发之系列反应至白热化时之胶着困局，下开孙铁锤所经营之"事业"忽喇喇似大厦倾后，北斗镇困境解除转入欣欣向荣的"上出"之境，乃是颇有深意的重要一笔。或是为了说明虚实相生、"物""我"交汇，"他界"与人间世互相补衬之复杂寓意，第九十八章以独幕剧《四体》呈现。此间所谓"四体"，乃是理解全剧观念之四重维度，

[①] "天眼"一说及其意义，可参见翟业军：《退后，远一点，再远一点！——从沈从文的"天眼"到侯孝贤的长镜头》，《文学评论》2022年第2期。但此处所论，还要再开阔一些。

亦可扩而大之,将之视为全书读法之一种。"四体"交互影响,彼此"成就",共同表征全书诸种"声音"的浑融之境。虽非鲜明之"复调",用意庶几近之。

何谓"四体"?安北斗是一体;孙铁锤是一体;何首魁是一体;作为最终"审判"的阎王,又是一体。全剧以阎王开篇,矛盾的重心却在孙铁锤。斯时腰缠万贯的孙铁锤早已忘乎所以,几近癫狂,因欲火焚身难以自持,遂命人绑架花如瓶,北登"天床",行那不可告人之事。安北斗闻知花如瓶失踪,猜度必与孙铁锤有关,遂按图索骥,前来救援。何首魁在全书前大半部对温如风并不客气,便被误解为是与孙铁锤之流沆瀣一气、狼狈为奸的人物,然此人面恶心善,早对孙铁锤不满,却苦于证据缺乏,难于将前者绳之以法。此番知晓那孙铁锤色胆包天,竟然绑架花如瓶,便生了除恶扬善之心,不计个人利害得失,将那孙铁锤击毙,自己也因之牺牲。孙铁锤死后,其魂魄为阎王收走,目的自是地府。何首魁魂灵则被"天使"迎去,有诗为证:"任何黑夜都有明亮,/任何土地都有芳香。/我们来自九天之上,/我们来自万里他乡。让曙光照亮他黧黑的脸庞,/让太阳愈合他浑身的创伤。/我们一路向上,向上,/那是这颗灵魂该去的地方!"全剧由贯穿全书的那只猫头鹰"报幕",也是颇有寓意,先不细述。《四体》虽为一折戏,且是虚境,洵非实写,但不妨作实境读。孙铁锤与何首魁,前者为恶,后者为善,也是果报不爽,善有善终,恶有恶报。如是以虚写实,较之一味实写更具意味——既终结了孙铁锤,也叙述何首魁观念(形象)之变。同为身死,意义自然不同。"地府""天堂"之象,用意虽然直白,却耐人寻味——此处也不详述。

独幕剧《四体》仅拈出四人,以"安排"孙铁锤、何首魁的命运,也逐渐收束全书。但依此思路粗略计算,全书计有八体。何为八体?温如风是一体;安北斗是一体;孙铁锤是一体;何首魁是一体;草泽明是一体;南归雁是一体;猫头鹰是一体;"天地不仁"之"自然",亦是一体。若要大致归类,则为六体:温如风、牛存犁是一体;安北斗、何首魁、南归雁是一体;草泽明是一体;孙铁锤、孙仕廉是一体;猫头鹰是一体;"无为而无不为"的自然是一体。如再进一步提炼,则为三体:人间世情纠葛为一体;猫头鹰的人世观察所代表之"他界"为一体;无为而无不为的自然为一体。

这三体彼此参照,交相浑融,呈现的乃是浩渺无边之境,却有层次之分。"人事"及其所敞开之世道人心、众生万象为一层;猫头鹰所表征之"他界"[①]视域以开显理解"人事"之另一维度为一层;容括"人事""他界"等的"自然"运化,则为无处不在的另一层。"自然"运化,不独可自地球言之,亦可在宇宙之无涯无尽中理解。此思路近乎冯友兰所论之人生四境界所彰显之精神层级。由自然境界至功利境界,再至道德境界,而以天地境界为终极视域。四境界并非简单的四种层级,而是可以多元共在的。如那安北斗、温如风在杨艳梅别墅院内发现老槐树后一仰观、一俯察所开启之不同精神思虑,便难有层级之分。此亦如庄书申论"小""大"之辨,其意并不在尊大而贱小,而在无论人、物,各安其位,各尽其分,"小"便是"大","大"亦是"小"。此间有"张力",却无"讽喻",绝非简单的二元选择,而是彼此共在。"小""大"共在,"远""近"共在,"天""地"亦共在。

以此眼光看去,则温如风事件及其所引发之旷日持久的现实难题,以及因此牵动之政治、经济、文化各种层级各色人等的不同反应,连同逐渐打开的北斗村—北斗镇—永宁县—省城—京城这一由最基层的单位拓展至最大空间转换过程中,种种人事、人性、人心及人之命运的转换,为全书叙述甚详,用墨最浓的部分。无需多论,以之为重点抉发其意旨,似乎顺理成章。但通观全书,可知仅自人事理解,并不足以抉发多种"声音",杂然并陈所开显之复杂视域。全书以"猫头鹰说"开篇,也以"猫头鹰说"收束,并非随意为之,乃有大义存焉。这品种高贵的金色猫头鹰颇有些见识,对全书人事、物事种种皆了然于胸,它身居阳山冠,进可入北斗村观察人世死生,洞悉人间得失;退可上阳山冠顶,俯察山间风气变化、同类命运流转,对人为造作所致生态环境之破坏,感受尤为痛切。以其所见之自然为参照俯瞰人间,别有一番出奇见解,且看它如何论说北斗村世事人

[①] 古代小说常有"他界",动物界、仙界、冥界,皆是如此,如《聊斋志异》所述之他界故事最为典型,亦是传统思想所开显之世界眼光之典范。参见郭玉雯:《聊斋志异的梦幻世界》,学生书局1985年版。

物："孙铁锤最大的问题是无知无畏、胆大包天，以为世事靠钱靠权靠野蛮就可以包揽。岂不知世事难料、变化万千，老想博取点赞，往往收获的就是一顿实锤乱砖；早上还在过寿，晚上嘎嘣完蛋；昨天还台上表演、吆五喝六，明天就被一绳捆去做了囚犯；一切都很薄脆，尤其是荣华富贵。荣誉、美好、亮丽、光鲜，比闪电短暂，比露珠易干。"其思其想，颇有些"好了歌注"的意趣，乃人事思考的重要参照，聊备一格。

作者好写也善写动物，如《装台》中有"好了"，还真应了"好便是了，了便是好"之说——刁顺子生活、情感甫一安定，便矛盾再起，如此循环往复，端的是"好""了"相继，"破""立"无边。① 《喜剧》中也有一条柯基犬，它洞悉人生活的幽微难明之处，成为开显书中世界的重要一维。《星空与半棵树》中的这只猫头鹰，所思所想所论通贯全书，且意义独具，不可视作闲笔轻易放过。它思考死生、得失、进退，也言说人事与自然、自我与他者，虽不脱"入世"见解，却也多有"出尘"之思。由它居身之阳山冠于人事进退之际的诸般变化为参照，更可知单以"人事"兴废理解外部世界观念之局限。此"他界"开启之思想根源，为读解全书世界观念不可或缺之重要一维。

人事、物事，皆在天地之间，不脱自然运化之基本规则。人事起伏无定，自然却运转如常。春生、夏长、秋收、冬藏，四时流转，阴阳交替，即便偶有"意外"，自整全之视野观之，则意料之外亦在情理之中。有诗为证："人事有代谢，往来成古今。江山留胜迹，我辈复登临。"② 此间常与变，成与毁，生与灭，老子将之总括为四字——"天地不仁"。孔子亦有感叹："天何言哉？四时行焉，百物生焉，天何言哉？"天地可以不言，人却不能不言。仰观俯察，多元感通，终究不能脱离人在宇宙中的位置，及其限度与可能这一困扰古今中西思想家，也事关人之生存境遇的重要问题。

---

① 参见杨辉：《陈彦与古典传统——以〈装台〉〈主角〉为中心》，《小说评论》2019年第3期。

② 第五十三章在征引此诗后，安北斗还生出今昔对照，世事无常也有常的感慨，可一并参照。

三

前述"三体",虽无简单的层级高下之分,却有持存、开显之境界的区别。以此为视域作整体观,可知《星空与半棵树》具有贯穿意义的线索之一,为温如风因半棵树丢失而不断上访的过程,但本书却不是"上访小说"[①];温如风的上访行为及其所引发之连锁事件愈演愈烈,自然涉及各级政府的不同应对,以及不同部门上下级之间的微妙、复杂的关系,其间有人官运亨通,有人被排挤、被边缘化,有人私欲泛滥,置民生于不顾,也有人关心民瘼,为民请命。此间故事,深入腠理,开人眼目,却也不是一般意义上的"官场小说";孙存盆及其子孙铁锤相继做北斗村主任,掌握该村发展方向,也在不同时期因应时代潮流之变,引导甚至全然左右了一村人的观念、情感、生活状态及经济状况,关于乡村数十年间发展变化之书写也堪称细腻丰富,却也不是一般意义上的"农村题材"作品;再如那杨艳梅调入县城后与储有良暗通款曲,且逐渐生出背叛之心,终于使自己与安北斗这一段原本令人羡慕的夫妻关系以离婚而告终,中间故事跌宕起伏,让人愤然慨然,却也不是惯常所谓"情感小说"。安北斗与杨艳梅之情感关系,可谓成也星空,败也星空。安北斗毕业返回北斗镇之后不久,便因学历高、工作好且喜好特殊而引人注目,那杨艳梅及其母当初相中安北斗,现实的具体考虑虽必不可少,安北斗喜好仰望星空,不同时流,亦是重要原因之一。孰料时移世易,观念亦易,安北斗成了岳母口中的"摘星星的骗子",因所爱无力作用于具体的现实而被嘲讽。在全书故事推进过程中,安北斗对星空的观察,以及以高远之星空为参照,思考人事之得丧、荣辱、进退之际,"星空"所包含着的丰富的知识成为书中引人注目的重要部分,但该书亦非书写"星空"之作。前述种种有大有小,有显有隐,有实有虚,有需自文本总体观之,其意方显者;有仅自文本内部观察而意

---

① 对此,作者亦有自述。如其所论,温如风之"出访",颇有原型本事可循,不过仅为"话头",并非全书重心。参见陈彦:《说说〈星空与半棵树〉》,《作家》2023年第4期。

义难以体察,须得放开视野,自书中所述之人事物事所关联之现实参照抉发始有所得者。其中有普通人情感、运命之变化;有一村一镇于大时代中之发展;有在此发展过程中世道人心人情之变,有既关乎当下生存状况亦关乎后世永续发展之宏大议题。就中最为醒目也最具时代和现实意义者,莫过于"自然—生态"问题。书中另一特出人物草泽明不厌其烦,反复申论"天道"与"人道"之关系的根本落实,便在此处。

全书核心故事,泰半发生于"秦岭"南北,为极具现实表征意义之重要文化地理意象。先秦以降两千余年间,关于秦岭(终南、南山)[①]之文学叙述始终不绝,且在不同时期存在着观念的较大差异。或将秦岭视为异己之存在,必欲避之而后安;或将其视作可以寄托身心获取现实和精神安居之所在,必待融入而后逍遥自适。无论古今,以此两种"态度"最为紧要,也最具典范意义。如韩愈、柳青,约略为前一种;如王维、贾平凹,可归入后一类。陈彦《主角》中亦不时述及秦岭,亦属近乎王维的"内在于天地自然"之态度。秦岭既属远离尘嚣,独具精神意义之所在,亦属艺术家自我开拓所可参照之深具美学意味的博大、雄浑之象。至《星空与半棵树》,"自然"所蕴含之意义更为丰富也更加多元,亦在多个层面上触及新的时代语境下重要的现实议题。

且看北斗村及北斗镇数十年发展过程中种种事件所蕴含的观念和现实之变。北斗村因周围山形地貌形似北斗七星而得名,美丽而不富饶,历任领导皆在经济发展方式上煞费苦心,却收效甚微。书中对此亦述之甚详。先是南归雁意图以"点亮工程"发展旅游经济,事后证明不过是饮鸩止渴的短视之举,对生态的破坏一时难以估量。继而蓝一方努力发展甘蔗酒业,最后也是以失败而告终,甚至几乎酿成一场事变。倒是因铁路修入秦岭,群山为之沸腾,孙铁锤在侄儿孙仕廉的帮助之下成立了砸石头公司,迅速赚得盆满钵满,也带动着一众乡亲发家致富。但此种"粗放式"发展的弊端也十分明显,孙铁锤的采砂船昼夜不息,将温如风房前屋后的河道挖掘

[①] 关于此意象所关涉之复杂问题,参见杨辉:《终南山的变容——晚近十年陕西乡土叙事的"风景"之喻》,《南方文坛》2022年第5期。

得千疮百孔，地貌被迫一变。如此仍不能满足日渐被激发的欲望，孙铁锤动念以"洞室松动大爆破"炸毁山体，以获得更多碎石，赢得更多利润。那时，北斗村几乎人人参与，皆兴奋不已，一时间村中安宁不在。嗣后，"大爆破"留下隐患，一场极具毁灭性的"余爆"令北斗村人为之心惊。此事所致之山体塌陷触目惊心，遥望北斗村，一如宇宙大爆炸后的废墟，"山石崩裂、峭壁倾倒、断崖残峰、险不可攀。一只'虎腿'（北斗村山形酷似下山虎，笔者注）带那截'胯骨'，完全变成了一滩仍在继续垮塌的乱坟场"，"真是满目狼藉、惨不忍睹"。人为造作所致之现实恶果，于此朗然在目，堪称震人心魄。此书中类如草蛇灰线的议题之一，为读解全书重要法门。

温如风、孙铁锤的矛盾纠葛虽然醒目，其后所呈示之时代阶段性主题之变却更为紧要。孙铁锤之成败，南归雁之起落，甚至温如风之得失，貌似仅关乎一时一地若干人物之观念、行为，根本上却关涉更为宏阔之时代命题。若无时代观念之新变，单是南归雁、安北斗、草泽明，断然无力挽狂澜于将颓。全书故事时间绵延不过十余年，但一书读罢，教人顿生沧海桑田之叹。日月经天，江河行地，人事倏忽，得失难料。然总有一二重要人物，能充分感应时代观念之变，开启全新的现实创造。他们即便身处低位，依然心雄万夫，哪怕身处低谷，遭遇险境，仍秉淑世情怀，内含天地正气。这样的人物精神振拔，行为特出，却为书中世界的重心，乃精神之所系，如松如柏，岁寒，方知其后凋也。安北斗、草泽明、南归雁皆是此类。安北斗时常仰望星空，能思人在宇宙中之位置，乃是"远想出宏宇，高步超常伦"的重要人物；草泽明深谙世态人情物理，可以应物变化，能重整精神"乾坤"，其思其想亦儒亦墨亦道，乃是识见卓越的乡间智者；南归雁则奋发有为，胸次开阔，不拘于己见，不泥于成说，故能感应时变，且可开出新说，乃是实践层面的重要人物。此三者，观念、行止、际遇并不相同，却共同形塑着全书自然和人关系之变的重要意旨。其所见所思并非虚言，乃有实效，可证之以全书"四时"风物转换，及其意义之变。

四

人事跌宕起伏，哀荣难有定在，"四时"却运行如常，端的是"人面不知何处去，桃花依旧笑春风"情境之再临。安北斗对此体味尤深，某一日忆及孟浩然"人事有代谢，往来成古今"句，他顿生世事更替、生灭代谢、古今同慨之感："也许过去世事发展缓慢，往来成古今甚至用千年百年说话。"到了此时，"寒来暑往、春去秋至的人事更替、涛走云飞，常常像在一瞬间。有时只感到无法概述、无从说起，而世事已是匆匆过往、花开花谢了"。花开花谢，犹有定时；人事转换，殊难把握。书中人物被人事纠缠、挟裹，甚至于内外交困、身心俱疲之际，无为的自然依然春回大地，万物竞发，一派生机：

一场春雨，加上荡漾的春风，把北斗村烧火粪聚下的烟雾，刮得干干净净。大地显出湿漉漉的润泽感来。数处桃花，也赶在柳梢绽开前，艳炸地抢了春的头彩。喜鹊生怕人看不见似的，要跑到人前屋后，叽叽喳喳，把人的视线朝春之眼上引，好像春天是它们带来的。就连坡上觅草的羊，都你钻我挤地加快了兴奋的脚步。

春来草青，桃花盛开，万物萌动，其间数个重要人物却难以感知。斯时正是温如风返家途中被打，凶手逍遥法外，带累得安北斗分外焦灼的关键时期。安北斗虽劳心费力，矛盾却愈演愈烈，难有了局。斗转星移、春秋代序，但人事焦灼，无力疏解，不如去看鸢飞鱼跃、风物闲美：

眼看到了立夏时节，整个勺把山上的阔叶林带都茂密得蓬住了天。春生、夏长、秋收、冬藏。现在就是最疯狂的生长季节。从山头望开去，除了盘龙一般的逶迤河道被粼粼清波荡漾着以外，群山苍翠、万树俯仰。奇花异草、百色虫鸟也都争奇斗艳、竞相舞动鸣唱着。一群野蜂甚至让他想起了在大学时，学生乐团演奏的《野蜂飞舞》，充满了生命的跳跃与灵动，声音的狂浪与奔放。而他现在就在置身于这群欢乐无限的野蜂之间了。他们追寻着无尽的花蕊，在嘻嘻狂欢，声音动作都带着春天的节奏。而躺在杜鹃、凌霄、紫薇、金银花丛中的他，就是这辽阔舞台上的唯一观众。同时他还新奇地感到，浪漫的野蜂、蝴蝶、蜻蜓、蚂蚱，在天地间编织了一个巨大的笼子，他在笼里，而它们置身笼外，自由而放浪形骸。

这仍属安北斗所见所思，与其仰望星空所获感悟之于自我的心灵安妥作用一般，多少有些类似苏轼自陶诗中发现的"内在乌托邦"的意趣。此"内在乌托邦"具有"道教洞天的核心特征"，并不向所有人敞开，唯有慧心妙悟的"冥想的心灵可以抵达"，且不论他"现实的物理位置或外在处境"①如何，一念（冥想）之生，得见如来（内在乌托邦）。其时温如风暂时安稳，南归雁的"点亮工程"却让他心思烦乱，不由得游心物外，颇多感怀。"他知道这七座山上除了没有虎豹、黑熊这些伤人的大动物，山羊、麋鹿、麂子、锦鸡五花八门，应有尽有。连娃娃们都敢钻进半山中扑蝴蝶、逮画眉、捉刺猬、躲猫猫"，不难想见，随着"点亮工程"的逐步展开，不独让他心醉神迷的星空渐次消隐，这人与万物和谐相处之美景亦不复得见。此后未几，随着数座山连接而成的"人造银河系"逐渐"点亮"，天空的银河系"却慢慢暗淡下去"。斯时人群一片欢腾，于锣鼓齐鸣、烟花飞溅之际，安北斗却"号啕大哭起来"，一时泪不能禁。仍是斗转星移，人事倥偬，这一年秋天，温如风处境已十分艰难，安北斗也是家庭破裂、心忧神劳，没个安排处。何以解忧？唯有仰观俯察、感应天地消息：

这天的晚霞，比任何一晚都更光焰四射，山河尽染。如红墨水、如红洋漆、如火山口、如喷涌而出的血浆。太阳这个大火球在落山时，把身后的云彩拿一种纯而又纯的血色，用大泼墨的笔

---

① 杨治宜：《"自然"之辩：苏轼的有限与不朽》，生活・读书・新知三联书店2018年版，第228、228页。

触,一泻千里地泼洒得跟千百万人厮杀着的战场一样惨烈。它却滚到地球的另一边,大致仍是以人类最宝贵、最尊严的金黄色面目,威风凛凛地冉冉升起去了。

俯察品类之盛,"四时佳兴"虽好,难与星空比肩。还是安北斗,他"站在院子里,仰望了一下星空,远处依然有隐隐约约的闪电,但深空已然是繁星满天了。一些星团,甚至今夜故意在给他展示那密云般的拥挤布局与亮度,美得像画。可谁又能画出这样开阔、丰富而又深邃的天幕呢?"正因有此仰望星空所获之超迈心境,安北斗得以超然于人间世诸般矛盾纠葛。此作者以颇多笔墨详述安北斗仰望星空所见之根本目的所在。星空宏阔高远、莫知涯涘,正可映衬人事之微渺与有限。人事有涯有尽,宇宙自然恒久,相较之下,如何不教人顿生虚妄无力之感?连那黍离之悲,家国离乱之思,也显得小了。

俯瞰着群山在狂风暴雨后的寂静,尤其是在金黄色阳光照射下的晚秋,他发现自己所处的山地是如此气象宏大、苍茫辽阔。造物主像是打乱了调色盘,竟然把七星山皴擦点染得金黄、炸红一片。那些突然出现的堰塞湖泊、飞瀑流泉,吞吐大荒、妙造自然,是谁裁剪得如此混沌雄强?山风清朗、沧海桑田、真气充盈、万象昭彰。

当是时也,安北斗不由得感慨:"这简直是悲壮而丰实的宇宙的一个缩影啊!"以之为参照,温如风、镇北漠等对他的牵引、挤压所致之形而下的纠葛即不足论。"许多事情身在棋局之中,又需内心活在赛场之外。不屈从于任何欲望纠缠撕裂,就活得游刃有余、自由奔放",此非大言炎炎。有这涵纳万象、包容载重之"宇宙"为依托,此心光明,夫复何求?"我是我眺望的一切景色的君王,/我在那里的权力无可置疑。"此如伯林所言之"内心的城堡",却不是简单的"消极的自由",亦即"通过放弃自己在外部世界实现任何目标的愿望",方成"核桃壳里无限空间的君王"。①安北斗洞见于此,胸中隐然有自得之乐,却并不去做"自了汉",而是要把自家所得所见推于他人。他不顾官场规则,明确反对南归雁大张旗鼓展开的"点亮工程",对蓝一方的甘蔗酒业亦颇有腹诽,尤其反感孙铁锤炸山取石,毁坏山林的行为。北斗镇虽地处偏僻,却为自然妙造,颇多山水形胜,惜乎其中人物大多自外于山水而无力感应"天地之教"。其时安北斗虽无自然—生态观念为依托,却也直觉到以人事得失为鹄的改造自然观念之鄙陋,并反复申说。时机未到之际,其说被视为落后、"狭隘"而屡遭排斥,一旦时代阶段性观念开出新境,便逐渐转化为现实。一如春风过处,万物复萌,势不可挡。

五

"人事"与"他界",皆不能脱无言而永在的"自然"。反之,"自然"与"人事",也不能截然两分。古人谈天象,说天文分野,并不迂阔,用心全在人事。②"在天成象,在地成形"③,此属北斗村、北斗镇与天文对应所隐含之意义。《星空与半棵树》细述人事之变,亦写自然运化、四时交替,初时二者似乎各安其位,各行其是,甚至人事足以左右自然;然而历经种种阶段性"试错",也饱尝自然之反噬力量后,人终究意识到了从"内在于人间世"转向"内在于天地自然"④之重要性和迫切性,非独观念之变,乃具充足之实践意涵。故此,全书故事行将终结处,人自外于"自然"甚至以人事之力征服自然所致之问题触目惊心,但自然的伟力

---

① 杨治宜:《"自然"之辩:苏轼的有限与不朽》,生活·读书·新知三联书店2018年版,第228页。
② 参见曲柄睿:《天命、天道与道论:先秦天人关系理论的形成与发展》,《史学理论研究》2021年第4期。
③ 对此观念所蕴含之复杂意义的析论,参见邱靖嘉:《"普天之下":传统天文分野说中的世界图景与政治涵义》,《中国史研究》2017年第3期。
④ 参见萧驰:《诗与它的山河:中古山水美感的生长》,生活·读书·新知三联书店2018年版。

（某种意义上的自我修复能力）令人惊叹：

> 当一场年近百岁老人都没有见过的狂风暴雨后，整个北斗镇似乎都发生了地理学上的变化。一些沟壑填平了，一些卯梁隆起了，一些溪流消失了，一些泉眼又洞开了。据说几十年前曾经有过的瀑布，又在阳山冠上奔涌而下，让"石床"变成了飞流直下的落差点。而勺把山上那个被炸掉的"虎大胯"，又在更上端涌下来的"走蛟"上，堰塞出一个深不见底的天然湖泊来。

人为造作十余年，眼见天翻地覆，不独既往生活观念被逐渐废弃，人人趋名逐利，罔顾人伦道义，山形地貌亦被毁坏。因之新变必然包含精神世界重组与生活世界重建之双重意涵。前者以草泽明重修之"乡约"为代表，后者则属更大范围也更具现实实践意涵的重大变革，具体落实于县政府人事的变动及其后发展观念的调整。

颇具深意的是，南归雁"复出"，成为武东风的继任者，为永安县县委书记，历经十余年间在不同岗位上的历练之后，南归雁的观念也发生了较大的变化。他不再支持原本由他起念且费心极多的"点亮工程"，而是从安北斗仰望星空中获得灵感，发觉了在北斗镇创设"星空"生态旅游的重要意义。此为全书极为重要的一笔，乃是种种矛盾、种种问题、多个层面复杂交织之后最具观念和现实意涵的重要选择，不仅具有总括全书的复杂寓意，亦足以开出指涉现实且深具实践意义的重要一维。其所依托之自然观念，近乎儒家所论之"整全生机观"，即不再将人自外于自然，以人力"征服"自然而获得发展，而是将人重新归入"自然"的宏阔背景中一并考虑。此种自然观念，在多重意义上，乃是"新'天人合一'的生态文明观"要义所在。[①]

深具重要现实意涵的新"'天人合一'生态文明观"，既有"返本"之义——其核心思想，源出于中国古典天人关系的重要义理；亦涵"开新"

[①] 参见杨辉：《"未竟"的创造：〈创业史〉与当代文学中的"风景政治"》，《中国现代文学研究丛刊》2022年第11期。

之境——其所蕴含之处理人事与自然关系的新视域，足以打破晚近西方盛行的自然观之局限，打开更具时代意味的新的实践的可能。《星空与半棵树》写"广大"与"精微"两种世界观念的复杂博弈，写传统观念乡间赓续之断续，写人事纠葛自然永在之常变。而人事、"他界"、自然运化等等融汇一处，便是这自然观念根本变化的要点所在。其义既深且远，绝非简单的文本世界意义推演所能涵纳的。无论是观念缘起还是最终落实，书中所述种种皆可归因于马克思的如下判断："哲学只是解释世界，问题在于改变世界。"此属深具实践意涵的思想的题中之义，亦是行动的文学之根本价值所托。

论《雪山大地》中的史·诗·思

《雪山大地》中故事开始的1959年，远在千里之外皇甫村的柳青笔下虚拟的蛤蟆滩，已然完成了互助组的初步建设，正在展开更为复杂的新的时代内容。而在一年前出版的《山乡巨变》中，盛淑君等人对全新生活的历史性创造亦有初步进展。1950年代深具历史和现实意义的美好山乡的持续巨变在柳青、周立波笔下得到了极为细致的描画。然因复杂的现实缘由，《创业史》《山乡巨变》所述仅止于1950年代，对此后六十余年山乡持续巨变的文学表达尚待后之来者。仅以陕西文学论，此后六十余年中国农村社会主义实践的更为复杂、更具历史意义的展开，在《平凡的世界》《浮躁》《秦腔》《星空与半棵树》等作中得到了可供贯通理解的细致叙述。不同作家身处不同时代，观念、审美皆有差别，但中国乡村六十余年间的沧桑巨变及其意义，却可谓朗然在目。若通而论之，可以"风景政治"[①]阐发其间"常"与"变"的辩证及其历史和现实意义。《雪山大地》所述虽为青藏高原，却与前述作品分享着大致相通的历史和现实资源。如此，其起自1950年代末，阶段性终结于21世纪的第二个十年的宏阔叙述，亦可归入《创业史》《山乡巨变》所持存开显之"社会主义风景"中进行阐释。

书名"雪山大地"，要义约略有三：一为书中人物（不限于藏族）所尊奉之自然神祇。如开篇所述："阿尼琼贡意为鹫峰，是阿尼玛卿草原人人注目的地方，它有一座远近闻名的古老祭坛，专门用来祭奠藏族人最原

[①] 对"风景政治"及其意义的细致阐发，参见杨辉：《"未竟"的创造：〈创业史〉与当代文学中的"风景政治"》，《中国现代文学研究丛刊》2022年第11期。

始的自然崇拜——雪山大地。"① 作为全书极具统摄功能的重要意象,"雪山大地"在多重意义上包含着巨大的精神影响力和感召力。叙述者的父亲(开篇未几,角巴德吉便为他取名强巴)代理副县长后安排从草原向城里紧急调运牛羊肉,沁多县白唇鹿、雪豹岭等五个公社主任分别表态,以相同的思维说出了相同的话语:"给下边调肉和敬重雪山大地是一个样子的,亏待雪山大地就是亏待我们自己,难道草原上还有光顾自己吃饱肚子不管雪山大地挨饿的人?雪山大地在上,牧人辛苦放牧不就是为了上交吗?"强巴县长回应道:"这样说就对啦,谁对雪山大地好,雪山大地就对谁好,你给人家牛羊,人家给你保佑,转经筒念祈福真言不就是为了这个目的吗?唵嘛呢叭咪吽。"② 这便又涉及"雪山大地"的第二层要义,在阿尼玛卿草原工作的汉族干部强巴为了更好地推进工作,将政策以牧民能够理解的方式加以说明,这自然便包含着他对"雪山大地"并无信仰意味的崇敬。在半个多世纪中,从创建沁多学校到创办沁多贸易,历经短暂代理副县长,后又担任州领导,工作和事业的成功推进,皆与他了解牧民的精神、心理和情感密不可分。而他对"雪山大地"之于牧民的精神意义的充分理解,则是极具观念和现实意义的沁多城成功建立的先决条件之一。

从下乡的强巴1959年在沁多公社的康巴基("一间房")偶遇由头人转为公社主任的角巴德吉,到他借助角巴的支持创建沁多学校,再到创办沁多医院、生别离山诊疗所,以及最后推动草原牧民转为城镇居民,将逐渐沙化的草原再次交给"雪山大地",仰赖"雪山大地"的庇护(实为自然的自我修复能力)恢复草原生态……六十余年间,历史阶段性主题变动不居,草原人事亦反复无定,但以角巴、强巴、桑杰、才让为代表的汉藏两族人民携手并进,克服种种困难,建设新生活的努力,却一以贯之。《雪山大地》中的"史"(对六十余年间阿尼玛卿草原历史之变的宏阔叙述)、"诗"(对草原人精神、情感及素朴的信仰的诗性叙述)、"思"(借前两者思考草原人与自然、人与人之间关系新的可能的路径与方法),

---

① 杨志军:《雪山大地》,作家出版社2022年版,第7页。
② 杨志军:《雪山大地》,作家出版社2022年版,第29页。

因之并不局限于沁多、阿尼玛卿甚或青藏高原，而是足以指称更为阔大的世界，以及更具历史和现实意义的新变的重要意义——此属"雪山大地"的第三个要义。如是三义，交互影响，共同成就着《雪山大地》的宏阔视野和复杂意蕴。

一

1959年夏秋或秋冬之交，全书叙述者江洋的父亲，这个后来改名为"强巴"的汉族干部，走进了阿尼玛卿草原沁多公社的康巴基，偶遇公社主任，即原为头人，后成为进步人士和积极分子的角巴德吉。其时他自然无从料及此次巧遇之于个人及沁多草原的重要意义。在江洋多年以后的追忆中，偶然之中似乎也包含着必然，看似稀松平常的普通事件仿佛涂上了神秘的、灵性的色彩，在回忆的世界里流光溢彩，令人动容："那些事放在历史中也许不算什么，但对父亲它成了等同于生命的经历，成了命运本身的显宗。就像父亲后来总结的那样：所有的偶然都带着命中注定的意味，缘分在它一出现时就带着无法回避和不可违拗的力量，点亮你，熄灭你，一辈子追随你，这还不够，还要影响你的所有亲友、所有后代。"[①] 这一部细致书写汉藏两族三代人创造青藏高原新生活的长卷作品，因此既包含着在晚近六十余年的宏阔历史和时代氛围中对阿尼玛卿草原历史性变化的艺术处理，也包含着若干人物在创造新生活的过程中不可避免的"自我创造"，深具"新世界"和"新人"[②]交互创造的重要意味。开篇的韵味，虽约略有些胡安·鲁尔福《佩德罗·帕拉莫》的意味，气象却全然不同。与书写1950年代中国乡村"风景"之变的典范作品《山乡巨变》一般，《雪山大地》中也有一个"外来者"形象——江洋的父亲，而与《山乡巨变》中的邓秀梅大致相同，开篇未几便更名为强巴的江洋的父亲观照草原

---

① 杨志军：《雪山大地》，作家出版社2022年版，第4页。
② 对"新世界"和"新人"交互创造意义的细致阐发，参见张旭东：《文化政治与中国道路》，上海人民出版社2015年版，第15页。

的视点，也杂糅着"意识形态的权威话语"[①]，以及外来者对青藏高原风物的自我想象。自1959年至21世纪的第二个十年，六十余年间强巴的社会身份亦随历史阶段性主题的变化而变化：他做过沁多县副县长，创办了沁多草原的第一所学校并长期担任校长，多年后又成为普通牧民，创建沁多贸易公司，极为有力地推动了阿尼玛卿草原人价值观念的时代转换。他还积极参与书中为数不多的反面人物（后也改过迁善）老才让改变草原植被之举，失败后又勇于承担后果，以担任州委副书记的方式努力探寻挽救草原沙化问题的方法，甚至最终为创造草原新生活而献出生命……强巴个人命运的变化，因之不仅表征着1950年代末至今历史变化的重要内容，也呈现着与新生活和新创造相应的新的人物因应时代语境之变的"自我创造"。

强巴在六十余年间着力处理的具体问题，皆与不同时期的历史和现实语境密切相关，乃是作者意图从总体性的宏阔视域中处理紧迫的现实问题的艺术呈现。初入沁多草原，强巴面临的最大的问题，不是如何推动具体的建设，而是如何与牧民"打成一片"，使牧民从精神、情感、心理上接受自己。因偶然机缘，他给桑杰家所供奉的象征"雪山大地"的糌粑团磕了头，便被桑杰一家视为"共同沐浴雪山之光的家里人"。这一简单的举动带来的重大变化对他启发极大，如他对同为汉族干部的王石书记说道："草原上的人，其实很简单，你说他们的话，拜他们崇敬的雪山大地，他们就能跟你有过命的交情。"[②]此后六十余年间，作者的叙述亦照此逻辑展开。生活于草原上的牧民所持有的旧观念需要不断调适，作为外来者的干部自身的思想亦需吸纳草原文化中的积极因素而呈现出精神浑融之境。此非"中心"与"边地"的单向度关系，即不在"中心"影响甚或"改造""边地"的路径中展开，而是二者交互影响、互相成就，进而多元融通而开出的全新的精神境界。

[①] 参见朱羽：《"社会主义风景"的文学表征及其历史意味——从〈山乡巨变〉谈起》，《文学评论》2014年第6期。

[②] 杨志军：《雪山大地》，作家出版社2022年版，第54页。

创办沁多学校，虽属强巴因牛尸林事件被牵连而不能继续担任副县长之后的选择，却蕴含着更具时代内涵的重要意味。其难度亦是其意义。如角巴所言，在"草原上办学校，就是把星星搬到大地上，再把星星的光搬到人心里，阿卡们都做不到，可把强巴累坏了"①。相较于尚未挣脱旧观念的普通牧民（如桑杰一家）对新思想、新生活的种种"不解"，阿尼玛卿州第一个主动从头人转为公社主任的角巴德吉的思想要更开明一些。然而其时他也无法充分理解学校教育之于新一代牧民精神、情感、心理创造更为复杂的意义。因建设校舍需要木料，强巴前往树木林立的阿尼琼贡向香萨主任求助，孰料遭到拒绝。个中原因，在王石看来，并非如香萨主任所言，因山、树皆具"神性"而不能随意砍伐，而是阿卡掌握文化知识的观念使然："不该把办学校的事告诉他，他恐怕不是心疼几棵树，而是不支持办学，阿卡的死脑筋里，总觉得文化知识只属于阿尼琼贡，跟牧人毫不相干。"②尤具意味的是，强巴着力推动的新教育，不仅包含着全新的知识、思想，亦涵容草原传统文化经过创造性转换之后仍具现实精神效力的重要内容。十余年后，沁多学校培养的第一批草原"新人"，如洛洛、央金、梅朵等，均成为草原新生活的重要建设者，发挥着与其父辈不同的推动现实新变的作用。新教育及其所形塑的"新人"之于阿尼玛卿历史性飞跃的重大意义渐次朗现。其重大时代意义，亦可与《创业史》《山乡巨变》和1950年代总体性时代语境的关系相参看。

沁多贸易公司的创建既表征着强巴得时代风气之先的个人举措，也深具1980年代初中期及其后的现实特征，乃是他推动草原观念之变的又一个重要事件。出售牛羊可以换"钱"，进而改变牧民的生活状态，在强巴看来，乃是顺理成章之事。孰料这也遭到牧民几乎一致的强烈反对，甚至连一向开明积极的角巴也持异议。然就其时势而言，这却是沁多草原进一步发展必须经历的重要阶段。此如陈彦《主角》详述1980年代时代新变如何影响到忆秦娥所在剧团的命运，而以宁州举办"物资交流会"作为集

---

① 杨志军：《雪山大地》，作家出版社2022年版，第73页。
② 杨志军：《雪山大地》，作家出版社2022年版，第81页。

中表征一般，沁多草原牧民生活逐步稳定之后，如何因应时代语境之变促进牧民生活再度变化，是王石、强巴等人需要思考的重要问题。现实之变的先决条件仍是观念之变，因之起初虽面临种种困难，强巴等人依然矢志不渝，终以一场重大赛马会的成功举办而改变了牧民的观念。与之相应，阿尼玛卿州发展重心亦随之调整，增加牛羊存栏率抑或大力发展畜牧业成为一时之盛，堪称沁多甚至阿尼玛卿六十余年发展过程中的重要节点，有承前启后的意义。

然时移世易，变法亦宜，一时期有一时期的基本问题，亦有与之相应的解决方式。如不知通变，一味拘泥成规，亦非明智之举。发展畜牧业，在1980年代及其后多年间极大地促进了沁多草原总体面貌的变化，牧民逐渐富裕，经济渐次发展。但进入21世纪后，此种粗放式发展方式已然穷尽了其推动社会正常前进的积极能量而逐渐显露出其弊病所在。马、牛、羊日益增多，草原不堪重负，原有的和谐状况一再被打破。老才让经营牧场，意图以种草的方式扭转草原沙化趋势，却因违背规律而造成更大的生态破坏。从根本上调整发展观念，已成此一时期必须面对的紧迫现实问题。强巴毅然决然接受内心的召唤，辞去沁多贸易的职务，临危受命，担任州委副书记，深入草原腹地，多方考察，力图挽救草原。其此后选择的发展方式，并非向壁虚构，而是在整体性意义上充分考虑草原的历史、文化、现实所作出的慎重选择。建设沁多城，将牧民从日渐沙化的草原迁至城里，将草原再次交给"雪山大地"（亦即自然的自我修复能力），成为强巴、才让、王石、李志强等持有新观念的重要人物的自然选择。其间虽有矛盾、纷争，角巴甚至为劝返牧民，使上述计划不至于功败垂成付出了生命，但最终阿尼玛卿沁多城终究成为牧民（城镇居民）精神（有香萨主任主持建造的祭拜雪山大地的殿堂）和生活（新建的房屋远较牧民此前的帐房舒适）得以安稳之所。而生态与旅游的和谐发展开启了他们在阿尼玛卿草原的全新生活。此与陈彦《星空与半棵树》所暗合之新"天人合一"生态文明观表面上虽有不同，内里却足相交通，皆是对旧的发展观念弊端的反思，以及对全新的人与自然和谐发展观念在具体语境中落实的细致叙述。其意义亦需在新时代的总体语境中做细致阐发。①

　　1950年代末至21世纪第二个十年阿尼玛卿草原的历史性变化，既具地域现实和文化特点，亦与共和国七十余年的历史发展相应，秉有整体性呈现藏地生活世界及其间人物观念、情感、心理之变的重要意味。②可在《创业史》《山乡巨变》所开启的生活书写之延长线上理解其观念、人物及艺术意涵。此属该书要义之一，为题旨所在。其间重要人物及其现实创造之复杂意涵，亦需在此视域中进行阐发。然对阿尼玛卿草原晚近六十余年巨变的"史"性叙述固然紧要，却仍需导向更高一级的意义。此间义理如刘咸炘论史所言："史之所以无不包，以宇宙之事罔不相为关系，而不可离析。《易》之所谓感也。史固以人事为中心。然人生宇宙间，与万物互相感应。人以心应万物，万物亦感其心；人与人之离合、事与事之交互，尤为显著。佛氏说：'宇宙如网'，诚确譬也。群书之所明者，各端也。史之所明者，各端之关系也。群书分详，而史则综贯也。综合者，史学之原理也。无分详，不能成综贯；而但合其分详，不可以成综贯。盖综贯者自成一浑全之体，其部分不可离立，非徒删分详为简本而已也。"③《雪山大地》详述"史事"，视野也可谓开阔，却并非史书，但说其间所涉重大事件具有鉴往知来之义亦不为过。强巴、角巴及其后代于六十余年间创造沁多草原新生活的叙述，因之自然包含"诗"与"思"的内容。"诗"为草原文化精神意义之重要面向，"思"则为作者观风察势，以应时变所必然导向的观念和艺术目标。

---

　　① 参见杨辉：《天何言哉：〈星空与半棵树〉中的自然和人》，《南方文坛》2023年第5期。

　　② 参见饶翔：《中国式现代化视野下的地方性书写——论〈雪山大地〉》，《小说评论》2023年第6期。

　　③ 转引自王汎森：《执拗的低音：一些历史思考方式的反思》，生活·读书·新知三联书店2020年版，第159页。

二

强巴、王石及其他人物在推动沁多现实创造过程中的艰难，不仅包含着旧观念，以及为其所化之人难以接受新观念、新生活而自然产生的阻力，还包含着高海拔地区自然环境的艰苦所致的具体的生活困难。关于王石因高原反应导致的身体不适叙述几乎贯穿全书，因此，能否适应特殊的自然环境，亦是其时干部任用所要考量的重要标准之一。如强巴、江洋这种外来者，稍有不慎便会面临死生之境，后来的强巴和才让之死，多少也和自然条件的艰苦有些关系。不仅如此，即便是生在草原、熟知种种危险的藏族人，偶然也难脱现实的不测之境。桑杰的妻子赛毛为救强巴不幸被洪水吞没，连尸骨也不知去向；角巴的妻子姜毛忧心保育院的孩子生活无着而在正月初四提前返校，途中不幸被恶狼吞食；甚至连对沁多草原山形地貌、一草一木皆烂熟于心的角巴德吉，最后也在劝返牧民回城的途中不幸死于雪崩，也是尸骨无存……生活固然艰难，甚至死亡都会随时降临，然世居阿尼玛卿草原的人们除因信仰雪山大地获得的精神力量外，另有应对现实灾难之法，那便是以歌（诗）舞所持存之诗性世界超越外在生活形而下的纠缠，此系《雪山大地》诗性的源泉及其意义所在。其理近乎海德格尔论"诗"与"栖居"之关系时所言，"作诗乃是原初性的筑造。作诗首先让人之栖居进入其本质之中。作诗乃是原始的让栖居"[①]。还是强巴，他认识桑杰和他的妻子赛毛不久，便发现赛毛喜欢唱歌："只要唱起来，就都是悲伤的音调、忧愁的歌词，似乎骨子里有一种力量，要让她止不住地把苦难从以往延伸到现在又推及未来。"赛毛唱的是："草原的长河是冰雪喂大的，/ 今天的眼泪是从前积攒的，/ 长河的尽头我是看不见的，/ 前世

---

① 马丁·海德格尔著，孙周兴选编：《海德格尔选集》，上海三联书店1996年版，第148页。经由对荷尔德林诗的阐释，海德格尔对人之栖居与天、地、神、人"四方"的"世界游戏"及其意义有精深说明。参见孙周兴：《天与地，以及诗人的位置——再论海德格尔的荷尔德林阐释》，《同济大学学报》（社会科学版）2012年第2期。

的冤孽大人是不说的，/ 苦日子的眼泪是淌不干的，/ 我心里的悲伤是说不完的。"① 时值 1959 年末，沁多草原从部族群落转向公社已有数年，"翻身"虽已完成，"翻心"与"翻言"② 尚未能深入展开。牧人桑杰见到原来的头人角巴德吉，旧习惯一时难以改变，故而常有让强巴不大习惯的"落后"之举。由此说明培养与新世界相应的持有新观念、新思想的"新人"，属其时不能回避的重要问题。后来强巴克服种种困难为沁多县建设学校，根本的用意便在此处。此后六十余年间，现实生活日新月异，歌（诗）舞所蕴含之情感亦发生变化。哀伤、忧愁渐次消隐，代之而起的是新生活自然蕴含的生命的欢悦，直教人深感咏歌之不足，而不知手之舞之、足之蹈之也。

以歌舞所包蕴之巨大精神力量超越现实困境的形而下的纠缠，可以参看令藏族人闻之色变的生别离山中麻风病人的生活现实，以及他们借歌舞所打开的向上的精神空间及其现实效力。其时强巴和角巴前往生别离山，大雪弥漫，万物皆不可见，却从风中闻听"许多人的歌声，还有节奏明快的脚步声"，那是"豪迈的土风舞"。待到走近了，眼前景象渐次清晰，只见"平阔的旷野上，雪花的舞蹈、人的舞蹈，混合成天和地的舞蹈，那么多人排成了好几列，动作整齐得就像被风推来搡去的牧草，更有歌声飞升而上，搅动得漫天雪花疯狂而喜悦"。他们唱的是："是高山上的雪莲花送来芳香，/ 远方尊贵的客人请留步；/ 是草原上的百灵鸟发出鸣叫，/ 亲爱的朋友请接受祝福。/ 如果说一声扎西德勒还不够，/ 我愿借助云雀和

---

① 杨志军：《雪山大地》，作家出版社 2022 年版，第 7 页。
② 以《太阳照在桑干河上》为例，文贵良对从"翻身"到"翻心""翻言"的意义有极为深入的分析，如其所言，"'翻身'指向经济上的土地所有，'翻心'指向政治上的意识认可，'翻言'则指向话语上的语言表达"。如桑杰、赛毛等牧民的"翻言"，不仅包含日常语言的调适，也包括所唱内容的根本调整。其后则是如《太阳照在桑干河上》一般的"国家主人的主体性"的建构问题。参见文贵良、凤媛：《从话语生存论到现代汉语诗学：回归新文学本位研究——文贵良教授访谈》，《学术月刊》2021 年第 12 期。

仙鹤的啁啾。"①全无哀痛、悲切之象,反倒是从绝境中升腾出生命的热情和精神向上的力量。此种精神,与角巴、桑杰、才让等藏族人摆脱现实困境的精神路径同属一脉。当然,颇值得注意也颇为紧要的是,此种积极向上的精神力量,既与苗医生和她所代表的新观念、新疗法所带来的生命转机密切相关,亦是其所依托之精神传统使然。因此,《雪山大地》不仅详述阿尼玛卿原有文化传统及其现实意义,亦描述此种传统因应新的现实语境不断发生新变所开启的全新精神和现实空间。

全书诗意更为集中的体现,还在各章前约略有总括意义的诗歌中。十七章前皆有诗歌为引子,其中关键词有二:一为"爱",一为"扎西德勒"。"爱与太阳跟踪而来,/向他说一声扎西德勒。"②"从人心的蓝白红绿黄上流过,/风唱着扎西德勒从爱的空间流过。"③"切割红与黑、白与蓝、明与暗,/它让扎西德勒变成爱的代言。"④"不知道说了多少扎西德勒,/就像从来没数过爱的念头。"⑤"你经过爱情铺设的漫漫旅途,/落下一地的文字:扎西德勒。"⑥"把暴风雪渗入生命赤裸的肌体,/把扎西德勒留在爱你的光亮里。"⑦"你是扎西德勒的故乡,/告诉我哪里才是爱的天堂。"⑧"我看到扎西德勒的风姿,以爱的速度,/覆盖着我们的地球不漏掉每一寸土地。"⑨各章前诗句关键词虽均为"爱"与"扎西德勒",但意象即便简约,却也可与正文故事的核心内容交互阐释。然而无论具体生命境遇如何艰难,哪怕如苗医生在生别离山悬壶济世,随时有感染的危险,"爱"与"扎西德勒"仍内蕴着巨大的精神能量,足

---

① 杨志军:《雪山大地》,作家出版社2022年版,第295页。
② 杨志军:《雪山大地》,作家出版社2022年版,第1页。
③ 杨志军:《雪山大地》,作家出版社2022年版,第41页。
④ 杨志军:《雪山大地》,作家出版社2022年版,第78页。
⑤ 杨志军:《雪山大地》,作家出版社2022年版,第116页。
⑥ 杨志军:《雪山大地》,作家出版社2022年版,第155页。
⑦ 杨志军:《雪山大地》,作家出版社2022年版,第194页。
⑧ 杨志军:《雪山大地》,作家出版社2022年版,第232页。
⑨ 杨志军:《雪山大地》,作家出版社2022年版,第553页。

以超越外部世界否定性力量的种种限制,从而打开宏阔的精神空间,一如阳光穿过乌云,向世界投下光明与希望。其义如论者阐发古典诗文中抒情自我,以及其所敞开的精神情境时所言,"伯牙见海水汩汲、山林窅冥与群鸟悲鸣,而有'移情'的怆然与'创造'的激力,这具体而微地说明了创造活动与美感经验密不可分的关系;创造的目的就在其经验本身的'解释过程',而在解释的过程中'体现'一种意义、一种价值。"① 此种意义,《文心雕龙》"知音篇"叙述最为精到:"夫缀文者情动而辞发,观文者披文以入情,沿波讨源,虽幽必显。世远莫见其面,觇文辄见其心。岂成篇之足深,患识照之自浅耳。"② 全书各章前诗歌及正文随处可见的歌声之于核心故事及人物精神、心理的意义,皆可作如是解。

《雪山大地》中的"爱",弥天漫地、无远弗届,事无巨细、物无显隐,其境近乎海德格尔所论之天、地、神、人共在的世界。此"爱"既成就着强巴、角巴德吉、苗医生、张丽影、才让、央金、洛洛、达娃、藏红花、米玛等人物及其与他者之关系,也可以施与人与动物之间,如梅朵黑、梅朵红与桑杰、梅朵一家极为深厚之情感关系,以至于梅朵红之死成为书中所述诸多死亡事件中颇为醒目也极为动人的重要篇章。还如贯穿全书,几乎与强巴相伴始终,也表征着复杂现实和精神意义的骏马日尕。初逢日尕,强巴的"喜欢就像牛羊见了牧草,河床见了血水,星星见了黑夜,带着情不自禁的冲动"。如强巴后来所论,判断好马的标准有四:马肉、马精、马神、马心。马肉专指马的身体状况,后三者则指向马的精神、心理、情感等更为复杂的要素。此三者,尤以马心最为重要。"马心说的是它和主人的关系,它有人的感情,有对人的模仿,还有献身的勇气。它没有道德感,但它有超强的记忆,其中包括了对亲疏、敌友、是非、对错、好恶的记忆。应该说人具备的它都具备,人不具备的它也具备。"③ 强巴和日

---

① 蔡英俊:《"抒情自我"的发现与情景要素的确立》,见《中国抒情传统的再发现》,台湾大学出版中心2009年版,第329页。
② 转引自蔡英俊:《"抒情自我"的发现与情景要素的确立》,见《中国抒情传统的再发现》,台湾大学出版中心2009年版,第330页。
③ 杨志军:《雪山大地》,作家出版社2022年版,第21页。

尕的关系，是全书中表征人与动物甚至自然关系最为动人也颇具意义的重要部分。日尕不仅在半个多世纪中数次依凭独特的经验挽救强巴，使他不至陷入绝境，也在两次重要的赛马会上为强巴赢得荣誉，且极大地缓解了其时强巴等人面临的现实疑难。不仅如此，第二次赛马会上，日尕克服种种几乎难以克服的困难，再次获得冠军，较之第一次更具重要意义——全书最终以人（马、牛、羊）与自然（草原）和谐关系的确立，彻底解决草原沙化的重大现实问题，其间日尕可谓厥功至伟。它在改过迁善的盗马贼阿旺秋吉的帮助下，将大马群引入丹玛久尼无人区，由此得以从根本上缓解阿尼玛卿草原日益严重的生态危机，而将草原再次交给"雪山大地"，仰赖雪山大地的庇佑，假以时日而再度焕发生机。作为赛马会上的冠军，日尕自身的魅力和强大的感召力是这一计划能够顺利实行的关键所在。它也因此不仅表征着人与马，甚至可以推广至雪山大地所表征之天地自然关系的有意味的模式，也表征着自然包容载重，超越简单理性理解的诗性或神性的存在及其意义。由此敞开的精神世界，深着秘索思（Muthos）的色彩："秘索思（诗与文学）可以使作者挣脱'现实'的捆绑，使读者进入不同于分析和推理的接受领域，使文本透溢出不同于科学论著的灵气。"[1]《雪山大地》中形而下的生活书写堪称丰富，形而上的精神叙述也可谓细致。贯穿全书的充沛诗情和浓厚的精神韵味意义独具也叫人心动，人对外部世界灵性抑或神性的感通发挥，为书中"灵韵"创生的重要原因之一。

全书极多对自然风物的细致描画，颇具诗意，也教人神往。然风景并不纯然是对外部自然风物的简单描画，而是涂上了浓重的"人事"色彩。不仅皆属不同人物在具体情境中所目见之风景，而且此种风景乃是人化的风景，与具体的人事可以交互印证。如写这一日强巴打马走过草原所见，"他走过了一山又一山，看到牧草都是断了头的，黑土连片起伏，说明牛羊不久前采食过这里。可是现在呢，牧人和牲畜去了哪里？黄昏不期而至，彤云密布的西天如同新添了牛粪的火炉，草原在凄艳中静谧到死去。"[2]"凄艳""静谧""死去"用词并非随意，而是与次段所述之"牛

---

[1] 陈中梅：《"投竿也未迟"——论秘索思》，《外国文学评论》1998年第2期。
[2] 杨志军：《雪山大地》，作家出版社2022年版，第42页。

尸林（瘟疫）"对应。同为强巴所历风物，叙述重心也因应时变而呈现不同氛围："草原的绿色迅速褪去，枯黄的脚步越走越快，已经没有了花朵，上天恩赐的五彩斑斓又被上天收了回去。日子摇晃在晚秋和初冬的分界线上，一天比一天凉了。"① 而与四时风物转换相应的，则是强巴在创办学校过程中面对的艰难。"没有一个牧人会让父亲带走自己的孩子，因为除了去阿尼琼贡学经，草原上的人不知道也不认为还有别的地方别的方式可以认字写字。"② 因之，最具意义的容括人事与自然双重意涵的"风景"之喻，在强巴为沁多学校学生自编的文句中："我生地球，仰观宇宙，大地为母，苍天为父，悠悠远古，漫漫前路，人人相亲，物物和睦，山河俊秀，处处温柔，四海五洲，爱爱相守，家国必忧，做人为首……"③ 依此思路所敞开的"人事"和"自然"浑融之"风景"，便是强巴的如下动念："建造一座城市，对牧人实施十年搬迁计划，不光是草原沙化的逼迫和无可奈何的选择，更是灵魂本该如此的表现，是骨子里必然拥有的激情的喷溅，是随着血液汩汩流淌的冲动，就像他以往所做的一切，除了理念的支撑，更多的则是本能和天性的释放，是一个叫赛毛的女人用以命换命的办法烙印在他身上的宿命：阿尼玛卿草原从此就交给你啦。他只有遵从命运的安排，才会有温暖幸福的感觉，才会有活着的目标。"④ 此后，原属阿旺秋吉驱赶的马群被老才让带入丹玛久尼无人区，无人区内也安排了科考队，以成立自然生态保护区的方式保证其永续发展。为了将草原还给"雪山大地"，沁多城逐渐建设起来，牧民转为城镇居民。距强巴动念迁走牧民后不过数年，"楼厦的崛起似乎比牧草的生长还要快。初具规模的沁多城跟所有城市一样，正在成为原野的中心、当地人向往的地方"。这一青藏高原上新建的城市，不仅具有现代城市该有的内涵，还包含着草原原有的精神内容——在香萨主任的主持下，沁多城还要修建"祭奠雪山大地的地方"。此为全书最具意味的重要一笔，正因有此构想，沁多城在强巴和

---

① 杨志军：《雪山大地》，作家出版社2022年版，第83—84页。
② 杨志军：《雪山大地》，作家出版社2022年版，第84页。
③ 杨志军：《雪山大地》，作家出版社2022年版，第87页。
④ 杨志军：《雪山大地》，作家出版社2022年版，第619页。

才让的心中,"就是一首歌,是许多个优美音符的有机组合"①。终篇第十七章《雪白》前有诗为证:"是天空的表情,是城市的符号,/是草原的标志,是乡村的神态,/是一切璀璨之上的璀璨,/那永不放弃的爱念——扎西德勒。"②此章为全书收束,笔调与前十六章颇为不同。此前各章,或凝重,或轻逸,皆有形而下的纠缠而难于有精神与现实共同升腾的气象。《雪白》章却与此不同,乃是"抒情"(诗)与"事功"(史)的交会所开之境,人与天地、万物和谐共生,他们所能依托的精神世界不仅包含着城市所表征之复杂"现代"内涵,亦融通、创化阿尼玛卿草原世代积累之文化精神。全书结尾处,阿尼玛卿草原入选"中国最美草原",沁多也被评为"高原最佳景观城市"和"最具活力、魅力、想象力的社区群落"。原因无他,正在阿尼玛卿及沁多所彰显之传统与现代、地域文化与总体性时代精神融通所打开的更为广阔的精神和现实空间。

自当代文学七十年城乡书写的整体视域观之,《雪山大地》所开之境,乃是1950年代《创业史》《山乡巨变》之精神创造在新时代的继续,是《浮躁》《平凡的世界》《秦腔》在1980年代至21世纪的第一个十年最终指向的延续,也在多重意义上,与《星空与半棵树》的整体精神相仿佛——作者经由对小说世界及其所表征之生活现实的总体性把握,抵达小说理应担荷的"人类生活最终的伦理目的"③——一种不局限于虚拟文本世界的艺术创造,亦能指向独特的社会实践,彰显"事功"与"有情"共在、人与外部世界相互成就的美好境界。一如《太阳照在桑干河上》中的重要章节《果树园闹腾起来了》,以及《山乡巨变》中所述之优美山乡持续巨变所彰显之诗意境界。此境属半个多世纪以强巴、角巴、王石等人为代表之时代"新人"持续努力的结果,是其人事创造的凝结,其间亦包含着情感、心理等精神因素,"史"与"诗"的辩证及其意义就此朗现。《雪山大地》作为书写新时代山乡巨变的典范之作的要义亦在此处。

---

① 杨志军:《雪山大地》,作家出版社2022年版,第645页。
② 杨志军:《雪山大地》,作家出版社2022年版,第635页。
③ 弗雷德里克·詹姆逊:《语言的牢笼:马克思主义与形式》,李自修译,百花洲文艺出版社1995年版,第146页。

三

虽以诗性之笔详述阿尼玛卿草原独异的风物与风情,《雪山大地》却并未止步于对作为"边地"的阿尼玛卿草原的狭隘的"风情化"描述,而是以之为基础,有着基于历史、文化、现实的更为复杂也更为深刻的思考。在千年大历史的宏阔目光中,六十年或不过一瞬,然而在个人、民族和家国叙述中,六十年亦足以叫人生发斗转星移、沧海桑田之叹。在21世纪第二个十年的总体性时代精神视域中回顾阿尼玛卿草原六十年的历史巨变,关于民族融合、信仰与现实、人与自然等重要议题,作者皆有扎根于具体生活情境的深入思考。此种思考,意义独具,不仅有助于深入理解青藏高原建设过程中的具体问题及其解决方式,亦有助于以独有的地域文化为参照,深化对于人与自然意义关系的多重理解。

庄子有教:无以人灭天。然思考"天""人"的分际,抑或考察人与外部世界(自然)之关系,"人事"既属出发点,亦是最终落脚处。《雪山大地》核心意旨虽指向人与自然的宏阔议题,却自普通的人事起笔,写人的自我选择,人与他人交往关系的确立,以及由之彰显的民族融合问题。先述强巴融入草原生活的过程,再述王石、苗医生、张丽影等汉族干部和医护人员观念逐渐转变的缘由及其意义,由此打开汉藏两族交互融合的全新境界。结识角巴德吉不久,叙述者江洋的父亲便有了一个藏族名字:强巴。也因他愿意对着享堂(供奉的是象征阿尼玛卿雪山的糌粑团)叩拜,且能以《卖报歌》的音调唱祈福真言:唵嘛呢叭咪吽,牧人桑杰一家对他的态度瞬间转变:"在牧人的观念里,外人动用过的家具会沾染邪气,谢绝帮忙是必然的。但是现在不一样了,你有拜雪山大地和念祈福真言的举动,就能祛除邪祟,就是共同沐浴雪山之光的家里人。"① 此后半个多世纪,无论是衣着、口音,还是观念、心理、情感,强巴皆逐渐成为一个地地道道的藏族人。不仅强巴如此,他的儿子洋洋来到沁多草原以后,变成了江

---

① 杨志军:《雪山大地》,作家出版社2022年版,第11页。

洋；从西宁来沁多，后来和洋洋母亲一起扎根生别离山麻风病医疗所的张丽影，最后也有了一个藏族名字。更名固有意味，却不若汉、藏之间精神、心理、情感甚至文化身份的交互认同紧要。彰显此一问题的，以桑杰之子才让和强巴之子江洋身份的"互换"最具意味，也最为典型。

此二人身份的"互换"，并无新旧、高下之分，反倒包蕴着极为复杂的精神和心理命题，颇值玩味，也启迪人思。1959年下半年，初到西宁江洋家中的才让恍惚如闯进陌生羊群的小羊，甚至比小羊更"不幸"，"小羊在陌生的羊群里会高声咩叫着寻找母羊和熟悉的伴侣，他却只能一声不吭，连表示一下疑惑都不可能"。原因无他，"他来自草原，对城市有一种本能的恐惧和抵触，所有迎面而来的，对他都是无法判断优劣好坏的巨大未知"①。相较初入城市的才让的种种不适应，江洋却很快发现才让的优长之处，发现后者除天生的聪慧外身体"气息"对他的巨大吸引力。"更重要的是，他有一股酥油味，皮袍上有，头发上有，肌肤上有，就算浑身上下洗了一遍，依然会浓浓地散发出来，好像他是一个被酥油孕育的生命、一个从温热的酥油河里捞出来的孩子，那种甜丝丝的腥香浸透在骨头中和血肉里。"这不仅让年少的江洋羡慕不已，"我喜欢酥油味"，其而还让他产生了更为复杂的情感，"我恨我没有酥油味，更恨才让拥有酥油味"②。身体作为文化、族群、阶层等身份认同表征的重要意义，亦如路遥《人生》中高加林与黄亚萍确立恋爱关系后的"更衣"及其所蕴含之复杂意味，"'更衣记'最贴切地象征了高加林的进城之路，它从一开始就预示了一个妥协的结局，他或许可以从生活的外形上占据一个城市中的位置"，但更为复杂的问题还在于"如何建立与城里人势力相当的自我认同"③。才让此后一系列的心理转变，皆与此密切相关。

不同于接受新教育的才让对城市所表征之新生活精神认同的自然生成，意图彻底融入草原的江洋则面对着自"外"而"内"的，颇为艰难的

---

① 杨志军：《雪山大地》，作家出版社2022年版，第32页。
② 杨志军：《雪山大地》，作家出版社2022年版，第34页。
③ 杨晓帆：《怎么办？——〈人生〉与80年代"新人"故事》，《文艺争鸣》2015年第4期。

转变。他对如藏族普通人一般的皮袍的向往,便包含着颇为复杂的考量。"自从我也可以裹着皮袍睡觉,也可以把随便什么东西装在腰带扎起的胸兜里,也可以露着穿衬衣的右臂吊着袖子进进出出,也可以面迎寒风用宽大的多出手面四五寸的袖筒捂热冰凉的鼻子,也可以在水獭皮上涂一点酥油让它更加柔软发亮。"如此,"我伙在学生堆里别人就再也分不出我是个外来的汉族人啦"。外部眼光如是,自我感觉亦随之变化,"我自己也没有了一丝半点的拘谨,感觉我就是这个藏族人群体的一员,没有任何不一样"①。衣着、情感、心理认同的变化乃是一个自外而内的艰难过程,但江洋还发现,更为艰难的还在于习得藏族人与神、马、鹰"对话"的能力,他惊叹于梅朵年纪虽小,却能听懂鹰和马语,甚而可以感通神意,"马对马说话,鹰对人说话,神对马说话,她都知道"。并因之对尚未恢复听觉的才让和自身有了颇具意味的对照:"难道我在草原牧区不仅要学会藏语,还要学会马语、鹰语、神语?""关键是我听不到马、鹰、神说话,我的耳朵太不灵啦。突然想到了才让的聋哑,心说我不会是半个聋哑人吧?"②由此可见,相较于现代观念的单向度,草原文化包含着更为复杂的精神内容。作者详述江洋与才让文化身份认同的"互换",目的或不在于简单描述民族身份的融合,而是由指认各自民族文化所打开的不同精神世界及其意义,以及在更高的层次上融汇互通的可能。如论者对雷平阳《亲人》一诗中标举之"内缩"情感的意义之阐释所示,不同于"博爱"和"泛爱众"的向外的情感,内缩的情感并非意味着某种局限,而是"隐喻着一种关于身份与认同的形成模式,所有对于宏大主体比如国家、民族的认同必须经过一系列可以感知的立足点和中介,因而表面上背向而行对于边地和个体的执拗的情感归属,倒是更广阔的认同的根基……"③

才让和江洋身份认同的转换,既与 1960 年代社会氛围的现实促进密切相关,亦更多源发于个人精神的自我选择,乃是"外"与"内"交互成就的自然结果。江洋在转变过程中的"自我技术",他和才让的转变与自

---

① 杨志军:《雪山大地》,作家出版社 2022 年版,第 109 页。
② 杨志军:《雪山大地》,作家出版社 2022 年版,第 118 页。
③ 刘大先:《"边地"作为方法与问题》,《文学评论》2018 年第 2 期。

身"醒力"①的关系,皆有复杂内涵可供阐释。如江洋多年后所意识到的,"才让离开草原的主要原因还是城市对他的吸引,聪明的才让跟大多数人不一样,即使在温饱线以下,也在考虑温饱线以上的事。他几乎靠着本能眺望到了饥饿背后的前景,感觉到了在一个省会城市人的发展的无限可能"。而相较于此,"草原永远是有限的,最大的可能就是做一个只会放养牲畜的牧人,最好的前程就是跟着香萨主任做他的子弟"。他从"草原的辽阔中看到了狭隘,从城市的狭隘中看到了辽阔"②。此与江洋为草原文化所深深吸引而立志做一个地地道道的藏族人一般,皆属个人"醒力"使然。通观全书对此二人精神、心理、情感及文化、民族身份认同之详细叙述,则可将"醒力"解作"觉解"③。"觉解"既有,则衣着、言行、体貌等等外部因素皆不足论,此《雪山大地》详述汉藏两族数个人物观念交互、情感交织、身份交叉的根本用心所在,亦表明超越简单的族群认同,构建多民族文化共同体的路径、方法及其重要意义。

强巴、苗医生、江洋、才让等代表不同时代的"新人"的自我改造和思想转变固然紧要,而因应时代阶段性主题之变,推动具体的现实进程更为迫切。《雪山大地》对此亦有极为细致的描述。从"雪山大地"所象征之藏族人的自然崇拜,到其在人间的"中介"阿尼琼贡及其代表人物香萨主任在半个多世纪中意义的转变;从1950年代末努力以"人事"之力促进阿尼玛卿的历史性变化,到1990年代前后大力发展畜牧业,再到21世纪的第二个十年"人事"之力的反噬作用逐渐彰显,造成几乎难以挽回的严重后果,《雪山大地》中显在的发展观念之变最终指向深具时代和现实意义的生态议题。《秦岭记》所述河阳公社费尽心力改河造田,孰料一场大雨致使前功尽弃;《星空与半棵树》中孙铁锤人为造作炸山取石,毁却自然山体,也因一场百年不遇的大雨而了无痕迹。这些既表明"人事"之

---

① "醒力"二字,是为才让扎干针的大夫所说,母亲为江洋解释道,醒力"就是苏醒的力量","醒来是要有力量的"。然此二字,不妨解作自我的觉悟力,即冯友兰所言之"觉解"。觉解之不同,所开之精神世界也异,人因而处于不同境界之中。

② 杨志军:《雪山大地》,作家出版社2022年版,第142页。

③ 参见陈战国:《思议与觉解》,《北京社会科学》1998年第1期。

限度，亦说明自然巨大的自我修复能力。故而强巴最终转变思路，不再一味人为干预草原生态。"青藏高原生态脆弱，任何人为的干预只会适得其反，只能等待草原自我完善，牧草自动恢复。"如老子所论之"无为而治"并非不作为，而是不违背自然规律强作强为，阿尼玛卿州领导的强巴的"不干预"也并非放弃一切人事的努力，而是顺应自然规律，为草原的自我完善提供可能。故而他萌生如下想法："让牧人听他的，把他们迁走，迁到有活路的地方去，把草原只留给一直都在关照它的雪山大地。"① 此议题既涵纳《创业史》所书写之1950年代时代风景之变，亦容括《星空与半棵树》所叙述之生态发展观念及其现实意涵。② 尤其值得注意的是，《雪山大地》中关于人与自然关系的思考还包含着"边地"独有的文化和精神意味：对雪山大地的信仰如何不断转化，甚至融汇入新生态文明观的总体视野之中，并为此种新"天人合一"的观念提供了另一种丰富的可能。此前若干作品中被视为"迷信"的神性或灵性思维及其所敞开之神秘精神空间，在此具有极为重要的精神意义。它既容纳了藏族人素朴的信仰和世界观念，也因应时代之变而融通了新的精神元素，其间作为旧观念的鄙陋思维渐次消隐，就中升腾而出的是更为宏阔之世界想象———一种逻各斯与秘索思共在的精神世界。其核心意旨，近乎海德格尔后期所论之"天、地、人、神"构成的"四合"世界观念：

> 物物延绵于四合那油然归一的混元之中，此归一的四者即乃大地与天空，具神性者与可腐朽者。大地躬身承载，并委屈成全，大地蕴藏了水源与磐石，孕育了草木与鸟兽……天空就是日迈月征，是星光荧荧，是寒来暑往，是乍晦乍明，是连宵彻夜……具神性者是（向吾人）招手的神性信息，在神性的驾驭中其或显示为神明，又或隐匿无形……可腐朽者即就是人，是因为人有一死……只有人才有一死（动物只会逝去），而且只要人藏身于天

---

① 杨志军：《雪山大地》，作家出版社2022年版，第597页。
② 参见杨辉：《天何言哉：〈星空与半棵树〉中的自然和人》，《南方文坛》2023年第5期。

地之间,和存活于神明之前,人便可有一死。^①

如关子尹所论,"天、地、人、神"四者的归一,便是海德格尔"视为人类于世上得以稳妥地'栖居'的所在",而所谓"栖居",就是"栖居于四合之中"。^②然"四合荟萃"之境如何开显?关子尹以苹果所关联之天、地、人、神共在的关系论之甚详。苹果的生长,即与天空和大地相关。而如一老妇购买之后将苹果诚心供奉于其信奉的神明之前,以祈求神明护佑。供奉完成之后,再将苹果分赠儿孙或亲友。如此,"老太婆流露出的是烝民对神明的敬意,和世上人与人间的善意与祝愿"。而就在这几只苹果中,"天地人神都出场了",并且借之荟萃为一。^③沁多城的建造及其意义,亦可照此理解。牧民即便转为城镇居民,"雪山大地"仍在,天空、大地、草原风物仍环绕左右,兼有集体舞蹈所持存开显之精神空间。沁多城的建设虽具现代特征,却也是融通地域风情和文化传统的复杂文化和生活空间。至此,《雪山大地》最为重要的意义还在于"既尊重差异又追求共识,在普遍性与特殊性的辩证之中,激活边地所蕴含的文化因素,进而重铸整体性的文化自觉和自信",从而创造出的一种"新的共同体文学"^④。此属"边地"作为方法的意义所在。而"以视角的转换调动了文学的创造性活力,显示了中国文化的复杂构成与流变形态,进而为文化文学生产机制的更新提供了范式转型的契机"。走出"在与消费主义共谋中滋生出的本质化的偏狭想象"所导致的边地书写的"自我风情化",打开更为开阔的文化和精神空间,为《雪山大地》"人事"与"自然"浑融之境的基本指向,乃"边地"作为方法和典范之于新时代山乡巨变总体"风景"重要参照的根本价值所在。

---

① 转引自关子尹:《徘徊于天人之际:海德格的哲学思路》,联经出版事业股份有限公司2021年版,第419页。

② 关子尹:《徘徊于天人之际:海德格的哲学思路》,联经出版事业股份有限公司2021年版,第420页。

③ 关子尹:《徘徊于天人之际:海德格的哲学思路》,联经出版事业股份有限公司2021年版,第421页。

④ 刘大先:《"边地"作为方法与问题》,《文学评论》2018年第2期。

杨 挥

《千里江山图》中的"革命"与"有情"
——以《一封没有署名的信》为切入点

《千里江山图》出版迄今虽不过年余，但论者甚多，成果颇丰，几乎题无剩义。但细细读来，可知在历史、谍战、先锋、革命、空间等关键词之外，尚能体会其间隐在的"抒情"之笔。作为全书"副文本"或"补遗"的《一封没有署名的信》（龙华牺牲烈士的遗物），书中人反复吟咏且为之心折的涅克拉索夫的诗句，凌汶以诗性笔墨追忆爱人龙冬的虚拟作品等，皆属此类，为读解全书人物和他们故事的不可或缺的重要一环。全书核心故事的"发动"，是打通上海至瑞金的千里交通线，"从上海到瑞金的直线距离，大概就是1000多里地。但在当时是不能这样走的，必须绕道，这样的话就是3000里地"①，此即《千里江山图》所以得名的原因之一。故事也并非虚构，乃是有原型本事可循。"小说《千里江山图》故事来源于中共党史真实的历史事件，1931年中国共产党在上海的秘密机关遭到国民党当局的严重破坏，'中央有关领导必须从上海撤离，转移到瑞金，转移到更广阔的天地里去'，一项代号为'千里江山图'的绝密地下行动由此展开。"②

全书故事发端于1933年腊月十五卫达夫、易君年、凌汶、秦传安等

---

① 刘江伟、饶翔：《孙甘露：缅怀那些隐姓埋名的革命烈士》，《光明日报》2023年8月12日。

② 李音：《〈千里江山图〉：先锋与革命的"信使之函"》，《文艺报》2023年8月14日。

人参与的一场秘密聚会的暴露所引发的系列问题，收束于"千里江山图"计划完成，卫达夫等人决心慷慨就义，陈千里除掉卢忠德，之后负责把浩瀚同志安全地送至瑞金的重要时刻——此即《黄浦江》一节作为全书结尾的总括意义。此节末尾，作者注明"2022年3月完稿于上海思南"，标志全书终结。然在接下来的一页，有书信一封（即《一封没有署名的信》）。故事既已"终结"，为何"发出"书信一通？这封没有署名的信，因此既可解作龙华牺牲烈士的遗物，亦可读作书中人物相较于正文所述更为细腻幽微的内心风景："也许该用密写的方式写在纸上，或者用莫尔斯电码编成一段话，但是所有这些方式，都只是试图在万一被发现时无法破译。而我真正想对你说的并非秘密，可以写在云上，或者写在水上，世间任何人都可以看到，但那只是写给你的。犹如我此生说过的所有的话，被你的眼睛、耳朵捕获，像是盲文或者世界语，它的凸起，它对自然语言的模仿，那隐约的刺痛或者句法，为你的指端所记取。"[1]如是叙述，具体而微且极富诗性，叫人几乎自然地联想到作为先锋小说家的孙甘露常用的，颇具个人色彩的抒情笔墨。[2]《一封没有署名的信》因此可与正文核心故事对读，其间参差对照及可交互理解处，或也包含着打开作品世界的另一路径。

一、《一封没有署名的信》与正文中的"抒情"笔墨

以笔墨浓淡论，正文核心故事涉及情感关系的，计有三对：陈千元与董慧文、凌汶与龙冬及陈千里和叶桃。龙冬和叶桃，皆属不在场的"在场"者，他们均未直接参与"千里江山图计划"，但却是理解全书核心故事不可或缺的重要人物。凌汶对龙冬的不能忘情，陈千里对叶桃的爱恋，皆是他们得以从容面对现实困境，内心始终柔肠百转却也壮怀激烈的缘由之一。他们的信仰，也因与个人情感的交互促进而内含着动人心魄的力量。

---

[1] 孙甘露：《千里江山图》，上海文艺出版社2022年版，第378页。
[2] 对《千里江山图》与孙甘露的"先锋写作"之间关系的细致分析，参见阎晶明：《最先锋的新拓展——孙甘露〈千里江山图〉读解》，《扬子江文学评论》2022年第4期。

《一封没有署名的信》全文诗情浓郁，内涵复杂，其情感寓意，乃是理解正文故事的重要参照，为切近1930年代情感结构的重要一维。其意义如威廉斯所论，"（情感结构）同结构所暗含的一样严密和明确"，"它在我们的活动最微渺和最不明确的部分中运作"①。然而在某种意义上，这种结构是"一个时期的文化"。进而言之，在特定的文学文本中，可以读解出"一代人思想与感受的形成"，尤其是"个人情感与身体经验对于思想的形塑作用"②。《一封没有署名的信》中重要段落与正文故事中人物情感和生命遭际的"互证"及其意义，亦可作如是解。

"我一直想给你写一封信，但是不知道怎么落笔才不会泄露。"③这样的句子，或许出自董慧文之手。她还是年轻人，作品开篇时正和陈千元热恋，她怀有革命热情，却缺乏具体的经验。被捕入狱后，慌乱自然在所难免，因她不知"如何应对这样的审讯"。"在她对革命的想象中，从来没有出现过这样的场面。她想象中的敌人，也不像面前这个人，这个自称姓游的家伙，说话听着和气，却让她感觉随时可能露出残暴的面目"，但她告诉自己"必须咬紧牙关"。④身陷囹圄，危险步步紧逼，面对所爱之人可能遭遇的绝境，她不能不"动情"。"照片上陈千元抿嘴瞪眼，怒气冲冲。董慧文心里飘过一丝柔情"，但迅即把目光"转向桌上的杯子"，她觉得自己"不能盯着那张照片看太久"。⑤陈千里初见她时，不由得想起叶桃。"陈千元真是跟他一模一样，同样的年龄、同样年龄的女朋友、同样在严寒中变得越发热忱。"⑥

董慧文、陈千元因革命而相识相恋，初次见面是在地下党秘密机关。

---

① 转引自张春田、姜文涛主编：《情感何为：情感研究的历史、理论与视野》，北京大学出版社2022年版。
② 张春田、姜文涛主编：《情感何为：情感研究的历史、理论与视野》，北京大学出版社2022年版。
③ 孙甘露：《千里江山图》，上海文艺出版社2022年版，第378页。
④ 孙甘露：《千里江山图》，上海文艺出版社2022年版，第24页。
⑤ 孙甘露：《千里江山图》，上海文艺出版社2022年版，第25页。
⑥ 孙甘露：《千里江山图》，上海文艺出版社2022年版，第115—116页。

秘密机关在戏院边上，与戏院楼座共用一座楼梯，时间合适的话，可以听到戏台上的声音。董慧文第一次去时，戏院新编话剧演出已然过半，"舞台上马振华痛心疾首，楼道的每一个角落都能听到她悲伤的声音，她准备写完那封信就去投江"①。马振华投江，并非虚拟人物的虚构故事，而是有明确本事可循。她的故事或也构成董慧文生活的参照，身在同样的时代，二者的境遇、心理却有云泥之别。在真实人物马振华痛心疾首决定轻生前后，董慧文接到上级命令去给陈千元送文件。"她去过那里三次，每次都是去送文件。每一次接到任务，她的心情都很轻快，像信鸽从天上飞越大街小巷。"那时候，"她已经爱上他了，只不过那时候她自己不知道"。他们相熟之后，他告诉她，他正在翻译涅克拉索夫的诗歌，"哥哥和他女朋友都喜欢涅克拉索夫，后来他也爱上了"②。

"他们说暴风雨即将来临，我不禁露出微笑。"③这是陈千里、陈千元兄弟的接头暗号。彼时他们都是年轻人，有热情，有追求，也正在形成能够让他们精神逐渐坚韧，心智更加成熟的信仰。"有一阵他们喜欢用这句诗来证实青春和热情。"尤其是陈千里，在像陈千元一样年轻的时候，"他就靠涅克拉索夫的诗歌度过漫漫长夜"。他坐在火炉旁，"朗诵、背诵，或者默想，直到头脑中充满声音"，尤为紧要的是，直到"叶桃和弟弟的身影从记忆中浮现"④。涅克拉索夫的诗句在全书中时时跃现，既标举陈千里、陈千元兄弟和他们的所爱之人叶桃、董慧文在面对血与火的现实斗争时内心的坚韧和淡然，也表明"他们认识到了所从事工作的社会效应和巨大价值"⑤。此间暗含着"革命理想主义"的巨大的、深具现实意

---

① 孙甘露：《千里江山图》，上海文艺出版社2022年版，第317页。

② 孙甘露：《千里江山图》，上海文艺出版社2022年版，第318页。

③ 关于该诗与全书故事的互文意义，李松睿有深入论述。参见李松睿：《历史、互文与细节描写——评孙甘露〈千里江山图〉》，《中国现代文学研究丛刊》2022年第10期。

④ 孙甘露：《千里江山图》，上海文艺出版社2022年版，第112页。

⑤ 文贵良：《抒情的终结与革命诗学的开启——论孙甘露〈千里江山图〉》，《小说评论》2022年第6期。

义的精神效力。在1930年代初,"革命理想主义"或属"少数先觉者的自我要求、自我教育",其间"个人与集体的关系固然是核心构造,但它同时非常诉诸对常人身上可能潜藏的人生意义感、价值感的调动、塑造和提升"①。书中虽未及言明,却是他们的信仰核心的若干观念,洋溢着浓厚的革命气息,或也"暗通着传统修养所诉诸的自律、俭省,同时以革命目标的更始维新、超拔兼济突破传统修养的独善、伪善之弊",并由之锻造出"革命年代的'成己之学'"②的精神传统。③陈千元、董慧文、凌汶情感及精神的转变,即可视为此种自我修养的证成过程及其与现实极端境况的交互影响。绝密计划"千里江山图"发起并实施的并不漫长的过程,对书中人而言却是惊心动魄,生死常在转瞬之间。此种极端境况及其更为复杂的精神意涵,无疑在陈千里与叶启年、叶桃父女的交往中得到了可谓细致、深入的呈现——此处暂不细论,后文将有详述。

"我从来没有想过我们会分别。虽然,每分每秒都可能是我们永别的时刻。而如果我们能看着彼此分开,那已经是幸运了。"④生死别离,是书中另一对革命恋人凌汶和龙冬关系的关键词。"大革命失败后,她和龙冬所在的地下工作系统遭受重创。龙冬在危急情况下紧急撤离",凌汶则被敌人逮捕,数月后出狱,回到家中,"只看到龙冬离开前写给她的一封信"。⑤她苦苦等了他两年,得到了他牺牲的消息。这一段时间,她的境遇如同柔石《二月》中的那位女性,丈夫在战斗中牺牲,她与两个孩子相依为命。那时她认识了易君年——一个隐藏极深的敌人,后者告诉她,《二月》封面的木刻图案,是一条河,"河面上漂浮着树叶、雨水和许多人的

---

① 程凯:《从"革命理想主义"到后革命时代的"理想主义重构"》,见《理想主义重建:是否必要?如何可能?》,台湾社会研究杂志社2022年版,第249页。
② 程凯:《从"革命理想主义"到后革命时代的"理想主义重构"》,见《理想主义重建:是否必要?如何可能?》,台湾社会研究杂志社2022年版,第250页。
③ 对此种精神传统及其意义的进一步申论,参见焦德明:《革命的修养与修养的革命——作为儒家修身学现代形态的革命修养论》,《开放时代》2022年第5期。
④ 孙甘露:《千里江山图》,上海文艺出版社2022年版,第378页。
⑤ 孙甘露:《千里江山图》,上海文艺出版社2022年版,第192页。

面孔"①。是的,面孔。这自然让人想到陈千里与老方围绕几位同志的"历史"的对话。陈千里要更为详尽地了解那次秘密会议参与者的过往信息,而不是他们的现实表现,因为,"人的面貌很难看清楚,那是用他们的历史一层层画出来的"②。其时易君年对凌汶的过往并不了解,他要考验她。"革命是大浪淘沙",精神的坚韧至关重要,她的爱人龙冬因大革命失败而不知所终。那个时候,"确实有很多人动摇、沉沦"。凌汶坚定信念的方式是回忆和写作,写作很多时候既是创造,也是回忆,回忆那些已然逝去的人物和时光,仿佛由此可以打开通往过去的秘密通道——一切真实不虚,如在目前。

凌汶的作品是小说《冬》。她将他们的情感融入了虚拟世界中的人物身上。在小说中,那对恋人的如下对话犹如诗句:"'我怕你有一天突然不见了,就像水进了大海。'/'那你面对大海就能看见我。'"③爱人龙冬虽然牺牲了,却始终活在凌汶的情感世界,活在后者所写的小说中。即便易君年出现,也不能取代龙冬在她心中的位置。她对易君年忽冷忽热、若即若离,或许就是在等待着最后的时刻。叙述至此,作者一改此前"零度"笔法惯有的简省和冷峻,笔墨间顿生暖意,一股浓重的抒情意味瞬间弥散开来。"再往后走凌汶却看见了夜空中的星星,那是一个露台,两侧砌着半人高的砖墙,夜里也不冷,空气甚至有些暖意,远处有狗叫声。她望着砖墙外面,周围房子高低错落。""这些房子山墙连着山墙,瓦顶连着瓦顶,野猫在屋脊上一闪而过。"凌汶心想,"那天晚上龙冬是不是就像这只猫一样,往屋脊下一翻,从此不见踪影。国民党特务找不到他,连她也找不到他。"④无需太长时间,她就明白了龙冬消失的大致原因,以及眼前这个叫易君年的人的真实面目。但她此刻无疑身处黑暗之中,似乎"又朝黑暗的水底下沉",她无法逃离,即将与他所爱的人一般在同样的黑暗中悄然遁去。

① 孙甘露:《千里江山图》,上海文艺出版社2022年版,第193页。
② 孙甘露:《千里江山图》,上海文艺出版社2022年版,第64页。
③ 孙甘露:《千里江山图》,上海文艺出版社2022年版,第79页。
④ 孙甘露:《千里江山图》,上海文艺出版社2022年版,第224页。

相较出场不多也涉世未深的董慧文，凌汶心智要更为成熟，也有更多革命经验，但她的情感、心理在书中仍未得到充分的展开。真正较为完整的女性革命者形象，是并非全书故事的具体参与者，却始终"在场"的叶桃。关于谁该为叶桃之死负责，是陈千里、叶启年暗战的焦点。这并非显在的革命内容，却是横亘在二人心中久久不能释怀的心结。因崇拜时为大学教授、无政府主义者、世界语学者的叶启年。陈千里与当时的很多年轻人一般，时常出入于叶家，也参与过叶启年所代表的某个组织的具体活动。那是火热的革命年代，每个年轻人都意气风发、激情满怀，随时准备着参与到伟大的革命创造活动之中。陈千里左冲右突，方向不明，直到他认识了其时尚在北京女子师范大学读书的叶桃。是她改变了他的生活道路。"叶启年一直猜错了，无论从什么角度看，都不是陈千里把叶桃引上了那条反对父亲的道路。实际情况恰恰相反，叶桃才是陈千里的引路人。是叶桃告诉他，她父亲的虚无主义背后，躲着一个投机分子、野心家。"①

陈千里和叶桃的爱恋，正是始自他们识破投机分子叶启年的真实面目之际。正源于此，"某种迷人的混沌状态终于消散了，就像一阵风吹过，就像阳光融化玻璃墙上的雾霜，他和叶桃，两个人完全看清楚了对方的心思"②。这无疑是颇为动人的重要时刻，两个志同道合的年轻人，心心相印，他们读《上尉的女儿》，一起去学世界语。已然开始悄悄阅读《新青年》的叶桃思想迅速成熟，让陈千里隐隐觉得，"别处某个地方，必定有一件更加重要的事情在等着她"。一年以后，叶启年真面目暴露，叶桃也进入了瞻园，也就是国民党党务调查科。其时，叶桃置身的外部世界凶险万分，"充斥着阴谋和杀戮"，但与之相对的，则是从事意义重大的工作给他们带来的内心的喜悦。在陈千里后来的追忆中，叶桃在瞻园的那几个月，"过得特别安宁，叶桃也特别快乐。"因为她"好像找到了真正有意思的工作"。那时候，"他们去梅花山，正是早春二月，虬枝上开满梅花，山坡上像笼罩了粉色云雾。他们心心相印，觉得整个世界退却到远处，眼

---

① 孙甘露：《千里江山图》，上海文艺出版社2022年版，第273页。
② 孙甘露：《千里江山图》，上海文艺出版社2022年版，第273页。

前只剩下梅树、蓝天和那张脸庞。他们满心喜悦,一起背诵着涅克拉索夫:他们说暴风雨即将来临,我不禁露出微笑"①。这并非年轻人坠入爱河后惯有的对现实的忽视,而是因革命信仰而铸就的强大的内在力量。她为他指明了方向,"让他了解了一个人应该投身于什么样的事业,才会让人生变得更有意义"②。构成他们精神的资源的,是《共产党宣言》《远方来信》《布尔什维克》和涅克拉索夫的诗集。更何况他们也在规划和憧憬他们的未来——既是世界的未来,也是个人情感可以寄身的未来,"一个充满光明和希望的地方"③。信仰之力无远弗届,既可形塑个人身心,亦能承诺人与世界双重意义上的未来。

二、"革命"的"有情",抑或"有情"的"革命"

饱含深情的《一封没有署名的信》及书中若干抒情之笔,皆可视为对人物"情动"时刻的反映。"情动"不仅可以指称人物日常所具的普通情感,亦包含重要的精神意涵:"人是一个情感存在,一个始终在发生变化的情感存在。人的存在就是情感活动,affect 是人的生存样式(存在之力)。而这个情感既是身体性的(活动之力),也是心灵性的(思想之力)。"④ 行文至此,似乎可以稍稍宕开一笔,参之以真实人物的革命情感。1933年(与《千里江山图》故事设定的时间为同一年),在她的《我的创作生活》中,丁玲强调"她开始走上创作道路的1927年这个年份的特殊意义。这一年,轰轰烈烈的大革命失败"(亦是龙冬失踪的时代背景),"在北京,李大钊被军阀张作霖杀害,反动势力猖獗"。丁玲精神郁闷至极。是年秋,丁玲失踪数月后,她和冯雪峰的信以《不算情书》为名发表,内中包含着丁玲对冯雪峰的源出于"革命"的"爱":"只愿意永远停留在沉思中,

---

① 孙甘露:《千里江山图》,上海文艺出版社2022年版,第275页。
② 孙甘露:《千里江山图》,上海文艺出版社2022年版,第275页。
③ 孙甘露:《千里江山图》,上海文艺出版社2022年版,第278页。
④ 汪民安:《情动、物质与当代性》,山东人民出版社2022年版,第9页。

因为这里是占据你的影子,你的声音,和一切形态,还和你的爱……"①这是真正的"革命"的"有情",一如《一封没有署名的信》中全无犹疑,而是充满对世界和人的爱。这爱施与的对象,包括植物和它们的故事,包括报恩寺塔、龙华和上海,包括红色、白色和红白混色的花朵,包括见过和未见过的事物,包括他们的过去和世界的未来。这里边有回忆中的风景,有眼前可见之物,它们皆是旧的,是一如凌汶所感受到的黑暗甚至让人恐惧的,然而因为信仰,一切皆闪耀着理想的光芒和色彩。这是书中人物和构成他们精神的核心内容的根本意义所在,是烈士写给未来任何一个具体的个人的信,或许也是作者将之放在书后的用意所在——烈士在面对死亡时的淡定和从容,背后必然蕴含着巨大的,由革命信仰所铸就之精神和情感的力量。此力量足以化解个体的"身""心"之痛苦,足以让生命的意义超越肉身的限制而在更高的层面得以实现。此种本应"显白"却以"隐微"的方式呈现的"意义",表征着不同的理解"革命"与"有情",抑或信仰与身心关系的方法。如李杨所论,后世批评家将丁玲批评沈从文的原因归结为"政治情结、政治心理或一种政治策略,却无法或不愿将其理解为一种信仰。一方面,这是没有信仰时代的表征,另一方面,也是极为重要的一方面,是批评家压根儿无法相信那种完全排斥了'自我'和'个人'的'政治/革命'的真实性!"此为对丁玲信仰的"政治/革命"的最大误解,丁玲的"'政治/革命'不但没有排斥'个人'或'自我',相反,它是'个人'与'自我'的凤凰涅槃,甚至还可能是男欢女爱的乌托邦"②。

如此,《一封没有署名的信》或许并无可以考订的确定的"收信人",其中"内容"的指向,也不仅是1930年代的现实。它是《千里江山图》附录二"在相关行动中牺牲的中共地下组织成员"叶桃、无名氏、方云平、凌汶、林石、陈千元、董慧文、卫达夫、李汉、梁士超、田非、秦传安,革命在1930年代的陈千里,以及他们所代表的数代革命英烈集体写给他

---

① 转引自李杨:《"革命"与"有情"——丁玲再解读》,《文学评论》2017年第1期。

② 李杨:《"革命"与"有情"——丁玲再解读》,《文学评论》2017年第1期。

们身后的时代和个人的"信"。它的作者孙甘露不过是一位可以让历史和未来联通的"信使"。他从已然"冰冷"的材料中抉发出与活生生的人物血肉相关的"具体性",而那些依然存活于历史中的人物和他们的"内心活动",则"感召出了写作者的无限遐思",其间亦有"想象"和"感慨"[①]:"我们见过的,没见过的。听你讲所有的事,我们的过去,这个世界的未来。""有时候,我仿佛在暗夜中看见了我自己。看见我在望着你,在这个世界上,任何地方,一直望着你,望着夜空中那幸福迷人的星辰。"[②]

是为与足以彪炳史册的煌煌"事功"相对之个体生命的"有情",是沈从文于无可如何之境所领悟的可与青史相应的,足以安顿身心之"有情"。"事功为可学,有情则难知",《千里江山图》通篇并无1950年代初沈从文夜读《史记》所获如上体悟时的心理纠结和现实困惑,然如沈从文常在无言而永在的自然背景中理解人事的兴替、成毁一般,孙甘露和他的《千里江山图》或许还有更为高远的寄托。正文与《一封没有署名的信》及附录一、二合论,即不妨读作"联接历史沟通人我的工具",逝去的人物和他们的生命故事虽已远去,那些容括生命之"有情"的笔墨得以永在。"一切英雄豪杰、王侯将相、美人名士,都成尘土,失去存在意义。另外一些生死两寂寞的人,从文字保留下来的东东西西,却成了唯一联接历史沟通人我的工具。因之历史如相连续,为时空所阻隔的情感,千载之下百世之后还如相晤对。"[③] 同为思考并处理"事功",抑或"革命"与"有情"之关系,沈从文、丁玲这一对一度交往甚厚的重要人物取径并不相同。"水火不容的丁玲与沈从文,其实是中国现代文学史上难得的可以放在一起对读的作家。如果说沈从文表现的是洞见了历史的'怪兽性'之后,在一个'天地不仁'的时代对生命与存在的悲悯——它既体现为沈从文笔下沁人心脾的苍凉与忧伤,又体现于沈从文遭到'革命作家'反噬时内心深处的迷茫与不安。"然与此相对,"丁玲穷其一生在其文本内外向我们表达的,

---

[①] 孙甘露:《写作就是写作者的未来》,《小说评论》2023年第3期。
[②] 孙甘露:《千里江山图》,上海文艺出版社2022年版,第379页。
[③] 沈从文:《沈从文全集》(卷十九),北岳文艺出版社2002年版,第312页。

则是'万物有情'——'有情'之'事功',或曰'事功'之'有情'"①。《千里江山图》中的革命者,他们所面对和处理"情动"的现实的方式,近于丁玲而非沈从文。若非如是,如何理解《一封没有署名的信》中柔情背后的从容与淡定?——一种与纠缠于个人得失、荣辱、进退、死生相对之博大情怀。"回荡"着深具1930年代革命理想主义精神的余响——声音激荡、震人心魄。②

作为"龙华牺牲烈士"遗物的《一封没有署名的信》,或许还是作者特意留给读者的"谜语"。读者"可以把它当作书里的某个人对某个人写的",也就是全书的组成部分,"也可以把这封信看成是关于这部书的一封信,从外部来理解它"。但是呢,信是公开的、显白的,却内含着"潜文本"③,有隐微义。这隐微义事关"革命"与"有情"。"我们并不指望在另一个世界重聚,我们挚爱的只有我们曾经所在的地方,即使将来没有人记得我们,这也是我们唯一愿意为之付出一切的地方。"④我、此在、肉身、被给定的地方、世界、现实、未来,爱与生及死,记忆与遗忘,现实与未来等,包含着丰富的意义和复杂的指向。即便时空转换,哪怕生死阻隔,活过、爱过、创造过的具体的生命曾在且真实不虚,哪怕他(她)并未在史籍中留名(附录一、二貌似以"纪实"之笔"补充"正文未及详述的部分,却在另一意义上标志出全书的"虚构"性质),他们的生命也

---

① 李杨:《"革命"与"有情"——丁玲再解读》,《文学评论》2017年第1期。
② 程凯点出具有革命气息的数条箴言,以说明革命理想主义精神的复杂意涵及其意义,依次为:要努力做"一个高尚的人,一个纯粹的人,一个有道德的人,一个脱离了低级趣味的人,一个有益于人民的人";人的一生应该"不因虚度年华而悔恨,也不因碌碌无为而羞愧",要把"有限的生命投入到无限的为人民服务之中去"。这些可作为理解《千里江山图》中若干人物精神选择及其意义的重要参照。参见程凯:《从"革命理想主义"到后革命时代的"理想主义重构"》,见《理想主义重建:是否必要?如何可能?》,台湾社会研究杂志社2022年版,第250页。
③ 舒晋瑜:《孙甘露:把对上海的爱隐藏在小说里》,《中华读书报》2023年4月26日。
④ 孙甘露:《千里江山图》,上海文艺出版社2022年版,第378—379页。

会凝聚为一股浩然之气，穿透时空的重重阻隔，抵达任何一个具体的生活世界。一如《一封没有署名的信》中内蕴着的对爱人、世界和未来，对千里江山海洋的深情。这极为动人的抒情之笔，因此饱含着曾在的、具体的个体的爱，以及生的执着和信念，包含着巨大的精神创造的能量，无远弗届，沛然廓然，莫之能御，如是天地正气，堪与日月争辉。它是信仰的力量，也是生命的力量，无穷无尽，生生不息，涵纳过去，容括现在，也指向未来。

三、"柔婉"之趣与"空灵"之笔

"有情"的"革命"及其价值不仅关涉如何读解书中人物和他们的故事，阐发他们的生活和生命选择的意义路径，也自然关涉到如何理解全书的风格。"粗略的回望这本小说构思之初的各种设想，似乎是想寻找小说艺术的某种本质性的力量，来和它所想表达的主题的严肃性形成呼应；或者因其隐秘错综的人物关系在全知叙述和受限的视角间寻求平衡；由于故事所呈现的机密行动和社会环境、公共空间和私人感情的交互影响，我不得不思考勒卡雷式的侧写甚至计算机式的算法，并通过明确的延宕获致精确的路径。"[①]"小说艺术的本质性力量"，约略体现于《一封没有署名的信》与正文核心故事的互文所敞开的颇为复杂的观念、情感和艺术空间中。"革命"与"有情"的辩证及其意义，仅属读解路径之一种。而近乎电影分镜头般的叙述笔法，则是"通过明确的延宕获致精确的路径"题中应有之义。不仅如此，《千里江山图》的重要特征之一，还有关于上海、广州历史风物的合乎现实真实的细致描画。而相较于作者先锋时期小说的形式感，"《千里江山图》由直观的外显转为内在的隐含，从先锋性的反小说和语言的诗性弥散，转换为朴素简洁的写实性"[②]。

[①] 孙甘露：《札记——关于〈千里江山图〉》，《中国当代文学研究》2022年第6期。
[②] 吴义勤：《归来依旧是少年——文学史视野中的〈千里江山图〉》，《文艺争鸣》2023年第2期。

全书通篇叙述极为简练，随人物及故事移步换景，如登华山，随处可见悬崖峭壁，行走其间，必然时时如履薄冰，如临深渊，若干人物和他们的故事，亦如刀削斧斫，有如电影剧本般的简洁明快。论风格整体偏于刚健一路，然其间亦不乏柔婉之笔，《一封没有署名的信》即属典型。此信既属可与正文人物和他们的故事对读的重要内容，亦属可以指向作者既往写作的隐秘通道。其他如陈千里和叶桃、凌汶和龙冬、陈千元和董慧文的情感故事，皆意蕴丰富，蕴含着理解革命年代情感结构的重要内容。外部世界的敌我斗争跌宕起伏、潮起潮落也震人心魄，如华山诸峰竞起、险象环生，叫人心惊；人物内心和情感世界之天人交战则细腻幽微、静水深流却温婉动人，如白云出岫、雾起终南，耐人寻味。

如此，刚健与柔婉并在，实境与虚境共生，《千里江山图》因而生发出一种清晰与混沌共在的美感，如书画中之"留白"。"白"不是"空无"，而是另一种意义上的"实有"，是足以与实境相应之虚境，内涵无"物"胜有"物"之意。全书核心故事线索清晰可辨，重要人物性格亦堪称鲜明，叙事视角虽自由转换，但读者若是有心，也不难辨明。然进入叙事所打开的艺术空间，于明暗相间之中，仍觉在清晰线索和人物心理的复杂脉动之外，尚有不能简单把握的幽深地带。此虚实相生之笔法的意义所在。仅从实处看，则流于表面；仅自虚处解，则失之偏颇。其作为"先锋"与"现实"的统合之作的意义，正在虚实相间、刚柔并济处。最具典范意义的笔墨，当属全书点题之笔，在第十四章《暗语》中，乃是陈千里和另一位重要人物林石的对话：

"我想找一幅宋画。"
"那可不好找。"
"受人之托，找不到也得找。"
"那您说说看是那一幅？"
"《千里江山图》。"
"你打开窗朝外面看。"

"说的是,这些人就是江山。"①

此系"暗语",却有"明意"。既点出王希孟名作《千里江山图》作为书名缘起和参照的意义,也说明全书故事的核心要义,正在于"建设比画作《千里江山图》所描绘的美丽江山更为现代更为文明的新中国"②。陈千里、叶桃、龙冬、凌汶、陈千元、卫达夫等人所关涉的"人事"之后,是浩浩荡荡、横无际涯的千里江山。而"人事"渐次淡去,"江山"逐渐凸显,不独可以表征1930年代革命史的重要一页,亦足以表征更为广阔的时代和现实议题。如此,"明""暗"互证、"虚""实"相映,历史与现实的参差对照,心灵与世界的交互激荡,朗然如在目前。其间数个人物于"革命"与"有情"的互证,最终的落脚点——其更为阔大的历史、精神和现实意义——便在此处。

---

① 孙甘露:《千里江山图》,上海文艺出版社2022年版,第148页。
② 文贵良:《抒情的终结与革命诗学的开启——论孙甘露〈千里江山图〉》,《小说评论》2022年第6期。

杨 挥

精神·生活·形式：
"人间纪年"中的弋舟和他的世界

> 我们两人中间没有钢剑相隔。时间像沙漏里的沙粒那样流逝。地老天荒的爱情在幽暗中荡漾，我第一次也是最后一次占有了乌尔里卡肉体的形象。①
>
> ——博尔赫斯《沙之书·乌尔里卡》

> 实在总是遭受危险并不能保证（以后）免于重新坠落在黑暗和黑夜之中……从"观念的东西"来解救"现实的东西"，"现实的东西"在其造化的演变中能被"观念的东西"驯服，但新的混沌也会如此突然降临。②
>
> ——谢林《对人类自由的本质及其相关对象的哲学研究》

怀想总体性尚未式微的小说世界，一切坚固的东西仍然坚固，虚空的照旧虚空，无限制的想象力扎根于大地，却可以扶摇直上，化鲲为鹏，在无边际的时空中自由飞翔。小说营构的乃是一种"纸上的城邦"，是可以寄怀和托身之所，那是真正的幸福时代的缩影，是以话语表达、沉淀最终企及永恒之可能。在现实的城邦中，似乎唯有古希腊差可比拟。"对那些

---

① 博尔赫斯：《博尔赫斯全集》（小说卷），浙江文艺出版社1999年版，第399页。
② F. W. J. 谢林：《对人类自由的本质及其相关对象的哲学研究》，邓安庆译，商务印书馆2008年版，第31页。

极幸福的时代来说,星空就是可走和要走的诸条道路之地图,那些道路亦为星光所照亮。那些时代的一切都是新鲜的,然而又是人们所熟悉的,既惊险离奇,又是可以掌握的。世界广阔无限,却又像自己的家园一样,因为在心灵里燃烧着的火,像群星一样有同一本性。世界与自我、光与火,它们明显有异,却又绝不会永远相互感到陌生,因为火是每一星光的心灵,而每一种火都披上星光的霓裳。这样,心灵的每一行动都变得充满意义,在这二元性中又都是圆满的:它在感觉中是圆满的,对各种感觉来说,它也是圆满的;它之所以圆满,是因为心灵在行动期间沉静平和;它之所以圆满,是因为它的行动脱离开它之后独自找到自己的中心点,而且围绕着自身画一个完整的圆。"[1]那是心灵和世界和谐统一的时代,是后世的写作者持续追索和不断仰望的时代。在具体的生活世界,小说却被认为是无神世界的史诗,担荷着想象和重构逝去的可能的重任。因此,写作者的生活和小说世界中的生活究竟构成何样一种关系,是需要追问和思考的重要命题。比如,此刻,癸卯年夏七月六日,为小暑前一日。我在终南山下,临近《创业史》故事的发生地长安皇甫村,也与佛教"净土宗"祖庭香积寺相去不远的一所房子里打开电脑。环顾四周,弋舟中短篇小说集《我们的底牌》《丁酉故事集》《丙申故事集》《庚子故事集》;长篇小说《刘晓东》《我们的踟蹰》;散文或随笔集《无论那是盛宴还是残局》《从清晨到日暮》;非虚构作品《空巢:我在这世上太孤独》(以下简称《空巢》);对话录《商兑未宁:文学对话集(2013—2020)》(以下简称《商兑未宁》)分列左右,开本不同,装帧也异,散发着浓重的油墨香味。它们自有其"秩序",比如时间的,文体的。它们还关联着一个写作者的生活世界,里面都有一个具体的空间,"香榭丽"或"香都东岸",或者某一次会议的间隙,候机室或酒店大厅……就在这样一个个具体的时刻,杨洁、刘晓东、李选,或者别的什么人物的故事正在作家弋舟的头脑中生长,紧锣密鼓,势不可挡。弋舟放下茶杯、咖啡杯、酒杯或者文玩核桃,以词语的方式为如落英缤纷的消息赋形,让它们最终呈现为《随园》《等深》

---

[1] 卢卡奇:《小说理论:试从历史哲学论伟大史诗的诸形式》,燕宏远、李怀涛译,商务印书馆2018年版,第19—20页。

《而黑夜已至》《所有路的尽头》《掩面时分》《羊群过境》或者《化学》《核桃树下金银花》，当然，还有为他赢得鲁迅文学奖的《出警》。

这一篇小文，不妨就从谢林所论之"实在"与"观念"，或者"内在"和"外在""现代"和"传统"，又或者弋舟数年前申论之小说的"南""北"分野开始。而颇为近便的出发点，仍然是《随园》和《出警》。它们不仅可以成为一个恰当的"起点"，是"硬币"的两面，也是论述需要频频回顾和最终的落脚之处。《我们的底牌》迄今，弋舟的写作皆摆荡于这两者之间，偶或呈现为"限制"，却也内蕴着巨大的生长性和成就的力量。前者是一种提纯的，飞升的，向上的努力，是"'上升'的艺术"；后者则可以被审慎地理解为原初的，粗糙的，带有鲜活的生命质感的"在地"的尝试，是"'下降'的艺术"。"上升"与"下降"之于写作艺术及其敞开之世界的可能的分野，可以《妇女闲聊录》之于林白写作观念转变的意义为参照。"《妇女闲聊录》至少是一次尝试，尝试把'上升'的艺术改变为'下降'的艺术，从个人性的文学高度'下降'到辽阔的生活世界之中去。""这样的改变不仅对于林白本人是意义重大的，而且也深刻地触及到当代创作的某些根本性问题。"[①] 若非如是，如何理解从《一个人的战争》到《妇女闲聊录》的转变，又如何理解《北流》及其别册中洋溢着的历史、时代和现实相互激荡所呈现的浩瀚之气？进而言之，《无愁河的浪荡汉子》蕴藉之"野马也，尘埃也，生物之以息相吹也"之境[②]，又当作何解？

一

《丙申故事集》《丁酉故事集》《庚子故事集》和《辛丑故事集》，合为"人间纪年"，大致完成于 2016 年至 2022 年。与此同时，若干早于

[①] 张新颖：《如果文学不是"上升"的艺术，而是"下降"的艺术——谈〈妇女闲聊录〉》，《当代作家评论》2004 年第 6 期。

[②] 参见芳菲：《身在万物中——黄永玉〈无愁河的浪荡汉子〉札记之三》，《上海文化》2013 年第 9 期。

这一时段的作品也以不同面目再版。对话录《商兑未宁》和《空巢》还在某一日被共同讨论。前者如何呈现小说家弋舟的文学观念，而非虚构作品《空巢》又如何可以作为理解与它具有明确可辨的互文关系的小说《锦瑟》以及《平行》，或者弋舟所有虚构作品重要参照的意义，不独划定了两种与现实交往的方式，也标明了两类不同的理解进而艺术地表达世界的路径。弋舟并非对此毫无自觉，以"硬币"的两面为喻，他曾区分了《随园》和《出警》所标示之写作者和写作的不同意趣："写作亦如硬币，正反两面构成了它完整的形状，那么，更多的时候，我可能只热衷于摩挲硬币的单面，让这一面越来越亮，以至于常年遭到忽视的另一面，越来越暗沉无光。"①《随园》《等深》《所有路的尽头》等作代表着被时常打磨的光亮一面，它是"离场的虚构"；《出警》《我们的踟蹰》，包括最为典型的《空巢》，则是日渐暗淡的一面，它是"在场的虚构"。它们或是源于一个稍显庞大的计划（如《空巢》），或是出自一个沸沸扬扬的社会事件的"即时性"触动（如《出警》）。一言以蔽之，它们和日常现实有着某种容易辨识的同构性。问题的核心或许还不在这里，正如弋舟转述的《丙申故事集》责任编辑的疑惑："她想知道，一个小说家在同一个时期，怎么能够写出截然不同的小说？我理解她是在疑惑什么。她当然不会认为小说家应当不断地重复自己，不断地写出'相同'的小说，令她疑惑的，也许是这样的一个局面：卡夫卡居然'截然'地写出了托尔斯泰式的小说。"②

卡夫卡、托尔斯泰，这两个或是深思熟虑或是信手拈来的典型无疑并非实指，而是在更为宽泛的意义上标志着两种"截然"不同的写作：传统与现代、中与西，甚或1980年代和21世纪，先锋写作和现实等一系列极具意味的文学观念和文学史议题。③传统与现代，或者中与西，或者也可以方便地置换为现实主义和现代主义。这里面并不包含一种狭隘的，单向度的非此即彼的选择，亦非在诸种思潮、流派和其所依托的文学资源间做简单的价值高下的分辨，而是在申明一种观念，一种与前者密切相关

---

① 弋舟：《无论那是盛宴还是残局》，河南文艺出版社2020年版，第32页。
② 弋舟：《无论那是盛宴还是残局》，河南文艺出版社2020年版，第31页。
③ 参见李洱：《"先锋文学"与"羊双肠"》，《文艺争鸣》2015年第12期。

的理解和表现世界的方法。一种是卡夫卡式的,在他的背后,还有乔伊斯、伍尔夫、博尔赫斯、卡尔维诺等。在弋舟心仪的传统中,则是1980年代初兴起并在1980年代中后期蔚为大观的先锋文学;一种是托尔斯泰式的,关联着更为久远的现实主义传统,将此稍作延伸,可用以理解和解释1980年代与现代主义并行的现实主义传统及其意义。又或者,可以将之解释为两种形象的分野,一种是哈姆雷特式的,为内在的、精神的忧思所苦;一种是堂吉诃德式的,无暇反省自身,便义无反顾地冲向烟火弥漫的尘世。前者被认为是向内的,后者则被解作向外的。它们是两种理解和应对世界的方法,在这两个典范形象的身后,数百年间,可以构成两种人物的谱系。他们并非全无交集,却也因价值和行动偏好的不同而有了分野。

  小说家弋舟无疑更为热爱也更愿意"认领"前者,《空巢》的写作多少算作"意外",即便以实地走访的方式直接面对具体的、鲜活的"人物",弋舟仍然希望将他们的生活和境遇上升为一种人类的,具有普遍性的议题。他反复援引里尔克的《我在这世上太孤独》,且将孤独作为指称书中数十个具体境遇不同,情感、观念也相异的人物的核心词汇。"孤独,此刻便潜藏在我们每个人的内心,它柔韧地蛰伏着,伺机荼毒我们的灵魂。"孤独感因之亦属一种普遍的境遇,一种任何人都无从超越的形而上命题。他希望经由这一部书的写作,"折射我们这个时代的全貌",甚至"折射生命的本质",希望读者能够从数十位"作为个体的老人的生命中",体味出"某种更为辽阔的人类普世的况味"。[①]的确,这数十位作为个体的老人的不同境遇,可以抽象出一种人类普遍的境况。不独里尔克对此洞见颇深,中国古典作品中,亦多有观照。有诗为证:"此生任春草,垂老独漂萍","千秋万岁后,寂寞身后事",杜甫诗中的"老境"[②]乃有"通会之际,人书俱老"的艺术创造之义,亦含肉身进入暮年为衰老所困而生发出的"晚期风格"的现实动力。这是弋舟以若干空巢老人的生命情境理解和表达时代的努力,其间蕴含着形而上与形而下命题的复杂纠缠。如同《平行》中那位为"老去"的形而上意义纠缠的学物理的老人,他执着地

[①] 弋舟:《空巢:我在这世上太孤独》,上海文艺出版社2020年版,第6—14页。
[②] 参见蒋寅:《杜甫与中国诗歌美学中的"老"境》,《文学评论》2018年第1期。

要从"身体"的定义中逃脱,去穷究"老去"的形而上根本意义,他找到了什么?似乎只有暂时的逃离被给定生活的精神"致幻"意味的可能。但这种可能转瞬即逝,等待他的,只能是冰冷的、肉身衰退的具体现实。此间现实逻辑之强大,个人难脱形而下之纠缠的境况,惊心动魄,叫人动容。离形去知,超然物外,何其难哉!

精神与肉身、形而上与形而下的分与合,在进入老境后似乎尤为显著。"却老"亦是苏东坡晚年面临之重要问题,《与子明兄书》中说:"吾兄弟俱老矣,当以时自娱。世事万端,皆不足介意。所谓自娱者,亦非世俗之乐,但胸中廓然无一物,即天壤之内,山川草木虫鱼之类,皆是供吾家乐事也!"其《记承天寺夜游》,已悟内在的、精神的创造之于现实生活的具体意义。处境或无差别,但心之不同,则目之色异,苏东坡遭贬谪之后,所以屡屡述及"内在乌托邦"之创造,其意亦在于斯。由《空巢》所述之复杂材料上升至对人类普遍命运的观察,亦属"人间纪年"的基本特点。简单地看,《随园》要表达的是世界不过是一种戏仿。老王和他的诗人朋友以一首诗标识出世界戏仿的本质。它仿佛蕴含着无远弗届的巨大阐释力量,给予杨洁以认识世界的隐秘路径。她不愿应和在狱中的老王将狱中生活诗化的行为,也自觉自己难以响应前者的召唤,因为老王对劳改农场的描述因诗性太浓而"过于像是一个戏仿"。有了悟如是,亦可回向日常生活,"日子并没有传说中的那么难熬。我发现,如果你真的领会了'生命是戏仿的'这个真谛,差不多所有问题都可以迎刃而解"[1]。这如同对她有巨大启蒙意义的老师薛子仪的存在所示:"我们彼此启蒙,如今,他用一座随园戏仿了一座墓园。我像是遭到了背叛,但也说不好。我发散着的愤怒之波一定强烈到令他有所触动了,他盖在薄被下的身体开始微微发抖。他的嘴巴嚅动着,嘴角流出黑褐色的液体。"那一刻,她似乎理解了,也多少有些释然:"这不能怪你,这世界连戏仿的耐心都没有了。"[2]薛子仪、袁枚、随园,是否意味着早已消逝的精神和生活形式,意味着和世界建立一种古老、诗意联系的重要性。如此,那座应该为戈壁滩中无名的骸骨建

---

[1] 弋舟:《丙申故事集》,中信出版社2017年版,第21页。
[2] 弋舟:《丙申故事集》,中信出版社2017年版,第36页。

造的墓园理当包含着千秋万岁、地老天荒的意义。它让逝去的似乎并未逝去，让死亡者似乎获得了永生，让无名者有了名，让水不是升腾为云降落为雨而是凝固成沙成石，从根本上转换为更为恒久、更不易朽的存在。他频频提及那块被做成项链的人骨，以及它与死去的胡杨碎屑间惊人的相似性。然而在这表面的相似之中必然分离出惊心动魄的事实，胡杨生死存续三千年，易朽坏的生命及其遗留的白骨何能如是？无需生发黍离之悲，也不必有沧海桑田之叹，薛子仪和他的随园注定是易朽的。"透过敞开的窗扇，我能隐隐听到野草发出的叹息般的歌唱。窗外的亭台楼阁，在我眼里一点一点成为了残垣断壁。"① 杨洁离开行将就木的薛子仪，离开那座作为戏仿的随园，她没有回头，"但知道身后的那座庄园在无声地坍塌"，"那不是灰飞烟灭，而是方生方死，海市蜃楼般地随风消散"。与此一同消散的，还有薛子仪，他的肉身行将消逝，化烟化灰，不复存在。一如《子不语》断无可能留住那个好食又好色的随园居士，那个叫袁枚的，生活于1716到1798年间，写诗又写文章的人。

二

如若一切坚固的东西终将烟消云散，形而上的精神也敌不过肉身寂灭的根本性虚无，此在的写作的意义究竟为何？身在儋州的苏东坡以儒家"为己之学"自况，且从陶诗中悟得"内在乌托邦"的巨大意义值得深思。此种"内在乌托邦"，乃是一种如伯林所谓之"内心的堡垒"，是为"某种意义上的消极自由"，亦即"通过放弃自己在外部世界实现任何目标的愿望"，去做"核桃壳里无限的君王"，从而免于"环境、命运或绝对君权的左右，获得自由——但并非通过移除我们前进道路上的障碍，而是通过放弃任何沿着道路前行的哪怕是最模糊的愿望"。② 遁入"内在乌托邦"，去实现某种意义上的消极自由，甚或如苏东坡一般，于"内心的堡垒"中

---

① 弋舟：《丙申故事集》，中信出版社2017年版，第37—38页。
② 杨治宜：《"自然"之辩：苏轼的有限与不朽》，生活·读书·新知三联书店2018年版，第228页。

自得其乐，"悬置"也无视日常生活诸种矛盾的催逼，做精神的自了汉（很多时候也未必真能"自了"），这是弋舟多部作品中人物尝试去走的路。他们为形而下的纠缠所苦且无从解脱，他们努力为自己创设"内心的城堡"，并尝试在其中获得堪比鸢飞鱼跃的自由。

中风之后的马政失去了肉身行动的自由，他困于轮椅，这极能象征弋舟笔下的人物和他们世界的超稳定关系——他或她被绑定于一个或几个极端的境况中，唯有精神选择的可能留给他们，他们也常常努力以格言的形式抽象并提升其境遇的意义。像这个马政，他面对的很可能是一个和谐的假象。王晰、夏惊涛的情事若隐若现，马政却也有他的内心的秘密。他时常会在那个曾叫他一时意乱神迷的储藏室中默想心事。时日既久，他"渐渐觉出了这间储藏室的好。它是一个地下的堡垒，可能防不了原子弹，但能庇护一颗疲惫孤独的心；它是一座地下的宫殿，即便塞着苹果和可能永远不会再派上用场的家什，也依然可以让人在里面徘徊徜徉，做惆怅的王"①。就表面意义而言，似乎马政足以让精神获得暂时安慰的"堡垒"与苏东坡的有着"内在乌托邦"相似与相通之处。然而对苏轼用心颇深的"为己之学"稍加辨析，即可明了二者根本的分野处。苏辙劝苏轼以"为己之学"疗愈"沉疴"，此间暗含着以"学殖自养、不为当下一时好恶所左右"，进而"不懈于道"的形而上意味。②弋舟笔下的人物，哪怕是那个通晓随园居士诗文和生活的薛子仪，也未能在真正意义上接通一种源自古典的精神观念，并以强大的逻辑力量将之落实于现实。在他的小说世界中，卢卡奇所论之古典的整一与和谐已然不存，人物皆需面对永恒和没有永恒的局面，他们的现实和精神境遇，在多重意义上凝聚于《势不可挡》之中。杜英姿等一干人物身份、职业甚至性别皆可隐去，他们是一群特殊的人物，因执着于某种创造的劳作而自得其乐。"我们就这样磨呀磨。我们通过磨呀磨抵抗着自己'无用者'的命运。你可以说这是滑稽，但确凿

---

① 弋舟：《丙申故事集》，中信出版社2017年版，第52—53页。
② 杨治宜：《"自然"之辩：苏轼的有限与不朽》，生活·读书·新知三联书店2018年版，第222页。

无疑,我们也可以说这是庄严。"①势不可挡,万难阻挡的是"失败者"所意会到的巨大的"无意义"感,他们如同推石上山的西西弗斯,重复着"无意义"的劳作,却在劳作中创造"意义"。时代即便改变,"圣殿"不可坍塌,有没有杜英姿并不重要,重要的是这样的劳作必须继续,必须持存开显朝向无限和未来的永久的意义。《势不可挡》因是可解作关于一种普遍性境遇的表征:世界运行如斯,人类创造不止。浮士德所意会之"太初有为",情境庶几近之。

世界消息繁多,意义委实难寻,既然必须困于一种"现代情境",也便只能在被给定的,类似存在主义哲学所言之境况中完成精神自救。自救的灵光偶然一现,那是如同神启抑或顿悟的重要时刻。蒲唯困于现实,却将希望寄托于一个多少有点虚无缥缈的"事件"上。然而希望之光如在水底,如在空中,"有那么一会儿,蒲唯变成了他不自知的观察者,他看到这些天里,两个生活中的受挫者怀着羞于启齿的等待之情,在'写信的人如今就在写信的地方'那样一种宽泛而朴素的理解力下,试着靠近过那道光,从而和一些有希望的东西再次发生了联系"。那道光并不常有,也转瞬即逝,然而它的意义不可估量。正是迷恋于那道光,一些人"前赴后继,不惜涉险",全然不顾那"莫须有的事物宛若捕风捉影",它"如在水底","如在空中"。②但它不是虚无,而是实有,是可以落实证验于日常的精神可能,或者,可以说,是一种类似马塞尔所论之"希望"的存在。它不是"刻意设定任何条件和界限,而是把自己委身于绝对的信任之中",由此"超越一切失望"③,获致存在的安全感。一念之间,世界仿佛重新来过,一道光照彻无边的暗夜,连阴影也充满着生机和活力。回首向来之处,并不萧瑟,天地也为之一新。

再如那个惯于逃避,习于落魄的父亲,在奔向女儿婚礼的路上撞死了一条狗。是的,这不是万玛才旦的《撞死了一只羊》,故事也没有万玛才

---

① 弋舟:《丁酉故事集》,中信出版社2018年版,第91页。
② 弋舟:《丁酉故事集》,中信出版社2018年版,第180—181页。
③ 金寿铁:《希望哲学的两种类型:加布里埃尔·马塞尔与恩斯特·布洛赫》,《江汉论坛》2020年第4期。

旦反复渲染并细致展开的信仰意味,就是一个倒霉的父亲撞死了一只狗。他在面对这样突如其来的事件时的无能、无奈和无力似乎说明了他作为失败者的根本原因。而在因外在力量的介入而消解矛盾之后,他唯一忧心的是为女儿准备的那截海浪——那是砗磲所雕,是易碎的艺术品。但茫然无措之际,他突然被眼前的风景迷住了,"目力所及,天高云淡,秋阳普照下的六盘山群峦起伏,宛如生辉的海面,排列有序的山峰不动声色地涌动,绵延不绝,就连间或生长的树木也像极了海面上的浮标"。当是时也,他瞬间了悟,从甘肃到海南,"不过是从一片海去了另一片海",而此番回归,也"不过是从一片海回到了这一片海"①,仿佛中间的失意、失望和失败就此一笔勾销。他从起点出发,再度回到起点,中间的一切因这了悟如风而逝。

三

古典小说擅写此境——虚拟的人物经历一番超凡际遇之后,瞬间领悟人生至高的义理,遂有如禅家顿悟的精神意味。如《红楼梦》"以石→玉→石的过程揭示生命由缘起→受苦→彻悟的历程,一切的变化皆因'情'而生。有情,故有爱欲、美感、悦慕……故有渴求、失望、悲凄……,然而'情'之为物谁可把捉?总是像云端朝霞,水上月光,乍然而起,徒然留下令人嗟叹的美感经验而已"。以情为经纬,人世万象,如此看去,亦是虚矣幻矣。所以"警幻仙子一再点悟宝玉:'情'虽可感,毕竟空幻"。但要从根本了悟,似乎难得,"人世的悲剧莫不如此,总是要体切尝尽生命的苦酒之后,始知生命之幻"②,也因之生发出一股浩荡之气亦未可知。"情"之一字,虽然可感,终究为心中生发之境,多少难脱虚然茫然之叹,不若那宝玉所要经历之钟鸣鼎食之家,温柔富贵之乡所包蕴的种种际遇来得实在。太虚幻境、梦中警幻,或嫌迂阔;大观园内,生灭不已,却真实

---

① 弋舟:《辛丑故事集》,中信出版社2022年版,第112页。
② 吴璧雍:《从民俗趣味到文人意识的参与——小说(一)》,见《中国文学的巅峰之境》,黄山书社2012年版,第319页。

可感。由是观之,一切感悟必得源发于某个具体的情境,有一个或许并不鲜明的触发点,弋舟小说诗学的要义亦在于此。写作者在世界之中,也并不疏离于时代,但却需要把时代"作为一个意象去打量"[1],这里面约略有些现象学"悬置"的功夫。"人间纪年"系列:《丙申故事集》《丁酉故事集》《庚子故事集》和《辛丑故事集》,收录的若干篇章,皆可以某一个或数个意象总括之。祁连山的皑皑白雪、袁枚的《随园》,甚至荒漠中拾得的人骨,地铁菩萨……这些意象营构出一种氛围,一种精神的意境,同时也牵连着一种理解这个世界的方法。在《随园》中,这种方法包含在老王和他的同伴吟诵的警句中:"每个人都知道,生命是戏仿的,并且,它缺乏解释。因而,铅是对黄金的戏仿。空气是对水的戏仿。大脑是对赤道的戏仿……"[2]强烈的对戏仿的渴望造就了后来的"随园",造就了开启并持存一种精神可能的薛子仪,以及他最终同样易朽皆不足恃的世界。

一如必须借助一块床单,马尔克斯才能让他的人物实现飞升,而《第七天》中冥界的亡灵也唯有依托一片树叶才能掬起河水一般,强劲的现象产生真实,却也未脱某一个具体意象、情绪的发动,需有一个可靠的物质基础。始终活于戏仿中,无法全然融入世界的杨洁也必得有一个现实的触发点,激励和鼓动她去走向作为更大戏仿世界的薛子仪。那是在地铁中,一尊"地铁菩萨"——"她大概有五十多岁,很胖,肚子里像是塞进了一块正在发酵的面团,却穿着件正常身材的人穿上都会显得逼仄的小夹克。她浓妆艳抹,面无表情","长长的睫毛一眨不眨"。她内心笃定,"旁若无人","像一尊正襟危坐的膨胀的地铁菩萨","有一种凛然的勇气和怒放的自我","看起来威风极了"。[3]她极大地震撼并惊醒了因巨大的失败感已然颓然茫然的杨洁,其精神意义断不下于《红楼梦》中几番富有警幻意味的梦境。或者,换句话说,铺陈人世诸般际遇之空然茫然,最终似乎就意在教贾宝玉悟得生命之至理。虚也罢,实也罢;真也罢,假也罢;

---

[1] 弋舟:《商兑未宁:文学对话集(2013—2020)》,陕西师范大学出版总社2021年版,第74页。

[2] 弋舟:《丙申故事集》,中信出版社2017年,第11页。

[3] 弋舟:《丙申故事集》,中信出版社2017年版,第26页。

得也罢，失也罢，一旦身在肉体灭解之际，一切皆付流水，生死皆不足恃。如古典小说还好写世界之荒诞，借荒谬的形式，"发不可能言说的议论"，"信不能证实的真理"，"感并不存在的事物"。它们是在理性所不到之处，"奋力继起的人类心灵活动"，是在"理性的太阳倦怠后，随之上升的星星"，于那"不可测的夜空背景中，发出诡谲而充满了暗示意味的光"。①

这光也隐约闪现于"人间纪年"中的世界，"随园"和袁枚姑且不论，老奎找不到被卖掉的女儿，他在青浦镇西面的湖边"对着水面海枯石烂地坐了三天"，一定有过沧海桑田之叹，"感觉是从天而来的大水带走了所有的人间消息"。②人间仍在，老奎的世界却已坍塌，坍塌于他犯罪后的那一刻。那一刻"他转身而去，走在山路上，脚底发虚，轻飘飘得像是腾云驾雾。后来还跌进了沟里。旷野无人，他在野地里昏睡了一宿。醒来后，山风浩荡，感觉像是死了一回"③。正是这"死"，造就了他后半生无尽的孤单，但孤单背后呢，是无尽的、永难平复的伤痛。还有《缓刑》，缓刑的实指，或是心猿意马、同床异梦的一对夫妇的生活现实，但由之造就的冷漠却包藏祸胎，成为那个无知的孩子可能贯穿一生的"噩梦"。再有已然离异的，那位四十余岁的女化学家，丰沛的关于外部世界的化学知识并不能挽救她的日常生活。她必得借助某一日某一个意味深长的"例外状态"，方能领悟生活连续的真谛所在。

例外状态，或者说某一个看似普通却内含玄机的重要瞬间，是"人间纪年"，甚至可以上推至弋舟早年的作品《我们的底牌》中若干篇章基本情境和故事得以发动的基础。这个基础很多时候呈现为一个"内核"。这个内核有时是关于生活的形而上的思考，有时仅仅是数个极具象征意味和多样的可解性的意象，有时是故事正常行进过程中遗留的"话头"，或者甚至还是故事整体内置的，如马歇雷所言之"离心结构"。它在故事的世界之中，却于某一刻如地雷般暴动，让似乎整一的世界分崩离析，让惯常所谓之逻辑烟消云散，然硝烟尚未散尽，便有未必是新的，却一定是不同

---

① 乐蘅军：《古典小说散论》，台湾大学出版中心2021年版，第266页。
② 弋舟：《丙申故事集》，中信出版社2017年版，第93页。
③ 弋舟：《丙申故事集》，中信出版社2017年版，第97—98页。

的东西如旭日般冉冉升起，一如朝霞点亮大地和天空。

在《核桃树下金银花》这一弋舟颇为自得的作品中，这个"内核"是一个"规定性事态"，它让"我"感受到了被事态规定的荣誉感："那时，一件'规定性事态'的包裹捆在车顶，我必定会被唤起某种给定的身份归属感，它让整部电动三轮车有种满载了一番道义的属性，甚而，我还会因之升起一种自己也不大确定的荣誉感。你知道，顶着它，电动三轮车偶有颠簸，车身会发出不稳定的摇摆，于是好了，在这种不稳定的摇摆中，骑手的荣誉感却油然升起。"① 这种"规定性事态"及其所牵引出的情境，一如萨特所谓之境况。在这里，它规定了秩序以及可能的前路，它要求甚至逼迫人物做出选择。这样的情景，在别的地方，弋舟将它命名为小说的逻辑。它源于现实却不同于现实，甚至也不能被现实简单地证实或证伪，它运行在小说所敞开的观念世界中，以它顽强的生命力和巨大的不可驯顺的力量说明着理解和处理现实小说的态度。"我始终顽固地认为，所有艺术存在的理由，更多的是建立在对于人内在的精神性的关照之上。"②

何为"内在的精神性"？在卡夫卡的世界和托尔斯泰的世界中，存在着截然相反的答案吗？它一定关联着全然不同的理解和处理世界经验的方式吗？如前所述，正是对世界的不同理解，划分了不同地域、时代的文学。还如缪勒所言，"荷马源自缪斯的灵感是预言性的、权威性的。缪斯赋予他一种权力，让他在将来的所有人中间预言英雄们的不朽故事"。阿基琉斯、赫克托尔和他们的故事因之担荷着时代的"重负与神恩"，而艺术，"不是主观性的，也不是私人或心理的愉悦，诗人不是为了减轻自己的痛苦才吟唱的，而是为了照亮世界。他的想象一定为世界所充满，而无法传达的感觉却永远与此无缘"。"特定的感觉如果不在激情和感情中再生，如果不被缪斯提升、再造和祝福，它们就是缄默而盲目的。"③ 无论精神

---

① 弋舟：《庚子故事集》，中信出版社2020年版，第4页。

② 弋舟：《商兑未宁：文学对话集（2013—2020）》，陕西师范大学出版总社2021年版，第23—24页。

③ 古斯塔夫·缪勒：《文学的哲学》，孙宜学、郭洪涛译，广西师范大学出版社2001年版，第2页。

如何高蹈，哪怕延伸出如巴什拉所谓的"梦想的诗学"，一种原发于对人类精神生活的观照和创造的艺术，是否应该包含着更为复杂的寓意，内蕴着更为宏阔的伦理目的和创造性力量？这也是卡夫卡作品的意义所在，即便"通过人类中不可摧毁的东西来团结人类的真正的一致，经历着孤独和无依无靠的时刻"，但"不可摧毁性是统一的"。卡夫卡和他的世界也并非尽是绝望，那里还有不可思议的希望的微光。即便微如萤火，即便忽隐忽现，但一灯如豆，亦能照彻古今。

弋舟和他的同代人极少论及"终极性"，这当然有种种"后学"影响的浓重印记，将之视为现代主义的"流弊"，也未尝不可。① 因为，对于人的"内在的精神性的关照"如何能够悬置终极性，或者说，缺少终极性的精神关照注定只能停留在一个多少有些普通，也难脱形而下纠缠的层面。缺少终极性关切，小说家指认了生活的困厄，现实中不能承受的生命之重，却无法如海德格尔眼中的诗人一般，"吟唱着去摸索远逝诸神之踪迹"，在黑夜里为我们"道说神圣"。② 如里尔克《致俄尔甫斯的十四行诗》中的一首所言："尽管世界急速变化／如同云形之飘忽／但完美万物／归本于原初。"③ 不必将之归入信仰的范畴做价值的论证，即便在生活世界之中，依托艺术的完美呈现，亦可切近一种精神的终极性。缪勒赞颂荷马的智慧，因为"荷马揭示了诗的神奇力量：缪斯。生活被看作是为她而举行的节日庆典场面。神圣而温柔的爱以光芒四射的先兆改变了人及其本性。神奇的想象幻化成各种不同的面向把灵与肉融为一体。人就是在这种'神圣的语言唤起的形象'中找到了与自己可见的宇宙的和谐与统一

---

① 如艾伟所言："我们这一代写作者一开始就受到现代主义的系统性训练，对现代主义的技巧心领神会，所以，再想要老老实实写就比较困难。大家都知道，现代主义文学有几个关键词：冷漠、异化、绝望、隔阂、荒诞等等。看看这些词就知道，小说没有人的正常的情感。"艾伟：《对当前长篇小说创作的反思》，《当代作家评论》2006年第2期。

② 马丁·海德格尔：《林中路》，上海译文出版社1997年版，第276页。

③ 马丁·海德格尔：《林中路》，上海译文出版社1997年版，第279页。

的"①。毋庸置疑,一旦触及总体性,或者人与世界的关系这一无法绕开的根本论题,詹姆逊的观念便仍然有效:"小说作为赋予外部世界和人类经验以意义的尝试",必然包含着"人类生活最终的伦理目的"②——一种自我与外部世界高度统一的境界。故此,形而上的心象的演绎最终也必须回向现实,回向广阔丰富、元气充沛、横无际涯的生活世界。

四

我们,所有的人,皆在世界之中,可以感通多元而多样的世界消息。彼此生活虽有差异,但根本情境约略同一。成就抑或限制小说世界的敞开的,仍然是"精神"而非"生活"本身。无论是以"意识的再造"磨去生活的"粗粝感",让小说中的现实"呈现出整饬的样子"③,还是真正以"文学"的方式"'经验'并'创造'"④世界,皆可说明弋舟的小说世界得以生成的"技艺"及其质地。发愿要写"有教养的",抑或"体面"的小说的弋舟,也在此指认着他所心仪和坚守的"传统"。他反复强调"形式感",且将之视为需要终生坚守的信条⑤,已然标明了他的艺术追求,以及与之相应的打开其小说世界的路径与方法。心之不同,则目之色异。看山是山,看水是水;看山不是山,看水不是水;看山还是山,看水还是水。

---

① 古斯塔夫·缪勒:《文学的哲学》,孙宜学、郭洪涛译,广西师范大学出版社2001年版,第1页。

② 转引自杨辉:《现实主义的广阔道路——论陈彦兼及现实主义赓续的若干问题》,《中国现代文学研究丛刊》2018年第10期。

③ 黄德海:《庄严赋尽烟尘中——谈弋舟》,《人民日报》(海外版)2017年5月25日。

④ 贺嘉钰:《隐桥与雾——弋舟短篇小说的艺术方式》,《小说评论》2021年第6期。

⑤ 在与杨晓帆的对话中,弋舟表示:"形式感何其重要,我觉得这个观念我这辈子都不会改变了。"弋舟:《商兑未宁:文学对话集(2013—2020)》,陕西师范大学出版总社2021年版,第74页。

此间蕴含禅家机锋，亦暗含观念以及与之相应的世界展开的重要意味。①进而言之，生活一旦幻化为心象，便如山风如流云，捕风捉影，为无形之物赋形，嘎嘎乎其难哉！在此，精神与形式难以截然二分。有何样的目光，便开何样的世界。始于《我们的底牌》，中经《刘晓东》的进一步强化，某种意义上的现代感受性，成就着弋舟和他所创造的世界。"《刘晓东》有一种现代小说的气息。这种气息很难用一种形容词来形容，笼统地说，就是不管他处理的主题、叙事的方式，还是在虚构上的用心，都笼罩着抑郁的气氛，有一种深切却朦胧的感觉，读来如对梦寐。"②

如梦似幻，假作真时真亦假，似有还无，谁又能敌得过胡安·鲁尔福？薄薄一册《佩德罗·帕拉莫》，生死莫辨，虚实难分，却并非仅仅源出于"内在精神"的创造，它还有浩荡的时风，有可与具体现实相对照和对应处，甚至半月庄的酷热，也来自某一个具体的事实。他说过，"我写的东西一点儿也不是真人真事，而是根据某种气氛想象的产物"③。这话也不可照直去解。即便专论鲁尔福的艺术手法，援引鲁尔福"我采用的是一种不存在的现实主义，一种从未发生过的事实和一些从未存在过的人物"的说法，说明《佩德罗·帕拉莫》作为叙事虚构作品所呈现的梦幻般的艺术氛围，最终也需落脚于作为人类学专家的鲁尔福对墨西哥神话、历史和现实的熟稔之于艺术创造的意义。④也因此，在墨西哥的最后几年，鲁尔福意识到"这个世界和我格格不入"。但此处所言之"世界"或许指称的并非生活世界，而是另一种用"一种时髦的写作方式"所写的"职业文学"。⑤而"职业

---

① 参见贾平凹：《关于"山水三层次说"的认识——在陕西文学院培训班讲话》，《当代》2020年第5期。

② 黄德海：《等深的反省——弋舟〈刘晓东〉》，《上海文化》2014年第6期。

③ 转引自朱景冬：《鲁尔福魔幻现实主义小说的表现手法》，《外国文学评论》1990年第1期。

④ 朱景冬：《鲁尔福魔幻现实主义小说的表现手法》，《外国文学评论》1990年第1期。

⑤ 转引自弋舟：《从清晨到日暮》，当代中国出版社2015年版，第68页。弋舟对鲁尔福此段自述的解读亦颇有意味，可一并参照。

文学"的大行其道,让他和他所创造的世界显得"不合时宜"。这里面当然有观念和审美的考量,乃是对他的写作及其意义的申辩,并非是对其所置身其中的生活世界的"悬置"。如此说来,《丙申故事集》的责任编辑,同为作家的王苏辛的意见颇值得玩味。在与弋舟的对话中,她对《随园》和《出警》的分野所表达的"疑惑"的重心非在两种写作方式的"冲突",而是小说为何不卸下精神的包袱,让原本来自现实的人物"融于整个环境之中"。如此,"环境的改变也是人物改变的一部分,大的环境因为这些看似芜杂的情绪和负累反倒多了一些层次感和活力",而小说中的人物,"本身则显得整洁、明朗",尤为紧要的是,"小说的前路因此更觉开阔"。[①]

回到卡夫卡,加洛蒂讨论《地洞》时有言:"由于过分地安排自己的住宅,人便与他所建立的体系,与他为堵塞在自己思想上造成的缺口而建立的思辨混淆在一起。"如此,"异化是全面的"。由此,"人于是觉悟到'他的'世界不是封闭的"[②]。非封闭的世界路径多样,消息繁多,如不自我设限,则人所能感通之"世界"面向可谓多矣。卡夫卡是一种,托尔斯泰是一种,抑或现代主义是一种,现实主义是一种。然而如加洛蒂所言,"艺术不是别的,只是一种生活方式。人的生活方式不可分割地既是反映又是创造"[③]。由此,现实主义呈现出向"无边"的可能性敞开的态势。托尔斯泰和卡夫卡,在此意义上具有一种内在的、根本的同一性。

行文至此,忽然想起贺桂梅教授的《政治·生活·形式:周立波与〈山乡巨变〉》,这一篇小文的题目,当然不是对前者的"戏仿",然以之为参照,却也可以敞开颇具意味的思考路径。仅以风格论,《山乡巨变》曾引发关于艺术和时代及现实关系的讨论。此种讨论并非局限于单纯意义上的风格,比如姚鼐所论之文章阴阳刚柔之分,而是关涉到观念,关涉到理解和处理生活世界的精神资源及其价值的根本分野。虽未必需要在苏契科夫的意义上理解这一问题,但作为《论无边的现实主义》附录的《B·苏

[①] 弋舟、王苏辛:《代后记:重逢准确的事实》,见《丙申故事集》,中信出版社2017年版,第178页。

[②] 罗杰·加洛蒂:《论无边的现实主义》,百花文艺出版社2008年版,第135页。

[③] 罗杰·加洛蒂:《论无边的现实主义》,百花文艺出版社2008年版,第3页。

契科夫:关于现实主义的争论》一文,仍然包含着值得深思的重要内容。如贺桂梅以"政治"作为基本视域理解《山乡巨变》一般,弋舟的作品只可用"精神"二字说明。虽说其关于"内在精神"的叙述中,必然包含着更为复杂的内容,但由"政治"到"精神"的转变,的确是《山乡巨变》或者1960年代所形塑之文学观念和奠基于1980年代文化氛围的弋舟文学观的分野处。这种分野也不能简单地被理解为两个时代之间的差异,而是内蕴着更为复杂的问题。似乎仍需返归由晚清开启,至"五四"强化的文化的"古今中西之争",及其所开显且顽强地延伸至当下的问题论域:古与今、中与西,抑或传统与现代二元对立式的选择的遗留问题。当然,写作此文的过程中也时时想起阿伦特的《精神生活·思维》《精神生活·意志》,至于其间有无联系,倒也不必深究。

既然思绪翻飞,不妨笔墨放开。一些有意味的细节不断跃现:数年前夏至后的某一日,大雨后,有朋自远方来,三五好友小聚于长安校区对面的真爱餐厅。是六楼,终南山抬眼可见,云蒸雾腾,虚然茫然,大类仙境。酒过数巡,杯盘狼藉,人人皆有醉意。弋舟唱起了《棠棣之花》,音调深沉、婉转低回,叫人为之动容;又唱颇有些"花儿"韵味的信天游,一波三折,余韵悠长,倒也别致。几曲唱罢,再饮数杯,随即醉卧,口中却念念有词,近乎呓语。凑近了,听他说的是,"既然你跨上了一辆送快递的电动三轮车,你就得把车上的货给送到了"。如此循环往复,如念咒语。

那一刻,眼前实存之物顿时虚然幻然,退为遥不可及的背景,"世界"展现出另一种"真实"。你会觉得醉眼蒙眬的不是弋舟,一个小说家,而是"人间纪年"中的某一个虚拟的男女,如此蛮横,也猝不及防地闯进了他(她)原本无法抵达的现实。

"创业"叙述、"新人"塑造和传统文化的显与隐
——《长安》阅读笔记

一

读《长安》，颇具意味的参照，仍然是《创业史》。前者多写工业领域，后者主述农村生活。但农业与工业互为镜像，可交互影响，却也是值得注意的重要问题。蛤蟆滩梁生宝等人积极展开的农村改造，在新中国成立的最初几年，与城市的工业发展构成一种时隐时现、或明或暗的对应关系。徐改霞在进城从事国家工业建设和留在蛤蟆滩与梁生宝一道改造蛤蟆滩的世事之间的纠结，虽无 1980 年代后高加林、孙少平等人极为鲜明的"城乡冲突"的复杂考量，却也表征着其时城市与乡村建设之间的互动关系。重心虽在农村，《创业史》却并非对城市发展了无关切。第二部详述郭世富卖粮一节，既表明此人所标榜之持家观念的伪善性质，也说明农村和城市彼此关联，农业和工业交互影响，不可简单地分裂视之。合之则双美，分之则两伤。高抬粮食价格，必然引发农村生活所必需之工业产品价格的提升，这一番道理，在集市上被反复强调，却丝毫动摇不了仅谋私利且不择手段的郭世富顽固的内心。梁生宝创业（互助组的创造，以及作为"新人"的自我创造）的艰难，此亦为不容忽视的重要一维，乃《创业史》大用心处。

就在梁生宝和他所领导的互助组创造新的社会的如火如荼的现实进程中，与蛤蟆滩相距不过数十公里的西安城，此时正在展开同样深具历史和现实意味的工业的创造。其时，中华人民共和国刚刚成立，无论农村还是

城市，皆可谓百废待兴。此种"废"与"兴"，既有重建为战事所毁弃的生产生活环境的意义，也在更为深入的层面包含着具有内在规定性的社会主义社会全新创造的复杂内涵。《创业史》中的合作化道路与个人发家梦想，抑或深具历史和现实意义的新的"公"与"私"之间的观念和现实博弈，即属其时农村社会主义改造的题中之义。而与农村社会主义改造并行的，是新中国工业的创造，军事工业更属其中重中之重。军事工业为"尖端科技的首选之技"，乃"大国重器"的创制之所。《长安》开场未几，即补叙八号工程建设的初衷，其背后所关涉之宏大而复杂的国家命题的用意即在此处。"国家准备开发一批项目，有军用的，有民用的"，原来"报上喊叫的一穷二白，是货真价实的现状：现在，不光打仗的枪炮是外国造的，就是螺钉、灯泡、三轮车，咱们也生产不了。如果不能改变这种局面，建立起自己的工业体系，咱们用鲜血打下的江山就会拱手让出，甚至会被地球人开除球籍！"①

当此之际，忽大年临危受命，从前线返回后方，开始了绝密工程的基础建设，"他终于明白自己将要指挥的工程，居然是苏联援建的一个装备项目，老大哥一把支援了一百五十六个，而这些项目大都是为军队准备的"。军令如山，原本无意离开战场的忽大年再无犹疑，遂全身心投入工程建设中。此时他自然无从料及，自己将在未来三十年间，与数十公里外蛤蟆滩的梁生宝和他的后继者一般，需要面对和处理层出不穷的现实矛盾，面对个人与外部世界或彼此成就或彼此限制的交互影响所致的、此起彼伏的生活难题。他的事业、生活甚至情感，不可避免地与时推移并深着大历史主题阶段性转换的色彩。正因于总体性的宏阔历史和现实视野中处理以忽大年为代表的军工人的生活和命运，以及其与国家和时代之间的复杂关系，《长安》被认为是"中国社会主义重工业的'创业史'"②。其所打开的世界及其持存开显之观念，因之有弥补文学在这一时段国家工业创业宏阔叙述上"缺位"的重要意义，可在多重维度上与书写中国农村社会主义改造的《创业史》对照阅读。

---

① 阿莹：《长安》，作家出版社2021年版。
② 李敬泽语，见《长安》，作家出版社2021年版。

二

就作品总体论，不同于《创业史》所涉中国农村社会主义改造过程中，极为鲜明的"新""旧"人物之间复杂的观念冲突，及其所致之现实矛盾，《长安》虽也叙述忽大年于"革命"和"建设"转换之际复杂的心理过程，叙述重心及其意义却远超于此。① 其核心故事，起始于 1940 年代末，终结于 1970 年代中后期，时间跨度近三十年。这三十年间虽有因复杂的历史原因所致的现实动荡，但仍属社会主义建设极具阶段性"试错"意义的重要时段。军事工业更因其特殊性而与共和国具体的历史进程命运攸关，故而在家国层面书写军工人观念和生活之变，"描写军工企业的创业之艰，发展之难"，及其对军队和国家的贡献，几乎自然地成为《长安》着墨的重心。因为，对这一段历史的真实的描绘，既关涉到"军工企业令人唏嘘的艰难进程"，也在更高的意义上，关联着"国家发展令人难忘的曲折历程"。② 如作者所述，"军事工业从来都是尖端科技的首选之技，是大国重器的诞生之地，我国几代军工人以高度的历史责任感和爱国主义情怀，默默无闻地劳作着拼搏着，形成了艰苦奋斗、攻坚克难、精益求精、勇于奉献的军工精神，为共和国的历史增添了浓墨重彩的一章，是共和国名副其实的脊梁！"③

然而虽充分意识到出于复杂的历史和现实原因，军事工业是文艺作品极少书写的内容，军工人的生活因之"总是笼罩着一层神秘的面纱"。他们参与了共和国历史的重要过程，是大历史发展进程中不可或缺的重要部分，但他们皆是"一个个有血有肉的人"，"与普通人一样有痛苦也有悲

---

① 参见马佳娜：《心灵辩证、"复调"叙事和〈长安〉故事的实与虚》，《小说评论》2022 年第 4 期。亦可参见肖云儒：《〈长安〉的"破局"——评阿莹长篇新作〈长安〉》，《中国当代文学研究》2022 年第 3 期。

② 白烨：《慷慨激昂的军工之歌——读阿莹的长篇小说〈长安〉》，《小说评论》2022 年第 4 期。

③ 阿莹：《长安》，作家出版社 2021 年版。

伤"。尤须注意的是，他们"与共和国一样，沐浴过建设的热浪，经历过前进的磨难"，当然也"获得过成功的喝彩"。正因"军工人忘我地奉献"，才有了"我国的国防事业"的不断突飞猛进。虽亦有作为普通人必然面对的个人生活的喜怒哀乐、悲欢离合、兴衰际遇，军工人仍以其与家国历史的具体关联而秉有全然不同的品质。无私、牺牲、奉献，以超迈的精神面对艰难的现实问题，哪怕为此付出生命也在所不惜——此为军工领域"新人"的重要品质，亦是其作为共和国脊梁的价值根基所在。良有以也。

从少壮之时临危受命至渐入老境的不断精进，忽大年三十余年间生活和生命之起落、成败可谓惊险。既要面对国家交付的重任和在行进过程中的巨大艰难，亦须应对早年生活的历史遗留问题。事业与家庭抑或情感问题就此复杂交织，难解难分，在多重意义上影响甚至左右着忽大年的境遇。与黑妞虽无夫妻之实，但黑妞对乡间价值观念的坚守仍叫忽大年难以简单地从两人间的尴尬境况中抽身而退。黑妞所知晓的他在敌人围剿、同志悉皆牺牲的特殊境况下的死里逃生，的确无法简单地自圆其说。如是种种，成为忽大年必须面对的个人生活和情感的复杂状况。加之妹妹忽小月的恋爱以及时常出格的任性之举，使得忽大年数度近乎面临"不测之境"，稍有不慎便难以挽回。但无论事业和家庭问题交相"逼迫"所致之局面如何艰难，哪怕个人身处死生之境，忽大年仍然忠于国家、忠于人民，从不计较个人利害，为完成国家使命，甚至于个人荣辱进退毫不介怀。此种精神，在多重意义上可与梁生宝的品质相参看。

接受党的教育，兼有个人基于自身生活遭际的自我领悟后，梁生宝显然秉有1950年代农村"新人"的重要品质：视集体利益或者说是国家利益高于一切，从不计较个人生活的利害得失。此为中国革命始终召唤的"新人"的核心品质。其价值仍然奠基于《在延安文艺座谈会上的讲话》关于"普及"和"提高"的辩证背后所关联的深刻思想考量中。"在革命的文艺理论和政治哲学意义上"，"普及"和"提高"问题"关系到新人、新文化、新社会如何为自己奠定基础，如何通过把抽象的革命观念落实（'普及'）到革命阶级"，从而将"这个革命阶级提高到具体化、理论化、组织化、行动化的革命观念高度上"。此为"这个革命阶级和历史主体实现自身的伦理实质和政治实质"不可或缺的重要一环。"遵从丰富的革命历史经验及其严格的政治逻辑",《在延安文艺座谈会上的讲话》"客观上为'新人'的文化世界和审美世界厘定了终极性的历史内容:它就是人类追求普遍的",而非"特权性质"的"平等、自由、解放的集体斗争经验的史诗性的自我表达"①。梁生宝在创国家大业过程中的自我创造,因之表征着1950年代初农村社会主义改造过程中所召唤的新的主体所秉有之全新精神品质的重要意义。而作为军工人,表征《在延安文艺座谈会上的讲话》所设想之"新人"的新精神,忽大年的状态略有不同,他矢志不渝、初心不改,无论现实境况如何变化,自身所坚持之原则须臾不易。此种精神,唯"崇高"二字足以形容。《长安》因此也是"在当代史的背景下重新讲述着我们伟大祖国社稷干城的永恒故事"。其所书写的军工领域的"新人"及其精神,也可与梁生宝等人一般,共同彰显与共和国发展建设不同领域、不同阶段密切相关之民族心史。

三

即便在历史连续性的意义上,《创业史》与《长安》"讲述故事的年代"之间的巨大分野仍然存在。我们也不难在"新时期文学"所"重构"的观念中,方便地处理由《创业史》到《长安》的"总体性"及其起伏和显隐。然而重要和复杂的问题仍然在于,其所依托的整体观念乃根源于马克思《关于费尔巴哈的提纲》中的如下判断:"哲学家们只是用不同的方式解释世界,问题在于改变世界。"②是为"一种反经院哲学的哲学,它既是阐释性的也是实践性的"③。其所呈示之问题的复杂性,亦属眼下现实观念的核心问题所在。"社会主义的'退场'",意味着对思想界所创

---

① 张旭东:《"革命机器"与"普遍的启蒙"——〈在延安文艺座谈会上的讲话〉的历史语境及政治哲学内涵再思考》,《中国现代文学研究丛刊》2018年第4期。
② 转引自贺桂梅:《〈讲话〉与人民文艺的原点性问题》,《中国现代文学研究丛刊》2022年第6期。
③ 贺桂梅:《〈讲话〉与人民文艺的原点性问题》,《中国现代文学研究丛刊》2022年第6期。

制之"现代"观念"最为重要的制衡力量的消失"。其巨大的弊端必然在于，"一旦资本的逻辑成为控制我们的最为主要的力量"时，其所引发之"危机"也必然产生。此为在新的时代语境下"重启"社会主义文学和思想传统，回应复杂的、具体的现实精神疑难之根本命意。"延安文艺"的经验及其在多重维度上的奠基性意义即在此处。以核心思想论，其对"社会最低需要"的基本关切乃是"民国机制"和"延安道路"，抑或"人的文学"与"人民文艺"的根本分野。而就艺术观念之价值论，则"'延安文艺'是在现实与民众的结合中走向了一条'中国化'的道路"。而对延安文艺精神的传承和接续，对于"理解'中国历史'，思考'中国文化'"①意义重大。如此，便可更为深入地理解《长安》的总体性视域，以及"新人"忽大年不息的向上精神的内在意蕴。此间无疑蕴含着《周易》所谓"天行健，君子以自强不息"的精进之途和刚健气象。②中华民族千百年间虽历经磨难却始终奋进的精神原因即在此处。此中刚健有为气象，不惟属民族精神生生不息之要义所托，亦属文艺作品总体性创造所能指涉的最高境界。因为，在"乌托邦的构建"不再归于文学，而是"归于实践和政治行动自身"③的语境下，小说必然包含着"人类生活最终的伦理目的"，亦即"意义与生活再次不可分割，人与世界相一致的世界"④。这也是梁生宝、忽大年们所依托观念的出发点和落脚点，亦即人民伦理及其世界创设的核心要义。自晚清迄今百余年历史之复杂变局观之，其所蕴含的历史进步意义朗然在目。

《创业史》中所涉之20世纪50年代初具体的现实矛盾无论大小，皆

---

① 赵学勇：《重新认识"延安文艺"的价值及意义》，《延安大学学报》（社会科学版）2010年第6期。

② 参见曾攀：《至刚者至柔——论阿莹长篇小说〈长安〉兼及其他》，《小说评论》2022年第4期。

③ 弗雷德里克·詹姆逊：《马克思主义与形式》，中国人民大学出版社2018年版，第164页。

④ 弗雷德里克·詹姆逊：《马克思主义与形式》，中国人民大学出版社2018年版，第150页。

可在其时中国的其他地方共同存在。如周立波《山乡巨变》的风格和笔法皆与《创业史》不同，但其间以叙事虚构作品独特世界的营构回应具体的现实问题，却包含着极多的共通处。在这一点上，湖南常德清溪村与陕西西安皇甫村并无根本不同。盛淑君们的精神和心理因应时代之变，他们作为1950年代时代新人的现实意义，亦与蛤蟆滩上的梁生宝们在伯仲之间。其意义无疑可一并讨论。相较之下，《创业史》所尝试使用的笔法，包含着更为鲜明的时代内涵和现实意义——如梁生宝般身处同样境况，且在探索中成长的"新人"，皆可在前者身上找到自家观念的对应处，亦可从中获取应对和处理具体现实问题的重要经验。当然，就中最为紧要者，乃是汲取不息的、奋进的力量。从《秦岭深处》到《长安》，阿莹始终希望写出军工人的真精神，写出他们即便面临个人生命的起落成败，哪怕身处不测之境，却仍然矢志不渝、初心不改的堪称崇高的精神。军工人的价值坚守非但不至于在复杂的现实境况中渐次削弱，反而因外部世界从未间断的困难和挫折的磨砺而愈发坚韧。因是之故，《长安》内蕴着一种近乎"天行健，君子以自强不息"的振拔力量，是为民族精神生生不息之精义所在。在1940年代血与火的斗争中，此种精神存在于周大勇（《保卫延安》）等战士身上；在1970年代末则在梁三喜、雷凯华（《高山下的花环》）的身上得以延续。忽大年的生命和生活情状，恰在二者之间，源自现实的种种挫折而并未须臾稍歇，然而其非为磕绊，而是有着挫折磨砺进而玉汝于成的复杂内涵。即便在和平年代，英雄崇高的牺牲精神和忘我的奋斗精神因是得以炼成，得以光大，得以彰显民族精神攻坚克难、愈挫愈勇的不息的、向上的伟力。此属"今日中国崛起的秘密"之要义所在。

四

如人论古典中国士人所能依托之思想时有言：儒家足以处常，道家足以处变。然世变频仍，心亦随之，因而如李白、苏东坡等观念常有因应现实之自我调适，故能无往而不适，能全生，能尽命，且有自家才华之深度发挥。晚清以降，此种观念已变，普通人所能依托之精神，多守常而难应变。如深度感应时代观念之变，则可知忽大年所经见的观念和文化传统要更为繁复。这当然与"讲述故事的年代"的文化观念密不可分。故而叙述历史遗存在特殊年代的文化和现实境遇,亦属《长安》用心之一,为读解书中所蕴之复杂意涵不可忽视的重要一维,乃有古今对举、交互参照的镜鉴之意。其要点有二:一为于特殊的历史时期,如何理解和处理古迹、古物的"存""续"问题;一为在特定年代,中华文脉的"隐""显"及其可能存在的精神和现实影响力的发挥。前者较为集中地呈现在八号工程建设之际对古迹的处理,以及连福收集、藏匿之文物的得失及其所昭示之时代问题上;后者则较为充分地体现在释满仓这一极具时代意义的重要形象身上。自开篇以迄故事的阶段性终结,释满仓及其所认信之观念虽屡遭批判,却仍以其巨大的生命力,顽强地存在于若干人物的集体无意识甚或即便偶然一现的观念、行为中。如是种种,意在说明华夏文化虽屡遭冲击,仍以其生生不息的力量,完成因应时代之变的在"因革损益"意义上的"自我"调适,且有具体的现实效力。

八号绝密工程所选之建设地在西安,即古长安的所在。故而于现实的具体掘进过程中,与历史古迹迎面相对并不稀奇。然而如前所述,《长安》叙述的重心,在现实而非历史。国家在此一时期军事工业建设的宏大考量,自然有毋庸置疑的历史合理性。当是时也,在"古人"与"今人"之间,似乎并不难选择:"该为古人操心,还是为今人担忧?人们是不知道,眼下这个工程实在太重要了,多少人流血牺牲打下的江山,要想法子守住才算本事啊!"[1]长安厂所处之地,"就是历朝亡故人的汇聚地,商周的,秦汉的,唐宋的,一层压着一层"。那些视古迹保护为第一要务的文物人,似乎并不考虑八号工程建设之于国家和时代举足轻重的意义,一旦发现文物古迹被毁,便捶胸顿足,甚至与工程建设人员屡起冲突。无奈之下,忽大年只能以"军事要地,非请莫入"为名,阻止外人进入,以确保工程进度。然而长安厂脚下历史文化遗存委实太多,彼时实难做到两全。作品开篇未几,黄老虎调查忽大年被袭时之所见所感,足以体现长安厂建设过程中所面对的文物古迹保护问题的复杂性:

---

[1] 阿莹:《长安》,作家出版社2021年版。

宁静的大地似乎正在苏醒,已能隐隐约约看到波浪般起伏的秦岭了,听说正是这道浩瀚的山梁梁,把大地分成了南方和北方,也把各色草木汇聚到坡崖上,尤其那一个个神秘的峪口还能溢出一道道清冽的河水,吸引了各路神仙隐居过来,还吸引几朝皇上把帝都搁到了山脚下,现在那昂扬的轮廓好像就藏匿着多少钩沉似的。他转业到西安已经一年多了,已经习惯了这里的油泼辣子和捞面了,但他不喜欢这个地方,到处都是残垣断壁,稍一打听,砖缝里就会钻出握剑抱笏的人物,煞有介事地摆弄上一段唏嘘往事,让谁听了都会瞪大眼睛。其实,那耍弄刀剑的年月,城墙还有点防御作用,使用枪炮弹药的今天,城墙就成了显赫的靶子。不过,盘踞在这片黄土地上的王朝,演绎过一幕又一幕风声鹤唳的大剧,走在这片尘埃厚重的土地上,每脚踏下都能听到远古的钟鸣和朝堂的嘈杂,似乎也把历史一下拉到眼前了。如今,颓败的废圮与崛起的新区正好遥相呼应,尽管都是灰砖覆面,却昭示了不同年代的欲望。[1]

时移世易,时代的主题和重心已不复以往。新中国百废待兴,接受绝密工程建设任务,也深知长安厂建成投产之于国家的重大意义,忽大年自然废寝忘食,全力投入,并无暇顾及其他。当然,以《大秦之道》"鉴古"辑诸篇所述之文物"得""失"之际,人之内心的巨大波动为参照,可知彼时忽大年绝无将文物据为己有,日后谋取私利的用心。倒是那个自东北来长安,且在《长安》故事中有着颇为重要的典范意义的连福,承载着作者关于特定年代文物的存续问题的思考。虽未接受更为复杂的文化教育,连福却因缘际会,在东北便接触过文物,深知其价值。其时,"那些地下挖出的泥人瓷马,本来就没人愿意正眼打量,都是他猫在土坑底下一件一件地扒拉出来的"。先藏于床下,后越积越多,便在释满仓的建议下藏匿

---

[1] 阿莹:《长安》,作家出版社2021年版。

于万寿寺的密室，且不时细细把玩。"那面直径有半尺的铜镜，上面的纹路细腻得像钢针雕刻的，青龙戏白虎，朱雀迎玄武，一角对应一个，形象灵动，欲飞欲舞，肯定是头模浇铸的，他锯了截枯枝做了个支架，端端正正摆在搁架中央；那尊浅绿色的耀瓷梅瓶，通体布满首尾相接的缠枝莲纹，底部还有几个看不懂的小篆，这可是一字千金啊，想必是哪位朝臣喜欢把玩的什物；还有一堆唐三彩生动得让人咂舌，有的骑马抚琴，有的坐驼吹笛，有个胖姑娘头顶花簪比脸都大，别人可能不明白，连福清楚这就是人见人爱的唐代肥婆哟。"[1] 连福喜爱并甘冒风险藏匿文物的原因无他，乃是私利使然，他梦想着有朝一日将这些文物运回沈阳以牟取暴利。孰料机关算尽，最后却如竹篮打水，总指挥被袭事件，他成了嫌疑人，所藏文物不知所终。但这并不能打消他搜集文物的兴味，他去捡拾万寿寺老住持遗留之佛珠，购买农家炕头的石狮，甚至因偶然机缘竟然到了周原，有了收集青铜重器的机会。其时，听说他将要去招工的扶风县颇有古风，连福便去查了资料，果然收获极大："好家伙，陇海线上一个小黑点，距离西安一百多里，居然是西周都邑所在地，国之重器毛公鼎就是那里出土的，人们习惯将那地方称作青铜器之乡，可见宝贝多得出奇了。"连福大为振奋，以为可借招工之机，去乡下走走，"若能发现一两件带工的青铜器"，"这辈子就可能不愁吃穿名留青史了"。[2] 此后果然在扶风县城城墙根的废品收购站，发现了一尊青铜大器——铜鼎。这鼎"足有七八斤重，四面饕餮，怒目圆瞪，一圈龙纹，游戏周围"。尤为突出的是，那四个立足"居然是四个跪人"，内沿处竟隐现两个篆字。以极低的价格收购之后，是日晚间，居然又得两件。"看来这地方真是一块风水宝地，东西上乘，品相了得，一个似称为卣的铜器，颈身一周乳钉高突，大概是母系图腾崇拜的痕迹，提梁两只夔龙，咧口獠牙，拱身卷尾，一定刻画的是心目中的猛兽。另一个酒杯样的青铜器，虽然通体素身没有太多纹饰，但敞口薄唇，腰部收束，握手处有三道高棱环绕，造型尽显生动了。"[3] 此为"觚"，乃古人宴席

---

[1] 阿莹：《长安》，作家出版社2021年版。
[2] 阿莹：《长安》，作家出版社2021年版。
[3] 阿莹：《长安》，作家出版社2021年版。

上主持人所持酒杯,"因此演化出孤家自谦",孤家寡人之说,亦源出于此……

地不爱宝,如此等等古迹、文物猝然现身于当代人的生活中,或被视为珍宝必欲藏之而后安,或被视如草芥弃如敝屣对其价值全然无视的情景,在全书中几乎随处可见,且皆有呈示特殊年代历史遗存现实境遇的复杂意义,背后乃是一时期文化观念的限度及其问题。

五

作为一部以严整的现实主义笔法写就的中国军事工业的创业史,叙述文物知识或非核心故事的必要内容。如《创业史》故事的原型地为皇甫村,北距长安城不过数十里,其左近数里处,便是宗教史上颇为知名的香积寺。如再南行数十里,可入秦岭石砭峪、沣峪、天子峪、抱龙峪等重要峪口。其中寺院道观、古迹名胜不可胜数,但在《创业史》的故事中,除秦岭(终南山)时常出现,且居多表征自然之"异己"性和破坏力外——梁生宝带人上山割毛竹时所见所感及栓栓的遭遇即属典型——其他古迹名胜皆不曾述及。这当然与"新""旧"易代之际的根本观念分野密切相关。①《长安》创作于晚近数年,时代观念已然发生极大变化,在国家层面,已然对发端于晚清,而至"五四"强化的文化的"古今中西之争"这一历史遗留问题,有了更具新的时代内涵的全新解释。以此为基础,写作者已无需面对"古""今""中""西"之间简单的二元对立式的选择。更具包容性和概括力的文化观念,便是对中国古典传统与"五四"以降的新文学传统的融通。对此所关涉之复杂思想和文化问题,他文已从不同层面论之甚详,在此不再赘述。②单论此种观念如何可以打开理解《长安》的新的视野。

---

① 参见杨辉:《"未竟"的创造:〈创业史〉与当代文学中的"风景政治"》,《中国现代文学研究丛刊》2022 年第 11 期。

② 参见杨辉:《总体性与社会主义文学传统》,《中国现代文学研究丛刊》2019 年第 10 期。关于"风景"叙述的观念之变,可参见杨辉:《终南山的变容——晚近十年陕西乡土叙事的"风景"之喻》,《南方文坛》2022 年第 5 期。

如作者在历史文化散文《大秦之道》中所述，陕西历史文化遗存虽在特殊年代略有损毁，但仍以其数量的庞大和所蕴含之民族文化信息的精深而为世所瞩目。行走于西安街头，重要历史文化古迹几乎随处可见，"传统"与"现代"的复杂交织，在陕西带给人的实感经验较之他处亦大为不同。故而，古老文化的遗存及其当代境遇，不仅是长安厂若干重要人物与脚下土地的现实关联，亦是由"旧中国"进入"新中国"，却未能完成思想观念的"新""旧"之变，仍在旧社会习得的生活和世界观念中理解并处理新的现实的人物所要面对的具体难题。此难题及其所呈示之复杂面向，在连福身上已有表现，但真正体现作者不拘于书中所述之三十年观念局限的重要人物，是原万寿寺的和尚，后成为长安厂工人，且在作品中具有贯穿意义的释满仓。

释满仓少失怙恃，因缘际会，入了佛门。也是天缘巧合，他颇有些慧根，仅追随老师修行三年，即青出于蓝，"佛经仪规知道得就比老和尚多了"。在八号工程建设过程中，寺庙原址被征用，佛像悉数迁出，万寿寺所藏经籍被焚毁，除屋宇尚在，其他几乎皆已不存。即便如此，释满仓仍佛性不改，也因忽大年动了恻隐之心，让他留在长安厂，遂成书中所开之复杂精神面向的重要部分。他不惟独影响着周边若干人物的生活和生命观念，亦在更为广泛的意义上，表征着传统文化精神的振拔力量，显示出一种即便遭逢巨大困厄，仍生生不息、延绵不绝的基本状态。而于特殊年代中华文化之慧命相续①，佛禅文化虽不能简单地全然代表，但书中几乎贯穿始终的佛家文化意象及其世界观察与应世之举，却无疑可以表达作者更为宽广的文

---

① 对此问题，蔡仁厚有极为深刻的洞见，颇堪参照。"五四以来，中国知识分子一直热衷于意识形态之争论，其实，这根本就是一个'永无休止，却又并不重要'的论争。我郑重希望大家清醒一点，豁达一点，立即回到我们'真的生命、纯一的心灵'，不要再死心塌地、随着外方人的魔杖起舞了。须知华族的历史文化与民族前途，才是'最优先'的。我们应予关切，应加珍爱，以使之'返本开新、慧命相续'。"（蔡仁厚：《孔子的生命境界——儒学的反思与开展》，学生书局1998年版，第124页。）虽说彼时意识形态的论争并非如蔡仁厚所论"并不重要"，但他对中华文化慧命相续的说法却值得省思。

化思考。

《长安》对释满仓形象颇为用心地塑造，并以其所持存开显之佛家观念绵绵不绝的现实影响力"弥补"三十年间主流意识形态作为思想和精神依托的"缺失"，同样包含着作者对此一时段人之精神和现实处境的复杂性及其问题的深度考虑。即便身在观念鼎革之后的新社会，新思想、新情感、新心理以其无远弗届的影响力影响甚至形塑了忽大年、忽小月等人物的观念和行为，然而一旦遭遇死生之际和"不测"之境，释满仓的佛家观念便忽隐忽现。如成司令的独子卢可明牺牲前，因察觉危险迫近，释满仓为他们诵经。虽未有具体的现实效用，却成为忽大年被"下放"的重要口实。此后多年间，佛家观念或多或少影响了忽大年的生活理念。如他原本牢骚满腹，前往省委大院去见钱万里，孰料得知后者的生活遭际后心里大为震动。"的确没想到堂堂省级领导的背后，居然也会发生那么多难言的磨难，看来还是那个小和尚说得有道理啊，人生来世，踏进炼狱，这不仅仅是佛教偈语，从古到今哪个人物没有经历磨难呢？所以说磨难才是一所大学……"[①]还如他在儿子忽子鹿为战士们做实弹演示时，无意间流露出的极为复杂的心情："啊，啊，菩萨保佑，菩萨保佑啊！他忽然想到了满仓挂在嘴边的偈语，真个可笑，一个学了多少遍唯物论的人，这时候怎么想起菩萨了？"然而，当此爱子面临可能的危险之际，忽大年的心里便包含着更具意味的内容，不仅是自我安慰，也表现出一种身为人父的莫大的爱恋和祝愿，情词恳切，意味深长，近乎祈祷了："不过，都说菩萨是会保佑人的，也许射手的母亲现在就跟菩萨在一起，满仓说过靳子是个大好人，一定会被接引到极乐世界的，也许她现在就在天上看着儿子的演示，也许就在为儿子祈祷念经。"[②]忽大年借助佛家语汇表达自家期望之举不过偶然一现，真正较为充分地体现佛家观念之现实影响的，仍然是那个佛心始终未改的释满仓。

[①] 阿莹：《长安》，作家出版社2021年版。
[②] 阿莹：《长安》，作家出版社2021年版。

六

想必是因缘际会，释满仓与忽小月颇多交集。在连福不知所终之后，释满仓一度成为忽小月的心理依靠。但释满仓虽对忽小月不乏"爱意"，却并不掺杂世俗成分，故而在忽小月不幸离世之后，释满仓五内俱焚、肝胆欲裂，心中的哀痛无以言表："月月姐啊，你不该死，没人相信他们那些鬼话，你活着还有好多事要做呢，可你连一句话没留下就走了，走得人肝肠寸断啊。你一路稳稳地走好，一定会过了奈何桥，被侍女们接引到佛界净土，修炼成大家心中的菩萨。月月姐啊，你是神女，我是小鬼，我要用我的余生来为你超度亡灵。"①释满仓为忽小月诵经超度，并依照关中风俗，在亡人数个逢七的祭日，为她诵经祭奠。或许如此还嫌不够，在感知时代观念之变后，释满仓索性悄然离开长安厂，在秦岭山中重建万寿寺，日日为忽小月诵经超度，期望她往生极乐……仍是机缘巧合，这一日忽大年在山中巡视靶场修建情况，无意间偶入"万寿寺"，再遇释满仓，遂有关于"武器研发"与"普度众生"，抑或"战争"与"和平"关系的深具意味的观念交锋。

依释满仓之见，人生在世，德善为先，只有消除业障，才能"轮回解脱"。故而当他知晓自己寄身的长安厂生产的是武器装备时，内心便十分纠结，以为武器之功能在"杀生"，与己所习之普度众生观念颇多悖谬。忽大年对此说绝难赞同，"普度众生，说得多好？你看到的火箭是杀人，我看到的火箭是和平"。"只有把装备搞上去，才能制衡敌人，阻止战争，那才是真正的普度众生。"②此说无疑属《秦岭深处》中周大军观念的进一步深化，包含着军人关于"战争"与"和平"关系的更为深入的思考。尤具意味的是，在作品的结尾处，忽大年突感不适，晕倒在地。其时，那万寿寺的小沙弥"举着一枝挂满青叶的菩提"，为他"遮挡刺眼的阳光"，并转述释满仓的话曰："这个人就是佛。"③此真如金庸所言"侠之大者，

---

① 阿莹：《长安》，作家出版社2021年版。
② 阿莹：《长安》，作家出版社2021年版。
③ 阿莹：《长安》，作家出版社2021年版。

为国为民"所包蕴之宏阔的世界关切之意。佛禅意象于全书的整体意义类乎《带灯》。于复杂的现实矛盾中,带灯勉力维护基层群众的生活和生命安全,孰料因薛元两家的一场械斗而遭受不公待遇。作品色调亦随此由"明"入"暗",近乎"颓败"了。然当是时也,带灯与竹子前往新发现的一处景点,见那漫天飞舞的萤火虫纷纷落在了带灯的头上和肩上,带灯遂全身放了晕光,如佛一样。此间自然包含着理想主义的情怀,乃是书中几乎随处可见的"闲笔"意义之紧要处。那些个闲笔"游离了悲楚之界","露出乌托邦的气息",而"生命的脆弱也在这里"。[①]靳子、忽小月、毛豆豆之死皆令忽大年深感生命之脆弱,但他从中获得的启示却非人生之虚无,而是更加痛切地意识到长安厂新式火箭弹的研发之于国家、人民的重要意义。如此,将自我短暂的生命融入无限的奉献中去,便不会在"回首往事的时候,因为碌碌无为而懊悔……"[②]有情怀如斯,在三十年间因不断研发新式火箭弹而功勋卓著,为国家长治久安做出巨大贡献。如此这般,乃真正"普度众生"之大"功业",非"佛"而何?

然此处以佛家观念指称忽大年之伟业和精神,不独包含"改造"与"转化"如释满仓这样对发展军工持有狭隘之观念人等的用意,亦包含作为传统文化重要一维的佛家观念现实效用"再临"的意味。时移世易,观念亦易,1950年代初长安厂初建之际,忽大年可以"独断专行",排斥文物人因保护历史文化遗存所造成的延缓建厂的可能,而以强有力的军事命令,保障军工厂建设不受干扰。但二十余年后,忽大年等人所面临的现实语境已与1950年代大为不同,军工厂对新式武器研发的重要性仍无需多论,但紧迫性却减弱了很多。当此之际,忽大年考虑靶场的建设问题时,整体的考量亦复不同。"我那天在农舍喝茶,遇到考古院的张大师喜形于色,说在靶道前方的河谷里,发现了一块摩崖石刻,竟然是唐代书法家柳公权的墨迹,记载了商於古道的兴隆,还记载了诗人们隐居和过驿的情形,所以那帮文物人视为国宝,说话都带着颤音。"[③]不得已,忽大年命人重选靶场。

[①] 孙郁:《〈带灯〉的闲笔》,《当代作家评论》2013年第3期。
[②] 阿莹:《长安》,作家出版社2021年版。
[③] 阿莹:《长安》,作家出版社2021年版。

虽仍坚持靶场实验为重中之重,忽大年却再无当初"粗暴"的处理方式。其观念之变及其意义,表征的仍然是时代精神转换的复杂命题。

尤具时代和现实意味的是,身在21世纪第二个十年,亦即以"发展"为关键词的时代,贾平凹《带灯》中的樱镇,亦面临一处摩崖石刻的发现所引发的文物保护问题。此为"传统"与"现代","旧"与"新"的辩证考量的又一典型事件,与长安厂发现摩崖石刻的时间相距差不多也是三十年。真可谓三十年河东,三十年河西。这河的"东""西"之谓,重点在时移世易的时代阶段性主题的转换。中国古典传统于晚近七十年间之起落,于此可见一斑。而《长安》临近结尾处的如是处理,既说明1970年代末新的时代风气之兴起,亦蕴含着在当下语境中总体性地观照传统与现代复杂交织之重要时代命题的寓意。古典传统虽在20世纪屡遭磨砺,却始终在以其不可阻拒的巨大振拔力量完成自身的创化生成,并融汇而成新时代更具包容性和概括力的新文化,进而发挥其成就新精神的伟力。《长安》因表征着古典传统当代赓续的重要问题及其意义,包蕴着更为广阔、复杂的现实议题以及可能的文化应对。其所关涉之故事时间虽终结于1970年代中后期,由之敞开的现实和文化问题却具有朝向未来的开放性和多重可解性。

《北爱》中的理想、自我与世界

　　癸卯夏七月,暂居怀柔山中,时逢雨季,常见山风浩荡、众鸟高飞,黑云压城,经日不散。待雨收风住,碧空如洗时,登高望远,可见怀柔水库波光粼粼,群山层峦叠嶂,其上云卷云舒,变态万千,莫辨涯涘,令人胸怀大畅。每日里做完额定工作,便去读《北爱》。时作时辍,出入无定,然其间人物和他们的生命遭际,却始终萦绕于怀,偶有"消息"自长安来,心神不宁之际,忽焉便生庄周梦蝶之叹:不知物之为我,我之为物。《北爱》中的故事和人物,即便有原型本事可循,毕竟是叙事虚构作品,未可以"纪实"解之。然而我读《北爱》,常觉我即苗青,苗青即我。此非简单的"移情",而是书中所述人物和情境,与我所置身的生活世界庶几近之。虽不敢说有如苗青及其父般的让人肃然起敬的宏大志向,然淑世情怀或曰"用世"之心,约略也是有的,"在我内心深处,始终都存在着一种类乎儒家知识人的用世之心。即不把学术仅仅视作个人的进身之阶,视作谋求自身种种现实利益的手段,而是还有着由'内圣'而至于'外王'的理想,希望在最大的意义上,能够让所学所思所想作用于外部世界","为了一种'理想',某种意义和某种程度上的'牺牲'可能也是必要的","既然无所逃于天地间,那就努力切近'入游其樊而无感其名'的境界吧"[①]。或非偶然,理想、外部世界、自我在应世过程中的精神进境,也是读入《北爱》世界的有意味的路径。以自家生活遭际印证文学文本的命意及题旨,或嫌迂阔。好在可以拿安德烈·莫洛亚论《追忆似水年华》的著名说法说

[①] 杨辉、周明全:《文学批评需要持续的"自我革命"》,《名作欣赏》2023年第7期。

明此种"物"（文本）"我"互证的方法，绝非"过度阐释"，而是文学艺术文本题中应有之义。因为，如莫洛亚所言，《追忆似水年华》的意义或可凝练如下：普鲁斯特通过对"一个人的一生和一些最普通的事物"的细致描画，"使所有人的一生涌现在他笔下"。①

或隐或显，"理想"二字贯穿全书始终。书中所述之理想，并非泛论，而是实有所指。作品开篇未几，便述及苗青要为"一个人的计划"的达成去做"逆行者"，要某种程度上放弃更为优渥的生活甚至爱情。这"一个人的计划"最初也并非简单的出自个人的事业追求，而是其父十余年潜移默化的结果。其父毕业于北京航空学院，曾因写作毕业论文《大型飞行器设计问题及对策》而萌生"一个人的计划"——"设计一款具有国际先进水平的大飞机"②，孰料时运不济，即便进入专事飞机制造的东北鲲鹏机械厂，这个计划也无机会实施，其父由此深以为憾。故而将此计划的实施寄托在下一代，即苗青身上。有诗为证："白山黑水间高高的索伦杆，/有谁，能挂起飘扬的旗帜？"③因与其父所处时代不同，苗青"一个人的计划"自然包含着新的时代内容，有颇为显明的现实所指。此"计划"也并不"固定"，而是能因应时代和现实具体情境之变而做相应调适。如愿进入鲲鹏集团后，苗青对"一个人的计划做了细化，将需要协作部分暂时搁置，重点放在概念创新和高科技融合上。她的想法得到了导师的支持。导师说，有些协作将来由机构去做，一个人单打独斗肯定不行。导师预测机会不会遥远，因为东北老工业基地振兴上升为国家战略已经有些时日，拥有大国重器成为人们的共识，一个人的计划可以考虑分步实施，不同阶段确定不同目标"④。实施如此庞大的计划，既需要超乎常人的"定力"，亦必须合乎时代的发展潮流。所谓时也，运也，命也。虽未必认可此说暗含的"命定"的成分，但时机的重要性不言而喻。如苗青父亲所言，"飞

---

① M.普鲁斯特：《追忆似水年华》（序），李恒基、徐继曾等译，译林出版社2001年版。

② 老藤：《北爱》，湖南文艺出版社2023年版，第2页。

③ 老藤：《北爱》，湖南文艺出版社2023年版，第3页。

④ 老藤：《北爱》，湖南文艺出版社2023年版，第55—56页。

机是个系统工程,不是一个人的力量所能完成的。就拿我们的 C919 来说,发动机、飞行数据记录、通讯导航、刹车系统等都是国外的,这个数据听起来是不是很惊人?但没办法,这就是残酷的现实,我们时时有被'卡脖子'的危险"。尤其让其父难以释怀的是,作为"改革开放后第一批学飞机制造"的大学生,未能在飞机制造上做出成绩。"人啊,机遇太重要了,我在鲲鹏那些年只是设计了两款冰激凌机"。相较于其父的生不逢时,苗青可谓得其所哉,如吴逸仙所言:"机遇就是古人说的时和运,苗老师赶上了好机遇,就能行大运、成大事,这一点伯父比不了,您虽有一身绝技,时不来、运不济,也无法把飞机托上蓝天。"①

天时、地利虽有,人和却始终欠缺,苗青还要面对复杂现实的挫折与磨砺,而为宏阔计划的最终落实做好"自我"的准备。这是书中笔墨甚多的重要部分。或许为了更为清晰地描绘苗青在"一个人的计划"逐渐达成过程中的处境、精神状态及其与现实的对应,《北爱》的结构也颇有意味。开篇第一章,为《壬辰·逆行者》,此后依次为《癸巳·金蟾礁上的雅典娜》《甲午·月桂树的冬天》《乙未·放纸鸢的少女》《丙申·海东青的复活》《丁酉·天女木兰》《戊戌·北地之子》《乙亥·猪卡索》《庚子·雁来红》《辛丑·海清击鹄》。由壬辰到辛丑,标明了故事进行的具体时间,而从"逆行者"到"海清击鹄",则是苗青精神及现实处境的真实写照。作者不惜笔墨,对苗青在"自我"修养甚至阶段性"完成"过程中的种种困难及应对之法,有堪称精彩的细致描画。此为全书颇为重要的部分,包含可与个体之在世经验交互参照的重要内容。

怀揣理想,以"逆行者"的姿态进入鲲鹏集团后,涉世未深的苗青几乎始料不及地面临着具体的现实困难。鲍总、郑所长的鼓励和支持固然紧要,在具体的工作中,她却无法真正融入研究所的"小世界"。三个项目组的组长周正、胡工、王野虽各有说辞,但均拒绝接受苗青进入其所领导的项目组。此为苗青理想受挫的第一个重要事件,预示也表征着此后其自我修养的重要内容——如何处理极为复杂的人际关系,并在此过程中实现

---

① 老藤:《北爱》,湖南文艺出版社 2023 年版,第 226 页。

"自我"完成。此后因缘际会,苗青得以进入文剑创办的飞鹰公司,从无人机设计计划的完成,到应对公司具体的人事,以逐渐确立其作为单位领导者的权威,进而推动事业的正常发展,其间问题颇多,也皆具挑战和考验意义。这无疑包含着作者更为阔大的用心:将人物放置到一种类如萨特所论之"极端境况"中,使其必须对现实情境做出具体的反应,借此完成对人物精神、心理、应世之道及其意义的细致阐发。由进入鲲鹏集团到挂职于飞鹰公司,再到历经种种困境的考验渐次完成"一个人的计划"的细化和提升,并习得管理的能力并返回鲲鹏公司实现个人理想,苗青的经历充分说明了自我磨砺、自我修养的重要性。若无来自外部世界种种否定性力量的磨炼,苗青既无可能成长为可以独当一面的项目管理者(此为"一个人的计划"这样宏大的目标能够得以实现的必要前提),也无机会最终实现父女两代人始终坚守的理想。此间包含的微言大义,不仅是如何充分理解并洞悉人性之复杂及人心之幽微,而且能够超越种种人之限度所致的局限,对世界打开更为开阔的理解,进而统合种种因素,涵纳为一、为我所用,最终促进个人理想的实现和家国情怀的落实。如此,详述人物自我的修成过程,便十分紧要。

"自我"的修成,抑或主体的成长并非小道,乃是理解《北爱》及其所表征之更为阔大的世界的重要路径。若非秉有坚韧不拔之志,亦逐渐习得超越逆境的种种法门,苗青或许会成为研究所那位被一再排挤最后"沦为"阅览室管理员的,才华无从施展的"悲剧"人物。正因充分洞见于此,《北爱》巨细靡遗地叙述外部世界的种种否定性力量以不同面目对苗青进行的排斥和挤压,让她心神不宁甚而偶生超然物外、悠游自适(放弃)之意。苗青坚持多年的"静默"因之不妨读作精神内守和自我调适的方法。"定力非凡",是世事洞明也可谓人情练达的吴逸仙对苗青重要品质的认识。而正因有此定力,苗青才能"每天在静默里实施一个人的计划"。① 但树欲静而风不止,人间世其乱如麻难有定时,苗青的自我静默便分外紧要,不仅可以让她忙乱的身心复归为"一",亦可使得其计划能够因应现实情

---

① 老藤:《北爱》,湖南文艺出版社2023年版,第178页。

境之变而始终处于不断调适的"上出"状态。此"上出"不仅是计划的持续推进,也在更高的意义上指自我修养的调整,从而逐渐切近完成"一个人的计划"所需的境界。在飞鹰公司研制青峰一号及期间面对和处理的自我与世界的互证问题,对苗青的成长意义颇大。"青峰一号从研制到生产,苗青并没有让文剑操心",因为"青峰一号是她设计及项目管理的处女作",她要从中得到锻炼,从而"实现一个设计师向管理者的成功转变"[①]。艺术家吴逸仙的具体帮助和精神"提点"也颇具意味。在青峰一号列入研究计划,尚面临未知的困难时,苗青和吴逸仙谈及"灵魂":"大仙(吴逸仙)认为人在静默的时候,灵魂会出窍,并四处行走,绘画就是在捕捉并描绘灵魂独行的身影。"苗青的理解与他不同,她认为"自己在静默时,游走的灵魂会倦鸟一般归巢,安静得连一声啼鸣都没有,周围一切仿佛都按下了暂停键"[②]。此段并非闲笔,而是包含着值得进一步深思的精神现象学。吴逸仙所论,乃是典型的艺术思维,其理如《文心雕龙·神思》所述,"故思理为妙,神与物游。神居胸臆,而志气统其关键;物沿耳目,而辞令掌其枢机","吟咏之间吐纳珠玉之声,眉睫之前卷舒风云之色"。与此逸兴遄飞,心游万仞不同,苗青的"静默"则是类乎古典修养工夫所论之内守,或有如道家所述之"心斋""坐忘"义。心系一处,摒弃外部世界诸般消息的影响,抵达"燕处超然"之境。此种超然却不离现实境况,属自我偶然的精神调适。如无长期坚持"静默"的习惯,苗青不惟难以应对此消彼长的现实困境,其"一个人的计划"也无坚守的可能。不仅如此,吴逸仙还以一幅色粉画所蕴含之理趣,让苗青领悟不自我设限、转益多师的重要性。其现身说法倒也简单,"我是这幅画的作者,但画笔、画布和油彩,都不是我生产的,它们只是为我所用而已"。由此,苗青遂有所悟:"的确,与商用大飞机设计生产一样,无人机的设计生产也是一个分工合作的过程,导师说过要万物皆备于我。""借船出海,借梯登高,在无人机设计生产上必须走这条路。"[③]如胸次开阔,则"万物皆备于我",无

---

① 老藤:《北爱》,湖南文艺出版社2023年版,第149页。
② 老藤:《北爱》,湖南文艺出版社2023年版,第144页。
③ 老藤:《北爱》,湖南文艺出版社2023年版,第146页。

事无物不能成为足以启发灵感,可以善加利用的对象。有此兼容并蓄的气度,取精用宏的识力,苗青与鲲鹏集团其他研究者便存在着较大的区别。此种精神准备意义亦不局限于个体经验,而是从事大事业必备的素质。

此为大飞机设计和生产这样的宏阔志向所必需的,能够使统合种种资源为我所用,或曰万物皆备于我的精神气魄。此种气魄和精神状态不仅可用之于理想达成过程中的诸种力量的合力,亦可用之于处理复杂人事问题。还如吴逸仙借用油画创作的经验以启发苗青思考一般,"油画的经验似乎可以与企业管理联系起来,油画讲究焦点透视,也就是一定要把焦点区域处理好。我觉得作为公司老总的焦点就是树威立信,权无威不行,人无信不立,处理好了焦点区域,等于抓住了牛鼻子,你的经营意图才能得到贯彻,否则,容易画成一幅散点透视的山水画"。① 就日常生活而言,散点透视并无不妥,但用之于企业人事的管理却弊端甚多。也是经历可谓惨痛的教训,苗青才深刻地意识到处理复杂的人际关系,也是"一个人的计划"能够得以实施的必要条件之一,她得深入复杂的人事纠缠之中,于其中左冲右突,进而完成必要的自我磨砺。此为全书书写人物观念、精神及情感之变颇为突出的部分,有着可谓重要的现实意义。苗青对贾琼的"驯服",对顾单的大胆使用,甚至包括此后对何英、王野等人的态度,皆说明其作为领导者的胸襟和气魄。即便有收购大远计划的"破灭",重用顾单却为飞鹰埋下隐患这样的不成功的案例,但皆成为苗青自我历练的重要过程而意义自具。尤具意味的是,这"一个人的计划"不仅关涉到其父的人生理想,也成为苗青情感生活重大转向的核心动力——事业促进也成就了爱情。这无疑是激动人心的重要时刻——她认识了马歌。后者不但启发她领悟"人生充满了屏障,生命的意义也许就在不断突破屏障上"这一看似简单却意味深长的道理,也鼓励她努力打破学历、专业、职位、认识甚至朋友圈等可能决定一个人的视野和格局的"屏障",进而打开更为开阔的视野。他还将自己的事业和人生理想与所爱之人的理想融为一体,因之有如下令人动容的自我说明:"第一次见到你,我就觉得我的事业将成为你一个人的计划的一部分。我说不出原因,但这种感觉实实在在。"

---

① 老藤:《北爱》,湖南文艺出版社2023年版,第116页。

如果说苗青的计划是一块磁铁,他便是"一枚被吸住的螺丝钉"[1]。深为苗青的计划吸引并甘做"螺丝钉"的又岂止马歌一人?吴逸仙、白院士甚至文剑均是如此。而吸引他们的也不全是吴逸仙所维系的个人情谊,而是他们内在的,共同的情怀——一种对个人身处其中的时代的责任感和奉献意识。此为极具现实意涵的精神内容,乃是深具思想和精神意义的理想主义观念的再临。[2]

正因包含着作者对于笔下人物及其所表征的青年人的期待,书中颇多生活和人生感悟之笔,乃是类乎中国古典小说"悟境"的观念和艺术处理。此悟境之设,有其颇为明显的影托现实的用意。如论者所言,中国小说在起源阶段,多娱情遣兴之笔,"并不积极于呈现深刻的境趣",但却始终"是以投入人生具体情境为基本的表现样态"。无论以何手法呈现,"个中人物必然处于当下之境中,而这当下之境通常是复杂而充满机变的"。其中人物的"性格、心智,他周遭环境,以及宇宙中冥然浩渺之力,交互涵摄运动,形成瞬息迁移的态势",书中人物身处其中犹如"人浮沉于一股冲波逆浪的急湍中",必须"不断地采取行动,以因应迎面而来的澎湃"[3]。作品详述人物在被给定的现实境况之中承受种种挫折磨砺,因之必然生出若干自我了悟。此悟乃是对境况的深切体味同时蕴含自我的应世(物、境、遇)之道,悟境因是发生。其"在故事某处一简短的叙述中,乍然出现,构成小说中一幅如天外飞来的奇景"。此景足以产生全新的理解世界及其意义的方式并生成新意义,而这新意义"通常是来自人物内心刹那间的障

---

[1] 老藤:《北爱》,湖南文艺出版社2023年版,第206页。

[2] 其意义如程凯所言:"时至今天,细查大陆普通人——尤其是那些有责任、有担当者——的精神品质、价值标准、道德观念、行为准则,乃至言谈举止,仍可不时窥见'革命理想主义'教育所打造出的社会精神气质的遗留。某种意义上,这个以'革命理想主义'为轴心聚合起来的社会精神传统构成了中国社会中坚力量的精神底色。"

[3] 乐蘅军:《意志与命运:中国古典小说世界观综论》,台湾大学出版中心2021年版,第467页。

蔽尽去的脱然顿悟"[1],足以更新其生命,且可由之洞见生活、生命甚至宇宙此前未见的"真理"。虽不能确定作者是否有接续古典小说此种笔法的用心,《北爱》中的若干情节,不妨作如是解。就其小处而言,每遇现实情境之变,苗青皆有小诗抒情表意,诗中感悟,自然也可与现实情境相对。如将数十首诗集合一处,则苗青的生活境遇及情感、心理之变即朗然在目且极具意趣。不仅如此,因有艺术家吴逸仙始终"在场",且时常提点苗青,让她充分领悟其所身处之现实境况并思考应对之法,因此不断克服种种阶段性困难,最终达成人生理想。如前所述,吴逸仙的提点,既包含从人之精神状况的复杂层面处理现实的重要经验,也包含对具体情境所蕴含之精神可能的独特说明。如当苗青被人诬告,一度进退失据时,吴逸仙提醒她无需纠结,更不必挂怀,"不管这事怎么处理,都不要去找或调查写信人,这一页以最快的速度翻过去,不要影响你的静默。知道为什么吗?这个举报人明知你没有问题,还要这样去做,目的是恶心你、乱你心神,让你的情绪变成一团毫无头绪的乱麻,你那么做,就等于中了人家的计。"[2]还如苗青基本完成了在鲲鹏集团外的自我修养(精神完成),即将重返鲲鹏施展人生抱负时,向来器重她的鲍总有疑问如是:"我总感觉你比同龄人成熟得多,原因在哪里?"苗青对此有如下总结,"我身边有一批成熟的老师和朋友,他们无时无刻不在影响我,来东北之初我就是一株小苗,是从他们身上吸取了营养才得以成长"。这些身边的人物,不仅有作为各界成功者的鲍总、吴逸仙、白院士和马歌,也包括"走了弯路的文剑和宋理"。此即前文所述转益多师的题中之义。有此领悟仍嫌不够,鲍总既对苗青的成熟大加赞赏,也对她历经种种事变始终初心不改、不为时流所动高度肯定,"没有人希望复杂,再说复杂也不是成熟,成熟最重要的标准是担当,你的担当足以说明你的成熟"[3]。此说看似简单,似乎人人能知,却未必人人能行。其间包含着可以细加辨析的重要精神内容,

---

[1] 乐蘅军:《意志与命运:中国古典小说世界观综论》,台湾大学出版中心2021年版,第469页。

[2] 老藤:《北爱》,湖南文艺出版社2023年版,第200页。

[3] 老藤:《北爱》,湖南文艺出版社2023年版,第262页。

可以"入游其樊而无感其名"总括之。

"入游其樊而无感其名"出自《庄子》,乃是颇为理想的精神境界。庄书内含"应世之道",有"内圣"与"外王"兼擅的智慧。"权力(外部世界的诸种限制性力量)无处不在,庄周一样体会甚深",《人间世》所宣告的"道家的快乐"也必得"落实在人间,必须有能耐在复杂的人际关系中,得出自由快乐"。[①]此境殊为不易,然"庄子如此正视人间伦理关系、挖掘背后的成心支配,要我们戒慎恐惧于权力的细微与根源",并非意在导向"虚无主义或语言决定论"。此中真意,如赖锡三所论,"庄子的立场如同巴特,认为死亡事实(语言结构之牢笼)的正视正好足以重启再生契机(语言游戏之自由),而权力的无所不在也正好考验人们觉察和战斗的能耐"。亦即,庄子在"知其不可奈何、无所逃于天地的事实下",开出"入游其樊而无感其名"[②]之道。"樊"意指人间世种种牵绊(亦含精神限制之意)。以此眼光观照《北爱》所开显之世界,可知核心人物苗青所处,正是诸种牵绊无所不在也无从简单超脱之境。个人身处其间,不惟需不断超越具体境遇的牵绊,还需于其间自我磨砺,进而促成精神的自我完成。故而须得有些类乎"庖丁解牛"所表征之主体(自我)修养的工夫。[③]庖丁技进于道地"游刃于牛体之间",正启发我们不要"奢求抽离牛体之外",只能在"语言结构和权势话语充斥的符号界之中来游戏"。一如苗青在数年间面对的类乎"升级打怪"过程的生命境遇所蕴含的启示意义所示,在任何一个具体的生活情景之中,皆存在个人难以简单克服的困难。如对困难低头,选择悠游自适、萧然自远的生活道路,抑或无力应对困境而败下阵来,则其"一个人的计划"断无实现的可能。故此,还如"庖丁解牛"所示,身在具体的现实情境的挫折磨砺之中,要能"磨出一把'无

---

① 赖锡三:《道家型知识分子论》,五南图书出版股份有限公司2021年版,第289页。

② 赖锡三:《道家型知识分子论》,五南图书出版股份有限公司2021年版,第292页。

③ 对此间包含之精神修养意义的进一步申论,参见杨辉:《"道""技"之辩:陈彦〈主角〉别解——以〈说秦腔〉为参照》,《文艺争鸣》2019年第3期。

厚之刃'（亦即能觉察语言唯名无实的虚构性）"。此外，还能在"一切语言符号的错综复杂关系中，不落名以定形的意识形态固著中（以神遇不以目视）"，"穿梭牛体樊笼的迷宫"，进而常保语言游戏的"游牧姿态（莫不中音，合乎桑林之舞）"。① 以庄书所述之义理为借径，可得读解《北爱》的另一路径。《北爱》主旨在叙述东北振兴之宏阔议题，但若干重要思考皆需落实于具体的人事，故而叙述苗青的观念、情感、心理等变化及其意义便十分紧要。其间无疑蕴含足以与现实人事对应之重要命意。作者并未让人物身处被抽离出具体生命情境的抽象环境之中（如庄子所言之沉溺于单纯的符号世界的语言游戏），在凌空蹈虚的文本世界里完成一段生活故事，而是敞开颇为复杂的生活世界、家国情怀与个人际遇，自我与世界、情感和现实，甚至生与死，皆得到了恰如其分的艺术表达。书中人物和他们的故事，因此是具体、丰富而真实可感的。读者读入文本，不仅可于虚拟世界获得一番颇具意味的生活体验，返身再入自家生活世界，亦可将其中感悟落实验证于个人的生活。此为读解《北爱》极具意味的重要路径之一种。

《北爱》的关键词，当然还有"爱"。友爱、情爱、家国之爱皆蕴含其中，交互影响也互相成就，遂开由个人通向集体、家国及世界的宏阔境界。它写到爱情，比如江峰和苗青、苗青和马歌，甚至那位颇有仙气，几乎不食人间烟火的吴逸仙，也曾有一段刻骨铭心的爱恋隐藏心底。他对苗青始终无私的援助虽有极为现实的原因（他是苗青导师的侄子），但书中述及二人关系时，隐约也有触及爱情之处。书中也写到友爱，一种在眼下生活世界罕有的深具"友爱政治学"意义的朋友情谊。苗青甫入辽宁，吴逸仙为其所组的饭局，便是约略有些精神团契意义的"共同体"。白院士、宋理、文剑，包括吴逸仙，皆在家国情怀的宏大视野中理解并处理其与苗青的关系。他们所持有的精神信念具体落实为各自所从事的事业之于国家、社会的推进意义，进而凝聚为"东北振兴"这一事关家国的宏大主题。其理如

---

① 赖锡三：《道家型知识分子论》，五南图书出版股份有限公司2021年版，第293页。

苗青的挚友高兰所论,"东北的竞争如同大象迁徙,每一步都是沉甸甸的",而苗青的"一个人的计划"之所以有机会达成,乃是其暗合了东北振兴的时代潮流。"如果说新中国成立之初是东北发展第一春,那么,现在就是东北发展的第二春了。"① 若干政策的相继出台也充分证明东北振兴作为国家发展战略的重要意义。也因此,《北爱》之爱,最终升华为书中核心人物对"东北"之"爱"。此"爱"换作家国情怀自然亦无不可。由此,《北爱》或可解作另一种"新东北"叙事——一种现实的而非历史的,具体的、创造的而非精神的、"怀旧"的。因为,无论如何读解"新东北"写作的文学史价值,它在最原初和最根本的意义上,仍然需要落实证验于新的东北的现实发展。② 其理仍如恩格斯所言,"哲学家只是在解释世界,问题在于改变世界"。这或许正是《北爱》的根本命意所在,它细致书写苗青作为"外来者"进入"东北"(鲲鹏集团),写她个人雄心与东北发展的内在关联,写已在东北的各种人物对她的支持和帮助以及由此形成的合力,如何一步步推动着她的个人计划和社会发展的同步过程。它由此触及、思考和承担着紧迫的、具体的现实问题。也提供着应对1990年代东北遗留问题的另一种思路——一种精进的,建设的可能。③

因是之故,作为新东北工业叙事的重要一种,《北爱》虽也写因时代阶段性主题之变所致之父辈们理想的式微,如详述苗青父亲在事业上的巨

---

① 老藤:《北爱》,湖南文艺出版社2023年版,第75页。
② 关于此问题所关涉的更为复杂议题的详细辨析,参见丛治辰:《何谓"东北"?何种"文艺"?何以"复兴"?——双雪涛、班宇、郑执与当前审美趣味的复杂结构》,《中国现代文学研究丛刊》2020年第4期。
③ 如黄平所论,"关于20世纪90年代上千万人的东北下岗潮,时至今日也找不到一部沉重的社会学、历史学的作品予以记录,相关的史料寥寥。双雪涛、班宇他们的写作,就像一封晚寄了20年的信,安慰着步入人生暮年的父亲"。还如黄平所论,也正因此,双雪涛、班宇等人的作品多采用"子一代"的视角,描绘父辈"潦倒落魄的表象"下面"不可让渡的尊严"。颇有意味的是,《北爱》正与之相反,采用的乃是父辈的眼光。苗青的父亲、导师等等父辈,即便有因时代局限所致的人生遗憾,仍以精进的姿态努力去创造现实新的可能。此种处理极具意味,可与双雪涛等人的叙述相参看。

大遗憾，马歌父亲事业期望的未完成，但重心却在叙述"子一代"的理想信念及其价值追求之于现实的巨大创造力量。此问题亦不局限于东北叙事，而是包含着足以指称和表征更为广阔的世界中青年人生选择及其意义问题。如论者所言："一个青年理想主义者介入今天的社会，如果要对其关怀对象有更多有益帮助，同时自己于其中更能获得自我培力和自我成长，那么他在介入前该有怎样一种自我意识？怎样一种社会感、社会意识？才更可能使自己的关怀在最贴近对象的社会生活脉络、个人生命成长脉络的情况下，在帮助对象解决具体问题困扰的情况下，也能使对象更多被培力、成长？同时，自己也能从中获得更多切实的人格成长及认识能力和做事能力成长的经验？"[①]此为1980年代"潘晓讨论"所敞开和遗留的，时隔四十余年也不能说得到了充分解决的重要问题，亦是切近时代现实和精神状况的重要进路，内蕴颇为复杂的观念议题。《北爱》中"一个人的计划"所关联的两代人的家国情怀和责任意识（此意识或也将继续为下一代所传承发展），详述怀抱理想的青年人在介入社会过程中的自我成长和自我培力，说明自我和生活世界交互成就的个人价值和现实意义，皆可视为回应上述问题的尝试之一种，并内含回向读者所身处其中的生活现实的振拔力量。

[①] 贺照田：《当代青年理想主义与我的陈映真研究》，《汉语言文学研究》2021年第3期。